KB131712

아들 도키오

TOKIO
by Keigo HIGASHINO

Copyright © Keigo HIGASHINO 2005
Korean translation copyright © Viche, an imprint of Gimm-Young Publishers, Inc. 2020
All rights reserved.

Original Japanese edition published by KODANSHA LTD.
Korean translation rights arranged with KODANSHA LTD. through JM Contents Agency Co.

비채
×
히가시노
게이고
컬렉션

문승준 옮김

히가시노 게이고

時生

아들 도키오

비채

時
生

프롤로그

투명한 벽으로 둘러싸인 청년은 표정만 보면 약간 지쳐서 잠든 것 같았다. 하지만 그의 몸과 연결된 튜브들이 엄중한 현실을 고스란히 드러냈다. 고른 숨소리를 내고 있을지도 모르지만, 주위에 놓인 여러 대의 생명유지장치 소리에 묻혀 들리지 않았다.

미야모토 다쿠미는 새삼 할 말도 없어서 침대 옆에 가만히 서 있었다. 할 말도 없고 딱히 취할 수 있는 수단도 없었다. 할 수 있는 일이라고는 그저 이렇게 지켜보는 것뿐이었다.

오른손에 무언가 느껴졌다. 레이코의 손이라는 사실을 알아차리는 데 몇 초쯤 걸렸다. 아내의 손가락이 그의 오른손을 잡았다. 미야모토는 침대 위를 바라보며 아내의 손을 마주 잡았다. 가늘고 부드럽고, 차가웠다.

어느 틈에 담당 의사가 옆에 와 있었다. 미야모토 가족과는 몇 년째 알고 지낸 사이다. 기름기가 번진 이마, 피곤한 기색이 역력한 얼굴이 중년 의사의 고투를 말해주었다.

"여기서 이야기할까요? 아니면⋯⋯." 의사가 말을 멈췄다.

미야모토는 다시 한 번 침대를 본 뒤 물었다.

"아이가 듣고 있을 가능성이 있을까요?"

"음⋯⋯ 들리지 않을 겁니다. 잠든 상태니까요."

"그런가요. 그래도 밖에서 하시죠."

"알겠습니다."

의사는 간호사에게 무슨 지시를 하고 방에서 나갔다. 미야모토 부부도 그 뒤를 따랐다.

"유감스럽게도 향후 의식이 돌아올 가능성은 상당히 희박합니다." 의사가 복도에 선 채 담담한 말투로 미야모토 부부에게 잔혹한 선언을 했다.

미야모토는 고개를 끄덕였다. 너무나 슬펐지만 충격은 없었다. 어차피 조만간 듣게 될 이야기였고, 오늘 듣게 될지 모른다는 사실도 각오하고 있었다.

옆에 있는 레이코도 묵묵히 고개만 숙이고 있다. 눈물을 흘릴 단계는 이미 오래전에 지났다.

"그렇지만 전혀 가망이 없는 건 아니겠죠?" 미야모토가 확인차 물었다.

"네, 그건 뭐⋯⋯. 몇 퍼센트 정도냐고 물으신다면 대답은 못 드리겠습니다만." 의사가 고개를 숙였다.

"다행입니다."

"만약 의식이 돌아온다 해도 아마 그게 마지막일……." 의사가 입술을 깨물며 뒷말을 삼켰다.

"알고 있습니다. 한 번만 더 눈을 떠준다면 그걸로 족합니다."

미야모토의 말에 의사가 이상하다는 듯이 고개를 갸웃했다.

"아들에게 마지막으로 딱 한마디 해주고 싶은 말이 있습니다."

의사가 고개를 끄덕였다. 자기 나름대로 납득이 된 모양이다.

"만약 아들의 의식이 잠시나마 돌아온다면 제 말이 들릴까요?"

의사가 약간 생각한 뒤 다시 끄덕였다.

"들릴 겁니다. 그렇게 믿고 말을 걸어주세요."

"네." 미야모토가 대답과 함께 두 주먹을 질끈 쥐었다.

미야모토와 레이코는 뒷일은 의료진에게 맡기고 집중치료실 앞을 떠났다. 심야의 병동은 적막했다. 대합실로 가자 긴 의자가 죽 늘어서 있었다. 두 사람 이외에는 아무도 없었다. 맨 뒷줄에 있는 의자로 가 나란히 앉았다.

두 사람은 한동안 말이 없었다. 다쿠미는 아내에게 해야 할 말을 고민했다. 그녀의 가슴속에 휘몰아치고 있을 거대한 감정을 생각하면 섣불리 말을 걸기 어려웠다.

"지쳤어?" 레이코가 먼저 입을 열었다.

"아니, 그 정도까지는. 당신은 어때?"

"나는 약간 지친 것 같아." 한숨을 내쉰다.

무리도 아니다. 아들이 저런 상태가 된 것은 삼 년 전이지만, 부부의 싸움은 그보다 훨씬 오래전에 시작되었다. 그가 태어난 순간부터, 아니 엄밀히 말하자면 탄생이 결정된 순간부터 오늘의 고뇌는 약속되어 있었다. 그 사실을 떠올리니 이제야 아내를 편하게 해줄 수 있는 날이 가까워졌다는 생각마저 든다.

미야모토는 레이코와 만나기 전까지 '그레고리우스 증후군'이라는 병명을 들어본 적이 없었다. 알게 된 것은 레이코에게 청혼했을 때였다. 벌써 이십 년도 더 된 일이다.

일생일대의 고백을 하기에는 멋없는 장소였다. 두 사람은 도쿄 역 근처 대형서점 2층 티룸에 마주 앉아 홍차를 마시고 있었다. 만남의 장소로 자주 사용하던 곳이었다.

사실은 좀 더 신경 써서 장소를 고를 생각이었다. 하지만 서로 일 때문에 만날 수 있는 시간이 조금밖에 없었다. 그렇다면 다른 날로 잡았으면 좋았을 테지만, 미야모토는 어떡해서든 오늘 안에 마음을 전하겠다고 아침부터 굳게 결심했다. 미루면 기회를 놓칠 것 같은 기분이 들었다.

프러포즈 대사는 흔한 것이었다. 마음을 전하는 것이 먼저라고 생각했다.

대담한 말을 했다고는 생각하지 않았다. 청혼하면 99퍼센트 받아줄 거라는 자신감이 있었다. 레이코와는 육체관계도 있었고, 무엇보다 자신에게 호감이 있다는 사실을 실감하기도 했다.

그러나 레이코의 반응은 그가 예상하지 못한 것이었다. 말을 듣자 마자 괴로운 듯이 얼굴을 찡그리며 고개를 숙여버렸다. 이를 악물고 있다는 사실을 알았다. 도저히 기쁨의 눈물을 참는 모습으로는 보이 지 않았다.

"왜 그래?" 미야모토가 물었다.

레이코는 대답하지 않은 채 잠시 그대로 있었다. 미야모토는 다음 말을 기다릴 수밖에 없었다.

이윽고 그녀가 고개를 들었다. 눈이 살짝 충혈되었지만 뺨에 눈물 자국은 없었다. 그래도 핸드백을 열어 손수건을 꺼냈다. 눈자위를 누른 뒤 미야모토를 보며 미소 지었다.

"미안해. 많이 놀랐지?"

"대체 왜 그런 거야?" 미야모토가 재차 물었다.

"그게……." 레이코는 바로 대답하지 않은 채 깊게 심호흡했다. 그 런 다음 다시 그의 눈을 똑바로 보았다. "고마워. 나를 위해 그런 말 을 해준 건 다쿠미 씨가 처음이야. 정말로 기뻐."

"그렇다면……."

"하지만." 미야모토의 말을 가로막았다. "기쁘지만 슬프기도 해. 그 말을 들을까 두려웠거든."

"뭐?"

"미안하지만 나는 결혼할 수 없어."

"아……." 땅바닥이 꺼지는 듯한 느낌이 들었다. "싫은 거야?"

"오해하지 말았으면 해. 달리 좋아하는 사람이 있다든가, 다쿠미 씨를 좋아하지 않는다는 의미가 아니니까. 난 말이지, 누구와도 결혼 못 해. 평생 독신으로 살겠다고 결심했거든."

그 말에는 방금 생각해냈다고는 보기 힘든 울림이 있었다. 미야모토의 눈을 빤히 바라보는 눈은 진지했다.

"그게 대체 무슨 말이야?" 미야모토가 물었다.

"난 말이지"라고 말한 그녀가 고개를 갸웃하더니 "우리 집안은 말이지"라고 고쳐 말했다. "고풍스럽게 말하자면 저주받았다고 할까. 좋지 않은 피가 흘러서 자손을 만들 수 없어. 그러니까 나도 아이를 낳을 수 없고."

"잠깐만. 저주라니, 무슨 그런 비과학적인 말을……."

미야모토가 당황하자 그녀가 쓸쓸한 미소를 지었다.

"그러니까 '고풍스럽게 말하자면'이라고 했잖아. 전에는 우리 역시 비과학적이라고 생각했어. 어쩌다 집안에서 그런 사람이 나왔을 뿐, 유전되는 게 아니라고. 하지만 틀렸어. 그렇지 않다는 사실이 증명됐어."

레이코가 미야모토에게 그레고리우스 증후군이라는 병을 들어본 적 있느냐고 물었다.

미야모토가 고개를 젓자 침착한 어투로 그 저주받은 병에 대해 설명했다.

그레고리우스 증후군은 1970년대 초에 독일 과학자가 발견한 유전병이다. 뇌신경이 차례차례 죽어버리는 병으로, 대개 십대 중반까지는 아무런 징후도 나타나지 않지만 그 시기를 경계로 증상이 나타

난다. 먼저 운동신경을 서서히 잃는 것이 전형적인 패턴이다. 점점 손발을 움직이기 힘들어지다가 이윽고 극히 일부분을 제외하고 온 몸을 움직일 수 없게 된다. 동시에 장기 기능도 저하된다. 거기까지 진행되면 의학적 도움 없이는 생활이 불가능해진다.

누워 보내는 생활이 이삼 년 지속된 뒤 서서히 의식 장애가 나타 난다. 기억 손실이나 사고 저하가 심해진다. 간헐적으로 의식을 잃 다가 마지막에는 의식을 완전히 잃어버린다. 말하자면 식물인간 상 태가 되는 것이다. 다만 그 상태도 오래 지속되지 않고, 조만간 뇌기 능이 완전히 정지한다. 즉, 죽음에 이른다.

세계적으로 유례를 찾기 힘든 병이며 치료법도 아직 없다. 유전병 이기는 하지만 인자를 보유했다고 반드시 발병하는 것도 아니다. 판 명된 것이라고는 결함 유전자가 X염색체에 내포되어 있다는 사실 뿐이다. 이런 식의 단일 유전자에 의한 병은 반성(伴性) 유전병이라 불 린다. 거의 남성에게 증세가 나타나고 여성 환자 수는 적다. 여성은 X염색체를 두 개 갖고 있지만 남성은 하나만 갖고 있는 탓에 X염색 체에 내포된 결함 유전자의 문제를 보완할 수 없기 때문이다.

레이코의 외삼촌은 열여덟이라는 나이에 병으로 죽었다. 증상은 앞서 서술한 대로였다. 외할머니의 오빠도 같은 운명을 겪은 모양이 다. 그레고리우스 증후군이 세상에 발표되었을 때, 레이코의 아버지 는 아내의 친가 쪽에서만 발병하는 희귀병과의 유사점에 주목했다. 그는 여러 병원을 전전한 끝에 유전인자를 찾아내는 유효한 수단을 발견했다.

그가 알고 싶은 것은 자기 아내가 인자를 갖고 있느냐 아니냐가 아니었다. 외동딸이 어떤지 확인하고 싶었다. 그리고 결과 여하에 따라서는 손주를 포기해야 한다고 결심했다.

"검사받으라고 말하던 아빠 얼굴은 아마 평생 잊지 못할 거야. 악마로 보였어. 아니, 마녀사냥을 하던 수도사 얼굴이라고 하는 편이 더 맞겠네. 옆방에서는 엄마의 우는 소리가 들렸고, 지옥 같은 시간이었어." 레이코가 미야모토에게 밝혔다.

"아버지를 원망해?"

"그때는 원망했어. 왜 이런 말도 안 되는 명령을 하나 싶었어. 하지만 생각해보니 아빠가 한 일은 옳았어. 발병 유전자를 갖고 있다는 사실을 알면서 모르는 척 결혼하고, 아이까지 갖는다는 건 무책임한 행위니까. 게다가 아빠는 단 한 번도 엄마를 책망하지 않았거든. 이상한 집안의 여자와 결혼해서 손해를 봤다는 말은 한 마디도 하지 않았어."

"그래서 검사를 받았어?"

"응." 그녀가 고개를 끄덕였다.

"결과는 말하지 않아도 알겠지?"

미야모토도 묵묵히 고개를 끄덕였다. 그녀가 평생 독신으로 살겠다고 결심한 이유를 완벽하게 이해했다.

"결과를 알았을 때는 충격이었어. 왜 이런 일을 당해야 하는지 화가 나서, 말이 안 되는 줄 알면서도 엄마에게 분풀이를 하고 말았지. 결국 아빠에게 뺨을 맞았어. 결혼만이 인생은 아니라며." 그녀가 왼

뺨에 손을 갖다 대었다.

미야모토는 자신도 충격을 받았다는 의미의 말을 하려다 직전에 삼켰다. 자신이 받은 충격 따위는 그녀의 고통에 비할 바가 못 되기 때문이다.

"이젠 알았지? 그래서 다쿠미 씨의 청혼을 받아들일 수 없어. 정말 고맙고 눈물이 나올 만큼 기쁘지만, 결혼할 거라면 다른 사람을 찾는 게 좋아." 그녀는 손수건을 움켜쥐며 고개를 숙였다. 긴 머리카락이 얼굴을 가렸다.

"그럼 아이를 낳지 않으면 되잖아."

레이코가 고개를 저었다.

"다쿠미 씨가 아이를 좋아한다는 건 이미 잘 아는걸. 나 역시 그런 길을 생각하지 않은 건 아냐. 아이는 포기하자고 부탁해볼까 생각한 적도 있어. 하지만 지금껏 사귀면서 다쿠미 씨의 꿈에 대해 들었는데 그걸 내가 포기하게 할 수는 없어."

캠핑카를 사서 주말에는 가족이 함께 산이나 들로 가는 거야. 아들이 둘 있었으면 해. 딸도 있는 게 좋겠네. 집 안이 화기애애해질 테니까. 함께 잡은 물고기를 강가에서 구워 먹는 거야. 그런 생활을 할 수 있다면 많은 돈은 필요 없어. 모두 건강하게, 항상 웃을 수 있는 가정을 이룬다면 다른 건 무엇도 필요 없어.

레이코 앞에서 늘어놓은 대사 몇 가지가 미야모토의 뇌리에 되살아났다. 그녀는 그 말에 웃어 보였지만, 연인이 이야기하는 꿈 하나하나가 가슴을 찌르는 비수가 되었을 것이다.

"그런 꿈 따위는 아무래도 상관없어. 어차피 깊게 생각해서 한 말도 아냐. 그보다도 중요한 게 있어. 난 너와 함께하고 싶어. 앞으로도 쭉 둘이서 살아가고 싶어. 아이는 없어도 돼."

레이코에게는 떼를 쓰는 아이처럼 보였을 것이다. 미야모토는 당시 일을 떠올리고는 부끄러워졌다. 그러나 그 말에 거짓은 없었다. 가슴이 뜨거웠고, 그 기세를 몰아 한 말이었지만 결과적으로는 무엇도 후회하지 않는다.

그래도 레이코에게는 충동적으로 나온 말로 들렸던 모양이다. 생각 좀 한 다음에 다시 이야기를 나누자며 일단 그날은 헤어졌다.

훗날 똑같은 일이 반복되었다. 다른 것은 장소뿐. 미야모토는 레이코의 집에 들이닥쳤다. 그녀의 부모님 앞에 고개를 조아리고 사정은 전부 알고 있으니 결혼을 승낙해달라고 했다.

딸의 저주받은 운명을 과학적으로 밝혀낸 아버지는 체격은 왜소했지만 자세는 곧았다. 미야모토는 차갑고 이지적인 인물을 상상했는데, 직접 만나보니 싹싹하고 친절한 동네 아저씨 같은 분위기였다. 이 인물이 대체 어떻게 변모해야 마녀사냥꾼처럼 되는 것인지 궁금해졌다.

"미야모토 군, 말은 쉽지만 쉬운 일이 아닐세. 지금은 눈앞에만 정신이 팔려서 그렇게 얘기하지만, 인간이란 시간이 지나면 변하는 법이지. 처음에는 둘이서만 살아가는 것도 나쁘지 않겠지. 하지만 언젠가는 아이가 갖고 싶어질 거야. 지인이나 친척에게 아이가 생기거나 하면 더욱 그렇지. 그때가 돼서 이런 문제 있는 여자와 결혼하는 게 아니었는데, 하고 후회하면 레이코가 너무 불쌍하지 않나."

"절대로 그런 일은 없을 겁니다. 약속드립니다."

"지금이야 그렇게 말할 수 있지. 문제는 십 년, 이십 년 후인 게야. 우리 딸 때문에 누군가가 후회하는 건 나 역시 불편한 일이거든. 게다가 자네 부모님은 또 어떤가. 아이가 없어도 괜찮다고 하시는가. 말해두겠는데 부모님에게 레이코의 병에 대해 숨기는 건 찬성할 수 없네. 거짓말을 하면서까지 시집보낼 생각은 손톱만치도 없으니까. 게다가 거짓은 언젠가 밝혀지는 법이고."

"부모님은 안 계십니다."

미야모토는 그 사정에 관해 이야기했다. 레이코의 아버지는 놀란 모양이지만 딱히 뭐라 하지는 않았다.

"자네가 고생을 모르는 도련님이 아니라는 사실은 잘 알았네. 하지만 결혼이 한때의 마음만으로 결정되는 것도 아니고."

"부탁드립니다. 반드시 행복하게 해주겠습니다." 고개를 숙였다.

레이코의 아버지가 한숨을 내쉬고는 딸에게 물었다.

"네 생각은 어떠냐. 잘 해나갈 수 있을 것 같니?"

"나는……." 그녀가 잠시 뜸을 들인 후 말을 이었다. "다쿠미 씨의 말을 믿고 싶어."

"그러냐." 아버지가 다시 한 번 한숨을 내쉬었다.

결혼식은 유서 깊은 교회에서 거행되었다. 가족만 모인 소박한 결혼식이지만 미야모토는 행복감으로 충만했다. 신부는 아름다웠고 하늘도 새파랬다. 사람들의 축복이 가슴에 스며들었다.

기치조지의 작은 연립에서 신혼 생활을 시작했다. 모든 것이 순조로웠다. 아이가 없는 일로 이따금 누군가에게 상처를 받거나, 때로는 서로 상처를 주기도 했지만 금방 극복할 수 있었다.

고난은 예고 없이 찾아왔다. 레이코가 임신을 한 것이다. 결혼한 지 만 이 년이 지났을 무렵이었다.

미야모토는 절대로 그런 일은 있을 수 없다며 신음했다.

"병원에서 확인했으니 사실이야. 이상한 의심은 하지 말았으면 해. 틀림없이 당신 아이야." 레이코가 차분한 목소리로 보고했다.

자기 아이가 아닐 거라는 의심은 전혀 하지 않았다. 그저 믿고 싶지 않았을 따름이다. 사실 짐작 가는 바가 없지도 않았다. 처음에는 반드시 피임을 했지만, 갈수록 대충하게 되었다. 방심했다고 해야 맞을 것이다.

"걱정하지 마. 내일, 병원 다녀올게." 레이코는 애써 밝게 말하는 듯했다.

"지울 거야?"

"응. 어쩔 수 없잖아."

"하지만 반반이잖아."

"반반?"

"병이 유전될 확률. 남자애라도 결함이 있는 X염색체를 물려받을 확률은 50퍼센트잖아. 게다가 여자애일 경우에는 유전은 돼도 발병은 아예 하지 않고."

"지금 그게 무슨 소리야?"

"말하자면 우리 아이가 그레고리우스 증후군에 걸릴 확률은 사분의 일이라는 거지. 바꿔 말하면 사분의 삼 확률로 보통 아이가 태어나는 거고."

"그래서? 낳으라는 거야?" 레이코가 그의 얼굴을 똑바로 바라보고 말했다.

"그런 선택지도 있어."

"그러지 마. 이미 각오한 일이니 혼란스럽게 만들지 마."

"그래도 사분의 삼 확률로……."

"숫자가 무슨 소용이 있어. 이건 제비뽑기가 아니잖아. 만약 남자애고, 보인자라면 어쩔 건데. 아, 꽝을 뽑았구나 하고 실망할 거 아냐. 병을 가지고 있더라도 그 아이에게는 인격이 있어. 결국 내게는 모든 게 제로라고. 그래서 나는 제로를 선택할 거야. 이미 결혼 전에 결정한 거잖아?"

그녀의 말은 타당했다. 아이에게는 당첨도 꽝도 없다. 미야모토는 반박하지 못한 채 입을 다물었다.

물론 수긍한 것도 아니었다. 무언가가 그 안에서 움직이기 시작했다. 꽤 오랫동안 잊었던 무언가가 말이다.

미야모토는 고민했다. 지우는 것이 최선이라고는 생각되지 않았다. 왜 그것이 마음에 걸리는지 찾고자 했다.

이윽고 귓가에 어떤 청년의 목소리가 되살아났다.

내일만이 미래가 아냐.

바로 그거였다. 미야모토는 '그'의 말을 줄곧 찾아 헤맸다.

낳았으면 한다고 레이코에게 부탁했다. 그녀의 아버지에게 그랬던 것처럼 고개를 숙였다.

"어떤 결과가 나오더라도 후회하지 않겠어. 태어날 아이가 어떤 아이라도 진심으로 사랑하고, 그 아이가 행복해질 수 있도록 노력할게. 최선을 다할게."

레이코는 처음엔 그의 말을 들으려 하지 않았다. 기분에 휩싸여 말하고 있을 뿐이라며 화를 냈다. 그래도 고개를 숙이고 계속 부탁하는 모습을 보고, 진심이라는 것을 이해한 듯했다.

"당신, 그게 어떤 일인지 알아?"

"알아. 유전자를 가진 남자애가 태어나면 고생하겠지. 그래도 괜찮아. 나는 이 아이를 낳았으면 해. 분명 태어나고 싶을 거야."

레이코는 생각을 좀 해보겠다고 말했다. 실제로 꼬박 사흘 동안 고민했다.

"나도 각오할게." 레이코가 내린 결론이었다. 이번에는 부모님에게 의논하지 않았다. 때문에 임신 사 개월 때 알려드리자 부모님, 특히 아버지가 크게 화를 냈다. 무책임하다고 소리를 질렀다.

"책임지겠습니다. 둘이서 결정한 일입니다. 어떤 결과가 기다리고 있더라도 후회하지 않겠습니다. 푸념도 하지 않겠습니다."

아버지는 끝내 찬성하지 않았다. 인연을 끊듯 집을 나왔다.

그러자 계속 잠자코 있던 어머니가 뒤따라 나왔다.

"둘이서 결정했다니 낳는다는 것에 대해서는 아무 말도 않겠네. 하지만 이것만큼은 명심하게." 그녀는 미야모토와 레이코의 얼굴을 번갈아 보았다. "만약 그 병에 걸리면, 본인도 그렇겠지만 자네 부부도 죽을 만큼 고통스러울 거네. 지옥에 떨어지는 편이 더 낫다고 생각될 정도로."

그녀는 남동생을 같은 병으로 잃었다. 그때 일이 가슴에 뚜렷이 새겨져 있는 것이 틀림없다. 하지만 괴로웠던 경험을 일일이 말하려 하지는 않았다.

"고통을 감내하겠습니다. 아이와 함께."

미야모토의 말에 그녀는 그의 눈을 바라보며 고개를 끄덕였다.

몇 달 후, 레이코는 남자아이를 출산했다.

"이름은 도키오야. 시간 할 때 시時 자에, 태어날 생生. 좋지?" 미야모토가 갓 태어난 아기를 안고 말했다.

레이코는 반대하지 않았다. "태어나기 전부터 생각한 거야?"

미야모토는 그렇다고 대답했다.

도키오를 검사해보자는 말은 미야모토도, 레이코도 입 밖으로 꺼내지 않았다. 레이코도 그랬을지 모르지만, 그는 보인자인지 안다고 해서 어떻게 되는 것도 아니라고 생각했다. 사실 그에게는 어떤 확신이 있었다. 검사를 하면 아마도 원치 않는 결과가 나오리라. 단순히 비관적으로 생각하는 것과는 의미가 달랐다. 그는 이미 그 사실을 알고 있다고도 단언할 수 있었다.

도키오는 건강한 사내아이로 자랐다. 미야모토는 결혼 전에 꿈꾸던 것처럼 사륜구동 왜건 차량을 사서 아들과 아내를 태우고 여러 지역으로 드라이브를 갔다. 특히 도키오는 도쿄에서 홋카이도까지

차로 건너가, 홋카이도를 일주했을 때 가장 좋아했다. 도키오는 새카맣게 볕에 그을렸다. 라벤더 밭이 보이는 언덕에서 바비큐 파티를 벌였다. 좁은 차 안에 셋이 나란히 누워 선루프를 열고는 밤하늘을 바라보며 잠들었다. 추억의 땅, 오사카로 데려간 적도 있다. 빵 공장 옆 공원이다. 그곳이 왜 추억의 땅인지는 밝히지 않았다.

초등학교 시절에는 아무 문제도 없었다. 도키오는 공부와 운동 모두 만능이었다. 리더십이 있어서 친구도 많았다.

중학교도 거의 문제없이 지나갔다. '거의'라고 한 이유는 졸업 직전에 어떤 징후가 나타났기 때문이다.

온몸 마디마디에 통증이 생겼다. 관절통과 비슷한 통증인 듯했다. 본인은 축구를 너무 많이 한 탓이라 생각한 모양이다. 미야모토 부부는 아들에게 저주받은 혈통에 대해 말하지 않았다.

미야모토는 도키오를 병원으로 데려갔다. 정형외과 같은 곳이 아니었다. 그는 전부터 그레고리우스 증후군에 대한 노하우가 가장 뛰어난 병원을 찾아서 권위자라 불리는 의사와 연락을 취했다. 의사는 의심스러운 징후가 있으면 바로 데려오라고 했다.

그 병원이 현재 도키오가 입원해 있는 곳이다.

의사가 내린 결론은 미야모토 일가에게는 가장 잔혹한 것이었다. 한편으로는 부부가 각오한 것이기도 했다. 그레고리우스 증후군이 틀림없다는 것이다.

"진행을 최대한 막도록 노력하겠습니다. 하지만 완전히 막는 건……." 의사는 다음 말은 하지 않았다.

레이코는 그 자리에서 울며 주저앉았다. 그녀가 흘린 눈물이 바닥에 뚝뚝 떨어졌다.

도키오는 고등학교 입학 직후 입원했다. 걷는 것이 힘들어졌기 때문이다. 그래도 새 교과서를 들고 입원해서 언제든지 학교로 돌아갈 수 있도록 자습을 했다.

"아빠. 나, 언젠가는 다 낫겠지?" 도키오는 자주 미야모토에게 물었다.

"당연하지." 미야모토는 그렇게 대답했다.

얼마 후 도키오는 컴퓨터가 필요하다고 했다. 미야모토는 바로 다음 날 사 왔지만 그 컴퓨터도 얼마 못 가 사용할 수 없게 되었다. 도키오의 손가락이 원하는 대로 움직이지 않게 되었기 때문이다.

미야모토는 컴퓨터 전문가인 지인에게 상담해서, 당시에는 아직 고가였던 음성 입력 시스템을 도입하고 손가락 하나로 거의 모든 기능을 조작할 수 있도록 개조했다. 도키오는 인터넷을 이용해서 침대에 누운 채 전세계와 교신할 수 있게 되었다.

하지만 그레고리우스의 악마는 잠시도 발걸음을 늦추지 않았다. 어두운 운명은 확실히 도키오를 감싸고 있었다. 식사도 제대로 할 수 없게 되고 화장실도 갈 수 없게 되었다. 면역력은 저하되고 심장 장애도 발생했다.

드디어 사태는 마지막 국면으로 접어들었다. 눈을 뜨고 있는데도 반응이 없거나 기묘한 발작을 일으키는 일이 많아졌다. 의식 장애의 결과로 보였다.

다행히 의식이 또렷할 때는 아무래도 소리가 들리는 것 같았다. 그래서 미야모토와 레이코는 시간이 허락하는 한 도키오 곁에서 최대한 많은 이야기를 들려주었다. 연예인에 대한 것, 스포츠에 대한 것, 친구들에 대한 것……. 도키오가 즐거워할 때는 눈 깜박임이 많았다.

그리고 오늘 밤을 맞이했다.

간호사가 잰걸음으로 달려왔다. 미야모토는 긴장으로 몸이 굳었지만 부부와 관계없는 일인 모양이다. 간호사는 두 사람 앞을 스쳐 지나갔다.

반쯤 섰던 미야모토가 의자에 다시 앉았다.

"후회하진 않아?" 불쑥 물었다.

"뭘?"

"도키오 낳은 거."

"아아." 레이코는 고개를 끄덕인 후 되물었다. "당신은?"

"나는…… 후회 안 해."

"그래. 다행이네." 그녀는 무릎 위에서 양손을 몇 번이나 문댔다.

"레이코, 당신은 어때? 낳길 잘했다고 생각해?"

"나는…… 그 아이에게 물어보고 싶었어." 레이코가 얼굴로 내려온 앞머리를 쓸어 올렸다.

"뭘?"

"태어나길 잘했다고 생각한 적이 있는지 없는지. 행복했는지 아닌지. 우리를 원망하지는 않는지……. 하지만 이젠 대답을 들을 수 없 겠네." 그녀가 두 손으로 얼굴을 감쌌다.

도키오는 분명히 자신의 병명에 대해 알고 있었다. 미야모토는 도 키오가 사용하던 컴퓨터의 데이터를 확인하다 그 사실을 알게 되었 다. 도키오는 인터넷을 이용해 '그레고리우스'라는 키워드로 여러 기관의 정보에 접속했다.

미야모토는 입술을 적시고 심호흡을 했다.

"사실 말하고 싶은 사실이 있어. 도키오에 대해서."

돌아보는 레이코의 눈이 충혈되어 있었다.

"옛날에 나는 도키오를 만났어."

"뭐? 그게 무슨 소리야?" 레이코가 고개를 갸웃했다.

"이십 년도 더 된 일이야. 나는 스물세 살이었지."

"……도키오 이야기를 하는 거 맞아?"

"도키오 이야기야." 미야모토는 레이코의 눈을 똑바로 바라보았 다. 어떻게든 이 이야기를 믿게 할 필요가 있었다. "그때 도키오와 만났어."

겁먹은 듯이 레이코가 거리를 두었다. 미야모토가 고개를 저었다.

"머리는 정상이야. 언젠가는 이야기해야 한다고 마음먹었는데, 도 키오에게 의식이 있는 동안에는 안 된다고 생각했어. 하지만 이젠 괜찮을 것 같아서."

"도키오를 만났다니…… 무슨 뜻이야?"

"말 그대로야. 그 녀석은 시간을 거슬러 나를 만나러 왔어. 지금을 기준으로 말하면, 도키오는 곧 스물세 살의 나를 만나러 갈 거야."

"이런 상황에 농담은 그만둬."

"농담 아냐. 나도 오랫동안 믿지 못했지만 지금이라서 자신 있게
말할 수 있어."

미야모토는 아내 얼굴을 똑바로 바라보았다. 믿을 수 없는 이야기
라는 사실은 잘 알고 있다. 하다못해 미치지 않았다는 사실만은 알
아주었으면 했다.

이윽고 그녀가 물었다. "어디서 만났는데?"

"아사쿠사 하나야시키 놀이공원."

1

롤러코스터가 요란하면서도 경박하게 덜컹거리며 미끄러져 내려왔다. 일본에서 가장 오래된 제트코스터. 손님들은 마음껏 비명을 지른다. 사람들의 웃는 모습에 다쿠미는 불쾌해졌다.

'이놈이고 저놈이고 머리가 텅 비었군. 아무 고민도 없다는 얼굴을 하고 있어.'

5시가 못 된 시각. 그는 벤치에 앉아 소프트아이스크림을 먹었다. 비가 내리는 것인지 아닌지 불분명한 날씨. 흐린 하늘을 배경으로 노란 풍선 하나가 날아가고 있었다.

하늘을 올려다볼 때 녹은 아이스크림이 콘에서 흘러내려 손바닥을 적셨다. 황급히 몸에서 멀리 떼어내려 했지만 약간 늦었다. 헐렁하게 풀어놓은 감색 넥타이 끝부분에 아이스크림이 툭 떨어졌다.

"아, 젠장. 아아."

비어 있는 반대쪽 손으로 넥타이를 풀려고 했지만 잘 풀리지 않았다. 넥타이에 익숙하지 않아서 매는 것도 푸는 것도 쉽지 않다. 어쩔 수 없이 아이스크림을 다 먹은 후 양손을 써서 풀었다. 더러워진 손을 닦지 않은 탓에 넥타이는 아이스크림으로 찐득찐득해졌다. 벤치에 앉은 채 넥타이를 옆에 있는 쓰레기통에 버렸다.

속이 후련했다.

세븐스타 담뱃갑을 꺼내 한 개비를 물었다. 싸구려 지포라이터로 불을 붙이고 입술 끝으로 연기를 뿜어냈다. 담배를 쥔 오른손에 나카니시를 때린 감촉이 아직 생생했다.

나카니시는 두 시간쯤 전까지 다쿠미의 상사였던 남자다. 다쿠미와 나이도 별로 차이 나지 않았다. 다만 깔끔하게 정돈된 머리와 멋진 더블슈트가 나름의 관록을 연출했다. 그 양복이 빌린 거라는 사실을 다쿠미는 알고 있었다.

나카니시의 부하는 다쿠미를 포함해 세 명이었다. 오늘의 활동 장소는 간다 역 근처였다. 타깃은 대학에 갓 입학한 지방 출신 학생들이다.

"지방 출신이라는 걸 어떻게 구분하나요?" 다쿠미가 나카니시에게 물었다.

"그런 건 딱 보면 알아. 복장이 촌티 나니까."

"유행에 뒤떨어졌다는 말인가요?"

"그런 게 아냐. 벌써 5월이니 유행도 어느 정도는 신경 쓰겠지. 하지만 시골 출신은 그런 패션을 제대로 소화하지 못해. 말하자면 어울리지 않는다고."

'자기도 어울리지 않는 양복을 입고 있는 주제에.' 다쿠미는 속으로 혀를 찼다.

다른 두 사람은 단독으로 행동하지만 다쿠미는 당분간 나카니시의 보조였다. 이 일을 시작한 지 아직 이틀째였다. 어제는 이케부쿠로에 갔는데 혼자서는 단 한 세트도 팔지 못했다.

상품은 다쿠미의 주머니에도 들어 있다. '이런 걸 사는 바보가 정말 있을까' 하고 어제부터 줄곧 의심중이다.

"저 녀석에게 가볼까." 나카니시가 인도 앞을 턱으로 가리켰다.

청바지에 폴로셔츠 차림의 젊은이가 혼자 걸어가고 있었다. 서두르는 것처럼 보이지는 않았다.

"잠시 시간 괜찮으실까요? 설문조사 중인데요, 시간은 많이 걸리지 않을 겁니다." 나카니시가 지금까지와는 전혀 다른 상냥한 목소리로 말을 걸었다.

하지만 젊은이는 나카니시의 얼굴을 보려고도 하지 않은 채 역쪽으로 걸어갔다. 나카니시가 혀를 차는 소리가 들렸다.

그 후에도 몇 명에게 말을 걸었다. 너도 멍하니 있지 말라고 하기에 다쿠미도 보이는 족족 말을 걸었지만 누구 하나 눈길조차 주지 않았다.

결국 나카니시가 한 명을 멈춰 세웠다. 폴로셔츠를 입은 목이 가는 청년이었다. 아직 고등학생 정도로 보였다.

설문조사에 응해달라고 부탁하는 나카니시에게 청년은 알았다고 대답했다.

"그럼 먼저 직업부터. 학생이신가요?" 나카니시가 물 흐르듯 질문을 개시했다. 청년은 그렇다고 대답했다.

어디를 가던 길인가, 좋아하는 연예인은 누구인가 하는 아무런 상관도 없는 질문이 얼마간 계속된다. 하지만 아무래도 상관없는 질문 사이에 이런 질문이 섞여 있다.

"지금 얼마 정도 가지고 계신가요? A. 5천 엔 미만, B. 5천 엔 이상 만 엔 미만, C. 만 엔 이상 2만 엔 미만, D. 2만 엔 이상."

청년은 "C"라고 대답했다.

만약 그가 A라고 대답했다면 질문은 재빨리 끝냈을 것이다. 나카니시는 표정을 바꾸지 않고 두 번째 설문용지를 펼쳤다.

"여행은 좋아하시나요? 지금까지 갔던 곳 중 가장 먼 곳은? 앞으로 어디에 가고 싶으신가요?"와 같은 질문이 시작된다. 여행을 싫어하는 대학생은 별로 없다. 청년도 표정을 누그러뜨리고 질문에 대답했다. 나카니시는 적당히 맞장구를 치거나 감탄하거나 해서 손님의 비위를 맞춘다.

"만약 민박, 여관, 호텔 비용이 반값이 된다면 여행을 더 자주 갈 수 있다고 생각하시나요?"

이게 마지막 질문이다.

"물론이죠." 폴로셔츠 청년이 대답했다.

"정말 감사드립니다. 현재 말이죠, 마지막까지 설문에 응해주신

분께는 전국의 민박이나 여관 등에서 사용 가능한 특별 할인권 세트를 제공해드리고 있습니다. 번거로우시겠지만 마지막 칸에 성함과 연락처를 적어주실 수 있을까요?"

"아, 네……." 청년은 건네받은 볼펜으로 시키는 대로 이름과 주소를 적었다.

나카니시는 커다란 전자계산기 같은 기계를 꺼내 설문용지에 기록된 번호를 입력하기 시작했다. 청년의 기입과 나카니시의 입력이 거의 동시에 끝났다.

"수고 많으셨습니다. 여기 특별 할인권 세트입니다." 나카니시가 상의 주머니에서 노란 종이다발을 꺼내 학생 앞에서 팔랑팔랑 넘긴다. "자, 홋카이도에서 규슈까지 유명한 숙박 시설이 모두 실려 있습니다. 어디서 사용하시든 할인이 됩니다. 여기 같은 경우에는 원래 일 박에 만 엔이나 하는 곳이 5천 엔입니다. 그 밖에도 여기, 뷔페에도 들어갈 수 있고요. 이게 있다면 어디로 여행을 가시든 비용이 많이 절약될 겁니다."

빠르게 말하는 나카니시에게 청년은 그저 고개를 끄덕일 뿐이다.

"어디 보자, 친구와 여행하는 경우가 많다고 하셨죠. 그렇다면 세트 하나를 더 포함해도 될까요." 나카니시가 주머니에서 한 다발을 더 꺼냈다.

"아, 예." 청년은 할인권 다발 두 개를 손에 받았다.

"그렇다면 두 세트에 9천 엔입니다. 고액권으로 지불하셔도 괜찮습니다. 거스름돈도 있으니까요."

다쿠미는 청년의 얼굴에 처음으로 낭패한 기색이 떠오르는 것을 보았다. 거스름돈이라는 말에 자기가 돈을 내야 한다는 사실을 그제 야 깨달은 것이다. 동시에 자신이 중간부터는 특별 할인권 세트를 사겠다는 식으로 말했다는 자각도 했을 것이다.

나카니시가 재빨리 자기 지갑에서 거스름돈으로 천 엔짜리 지폐 를 꺼내고는 기다렸다.

청년은 흔들리는 눈빛으로 청바지 주머니에서 지갑을 꺼내 만 엔 짜리 지폐를 내밀었다.

"정말 감사드립니다." 나카니시는 돈을 받아들고 거스름돈 천 엔 을 억지로 쥐여주고는 재빨리 청년에게서 멀어졌다. 다쿠미도 그의 뒤를 따랐다.

"이런 식으로 하면 돼. 간단하지?" 나카니시가 자랑하듯 말했다.

"저 학생, 아직 이쪽을 보고 있네요." 다쿠미가 뒤쪽을 돌아보고 말했다.

"이런. 거기 모퉁이를 돌아."

커다란 서점 모퉁이를 돌아 골목길로 들어섰다.

"어때?"

다쿠미가 고개만 내밀어 상황을 확인했다. 폴로셔츠 청년의 모습 은 보이지 않았다.

"없어요."

"오케이." 나카니시가 쇼트호프 담배를 입에 물고 불을 붙였다. "다 피우면 돌아가자."

"저는 못하겠네요." 다쿠미가 얼굴을 찡그렸다.

"못하면 곤란하지. 중요한 건 기세와 타이밍이야. 옆에서 듣고 있으면 왜 이런 거에 걸리는지 잘 이해가 안 되지?"

"예."

"손님에게 자기가 잘못했다고 느끼게 하는 게 중요해. 이거 왜 한 세트당 4천5백 엔인지 모르지?"

"모르겠네요. 5천 엔이면 두 세트에 만 엔이니 거스름돈도 필요 없을 텐데."

"거스름돈이 있다는 게 중요한 거야. 손님은 중간까지 할인권 세트를 공짜로 받는 거라 생각하지. 그런 상황에 우리가 두 세트에 만 엔이라고 말한다고 쳐봐. 손님 중에는 뭐가 만 엔인지 생각하다 깜짝 놀라는 녀석도 있어. 그런 손님에게는 만 엔으로 사는 거라고 다시 설명해야만 해. 그렇게 되면 모처럼 만든 이쪽의 페이스가 무너지고 말지. 손님은 이쪽의 속셈을 알아차리고는 안 사게 되고."

"그건 알겠는데, 거스름돈이 있는 게 어째서 좋은 건가요?"

"고액권으로 지불하셔도 괜찮습니다. 거스름돈도 있으니까요. 이 말을 단숨에 함으로써, 그때까지의 대화가 상품 판매에 관련된 거였다고 자연스럽게 알릴 수 있는 거지. 그럼 공짜라는 건 자신의 착각이었다고 생각하게 돼. 그다음부터가 중요한데, 촌뜨기는 착각했다는 사실을 남에게 들키기 싫어해. 그래서 포기하고 돈을 지불하지. 간단한 원리야."

나카니시는 웃으며 담배를 땅에 버렸다. 그것을 발로 비벼 끄고

"가자" 하고 말했다.

'멋진 기교 같긴 한데 근성이 썩어빠진 인간만 할 수 있는 짓이군.' 나카니시의 좁은 어깨를 바라보며 다쿠미는 생각했다.

원래 장소로 돌아오자 다쿠미에게 혼자 물건을 팔라는 명령이 떨어졌다. 몇 명에게 말을 걸었고, 그중 일부는 설문조사에 응해주었지만 물건은 하나도 팔지 못했다. 돈을 내야 한다는 사실을 알게 된 순간 모두 도망쳐버렸기 때문이다.

"어설프기는. 손님에게 생각할 여유를 주지 마."

다쿠미는 공중전화박스 옆에서 나카니시에게 잔소리를 들었다.

"왠지 속이는 것 같아서 싫습니다."

"바보 자식. 그딴 소리를 하면 이 장사는 할 수가 없어."

그때 한 청년이 다쿠미의 시야에 들어왔다. 아까 폴로셔츠 학생이었다. 다쿠미와 나카니시 쪽으로 다가오고 있다. 지금껏 찾아다닌 모양이다. 나카니시도 그 사실을 알아차리고 얼굴을 찌푸렸다.

"저어…… 아까 이걸 샀는데요." 청년이 할인권 세트 두 다발을 내밀며 말했다.

나카니시는 눈을 마주치려 하지 않았다. 설문조사를 할 때와는 전혀 다른 사람처럼 차갑게 옆얼굴만 보이고 있다.

"오늘 돈이 꼭 필요해요. 이걸 돌려드릴 테니 돈을…….."

나카니시가 큰 소리로 혀를 찼다. 그제야 학생 쪽을 본다.

"무슨 소리야. 이제 와서 그런 말을 해도 곤란하다고. 당신, 아까 계약했잖아. 서류에 이름도 썼잖아."

"그건 설문조사의 연속이라 생각해서."

"그딴 건 내 알 바 아니고. 이쪽은 이미 기계에 등록해서 취소가 안 된다고." 나카니시가 전자계산기를 확대해놓은 듯한 기계를 쑥 들어 보였다.

학생은 고개를 숙였다.

"부탁입니다. 내일 귀성하려고 남겨놓은 돈이에요. 그게 없으면 돌아갈 수 없습니다."

"알 게 뭐야." 나카니시가 무시한 채 걸어가기 시작했다.

"앗, 잠깐만요. 부탁드립니다. 부탁드립니다." 학생이 꾸벅꾸벅 고개를 숙이며 나카니시의 양복 자락을 붙잡았다.

"이거 봐. 이런 등신이."

"나카니시 선배. 뭐, 어때요. 돌려드리죠." 다쿠미가 중간에 끼어들었다.

"뭐야, 너! 넌 빠져." 나카니시가 눈을 부라렸다.

"9천 엔 정도, 괜찮잖아요."

"너, 대체 누구 편이야? 그딴 소리는 한 푼이라도 번 다음에 해. 능력도 없는 주제에 어디서 잘난 척이야."

내뱉은 말과 함께 침이 다쿠미의 얼굴에 튀었다. 그 사실이 신경을 자극했다.

"그만둘게요. 이딴 더러운 일. 못 해 먹겠네." 다쿠미는 상품과 설문용지 등이 들어 있는 가방을 발밑에 내려놓았다.

"멋대로 해. 말해두지만 일당은 없다."

"상관없습니다. 대신 이 사람에게 돈을 돌려주세요."

그러자 나카니시가 팔을 뻗어 다쿠미의 넥타이를 움켜잡았다.

"건방 떨지 마. 내가 왜 너한테 그딴 소리를 들어야 하냐, 엉?"

구둣발로 정강이를 차였다. 극심한 통증에 다쿠미는 무릎을 꿇었다. 눈앞으로 침이 툭 떨어지는 것이 보였다.

"멍청이." 머리 위에서 소리가 들렸다.

다쿠미는 일어섰다. 나카니시는 뭐 더 할 말 있느냐는 듯한 얼굴이었다.

다쿠미는 순간 힘을 빼고 온몸의 신경을 오른팔에 집중했다. 팔꿈치를 뻗자마자 나카니시의 코와 빰 사이에 주먹이 꽂혔다. 그 장면이 슬로모션 영상처럼 재생되었다.

나카니시는 공중전화박스 옆까지 날아갔다. 번지르르하게 닳은 구두 밑창이 보였다.

다쿠미는 그제야 제정신을 차렸다. 지나가던 사람들이 멈춰 섰다. 폴로셔츠 학생의 모습은 없었다. 도망친 모양이다.

'나도 도망치는 편이 좋겠군.'

다쿠미는 달리기 시작했다.

2

　세븐스타 담뱃갑이 비어 다쿠미는 벤치에서 일어섰다. 내일부터 다시 새로운 일자리를 찾아야만 한다. 그 사실이 우울했다.

　고개를 숙인 채 걷고 있는데 발 언저리로 공이 굴러왔다. 연식용 야구공이다. 공을 주워드니 초등학생 정도의 남자아이가 달려왔다.

"죄송합니다."

　남자아이는 공을 건네받더니 원래 장소로 돌아갔다. '도깨비 퇴치 게임'이라는 간판이 달려 있었다.

　다쿠미가 주머니에 손을 찔러 넣은 채 다가갔다. 그 남자아이가 공을 던지고 있다. 표적은 도깨비방망이를 손에 든 붉은 도깨비의 배다.

　안타깝게도 남자아이가 던진 공은 과녁에 맞지 않았다. 미련이 남은 듯했지만 아이는 어머니로 보이는 여성의 손에 이끌려 떠났다.

다쿠미는 카운터로 갔다. 공 다섯 개에 100엔이다. 일괄로 결제하면 할인되는 모양이지만 그렇게나 할 생각은 없다.

공의 감촉을 느끼며 투구 위치에 섰다. 공을 쥐는 것은 오랜만이었다. 무심코 커브 그립을 잡고 말았다. 자신의 결정구였다.

예전 투구 폼을 떠올리며 붉은 도깨비의 배를 향해 가볍게 던졌다. 생각대로라면 곧장 과녁에 명중해야 하는데, 손에서 떠난 공은 의도와 전혀 다른 궤도를 그리며 날아가 붉은 도깨비의 어깨 부분에 맞았다.

"컨디션이 별로인걸." 혼잣말을 하며 오른팔을 돌렸다.

좀 더 신중하게 두 번째 공을 던졌다. 하지만 이번에도 과녁을 빗나가 도깨비의 넓적다리를 스쳤을 뿐이다.

다쿠미는 겉옷을 벗었다. 오기가 생겼다.

포수가 있다고 생각하고, 포수 미트를 향해 던진다는 상상을 하며 세 번째, 네 번째 공을 던졌지만 전혀 맞지 않았다. 힘이 잔뜩 들어간 다섯 번째 공은 말도 안 되는 곳으로 날아갔다.

다쿠미는 카운터로 가서 공 다섯 개를 더 받아왔다. 그제야 관객이 있다는 사실을 알아차렸다. 관객이라고는 하지만 한 명뿐이다.

스무 살이 약간 안 됐을까. 키는 크지 않고, 말랐지만 몸이 탄탄했다. 볕에 그을린 얼굴이나 헤어스타일로 보아 서퍼일지도 모른다고 생각했다. 티셔츠 위에 약간 더러운 요트파카를 걸쳤다.

구경났느냐고 한마디 해주려다가 청년의 뭐라 할 수 없는 친근한 미소를 보고 입을 다물었다. 주인을 발견한 강아지 같은 눈이었다.

다쿠미는 청년의 시선을 의식하며 공을 던졌다. 첫 번째, 두 번째 모두 빗나갔다. 요트파카 청년이 피식 웃는 모습이 눈에 들어왔다.

"뭐야. 뭐가 웃긴데." 다쿠미가 화를 냈다.

청년이 웃는 얼굴로 고개를 저었다.

"미안. 이상해서 웃은 거 아냐. 여전하다고 생각해서."

"여전하다니, 뭐가?"

"투구 폼. 이때부터 그랬구나. 팔꿈치가 다소 처진 채 팔만으로 던지는 거."

"그거 미안하군. 내버려둬."

남을 화나게 하는 재주가 있는 녀석이었다. 마음에 들지 않는 것은 투구 폼의 결점을 정확하게 간파했다는 사실이다. 예전에 감독에게서 자주 들었던 말이다. 다쿠미, 팔꿈치가 처지잖아.

세 번째 공도 빗나갔다. 네 번째도 맞지 않았다. 던지면 던질수록 제구가 더 안 좋아지는 듯했다.

"투수 중에는 신기한 타입이 있어. 홈베이스를 향해 던질 때는 전혀 제구가 안 되면서, 견제할 때는 정확하게 제구가 되는 타입. 쓸데없는 걸 생각하지 않아 어깨에 힘이 빠졌기 때문이겠지." 요트파카 청년이 말했다.

"무슨 말이 하고 싶은 거냐?"

"별로. 그런 투수도 있다는 이야기일 뿐."

이상한 소리를 하는 녀석이라고 생각했다. 하지만 그 말이 묘하게 신경 쓰였다. 홈으로 던질 때는 제구가 안 되면서 견제구는 정확. 실제로 다쿠미가 자주 들은 말이었다.

마지막 공을 손에 들고 투구 동작으로 들어가려다가 청년과 눈이 마주쳤다. 웃음기 없는 진지한 눈으로 마주 본다.

다쿠미는 숨을 한 번 골랐다. 과녁 쪽을 본 다음, 이번에는 도깨비에게 등을 보이듯이 섰다.

9회말 투아웃, 한 점 리드한 상태로 주자는 1루. 상황을 머릿속에 그렸다. 운동장의 흙냄새. 응원 소리.

재빨리 몸을 돌려 1루가 아니라 도깨비의 중심을 향해 공을 던졌다. 송구는 멋지게 노린 곳으로 갔다.

도깨비가 도깨비방망이를 들어 올리며 우워 하고 울부짖었다. 명중이다.

"해냈어. 대단해." 청년이 손뼉을 쳤다.

간신히 맞힌 다쿠미는 한숨 돌렸다. 그런 속내를 들키는 것이 마음에 들지 않았다. 게다가 어쩌다 맞힌 거라고 생각할지도 모른다. 카운터로 가서 100엔을 더 지불했다. 공 다섯 개를 가지고 투구 위치로 돌아왔다.

이번에는 처음부터 견제 방식으로 던졌다. 도깨비에게 등을 돌리고는 휙 돌아서 던진다. 제구는 아까와 비교할 바가 아니었다. 공은 연달아 과녁에 명중했고 그때마다 붉은 도깨비가 울부짖었다.

마지막 공도 멋지게 명중한 것을 확인하고 다쿠미는 상의를 손에 쥐었다. 그것을 어깨에 걸치고 밖으로 나왔다.

"해냈잖아." 청년이 말을 걸었다.

"내가 제대로 하면 이쯤이야 당연하지. 처음에는 어깨가 덜 풀렸던 거야."

"역시 견제구의 제왕다워."

"뭐? 그걸 네가 어떻게 알지?" 다쿠미가 발걸음을 멈추고 청년을 보았다.

"응? 뭐를?"

"지금 네가 말했잖아. 견제구의 제왕이라고. 내가 그렇게 불렸다는 사실을 어떻게 아느냐고."

청년이 검은 눈동자를 이리저리 굴린 후 양팔을 가볍게 펼쳤다.

"알고 있었던 게 아니라 방금 던지는 모습을 보고 그렇게 생각했을 뿐이야."

"흐음."

다쿠미는 어째서인지 신경 쓰였지만 그의 말을 믿지 않을 이유가 없었다. 고교 야구부 시절 일을 처음 보는 청년이 알고 있을 리 없다.

"아무렴 어때. 그럼 이만."

한 손을 들어 인사하고 걷기 시작했는데, 얼굴 앞에 청년이 무언가를 내밀었다. 자세히 보니 아까 쓰레기통에 버린 넥타이다.

"빨면 아직 쓸 수 있어. 아깝잖아. 넉넉하지 않을 텐데."

그 말에 울컥했지만 그보다 신경 쓰이는 점이 있었다.

"너, 언제부터 날 지켜본 거야? 무슨 꿍꿍이야?"

"지켜봤다는 말은 좀 어폐가 있어. 찾았다는 편이 더 어울리겠지.

솔직히 고생했어. 실마리라고는 '하나야시키 놀이공원'뿐이었으니까. 힌트를 좀 더 주었어도 좋았을 텐데 말이지. 덕분에 계속 입구 근처에서 기다렸다고."

무슨 말을 하는지 이해가 잘 되지 않았다. 머리가 좀 이상한 녀석이 아닌가 싶었다.

"나는 너 같은 놈 몰라." 넥타이를 뺏어 들고 몸을 돌렸다.

그러자 뒤에서 그가 말했다.

"나는 당신을 잘 알아. 미야모토 다쿠미 씨."

3

발을 멈추지 않을 수 없었다. 다쿠미는 그를 돌아보았다.

"내 이름을 어떻게 알지?"

"말했잖아. 나는 당신을 잘 안다고. 그래서 찾았어."

"너, 정체가 뭐야?"

"도키오. 미야모토 도키오." 그렇게 말하고 고개를 끄덕였다.

"미야모토? 장난치는 거냐?"

"장난 아냐." 그의 눈은 진지했다.

"그럼 대체 뭔데?"

다쿠미가 묻자, 도키오는 미간을 찡그리며 머리를 긁었다. 긴 머리카락이 흐트러졌다.

"당신에게 어떻게 설명해야 할지 계속 고민했어. 사실을 말한들 절대로 믿지 않을 거고, 머리가 이상한 녀석으로 보이는 것도 싫으니까.”

“쓸데없는 말은 집어치우고 그냥 말하면 되잖아. 정체가 뭐야? 뭣 때문에 날 찾은 건데?”

“그게…… 알기 쉽게 말하자면 친척 같은 거라고나 할까.”

“친척? 얼토당토않은 말 하지 마. 난 친척 같은 건 없어. 비슷한 건 있지만, 사실은 친척도 뭣도 아니지. 그쪽 인간들한테 너 같은 녀석에 대한 얘기는 들은 적도 없어.” 다쿠미가 내뱉듯이 말했다.

“그러니까 친척 같은 거라고 말했잖아. 적어도 한 핏줄이라고는 할 수 있지.”

“핏줄?”

“응.” 도키오가 고개를 끄덕였다.

다쿠미는 먼저 그의 얼굴을 본 뒤 약간 물러서서 이번에는 온몸을 훑었다.

“왜 그러는데?” 도키오가 기분 나쁜 듯이 말했다.

“그렇군. 이제 알겠어. 그 여자 쪽인가.”

“그 여자라니?”

“딴청부리지 마. 보나 마나 또 쓸데없는 전갈을 부탁받아 왔겠지. 그 여자, 역시 딴 데서 애를 만들었군. 태평하구만.”

“잠깐만. 뭘 오해한 것 같은데.”

“누구에게 부탁받았는지는 몰라도 그 녀석에게 전해. 내가 더는 귀찮게 하지 말라고 했다고.”

다쿠미는 다시 성큼성큼 걸었다. 이번에는 무슨 말을 해도 멈출 기미가 없었다.

하나야시키 놀이공원을 나왔을 즈음 도키오가 쫓아왔다.

"잠깐만 내 이야기를 들어줘." 그가 소매를 잡았다.

"들어주지. 네가 그 여자와 관련이 없는 인간이라면 말이야. 그럼 넌 대체 뭔데?"

도키오는 바로 대답을 하지 못했다. 그 모습을 보고 다쿠미가 그의 가슴을 가볍게 찔렀다.

"거봐, 대답 못 하잖아. 잘 알았으니 이제 꺼져." 다쿠미는 다시 걷기 시작했다.

그러나 도키오는 묵묵히 그의 뒤를 따랐다. 무언가 상당히 전하고 싶은 사실이 있는 것 같았지만 다쿠미는 들을 마음이 없었다. 그 여자와는 평생 관련되지 않겠다고 결심했다.

하나야시키 길을 빠져 나와 센소지로 향하는 도중에 도자기 가게가 있었다. 다쿠미가 그 앞에 멈춰 섰다.

"알았어. 네가 정말로 나와 같은 핏줄이라면 증거를 대봐."

"증거라니……." 아니나 다를까 도키오는 대답하기가 곤란한 모양이었다.

"손 내밀어봐. 양손 다."

"이렇게?" 그는 양손바닥을 다쿠미 앞으로 내밀었다.

"아니, 손바닥 말고 손등. 양손을 같이 내밀어봐. 나와 같은 핏줄이라면 손등에 특징이 있을 테니까."

"그런 이야기는 들어본 적이 없는데." 고개를 갸웃하면서도 도키오는 다쿠미의 말을 따랐다.

"이건 중요한 거거든."

다쿠미는 도자기 가게를 눈으로 한 번 훑고는 그중에서 가장 큰 접시를 손에 들었다. 3천 엔이라는 가격표가 붙어 있다. 그 접시를 도키오의 손등에 올렸다. 도키오는 깜짝 놀랐다.

"나와 같은 피가 흐른다면 간단히 물건을 부수거나 하지는 못할 거야."

"뭐? 잠깐만……."

"그럼 안녕." 다쿠미는 그렇게 말하고 그곳에서 떠났다. 도키오가 손등에 접시를 올린 채 꼼짝 못 하는 모습을 확인하고 발걸음을 재촉했다.

센소지 부지에 들어가 중문으로 향했다. 평일임에도 관광객이 여전히 많다. 중년 여성 몇 명이 아사쿠사 신사를 배경으로 사진을 찍고 있었다. 그녀들의 간사이 사투리를 듣고 다쿠미는 기분이 나빠졌다. 그 여자의 말투도 그랬다.

"진짜 많이 컸네. 이제 다섯 살이니?"

다쿠미는 그 여자와 처음 만났을 때를 지금도 기억한다. 장소는 불단이 있는 다다미방이었다. 부모님은 중요한 손님이 왔을 때 그곳으로 모신다.

그 여자는 얇은 분홍색 옷을 입었다. 가까이 다가가니 달콤한 향수 냄새가 났다.

그때 자기가 뭘 했는지, 무슨 이야기를 했는지는 전혀 기억에 없다. 다만 꽤 오랫동안 둘만 함께 있었다. 왜 그렇게 했는지는 오랜 뒤에 알게 되었다.

그 여자는 일 년이나 이 년 간격으로 집에 왔다. 그때마다 다쿠미에게 과자나 장난감 같은 선물을 주었다. 전부 상당한 고급품이었을 것이다.

그 여자의 방문은 차츰 다쿠미에게 침울한 일로 바뀌어갔다. 첫째로 태도가 기분 나빴다. 다쿠미를 볼 때마다 감격한 표정으로 그의 몸을 여기저기 쓰다듬었다. 화장 냄새 또한 갈수록 짙어졌다.

그 여자가 올 때마다 부모님이 싸우는 것도 우울해지는 이유 중 하나였다. 자세한 사정은 모르겠지만, 어머니는 그녀의 방문을 좋게 생각하지 않는 듯했고 아버지는 그런 어머니를 달래는 것 같았다.

다쿠미가 중학교에 진학한 이후로는 모습을 보이지 않았다. 이유는 알 수 없다. 환영받지 못한다는 분위기를 깨달았을지도 모르고, 부모님이 방문을 거절했을지도 모른다.

그 여자가 누구인지 알게 된 것은 고등학교 입시 직전이었다. 원서 접수에 호적등본이 필요했는데, 동사무소에서 서류를 떼어 온 어머니가 다쿠미에게 이상한 말을 했다.

"이대로 접수 담당자에게 건네도록 해. 절대 열어보면 안 돼."

어머니가 건넨 봉투는 단단히 봉해져 있었다.

어머니의 말이 신경 쓰인 다쿠미는 원서를 내러 가는 도중에 봉투를 열어보고 말았다. 그리고 그곳에서 '양자'라는 글자를 확인했다.

4

　중문을 지나 우마미치 길을 역 반대 방향으로 걸었다. 다쿠미는 고토토이 길을 건너 약간 나아간 지점에서 오른쪽으로 꺾었다. 늘어선 작은 집들 가운데 다쿠미가 사는 연립이 있었다. 2층 건물로, 금이 많이 간 벽에 외부 계단이 달려 있다. 난간은 피부병처럼 녹슬고 도장이 벗겨졌다.

　계단을 올라가려다가 위에 누군가가 있다는 사실을 알아차렸다. 다쿠미는 위를 올려다보고는 발을 멈췄다. 계단 맨 위 칸에 나카니시가 다리를 벌리고 앉아 있었다. 고약한 취향의 에나멜 구두의 뾰족 솟은 앞부분이 보였다.

　나카니시는 다쿠미를 내려다보며 칠칠치 못하게 입을 반쯤 벌리고 있었다.

다쿠미는 곧장 뒤로 돌았다. 그대로 달려 도망칠 생각이었지만 그러지 못했다. 바로 뒤에 남자 둘이 서 있었기 때문이다. 두 명 모두 싸구려 양복을 입고 있다. 방금 전까지 다쿠미의 세일즈 동료였다.

다쿠미는 반대쪽을 보았지만 그곳에도 길을 막듯이 남자 둘이 서 있었다. 복장으로 보아 그들 또한 나카니시의 동료이리라.

네 남자는 다쿠미를 노려만 볼 뿐 손을 대려 하지 않았다. 그렇다고 아무 짓도 안 할 거라는 생각은 들지 않았다. 그들은 지시를 기다리고 있을 뿐이다.

나카니시가 일어서서 계단을 내려왔다. 대체 누구를 의식하는 건지 오래전 야쿠자 영화에 나오는 주인공처럼 양손을 바지 주머니에 찔러 넣은 채였다. 고약한 취향의 구두가 계단을 밟을 때마다 카탕카탕 천박한 소리가 울렸다.

나카니시가 다쿠미를 노려보며 그 앞에 섰다. "아까는 신세 많이 졌다."

다쿠미의 주먹이 들어간 부분이 부어 있었다. 힘을 좀 뺐다고 생각했는데 의도한 것 이상으로 제대로 먹힌 모양이다. 저 정도면 얼굴 근육을 움직일 때마다 위화감이 느껴질 것이다. 그 때문인지 나카니시의 입가는 평소보다 좀 더 비뚤어져서 얼굴이 훨씬 기분 나쁘게 보였다.

다쿠미는 손끝으로 뺨을 긁었다. "아팠나요?"

나카니시의 얼굴이 일그러졌다. 왼손을 뻗어서 다쿠미의 멱살을 잡았다.

"감히 날 쳤겠다. 건방진 새끼. 그러고도 무사할 줄 알았냐."

"그렇다면 한 방 정도는 맞아드리죠."

"안 그래도 그럴 생각이다. 한 방으로 끝낼 생각은 없지만."

나카니시는 말이 끝나자마자 오른 주먹을 크게 치켜들었다. 피할 수 있을 정도로 느린 동작이지만, 괜히 피했다가 상대방의 화를 더 돋우는 것은 좋은 생각이 아니다. 다만 코를 맞는 것만큼은 피하고 싶었다. 다쿠미는 주먹에 맞기 직전에 얼굴을 옆으로 살짝 돌렸다. 나카니시의 박력 없는 펀치는 광대 약간 아래쪽에 맞았다. 박력은 없어도 나름의 충격은 있었다. 귀가 찌잉 울렸다.

나카니시가 멱살 잡은 손을 풀었다. 하지만 다쿠미는 풀려난 것이 아니었다. 어느 틈엔가 뒤쪽으로 돌아간 남자가 뒤에서 양팔을 붙든 모양이다. 다쿠미는 저항했지만 적의 힘이 생각보다 세서 떨쳐내지 못했다. 돌아보니 두 명이 팔을 하나씩 잡고 있었다.

나카니시가 어디서 준비했는지 각목을 가져왔다. 야구 배트처럼 들고 배를 향해 휘둘렀다. 다른 남자는 발차기를 했다. 각목과 발차기가 교대로 다쿠미를 덮쳤다. 다쿠미는 있는 힘을 끌어 모아 복근에 힘을 주었다. 그래도 몇 번에 한 번은 내장이 울릴 정도로 충격이 있었다. 고통과 함께 위에서 무언가가 역류하더니 아까 먹은 아이스크림 맛과 신맛이 함께 느껴졌다. 말이 제대로 나오지 않았고 숨쉬기도 괴로웠다. 서 있는 것도 힘들어져서 무릎이 꺾였다. 뒤에서 잡고 있던 손에서 힘이 빠졌다. 다쿠미는 그 자리에 무릎을 꿇었다.

다섯 남자는 각자 뭐라고 지껄이며 그를 차거나 각목으로 때렸다.

다쿠미는 머리를 감싼 채 몸을 돌처럼 둥글게 말았다.

누군가 외치는 소리가 들렸다. 다섯 명의 목소리는 아니었다. 동시에 다쿠미를 향한 공격이 멈췄다. 다음에 외친 소리는 다쿠미의 귀에도 확실하게 들렸다. "멈춰"라는 말이었다.

양팔로 머리를 감싼 다쿠미가 목소리가 들린 쪽을 슬쩍 보았다. 그 이상한 남자, 도키오가 달려오고 있었다. '저 바보'라고 다쿠미는 생각했다.

"넌 뭐야." 남자 중 한 명이 말했다.

"비겁하잖아. 5대 1이라니." 도키오가 소리쳤다. 손에 무언가를 들고 있다. 어디선가 주운 모양이다. 부서진 우산이었다.

"닥쳐. 꼬맹이는 빠져." 남자가 도키오의 가슴을 밀쳤다.

다쿠미도 같은 말을 속으로 중얼거렸다. '그래, 빠져.'

그러자 무슨 생각이 들었는지 도키오가 들고 있던 우산을 휘두르며 덤벼들었다. 하지만 상대는 간단히 피하고는 도키오의 안면에 주먹을 날렸다. 도키오는 뒤로 날아가 엉덩방아를 찧었다.

나카니시가 그에게 올라타 갸름한 턱을 잡았다. "넌 뭐야? 미야모토랑 아는 사이냐?"

다쿠미는 아니라고 말하려 했다. 그렇지만 숨이 꽉 찬 듯이 목소리가 나오지 않았다. 그 와중에 도키오가 대답했다. "친척이다."

다쿠미는 눈을 질끈 감았다. '쓸데없는 짓을…….'

"오호, 그러냐. 그렇다면 연대 책임이다." 나카니시가 히죽거렸다.

"그 녀석은…… 놔줘." 다쿠미가 목소리를 쥐어짜냈다. "아직 어린

애잖아."

옆에 있던 남자가 닥치라고 말하고는 다쿠미의 몸을 차려 했다. 하지만 다쿠미는 양손을 이용해 발차기를 막은 다음 그 기세를 몰아 일어서서 나카니시를 도키오에게서 떼어냈다.

"이 녀석은 관계없어. 친척 같은 게 아니고 나도 모르는 놈이다."

나카니시는 어깨를 들썩이며 코웃음 쳤다.

"감싸는 거냐. 양아치 주제에 건방진 소리를 하시네."

다쿠미가 도키오 쪽을 보고 말했다. "바보 자식, 빨리 도망쳐."

"도망 안 쳐."

"도망치라고 했잖아."

거기까지 말했을 때 머리에 충격을 받았다. 무언가로 얻어맞은 모양이다. 통증보다 먼저 의식이 희미해지는 감각이 느껴졌다. 그래도 다쿠미는 정신을 잃지 않았다. 도키오를 감싸며, 이 알지 못하는 청년에게 피해가 가는 것만은 막으려 했다. 얻어맞고 발로 차이며 왜 자기가 이런 짓을 하는지에 대해 생각했다. '나답지 않아. 평소의 나라면 이딴 녀석 아무래도 상관없었을 텐데……'

정신이 들었을 때 다쿠미는 땅 위에 누워 있었다. 뺨에 아스팔트의 감촉이 느껴졌다. 눈을 뜨니 흐릿한 시야 속에 오렌지색 요트파카가 보였다. 도키오는 양발을 앞으로 뻗고 건물 벽에 기댄 채 쓰러져 있었다. 고개를 앞으로 푹 숙여서 흘러내린 앞머리가 얼굴을 가렸다.

다쿠미는 몸을 일으켰다. 온몸의 관절이 삐걱대고 머리가 어질어

질했다. 온몸이 붓고 열이 나는 듯했다.

비틀거리며 도키오에게 다가갔다. 요트파카 어깨 부분을 잡고 "이봐" 하며 흔들었다. 도키오의 머리가 앞뒤로 흔들렸다.

흔들림이 멈추더니 도키오가 눈을 떴다. 오른쪽 콧구멍에서 피가 흘렀다. 다행히 그리 심하게 얻어맞은 것 같지는 않았다. 다쿠미는 안심했다.

"괜찮냐?" 말한 순간 입안에 피 맛이 확 번졌다.

도키오는 다쿠미를 보고 눈을 여러 번 깜박였다. 사태가 아직 이해되지 않은 얼굴이었다.

"아……아빠."

"뭐어?"

"아니, 그게 다쿠미 형이야말로…… 괜찮……아요?" 입을 벌리기 쉽지 않은 모양이다. 하는 말을 알아듣기 힘들었다.

"괜찮기는 무슨. 쓸데없는 짓이나 하고."

장을 보고 돌아오는 듯한 중년의 뚱뚱한 아주머니가 두 사람을 기분 나쁘게 바라보며 지나쳤다. 다쿠미는 그녀가 잰걸음으로 멀어져가는 것을 지켜본 다음 도키오에게 물었다. "설 수 있겠어?"

"아, 아마도."

도키오는 얼굴을 찡그리며 일어서서 청바지 엉덩이를 손으로 탁탁 털었다. 그 모습을 보고 알아차렸는데 다쿠미의 양복은 엉망이 되어 있었다. 찢어진 무릎 사이로 생생한 상처가 보였다.

"일단 우리 집으로 가자."

"이 근처구나." 도키오가 두리번거렸다.

"바로 위야." 다쿠미가 녹슨 외부 계단을 가리켰다.

열고 닫을 때마다 덜컹거리는 문을 연 순간 도키오가 작게 "우아, 더러워"라고 말했다.

"시끄러워. 불만 있으면 들어오지 말든가."

다쿠미는 낡은 가죽구두를 벗어 던지고 집 안으로 들어갔다. 다다미 세 장 크기가 채 안 되는 부엌과 다다미 여섯 장 크기도쿄 기준. 다다미한 장 크기는 88 x 176센티미터의 방 하나가 있을 뿐이다. 야한 책과 만화잡지가 이곳저곳에 널브러져 있고, 인스턴트식품과 과자 봉지가 아무렇게나 버려져 있다. 오래 청소를 하지 않았기 때문에 어디를 걸어도 바스락거리는 소리와 함께 먼지가 인다. 잡동사니를 욱여넣은 붙박이장은 반쯤 열려 꾀죄죄한 이불자락이 삐져나와 있다. 더불어 무언가가 썩은 듯한 악취가 충만하다. 다쿠미는 한 번도 세탁한 적 없는 커튼을 젖히고 창문을 열었다.

"아무 데나 적당히 앉아." 다쿠미는 그렇게 말하고는 상의를 벗고 부엌 싱크대에서 얼굴을 씻었다. 입안이 얼얼했다. 그러고는 낡은 걸레처럼 부엌에 벌러덩 누웠다. 대체 어디가 가장 심하게 다친 건지 자신도 모를 정도로 온몸이 욱신거렸다.

도키오는 방 중앙에 당황한 듯이 우두커니 서 있다가 마침내 결심한 듯이 쌓아둔 《소년 점프》 위에 걸터앉았다.

"이런 곳에 살았구나." 도키오가 신기하다는 듯이 실내를 둘러보았다.

"누추한 곳이라 미안하군."

"정말 더럽긴 해. 하지만 왠지 좀 기쁜걸."

"뭐가?"

"뭐라 해야 할까……. 이런 곳에 살았던 적도 있다고 생각하니." 도키오가 코피를 쏟았던 얼굴로 웃었다.

"기분 나쁜 녀석. 살았던 게 아냐. 지금도 열심히 살고 있다고. 그나저나 너, 용케도 여기를 알았네. 내 뒤를 쫓아온 거냐?" 다쿠미가 누운 채 도키오에게 물었다.

"뒤를 쫓고 싶었는데 놓쳤어. 그런 짓을 당했으니."

손등에 접시를 올려놓은 일을 말하는 모양이다. 다쿠미는 코웃음을 쳤다.

"갑자기 나타나서 내 친척이라고 말하는 녀석을 믿을 줄 알았냐."

"그야 뭐 의심하는 것도 당연하다고 생각해."

"당연하지. 암튼 나를 놓쳤는데 용케 여기를 알았네."

"응. 희미하게나마 기억하고 있었으니까."

"기억해?"

"전에 같이 와봤거든. 초등학생 무렵이었나, 센소지에 갔다가 돌아오는 길이었을 거야. 젊었을 때 이 근처에 산 적이 있다면서."

"누가?"

"누구냐니……." 도키오는 말하려던 입을 일단 다물었다가 이어 말했다. "아버지가."

"뭐어?" 다쿠미가 입을 떡 벌렸다. "네 아버지가 어디에 살았든 그게 나와 무슨 상관이야?"

"그건 그렇지만, 이 근처에 젊은 남자가 산다면 대개는 비슷하지 않을까 해서."

"흐음. 그럼 우연이라는 건가."

"그래, 운이 좋았어."

"좋긴 뭐가 좋아. 덕분에 얻어맞아놓곤. ……야, 담배 없어?"

"없어. 안 피우거든."

"쳇, 도움이 안 되는 녀석이군."

다쿠미는 팔을 뻗어 빈 콜라 캔을 손에 들었다. 캔을 거꾸로 하니 캔 입구에 꽁초가 보였다. 손가락으로 몇 개를 끄집어내 그중 가장 긴 것을 골라 입에 물고는 지포라이터로 불을 붙였다. 원래는 세븐 스타였을 테지만 맛은 전혀 다른 것으로 변해 있었다. 이렇게 맛없는 담배는 처음이라고 생각하면서도 계속 피웠다.

"나도 뭣 좀 물어봐도 될까?" 도키오가 말했다.

"뭔데?"

"아까 그 녀석들은 뭐야?"

"아, 그 녀석들. 일 동료야. 오늘 아침까지는 동료였지."

"무슨 일?"

"시시한 일이야. 너무 시시해서 그만뒀어. 그 김에 한 대 때렸더니 보복하러 온 거야. 이력서에 진짜 주소를 적은 게 실수였어. 그딴 이력서, 아무렇게나 적어도 상관없었을 것 같은데." 다쿠미는 맛없는 담배를 빤 뒤 연기를 뱉었다. 꽁초는 연기 색깔도 흐릿했다.

"엄청 얻어맞았네."

"뭐 그렇지."

"반격은 왜 안 했어? 좀 더 저항할 수 있었을 텐데. 권투, 한 적 있잖아?"

입으로 담배를 가져가려던 다쿠미의 손이 멈췄다. 곁눈으로 도키오를 본다.

"그 여자에게 들은 모양이군."

"그 여자?"

"시치미 떼지 마. 그딴 것쯤 다 안다고."

담배꽁초가 들고 있지 못할 정도로 짧아졌다. 끄고, 다음 꽁초를 찾았다.

권투 도장에는 반년 정도 다녔을 뿐이다. 고등학생 때였다. 야구부를 그만둔 후 무언가 열중할 것이 필요했다. 그러나 먼저 입문한 녀석들의 실력에 혀를 내두르고 자신의 한계를 느끼며 좌절했다.

"한 방 정도는 반격해도 좋았을 텐데." 도키오는 미련이 남는 모양이다.

"한 대라도 때렸으면 완전 열이 뻗쳐서 열 배로 보복했을걸."

"아빠……가 아니라, 다쿠미 형이라도 다섯 명을 때려눕히는 건 힘들구나."

"나는 그렇게 세지 않아. 만에 하나 다섯 명을 때려눕혀도 다음에는 쉰 명에게 둘러싸일 뿐이야. 녀석들은 나를 흠씬 두들기기 전까지는 포기하지 않아. 그렇다면 다섯 명의 마음이 풀릴 때까지 놔두는 편이 낫잖아?"

"그런 건가."

"그런 거야. 그보다 너에 대한 이야기를 제대로 듣지 못했는데?"

다쿠미가 그렇게 말했을 때 현관 자물쇠가 찰칵 열렸다. 문이 열리고 머리를 포니테일로 묶은 지즈루가 들어왔다. 싸구려 가죽 미니스커트를 입고, 낡은 청재킷을 걸쳤다. 부엌에 뻗어 있는 다쿠미를 본 그녀의 동그란 눈이 더욱 커졌다.

"어떻게 된 거야? 또 싸웠어?"

"싸운 게 아냐. 일 때문에 좀 다퉜을 뿐."

"다투다니……." 그녀는 뭐라고 더 말하려 했지만 방에 있는 처음 보는 청년을 보고 입을 다물었다. 도키오가 꾸벅 인사를 해서 그녀도 고개를 숙였다.

"도키오야. 나와 함께 있던 탓에 불똥이 튀었지."

"우아, 그거 안됐다." 지즈루가 미안하다는 표정을 지었다.

"지즈루, 담배."

"치료부터 해야지." 그녀는 집 안으로 들어와 다쿠미 옆에 꿇어앉았다. 그의 부은 뺨을 만진다.

"아파. 만지지 마. 그보다 담배."

"담배는 상처에 안 좋아. 잠깐 기다려. 약을 사올게. 돈 있어?"

다쿠미는 바지 주머니에 손을 찔러 넣었다. 천 엔짜리 지폐가 몇 장 있었을 터였다. 그런데 손에 닿는 것은 동전뿐이었다. 그는 얼굴을 찡그렸다. 나카니시가 떠날 때 한 말이 기억났다. 너 때문에 오늘은 공 쳤으니 변상해주실까…….

다쿠미가 주머니에서 꺼낸 손을 펼쳤다.

"320엔뿐?" 지즈루는 실망한 듯했다.

"미안. 달아둬." 다쿠미가 그녀의 허벅지를 쓰다듬었다. 그녀는 그 손을 탁 치고 일어섰다.

"가만히 기다려. 금방 돌아올 테니."

"부탁해."

지즈루는 포니테일 머리를 휘날리며 밖으로 나갔다.

다쿠미는 두 번째 꽁초에 불을 붙였다. 지즈루가 뿌린 싸구려 향수 냄새가 집 안에 은은하게 남아 있다.

"저 사람, 다쿠미 형의 여자친구?" 도키오가 물었다.

"그래. 꽤 좋은 여자지?" 다쿠미가 대답했다.

"응. ……그런 것 같아." 도키오는 어째서인지 곤란한 듯한 얼굴이었다. "그래도 결혼은 하지 마."

"왜? 저 녀석과 결혼하면 뭐 문제되는 거라도 있어?"

"아니, 그게…… 문제라고 할 것까지는 아닌데." 머리를 긁적인다.

"나는 저 녀석과 결혼할 생각이야. 지금은 무리지만."

"흐음, 그렇구나." 도키오가 고개를 푹 숙였다.

"뭐야. 왜 네가 실망하는 건데."

"실망한 거 아냐. 그냥 이래도 괜찮나 해서."

"너한테 그런 말 들을 이유 없거든. 그게 아니면 뭐야. 너, 지즈루에게 한눈에 반해서 벌써부터 질투하는 거냐?"

"그런 거 아니거든."

"그렇다면 내가 누구와 결혼하든 자유잖아. 내버려 둬."

"그야 그렇긴 한데." 도키오는 무릎을 안는 자세로 고쳐 앉았다.

몸을 일으킨 다쿠미는 다리의 통증을 참으며 책상다리를 하고 앉았다. 옆에 있던 《헤이본 펀치》1964–1988년에 발행된 성인 남성 주간지로 손을 뻗어 성인 화보 페이지를 한 장씩 넘겼다. 수영복 차림인 아그네스 럼이 햇볕에 그은 피부를 그대로 드러냈다. '그냥 홀딱 벗어버리지.' 속으로 그렇게 중얼거렸다. '지즈루는 좋은 여자지만 가슴이 이 정도로 크면 더 좋을 텐데'라고도 생각했다.

하야세 지즈루는 긴시초의 술집에서 일하고 있다. 다쿠미는 전에 그 건너편에 있는 카페에서 웨이터로 일했다. 지즈루는 출근 전에 커피를 마시는 일이 많아 자주 얼굴을 마주치다 보니 친해졌다. 처음으로 같이 잔 것은 두 번째 데이트 때였다. 바로 이 더러운 집에서였다. 이불이 너무 얇아서 지즈루는 등이 아프다고 불평했다. 이후로 데이트 전에는 이불을 햇볕에 말렸으나 그 습관도 오래가지 않았다. 다쿠미가 그녀의 집으로 가게 되었기 때문이다.

"나 왔어." 문이 기세 좋게 열리며 지즈루가 돌아왔다.

5

옷을 벗어보니 생각보다 상처가 많았고, 하나하나가 심했다. 지즈루가 상처를 건드릴 때마다 다쿠미는 분노 섞인 비명을 질렀다. 하지만 그녀는 들리지도 않는 듯 재빨리 상처를 소독하고 약을 바르고 붕대를 감았다. 손놀림이 익숙해 보였다. 그래서인지 도키오가 다쿠미 형이 자주 다치느냐고 물었다.

"그런 것도 있지만, 내가 이래 봬도 한때 간호사를 꿈꾸었거든. 간호학교도 다녔고."

"우아."

"가긴 했지만 바로 도망쳤잖아."

"그런 거 아냐. 집에 돈이 없어서 그만둘 수밖에 없었어." 지즈루가 부루퉁해졌다.

"의지만 강하면 일하면서도 다닐 수 있었을 텐데."

"말처럼 그리 쉬운 게 아니거든. 자, 치료 끝." 그렇게 말하며 다쿠미의 등을 탁 쳤다. 그는 격심한 통증에 얼굴을 찡그렸다.

"도키오라고 했니? 네 상처도 봐줄게."

"나는 됐어." 도키오는 사양했다.

"봐달라고 해. 그냥 놔두면 상처 부위가 곪아."

다쿠미의 말에 도키오는 약간 곤란한 표정을 짓고는 지즈루에게 고개를 끄덕였다. "……그럼."

도키오는 요트파카와 티셔츠를 벗었다. 몸의 선은 가늘지만 근육은 탄탄했다. 그보다 눈을 끄는 것은 햇볕에 그을린 피부다.

"잘 태웠네? 수영 같은 거라도 해?" 지즈루도 동일한 인상을 받은 모양이다.

"아, 뭐…… 그럴지도." 도키오는 고개를 갸웃하며 애매하게 대답했다.

"어라? 이건 오늘 생긴 상처가 아니네." 지즈루가 옆구리 쪽을 가리켰다. 10센티미터 정도의 상처가 있었다. 무언가에 베인 것 같다.

"뭐? 어떤 상처?" 도키오는 그곳을 확인하더니 "아, 정말이네. 오늘 다친 게 아닌 것 같아"라고 말했다.

무슨 상처인지 다쿠미가 묻자 도키오는 "글쎄" 하며 또 고개를 갸웃거렸다.

"무슨 소리야. 그 정도 다쳤으면 기억하는 게 당연하잖아. 자기 몸인데."

"그건 그렇지만, 그러니까 나도 다쿠미 형처럼 상처가 많아서."

"도키오도 자주 싸워?"

"아니, 싸움은 해본 적 없어." 지즈루의 질문에 그렇게 답하고는 다쿠미를 보고 웃었다. "태어나 처음이야. 그런 싸움을 한 건."

"그딴 건 싸움이라고 안 해. 일방적으로 두들겨 맞았는데."

"얻어맞은 것도 처음이야."

"뭘 기뻐하고 그래. 머리가 이상해진 거 아냐?" 다쿠미는 머리 옆에서 손가락을 빙글빙글 돌렸다.

"솔직히 말하면 약간 기뻤어. 때리거나 맞는 일은 지금까지 없었으니 그런 걸 동경했거든. 흥분되는 경험이었어." 반짝거리는 눈동자가 농담이 아니라는 사실을 뒷받침했다.

"흐음, 상당히 곱게 자랐나 보군." 다쿠미가 비꼬았다.

"곱게 자란 게 아니라…… 그런 걸 할 수 있는 몸이 아니었거든."

"어디 안 좋았어? 지금은 건강해 보이는데." 지즈루가 눈을 동그랗게 떴다.

"응. 이 몸은 건강한 것 같네." 도키오는 새 옷의 감촉을 확인하듯이 자기 팔을 만지작거렸다.

지즈루는 도키오의 상처에도 정성스럽게 반창고를 붙이고 붕대를 감아주었다. 다쿠미는 그 모습을 보면서 그녀의 백을 열고 담배를 찾았다. 에코 담배가 한 갑 들어 있었다. 절약 정신이 투철한 지즈루는 값싼 에코만 산다.

"그런데 다쿠미, 일 때문에 다쳤다고 했는데, 그거 그 세일즈?" 지즈루가 도키오의 손목에 붕대를 감으며 물었다.

"맞아."

"그럼 혹시 또 그만둔 거야?"

"그래."

"흐음, 그렇구나. 또 그만뒀구나." 지즈루의 옆얼굴에 실망한 빛이 떠올랐다. 그 의미를 다쿠미는 알고 있었다.

"어차피 그런 길거리 영업으로 평생 먹고살 수는 없잖아. 그런 건 단순한 아르바이트야. 화가 치밀어 오르는 걸 참으면서까지 계속하고 싶지는 않아."

"하지만 영업 성적이 좋으면 사무직으로 전환해준다고 했잖아."

"그딴 거 거짓말일 게 뻔해. 길거리 영업은 언제까지고 길거리 영업이라고."

"그렇지만 어떤 일이든 아무것도 안 하는 것보다는 낫잖아. 가만히 있는다고 누가 돈을 주는 것도 아니고."

"놀고 있을 생각 없어. 내일부터는 다시 일을 찾을 거야. 정말이라니까."

또 시작이구나 하는 생각이 들었는지 지즈루는 아무 말도 하지 않고 한숨을 쉬었다.

"고마워." 도키오가 말했다. 지즈루의 치료가 끝난 모양이다. 그녀는 미소를 지으며 몸조심하라고 말했다.

"상처를 치료하고 나니까 배가 고픈걸. 지즈루, 뭐 좀 만들어줘."

"만들려고 해도 재료 같은 건 아무것도 없잖아?"

"사와."

"돈은?"

"320엔."

"그걸론 안 돼." 지즈루가 에코 담배를 백에 넣었다. "게다가 이만 출근해야 해. 늦으면 또 월급에서 떼여."

"뭐야, 나보고 굶으라는 거야?"

"그런 말 안 했어. 게다가 나쁜 게 누군데. 일도 쉽게 포기하고. 다들 싫은 일을 참으며 일하는 거잖아. 나 역시 싫은 일투성이라고."

"싫으면 관두면 되잖아."

"나는 그렇게 못 해. 아직 길거리에서 굶어죽고 싶지는 않거든."

"죽기는 누가 죽어. 두고 봐. 반드시 내가 크게 한 방 터트려서 호강시켜 줄 테니까. 큰일을 할 거라고."

지즈루가 그의 얼굴을 빤히 바라보고는 고개를 천천히 좌우로 흔들었다. 그대로 아무 말 없이 백에서 지갑을 꺼내 천 엔짜리 한 장을 만화 잡지 위에 두었다.

다쿠미는 그딴 거 필요 없다고 말하려다 그 말을 삼켰다.

"고마워. 금방 갚을게."

지즈루는 쓴웃음을 짓고 한숨을 쉬었다.

"도키오, 이런 사람 곁에 있어 봤자 좋은 일이라고는 하나도 없어. 빨리 다른 친구를 찾는 게 좋을 거야."

그러나 도키오는 그 말을 무시한 채 천 엔 지폐로 손을 뻗었다. 양손으로 든 채 한참을 바라보다 "이토 히로부미구나"라고 중얼거렸다.

"처음 보는 건 아닐 거 아냐." 다쿠미가 손에서 지폐를 빼앗았다.

"다쿠미, 그 일은 어쩔 거야?" 지즈루가 물었다.

"그 일이라니?"

"어머니에게 가보지 않아도 돼?"

"어머니 같은 거 아니라고 했잖아. 그런 여자." 다쿠미는 그렇게 말하고 도키오 쪽을 보았다. "너, 돌아가면 그 여자에게 말해둬. 더는 나한테 관여하지 말라고."

도키오는 그 말이 무슨 뜻인지 모르는 듯 눈만 깜박였다. 입도 반쯤 벌린 채였다.

"도키오는 다쿠미의 친구 아니었어?"

"그 여자가 보낸 인간이야. 그렇지?"

"아까도 물었는데, 대체 그 여자가 누구야?" 도키오가 물었다.

"시치미 떼지 마. 그 여자는 그 여자다. 도조의 할망구일 게 뻔하잖아."

도키오의 표정에 변화가 생겼다. 무언가를 깨달은 듯 크게 숨을 들이켰다.

"도조의 할머니? 아이치 현?"

"이제야 자백했군." 다쿠미는 도키오 쪽을 돌아보고 자세를 바로 했다. "대답해. 너, 그 여자의 뭐야? 내가 보기에는 아들 같은데."

"아들? 그럼 다쿠미의 남동생?" 지즈루가 두 사람의 얼굴을 번갈 아 보았다. "하지만 전혀 안 닮았는걸."

"그런 거 아냐." 다쿠미를 바라보던 도키오가 고개를 저었다. "도조 할머니……가 아니라, 그 사람의 자식 같은 게 아냐."

"그럼 누구의 자식인데? 그 여자하고 무슨 관계야? 너는 어디서 왔고 어디로 갈 생각인데?" 다쿠미가 연달아 질문했다.

도키오는 다쿠미를 보고, 다음으로 지즈루를 보았다. 그리고 시선을 다시 다쿠미에게 돌렸다. 턱이 미세하게 떨렸다. '이 녀석, 뭐야' 하고 다쿠미가 생각했을 때 도키오가 입을 열었다.

"나는…… 혼자야."

"뭐라고?"

"외톨이야. 나는 어디에도 갈 곳이 없어. 돌아갈 곳도 없어. 누구의 아이도 아냐. 나는…… 내 부모는 이 세상에 없어. 이제 두 번 다시 그분들을 만날 수 없어."

도키오의 눈에서 갑자기 눈물이 쏟아졌다.

6

다쿠미는 지즈루와 함께 집에서 나왔다. 지즈루가 도키오를 혼자 있게 해주자고 말했기 때문이다. 영문을 몰라하던 다쿠미도 도키오의 그 모습에서는 섣불리 말을 걸 수 없는 절박함을 느꼈다.

"저 녀석, 뭐야. 갑자기 울고 말이야." 다쿠미가 걸으면서 뒤쪽의 자기 집을 엄지로 가리켰다.

"여러 사정이 있나 보지. 너처럼."

"그렇기는 하겠지만 아무 말도 안 하면 알 수가 없다고."

내 부모는 이 세상에 없어. 도키오는 그렇게 말했다. 어려서 부모를 잃어 천애고아라는 의미일 것이다. 그렇다면 사정은 좀 달라도 지즈루 말처럼 자기와 같다고 다쿠미는 생각했다.

그러나 참 이상했다. 도키오는 다쿠미와의 관계를 친척 같은 것이라고 했다. 천애고아끼리 친척이 가능한가.

다쿠미는 역으로 향하는 지즈루와 도중에 헤어져 단골 라면가게
에 들어갔다. 카운터 자리만 있는 가게로 메뉴는 라면과 군만두밖에
없다. 특출나게 맛있지는 않지만 가격이 싼 것이 장점이다. 라면과
군만두, 공깃밥을 주문하고, 물을 컵에 따라 마셨다.

군만두는 양아버지가 좋아하던 음식이다. 군만두와 맥주만 있으
면 다른 것은 무엇도 필요 없다며 혼자서 몇 접시나 주문했다. 그런
남편을 보고 양어머니는 항상 눈썹을 찡그리며 잔소리를 했다. 그렇
게 많이 먹으면 냄새가 남는다, 손님에게 미안하지도 않느냐. 그러
면 얼굴이 불콰하게 달아오른 양아버지는 손을 살랑살랑 흔들며 대
답했다. "괜찮아. 자기 전에 우유를 잔뜩 마시면 냄새 같은 건 싹 사
라져."

다쿠미도 몇 번인가 실험해보았지만 우유는 딱히 효과가 없는 듯
했다. 사실 양아버지는 군만두를 먹은 다음 날이면 숨 쉴 때마다 마
늘 냄새를 풍기며 일하러 갔다. 다쿠미는 손님이 정말 힘들었겠다고
지금도 생각한다. 양아버지는 당시 개인택시 운전기사였다.

미야모토 부부에게는 아이가 생기지 않았다. 검사 결과에 따르면
아버지 쪽에 문제가 있었던 것 같다. 두 사람은 그 사실에 크게 실망
했다. 두 사람 모두 아이를 정말 좋아했기 때문이다. 부부는 결혼하
면서 단독주택을 빌렸다. 연립이나 아파트가 아니라 단독주택을 고
집한 것은 언젠가 태어날 아이를 정원에서 놀게 하겠다는 마음 때문
이었다.

부부는 낙담하지 않고 둘이서 사이좋게 살기로 결심했다. 아이가 없어도 행복한 부부는 얼마든지 있다며 서로 위로했다.

그러나 역시 미련이 남았다. 어떤 부족함을 느꼈다. 자신의 핏줄을 이 세상에 남기고 싶었던 것은 아니다. 한 인간을 키운다는 위대한 일을 자신들도 해보고 싶다고 계속 바랐다.

결혼한 지 십 년째 되던 어느 날, 친척에게서 운명 같은 전화가 걸려왔다. 양자를 들이지 않겠느냐는 것이었다. 오사카에 사는 한 미혼 처자가 아이를 임신했는데 아버지가 누구인지 모른다고 했다. 물론 당사자는 알고 있겠지만. 아무리 추궁해도 어차피 돌아오지 않을 사람이니 밝힐 필요가 없다는 식으로 대답했다는 것이다. 처자의 어머니는 남자에게 버림받은 것이라 생각하고 임신 중절시키려 했다. 그런데 딸이 완강하게 거부했다. 그러다 배 속 아이가 점점 자라서 중절이라는 단어를 사용할 수 없게 되었다. 형태를 갖춘 생명을 죽이는 것은 가엾고, 산모도 위험해질 수 있다. 어쨌든 낳을 수밖에 없는 단계에 들어섰다.

처자의 어머니는 곤란한 지경이었다. 안 그래도 남편이 일찍 죽어 생활이 어려웠다. 그런데 아이까지 돌봐야 한다니 너무 큰일이었다. 무엇보다 처자가 아직 자립하지도 못한 어린애인데 애가 딸린 몸이어서는 제대로 결혼하기도 어려우리라.

처자의 어머니는 고민 끝에 태어날 아이를 아이가 없는 부부에게 양자로 보낼 생각을 하게 되었다. 그렇다고는 해도 어디 짐작 가는 바는 없다. 그래서 지인에게 부탁했고, 그 지인이 바로 미야모토 부부에게 전화를 건 친척이었다.

부부는 예상치 못한 일에 당혹스러워 하면서도 많은 대화를 나누었다. 양자에 대해 생각해보지 않은 것은 아니다. 다만 구체적인 대상이 결여된 상태에서는 대화를 나눈다 해도 현실성이 없다. 결국 이때 처음으로 진지한 대화를 나누게 되었다.

아이를 원한다는 마음에 변함은 없었다. 다른 사람의 아이라 해도 기르는 기쁨은 충분히 느낄 수 있으리라. 다만 아버지가 누구인지 모른다는 사실이 신경 쓰였다. 어떤 피가 흐르고 있는지 모른다는 사실에 평생 얽매일 것 같다는 느낌이 들었다.

부부는 한 가지 제안을 했다. 태어난 아이를 보고 판단하면 안 되겠느냐는 내용이었다. 실제로 아기를 보았을 때 키우고 싶다는 욕구가 생길지 어떨지 알고 싶다는 것이었다. 이 제안을 생각한 사람은 아내 쪽인 듯했다.

처자의 어머니에게 그 제안을 전하자, 그거면 된다는 대답이 돌아왔다.

약 두 달 후 처자가 출산을 했다. 남자아이를 낳았다는 말을 듣고 미야모토 부부는 기뻐했다. 가능하면 남자아이가 좋겠다고 생각했기 때문이다.

사실 두 달 동안 미야모토 부부는 설레어하며 고대했다. 아기를 보고 결론 내리겠다고는 했지만, 이미 머릿속에 새로운 가족과 함께하는 생활을 그리고 있었다. 아기 얼굴을 볼 필요도 없이 대답은 이미 나온 셈이었다.

한시라도 빨리 아기를 보고 싶다는 부부의 마음과는 달리 기회는 좀처럼 오지 않았다. 이윽고 친척에게서 연락이 왔는데, 의외의 내용이었다. 아기를 낳은 처자가 양자로 보낼 수 없다며 거부한다는 것이다.

　이야기가 다르다며 미야모토 부부는 펄쩍 뛴 모양이다. 특히 아내 쪽이 심했다. 드디어 염원하던 아기를 얻을 수 있다고 생각했다가 수포로 돌아간 셈이니 무리도 아니다. 하지만 부부는 감정에 휩싸여 친척에게 화풀이를 할 정도로 어리석지는 않았다. 평상심을 되찾은 두 사람은 누가 먼저라 할 것 없이 말했다. 자신이 낳은 아기를 떼어 내고 싶지 않은 것은 당연하다. 처자가 자기 손으로 키운다면 그게 가장 좋은 일이라고.

　결국 이때 미야모토 부부는 아기와 대면하지 못했다.

　그런데 약 일 년 후, 친척에게서 다시 전화가 걸려왔다. 아직도 그때의 아기를 받아들일 마음이 있느냐고.

　아닌 밤중에 홍두깨라서 부부는 일단 사정을 파악하고자 했다. 친척 말로는 처자가 어떻게든 자신의 손으로 키우려고 했지만, 원체 몸이 약한 터라 아이를 키우며 일한다는 것은 쉬운 일이 아니었다. 의지할 데라고는 처자 어머니의 부업이 유일했으니 제대로 먹고살 만한 상태는 아니다. 이대로는 아기가 언제 영양실조에 걸려도 이상하지 않을 상황이라 어쩔 수 없이 양자로 보내는 걸 처자도 받아들인 모양이었다.

　규슈 지방에 벚꽃이 피기 시작한 어느 날, 미야모토 부부는 오사카로 갔다. 집이라고 부르기도 초라한 판잣집이 늘어선 장소로 안내 받았다. 판잣집 중 하나에 어머니와 딸 그리고 아기가 살고 있었다. 딸은 열여덟 살이었다. 상당히 말랐고 안색도 안 좋았다. 중학교를 졸업한 후 섬유공장에서 일했지만 몸이 약하다는 이유로 해고당했다고 한다. 어머니는 왜소한 체격으로 아직 사십대 중반일 텐데 노파처럼 주름이 많았다.

아기는 습한 다다미 위에 누워 있었다. 한 살이라고는 생각되지 않을 정도로 작고 움직임도 둔했다. 가슴뼈가 앙상히 드러난 몸에서 뻗어 나온 팔다리가 움직이는 모습을 보고 미야모토 부인은 가냘픈 곤충을 연상했다.

처자의 모친은 무릎을 꿇고 잘 부탁드린다며 머리를 숙였다. 처자는 그 옆에서 가만히 고개를 숙인 채였다. 모녀가 똑같이 좀먹은 카디건을 걸쳤다.

미야모토 부인이 아기를 안아 들었다. 깜짝 놀랄 정도로 가벼웠다. 자기 무릎 위에 올리고 얼굴을 보았다. 아기는 야윈 탓에 한층 커 보이는 눈으로 그녀를 마주 보았다. 안색은 좋지 않지만 그 눈은 맑고 투명했다. 그녀에게 무언가를 호소하는 듯이 보였다.

아내는 남편을 보았다. 옆에서 들여다보던 남편은 아내와 눈이 마주치자 가볍게 고개를 끄덕였다. 이것이 두 사람의 최종 결정이었다.

미야모토 부부는 바로 아기를 데리고 돌아가기로 했다. 처자는 이미 포기했는지 딱히 반대하지 않았다. 부부는 처자의 어머니와 많은 이야기를 나누었지만 그 내용은 잘 기억이 남지 않았다. 부부가 공통되게 기억하는 것은 아기를 안고 그 집을 떠날 때 본 처자의 모습이었다. 그녀는 무릎을 꿇고 합장한 채 손끝을 깨물었다. 그 자세는 마지막까지 변함이 없었다.

고속철도가 없던 시대여서 미야모토 부부는 야간열차로 귀경했다. 열 시간이 넘는 여행이지만 아기를 안고 있으니 시간 가는 줄 몰랐다. 어린 아기와 함께라면 다른 승객이 상냥하게 대해준다는 것도 기뻤다.

이렇게 해서 다쿠미는 미야모토 집안의 아이가 되었다.

다쿠미는 라면 국물까지 싹 비우고는 자리에서 일어서려 했다. 그때 벽에 붙은 종이가 눈에 들어왔다. 군만두는 포장이 된다고 적혀 있었다.

자기가 먹은 음식값과 주머니 속 잔돈을 머릿속으로 계산했다. 라면가게에 들어오기 전 에코 담배를 샀다.

"아저씨, 군만두 이 인분 포장요."

다른 손님의 라면을 만들던 주인장이 말없이 고개를 끄덕였다.

다쿠미는 담뱃갑을 꺼내 은박지를 찢고 한 개비를 뽑았다. 카운터 위의 업소용 성냥으로 불을 붙였다. 연기가 기름투성이 천장을 향해 춤추며 올라가는 모습을 보면서 물을 한 모금 마셨다.

고등학교 시험을 며칠 앞둔 밤, 다쿠미는 부모님에게 자신의 출생에 대해 들었다. 그가 먼저 물었다고 해야 맞을 것이다. 호적등본을 보고 자신이 친자식이 아니라는 사실을 알게 된 뒤 언제 이 의문을 밝혀야 할지 고민했다. 뜻을 굳히고 질문한 것은 결심이 섰기 때문이 아니라 고민을 견뎌내지 못해서였다.

아들이 이상하다고 느낀 양어머니는 그 호적등본을 본 것이 아닌가 생각했다. 때문에 그가 물었을 때도 부모님은 크게 낙담하지 않았다. 드디어 올 것이 왔다고 체념했는지도 모른다.

이야기는 주로 양아버지인 구니오가 했다. 양어머니 다쓰코는 남편의 기억을 때때로 보충할 뿐이었다. 그녀는 시종 고개를 숙인 채 다쿠미와 눈을 마주치려 하지 않았다. 안타까운 이야기지만 그런 모습을 보고 다쿠미는 '아, 이 사람과는 진정한 모자 관계가 아닐지도 모른다'라고 느꼈다.

긴 이야기가 끝난 다음에도 다쿠미는 그다지 실감이 나지 않았다. 텔레비전 드라마 이야기를 들은 듯 객관적인 기분이었다. 큰 충격도 아니었고 슬프지도 않았다. 길러준 부모는 다쿠미가 얼마나 슬프고 분노에 가득 찬 감상을 늘어놓을지 잠자코 기다린 듯했지만, 솔직히 그는 뭐라고 말해야 좋을지 알 수 없었다.

양아버지 구니오가 입을 열었다. "아빠와 엄마는 너와 피가 이어지지는 않았다. 그러나 그뿐이다. 너를 내 자식이 아니라고 생각한 적은 단 한 번도 없고, 앞으로도 그 생각에 변함은 없다. 그러니 그 사실은 더 이상 신경 쓰지 않아도 돼. 신경 쓰지 않으면 좋겠다."

"그래, 다쿠미. 달라지는 건 없어. 엄마 역시 네게 젖을 물렸다는 느낌이 들 때도 있으니까."

은혜를 입은 두 사람에게 뭐라 할 말이 없었다. 달라지는 건 없다고 했는데, 다쿠미로서도 딱히 선택할 수 있는 다른 길이 생각나지 않았다.

"진짜 엄마는…… 그 사람이야? ……몇 년 전까지 이따금 우리 집에 왔던 그 여자. 오사카 사투리를 쓰는." 다쿠미가 고개를 숙인 채 물었다.

잠시 뜸을 들인 후 양아버지가 대답했다.

"그래. 지금은 결혼해서 도조 스미코라고 하는데, 결혼 전 성은 아사오카였다."

어떤 한자를 쓰느냐고 물으니, 양아버지가 신문광고 전단지 뒷면에 볼펜으로 도조 스미코東篠須美子, 아사오카麻岡라고 나란히 적었다.

'내 원래 이름은 아사오카 다쿠미인 건가.'

양아버지 말에 따르면, 아사오카 스미코는 아들을 양자로 보내고 삼 년 후에 아이치 현에 있는 도조라는 화과자집에 시집을 갔다. 그 사실을 미야모토 부부에게 편지로 알렸다. 어떤 경위로 결혼하게 되었는지, 상대가 어떤 사람인지까지는 적혀 있지 않았다. 그저 다쿠미에 대한 걱정과 한 번만이라도 좋으니 만나고 싶다는 마음이 편지글에서도 절절히 느껴졌다.

구니오는 그때까지 일부러 그녀와 연락하지 않았지만 이때는 답장을 썼다. 당신이 행복해지기를 기원하겠다, 다쿠미는 건강히 잘 자라고 있으니 걱정할 필요는 없다. 그런 내용이었다.

그러자 바로 두 번째 편지가 도착했다. 다쿠미를 만나게 해줄 수는 없겠느냐고 상당히 명확하게 적혀 있었다. 그것이 편지의 진짜 목적인 모양이었다.

구니오는 아내와 의논했다. 사실 그다지 마음이 내키지 않았다. 그것은 아내도 마찬가지였다. 아들은 자신들을 잘 따르는데, 갑자기 모르는 여자와 만나게 한들 놀라기만 할 뿐이다. 게다가 다쓰코에게 는 걱정되는 점이 있었다. 결혼을 통해 안정된 삶을 얻게 된 친모가 이제 와서 아들을 되찾아가겠다고 말하는 건 아닌가 하는 것이었다.

그렇다고 차갑게 내치는 것도 마음에 걸렸다. 구니오는 고민 끝에 '조만간 때가 오면'이라는 표현을 써서 적당히 얼버무렸다.

친모는 이 말을 액면 그대로 받아들였다. 아니, 문맥에 담긴 본심 을 알면서도 모르는 척했을지 모른다. 다쿠미가 다섯 살이 되었을 무렵, 갑자기 도조 스미코가 미야모토 집안을 찾아왔다.

초라했던 처자는 고작 몇 년 만에 성숙한 여성으로 변모했다. 여 전히 마르기는 했으나 여성다운 곡선이 드러나 있었다. 화장은 세련 되었고 분홍 양장도 싸구려는 아닌 듯했다.

그날 우연히 미야모토 부부 모두 집에 있었다. 스미코는 그들 앞 에서 고개를 숙이고 부디 다쿠미를 만나게 해달라고 애원했다. 뚝뚝 떨어지는 눈물이 연기로 보이지는 않았다.

지금과는 시대가 다르다. 아이치 현에서의 상경은 정신적으로도 육체적으로도 보통 일이 아니었을 것이다. 게다가 상경한다고 목적 을 이룰 수 있다는 보장도 없었다.

미야모토 부부는 다쿠미를 만나게 해주기로 했다. 다만 조건을 걸 었다. 자신이 친모라는 사실을 절대로 밝히지 말 것, 다쿠미 앞에서 눈물을 보이지 말 것, 이 두 가지였다. 스미코는 절대로 약속을 깨지 않겠다고 다짐했다.

불안하기는 했으나 미야모토 부부는 그녀와 다쿠미를 단둘이 있게 해주었다. 그녀에 대한 배려라기보다 자신들을 위해서였다. 친모가 몇 년 만에 친자식과 대면하는 장면을 지켜볼 경우, 자신들의 마음이 흔들리거나 할까 두려웠다.

다쿠미의 성장을 확인한 스미코는 부부에게 다시 한 번 깊이 고개를 숙였다. 충혈된 눈에서 금방이라도 눈물이 흘러나올 것 같았지만 마지막까지 울지 않았다. 그녀는 약속을 제대로 지켰다. 그녀가 돌아간 다음에 다쿠미가 한 말은 "그 아줌마, 누구야?"였다.

그 후 스미코는 일이 년마다 미야모토 집안을 찾아왔다. 다쿠미도 기억하는 대로다. 부부는 차츰 걱정이 들었다. 다쿠미가 성장하면서 왜 그 여성이 이따금 찾아오는지, 왜 자신과 둘이서만 있는지 이상하게 생각하기 시작했기 때문이다. 또 스미코의 눈에 어떤 집착이 자리 잡고 있다는 사실도 신경 쓰였다.

다쓰코는 앞으로는 만나러 오지 말라고 부탁하면 어떻겠느냐고 했다. 하지만 구니오는 이제 와서 그럴 수도 없지 않으냐며 아내를 달랬다.

그러나 이 문제도 이윽고 해결되었다. 스미코가 오지 않게 되었기 때문이다.

길러주신 부모님에게 사정을 들었지만 당시 다쿠미는 도조 스미코라는 여성에게 별다른 감정을 품지 않았다. 이따금 찾아오는 기묘한 아줌마라는 기억이 있을 뿐 정신적으로는 완전한 남이기 때문이다. 적어도 만나고 싶다는 생각은 전혀 들지 않았다. 이런 귀찮은 일은 지긋지긋하다는 것이 그때 느낀 솔직한 감상이었다.

상식적으로 생각했을 때 상당히 충격적인 사실을 전달받은 직후였지만 다쿠미는 고등학교 입시도 문제없이 통과했다. 고등학교에서는 야구부에 들어갔다. 부모님의 고백을 듣기 전에도 들은 후에도 딱히 변한 것은 없는 듯했다. 양아버지는 택시 운전을 하며 늦게까지 일했고 양어머니는 다쿠미를 위해서 영양가 있는 식사를 만들어 주었다.

그러나 변화는 확실하게 다쿠미를 찾아왔다. 사슬처럼 단단히 연결되어 있던 가족의 마음이 서서히 느슨해지기 시작했다.

7

라면가게를 나와 평소에 물건을 사는 슈퍼에 들렀다. 할인중인 두루마리 화장지를 계산대로 가져가서 익숙한 여성 직원에게 "그거 있나요?" 하고 물었다. 삼십대 중반으로 보이는 뚱뚱한 직원이 미소를 지으며 고개를 끄덕였다.

"있어요."

그녀는 계산대 카운터 뒤쪽에서 얇고 긴 비닐봉지에 들어 있는 것을 꺼냈다.

"항상 고맙습니다."

"고맙기는요. 어차피 버릴 건데요."

다쿠미는 오른손에 두루마리 휴지와 비닐봉지, 왼손에 군만두 꾸러미를 들고 집으로 돌아왔다.

안으로 들어오니 도키오는 붙박이장 앞에서 잠들어 있었다. 상당히 피곤했는지 코를 고는 건가 싶을 만큼 숨소리가 컸다. 다쿠미는 짐을 내려놓고 14인치 텔레비전을 켰다. 아는 사람에게 받은 중고라서 화면이 나올 때까지 시간이 좀 걸린다. 그 사이 담배를 물고 불을 붙였다.

드디어 켜진 화면에는 유명 남자 탤런트와 그가 이끄는 탐험대가 나오고 있었다. 한두 달에 한 번 꼴로 방영되는 스페셜 방송이다. 아프리카 오지라든가 남미 정글과 같은 곳에 들어간 탐험대가 매번 엄청난 발견을 하는 등 충격적인 장면이 나온다. 이번 무대는 바다인지 탐험대는 배를 타고 있었다. 호들갑스러운 어투의 내레이션을 들으니 그들의 목적이 거대 상어 발견임을 알 수 있었다. 이제 와서 〈죠스〉라니. 다쿠미는 쓴웃음을 지었다. 스티븐 스필버그의 영화가 엄청나게 히트한 것이 벌써 사 년 전이다.

담배를 피우며 도키오를 보았다. 텔레비전 소리가 작지 않은데도 일어날 기척이 없다. 다쿠미는 일어서서 붙박이장의 미닫이문을 열었다. 더러운 모포가 가장 위에 있었다. 그것을 꺼내 도키오에게 덮어주었다. 그는 다른 사람에게 이런 일을 해준 적이 없다는 사실을 깨달았다. 자신과 관계없는 인간이 감기에 걸리든 다치든 신경 쓰지 않는 사고방식으로 살아왔다.

어차피 다들 남인 거야. 혀가 꼬부라진 말투로 소리를 지르던 목소리가 다쿠미의 귓가에 되살아난다. 그것은 양아버지의 목소리였다.

양친의 고백 후에도 미묘한 밸런스를 유지하며 부모자식 관계는 유지되었다. 아이는 길러주신 부모에게 신경을 쓰고, 부모는 자식의 정신 환경을 배려했다. 말하자면 '지금까지처럼 자연스럽게 행동할 것'이라는 사명감이 위험한 외줄타기를 성공시켰다고도 할 수 있다. 부자연스럽기는 했으나, 유지할 수만 있다면 머지않아 양호한 관계로 발전했을지도 모른다. 그러나 파국은 의외의 장소에서 발생했다.

양아버지의 외도가 발각된 것은 다쿠미가 고등학교 이 학년이 된 직후였다. 양어머니가 그 사실을 어떻게 알았는지 다쿠미는 잘 알지 못한다. 어느 날 집에 돌아왔더니 양어머니가 머리가 흐트러진 채 울고 있었다. 무뚝뚝한 얼굴로 옆에 앉은 양아버지는 셔츠 소매가 찢어져 있었다.

부모와 자식은 서로 신경 쓰며 생활했다. 하지만 부부 사이에 그런 배려는 없었다. 오히려 집안을 감싸고 있는 스트레스의 여파가 그곳으로 모였다고도 할 수 있다. 양아버지는 명백하게 다쿠미와 얼굴을 마주치지 않으려 했다. 그에게 집이란 마음 편한 장소가 아니게 되었을 것이다. 그래서 다른 쾌적한 장소를 찾았다.

외도가 발각된 이래 집안의 공기는 차갑게 식었다. 더는 서로 신경 쓸 여유도 없어졌다. 그 사실이 악순환을 낳았다. 양아버지가 이번에는 인사사고를 일으킨 것이다.

일방적인 잘못은 아니라 교도소에 들어가지는 않았지만 바로 택시 업무를 재개할 수 있는 상황도 아니었다. 달리 기술이 없는 양아버지는 온종일 집 안에 있게 되었다. 그의 아내는 남편을 비난했다. 다른 여자에게 정신이 팔려 있으니 일하다 사고를 내는 것이라면서.

대꾸할 말이 없는 남편은 술로 도망치게 되었다. 그 양은 날이 갈수록 늘어났다. 자주 취해 있게 되었고 말투도 험해졌다.

취한 상황에서도 구니오는 한 가지 의문을 품었다. 수입이 없는데 아무리 봐도 아내에게서는 절박한 분위기가 느껴지지 않았다. 자기 집에 저금이 얼마나 되는지 정도는 본인도 파악하고 있었다.

어느 날 그는 아내를 미행했다. 외출하는 다쓰코에게서 수상한 기척을 느꼈기 때문이다. 그녀의 행선지는 은행, 그것도 미야모토 일가와는 관계없는 은행이었다.

은행에서 나온 그녀의 가방을 강제적으로 빼앗았다. 상당한 양의 만 엔짜리 지폐와 매달 일정한 금액이 입금되고 있다는 사실을 나타내는 예금통장이 나왔다.

입금한 사람은 도조 스미코였다. 그녀는 아들을 키워주는 답례라며 계속 돈을 보낸 것이다. 그런데 그 사실을 알고 있던 것은 다쓰코뿐이었다. 물론 의도적으로 남편에게 숨겼다.

구니오는 사실을 알고 격노했다. 혼자서만 그 돈을 썼다는 이유였다. 아내는 부정했다. 만에 하나를 대비해 쓰지 않고 예금을 했으며 다쿠미를 위해서만 쓸 생각이었다고 변명했다. 그러나 예금통장을 보건대 돈은 자주 인출되었다.

통장에 남은 돈, 지금까지 다쓰코가 쓴 돈, 앞으로 입금될 예정인 돈을 가지고 연일 부부싸움이 계속되었다. 십수 년 전, 함께 야간열차를 타고 오사카로 양자를 데리러 갔던 사이좋은 부부의 모습은 그곳에 없었다.

"어차피 다들 남인 거야."

싸움 끝에 구니오가 내뱉었다. 그때 그는 잔뜩 술에 취한 채였다. 이 말과 함께 그는 아내에게 손찌검을 했다. 다쿠미는 양아버지가 양어머니에게 폭력을 휘두르는 것을 이날 처음 보았다.

'나는 더 이상 이 집에 있어서는 안 돼.'

다쿠미는 그렇게 생각했다.

갑자기 도키오가 일어났다. 아무 낌새도 없었기 때문에 다쿠미는 깜짝 놀랐다.

"뭐야, 깨어 있었어?"

"지금 눈을 떴어." 도키오가 주위를 두리번거렸다. "그러니까 여기는 다쿠미 형의 집인 거지?"

"그래."

"그리고 올해는 1979년……이던가."

"당연한 소릴. 너, 얻어맞아서 머리가 이상해진 거 아냐?"

"아니, 괜찮아. 혹시 몰라서." 그렇게 말한 뒤 도키오는 코를 씰룩거렸다. "군만두 냄새가 나."

"정답. 배고플 것 같아서 사왔어."

다쿠미가 교자 꾸러미를 도키오 앞에 두었다.

"우아, 알고 있을 거라 생각하는데, 나도 군만두를 정말 좋아해."

"네가 뭘 좋아하는지 알 턱이 있냐. 암튼 좋아한다니 다행이다."

"다쿠미 형은 먹었어?"

"그래, 먹었어."

"라면과 군만두만 파는 가게인 거지?"

"그 가게, 너도 알아?"

"가본 적 없지만, 들어본 적은 있어." 도키오가 어깨를 으쓱했다.

"흐음, 그런 별 볼 일 없는 가게가 입소문이 나 있었을 줄이야."

도키오는 포장을 풀고 나무젓가락으로 군만두를 먹기 시작했다.
고개를 연달아 끄덕였다.

"맛있냐?" 다쿠미가 물었다.

"맛있다기보다 들은 대로인걸."

"뭐라고 들었는데?"

"맛은 좋다고도 나쁘다고도 할 수 없는데, 한번 먹기 시작하면 멈
출 수 없다고."

"하하하."

다쿠미는 웃으며 벌써 몇 개비째인지 모를 담배에 불을 붙였다.

"그 말이 맞아. 대체 누가 그런 말을 했어? 내 생각이랑 똑같네."

"우리 아버지. 오래전에 이 근처에 살았다고 했잖아. 젊었을 때 자
주 갔는지 그 이야기를 해준 적이 있어."

"흐음, 그 가게가 그렇게 오래전부터 있었구나. 전혀 몰랐어."

"지금 많이 가두는 편이 좋아. 앞으로 팔구 년 정도 지나면 없어질
테니."

"없어진다고? 망하는 거야?"

"재개발이야. 빌딩이 올라갈 거거든." 도키오는 입술을 적시고는

고쳐 말했다. "빌딩이 올라갈 것 같은 느낌이 들어. 이 주변은 엄청나게 변할 거야, 분명."

"이딴 곳, 변할 턱이 없지. 그래도 만에 하나 그 가게가 없어진다면 마음 아프겠는걸. 재개발 이야기가 나와도 열심히 버텨보라고 주인장에게 말해둘게."

"힘들걸. 투기꾼들이 있으니까."

"투기꾼? 그게 뭔데?"

"그러니까 그건……." 도키오가 고개를 젓고는 시선을 다른 쪽으로 향했다. "저건 뭐야?"

시선 끝에는 슈퍼에서 받아온 비닐봉투가 있었다. 다쿠미는 씨익 웃고는 자기 쪽으로 끌어당겼다.

"이건 내 강력한 아군이야." 봉투를 탁탁 가볍게 친다.

"식빵처럼 보이는데?"

"식빵이야. 다만 일반 식빵과는 좀 달라. 식빵을 자를 때 가장 끝부분은 상품으로 팔지 못하거든. 그 끝부분만 모은 거야. 서른 장이나 넘게 들어 있는데도 공짜지."

그러자 도키오가 갑자기 눈을 반짝였다.

"가난뱅이의 피자다."

"뭐?"

"거기에 케첩을 바르는 거지? 그런 다음 오븐토스터로 구우면 가난뱅이의 피자 탄생."

다쿠미가 자리에서 일어섰다. 웃어넘길 일이 아니었다. 그는 도키오 앞에 쭈그려 앉았다.

"그거, 누구에게 들었어?"

"누구냐니, 그냥 소문으로……."

"소문으로 들을 수 있는 게 아냐. 내가 이런 식으로 먹는다는 거 아무도 모르니까. 꼴불견이라 남에게 할 수 있는 이야기도 아니고. 그런데 너는 알고 있어. 대체 어떻게?"

도키오의 얼굴에서 웃음기가 사라졌다. 똑바로 다쿠미의 눈을 바라보았다. 다쿠미 역시 똑바로 마주 보았다.

"아버지에게…… 들었어. 우리 아버지도 같은 걸 했거든. 다쿠미 형의 오리지널이 아냐. 식빵도 케첩도 전부터 있던 거잖아." 도키오가 말했다.

"그걸 피자라고 불렀다고?"

"그런 것 같아. 다들 생각하는 건 비슷하니까."

"흐음, 아무렴 어때. 그럼 하나 더 대답해주실까." 다쿠미가 도키오의 앞머리를 잡아당겼다. "그 아버지라는 사람이 대체 누군데. 이름을 말해."

8

"아파."

"아프겠지. 놓아주길 바란다면 질문에 대답해."

"알았어. 말할게. 말할 테니 이 손 좀 놔줘."

"대답이 먼저야. 아버지 이름은?" 머리를 더 세게 잡아당기자 도키오의 얼굴이 일그러졌다.

"기무타쿠……."

"뭐?"

"기무라 다쿠야라고 해. 기무라는 흔한 성인 기무라木村. 다쿠는 다쿠미拓実할 때의 다쿠拓. 야는 그러니까 시가 나오야志賀直哉할 때의 야哉. 기무라 다쿠야. 줄여서 기무타쿠."

"왜 줄이는데?"

"몰라. 아마도 그편이 부르기 쉬워서겠지."

"흐음." 다쿠미는 머리카락을 놓았다. "잠깐만. 너, 성이 나와 같은 미야모토라고 했잖아. 그런데 아버지가 왜 기무라인데."

"사실은 기무라 도키오인데, 내 기분상으로는 미야모토 도키오인 거야. 거기에는 복잡한 사정이 있어."

"그럴 테지." 다쿠미가 도키오 앞에 털썩 앉았다. "아까는 네가 갑자기 울어서 제대로 못 들었는데, 이번에는 울어도 소용없어. 자, 그 사정이라는 걸 말해보실까."

눈물을 보였다는 사실이 부끄러운지 도키오는 머리카락에 손을 올리고 "좀 꼴사나웠나" 하고 중얼거렸다.

"너, 부모가 없어?"

"뭐, 그래." 도키오가 고개를 끄덕였다. "이 세상에는 없어. 두 번 다시 못 만나."

"표현이 이상하군. 돌아가셨다는 거 아냐?"

"그건……." 도키오가 잠시 입을 다물었다가 말을 이었다. "그래. 돌아가셨어. 병이야. 불치병."

"어느 쪽이?"

"뭐?"

"아버지와 어머니 중 어느 쪽이 병으로 돌아가셨느냐고. 설마 함께 돌아가신 건 아니겠지?"

"응, 함께는 아냐. 그래도 함께나 마찬가지야. 연달아 돌아가셨으니까."

"그래? 그건 안됐군."

"하지만 그 부모님은 내 진짜 부모님이 아니었어."

"뭐? 정말이야?"

"나는 고아였나 봐. 부모님이 날 거두어 키워주신 거고."

"흐으음." 다쿠미가 도키오의 얼굴을 빤히 보았다. "우연의 일치로 군. 나랑 똑같은걸. 사실은 나도 그래."

"응, 알아. 원래 이름은 아사오카 다쿠미. 진짜 부모는 도조 스미 코 씨, 맞지?"

다쿠미가 책상다리를 한 채 등줄기를 곧추세우고는 팔짱을 꼈다.

"그 지점이 마음에 안 들어. 왜 그렇게 나에 대해 잘 알지?"

"아버지가 돌아가시기 직전에 이렇게 말씀하셨어. 내게는 이 세상 에 단 한 명, 피를 나눈 친척이 있다고. 그게 미야모토 다쿠미라는 사람이라고. 그리고 그 미야모토 다쿠미가 누구인지 이것저것 가르 쳐주셨어. 출생이나 경력에 대해."

"왜 네 아버지가 나에 대해 알고 있는 건데?"

"몰라. 몇 년에 걸쳐서 조사한 게 아닐까?"

"뭣 때문에?"

"글쎄. 다만 아버지는 이렇게 말씀하셨어. 당신이 죽으면 미야모 토 다쿠미를 만나러 가라고."

"만나서 어떡하라고?"

"거기까지는 못 들었어. 만나면 자신이 어떻게 해야 할지 알게 될 거라고, 그렇게 말씀하셨거든. 그것만 말씀하시고는 돌아가셨어."

다쿠미는 팔짱을 끼고 도키오의 눈을 노려보았다. 농담을 하는 눈은 아닌 것 같았다. 그러나 이야기가 너무 당돌해 도무지 믿기 힘들었다.

"나와 같은 핏줄이라고?"

"응."

"대체 그게 어떤 핏줄이야. 맘에 안 들지만, 나와 같은 핏줄이라곤 도조의 할망구뿐이야. 그럼 너도 그쪽과 연결되어 있는 건가?"

"단언은 할 수 없지만 그건 아닌 것 같아. 아버지는 나와 피를 나눈 사람은 한 명뿐이라고 했거든. 도조 씨를 넣으면 두 명이 돼."

"흥, 그것도 그렇군. 하지만 네 아버지가 진실을 말했다고 단정할 수는 없잖아."

"그 말도 맞긴 해." 도키오가 시선을 떨구었다.

다쿠미는 이 이야기를 믿어도 좋을지 어떨지 알 수 없었다. 자신도 모르게 자기를 조사하던 인간이 있었다니 기분 좋은 일은 아니다. 게다가 처음 보는 청년이 갑자기 같은 핏줄이라고 말한들 실감이 들 리 없다. 질 나쁜 함정인가 하고 의심하는 마음도 있다. 그러나 도키오를 보고 있으면 어딘지 친근한 느낌이 드는 것도 사실이었다. 적어도 그가 자신에게 악의를 갖고 있다고는 생각되지 않았다.

"너, 지금 무슨 일 하냐? 학생이냐?"

"아, 그게, 학생은 아냐. 프리터라 해야 할까."

"프리터? 뭐야, 그게. 들어본 적이 없는 일인걸."

"직업 이름이 아냐. 프리터란 여러 아르바이트를 전전하고 있다는 뜻이야. 예전에는 프리 아르바이터라고 했던 것 같은데, 몰라?"

"모르겠는데."

"그렇구나……. 모를 수도 있겠다."

"뭐야. 말하자면 직업이 없다는 거네."

"뭐, 다르게 말하면."

"무직이면 무직이라고 말하면 되잖아. 허세 부리지 마. 쳇, 다 큰 녀석이 직업도 없는 건가." 다쿠미는 문득 어떤 사실을 깨닫고 머리를 긁적였다. "솔직히 지금은 나도 잘난 체할 수 없지만."

"지즈루 누나 말로는 일을 꽤 많이 바꾼 것 같던데."

"바꾸고 싶지 않았어. 어울리는 일을 찾지 못한 것뿐이라고. 어딘가에 내가 불타오를 수 있는 일이 있을 거라 생각하는데 말이지."

"조만간 찾게 될 거야. 꼭." 도키오가 꽤나 자신만만하게 고개를 끄덕였다.

"그렇다면 다행이고." 다쿠미가 코밑을 문질렀다. 기분이 나쁘지는 않았다. 모든 사람이 일에 대한 그의 생각이 어설프다고 지적했다. 그런 사고방식으로는 어떤 일을 하더라도 오래하지 못한다, 자신에게 어울리는 일 따위는 없다, 일에 맞춰 자신을 바꿔야 한다 등등. 항상 그런 말을 들었다. 지즈루조차 다쿠미를 경멸하는 듯한 눈으로 볼 때가 있다. 도키오는 처음으로 다쿠미의 생각을 긍정해준 사람이었다.

"집은 어디야?"

"기치조지……였어."

"기치조지였다는 게 무슨 뜻이야?"

"거기 살았다는 의미야. 부모님이 돌아가시기 전까지는."

"지금은?"

도키오가 고개를 저었다. "지금은 집 없어."

"그럼 오늘까지 먹고 자는 건 어디서 해결했는데?"

"그냥 여기저기. 역 대합실이나 공원이나."

"뭐야, 무직에 노숙자라니. 나보다 더 심하잖아."

"하하하. 그럴지도 모르겠네."

"웃을 일이 아냐. 쳇, 같은 핏줄일 거라면 어디 부잣집 도련님이 좋은데."

"면목없어." 고개를 숙이자 도키오의 배에서 배꼽시계가 울렸다.

"노숙자인 데다 결식아동이라니. 군만두로는 부족했던 모양이네." 다쿠미가 맥이 빠진 듯한 표정을 지어 보였다. "그렇다고 달리 먹을 것도 없고. 알겠지만 돈도 없어. 너, 돈 좀 없어?"

도키오가 청바지 주머니를 뒤져 천 지갑을 꺼냈다. 거꾸로 들고 흔드니 100엔 동전 네 개, 10엔 동전 다섯 개가 떨어졌다.

"의외로 많네."

"450엔 가지고 허세 떨지 마. 좋아. 일단 이건 내가 맡아두지."

"뭐? 왜?"

"너, 묵을 데도 없잖아. 어차피 오늘 밤은 여기서 잘 수밖에 없을 테고. 그렇다면 숙박비 정도는 받는 게 당연하잖아?"

"그럼 그거 먹게 해줘." 도키오는 불만인 듯이 입을 삐죽 내민 뒤

식빵 끄트머리가 담긴 비닐봉지를 가리켰다. "가난뱅이의 피자, 한 번 먹어보고 싶었어."

"말해두겠지만 네 이야기를 다 믿는 건 아냐." 다쿠미가 오븐토스터에서 가난뱅이의 피자를 꺼내며 말했다.

"냄새 좋다." 도키오가 코를 실룩거렸다.

"네 이야기에는 중요한 부분이 쏙 빠져 있어. 나와 네가 어떻게 핏줄이라는 건지 나와 있지 않아. 왜 네 부모가 죽기 직전에 그런 이야기를 했는지도 확실하지 않고. 생각하면 생각할수록 수상해."

"믿어주면 좋겠는데."

"네가 거짓말을 하는 게 아니라면, 네 아버지가 거짓말을 한 거겠지. 뭣 때문에 그랬는지 전혀 모르겠지만 말이야. ……자, 완성이다."

다쿠미는 더러운 접시에 '가난뱅이의 피자'를 올려서 도키오 앞에 두었다.

"잘 먹겠습니다." 도키오가 그 피자를 입에 물더니 눈을 크게 떴다. "맛있어. 피자와는 전혀 비슷하지 않은데 맛있어."

"빵은 얼마든지 있으니까 마음껏 먹어. 다만 케첩은 아껴 먹고."

다쿠미는 담배를 피우며 도키오가 먹는 모습을 지켜보았다. 같은 핏줄이라는 말을 들은 탓인지 남 같다는 생각이 들지 않았다.

도키오가 먹던 것을 멈췄다. 그의 눈은 텔레비전에 꽂혀 있었다. 브라운관 안에서 핑크 레이디가 춤추며 노래를 부르고 있다. 〈핑크 타이푼〉이라는 곡이었다.

"핑크 레이디다……." 도키오가 중얼거렸다.

"그게 왜?"

"젊어. 이렇게 젊을 때도 있었구나."

"무슨 소리야. 이 녀석들의 장점이라고는 젊다는 것뿐이잖아."

"이 곡, 어딘가에서 들어본 적이 있는데." 잠시 생각한 도키오가 말했다. "맞아. 빌리지 피플의 〈인 더 네이비〉야. 우아, 일본인이 커버했구나."

"니시시로 히데키가 〈영 맨〉으로 히트를 쳤으니 그걸 노리고 따라 한 거지. 〈UFO〉라는 곡으로 레코드 대상도 받았고, 지금은 뭘 해도 잘 먹힐 때인 거야."

"내 기억……." 도키오가 고개를 젓고는 말했다. "내 예상으로는 핑크 레이디는 조만간 해체할 거야."

"뻥치지 마. 캔디스가 해체한 지 얼마 되지도 않았는데."

"뻥?"

"거짓말하지 말라는 뜻이야. 몰라?"

"아니, 알고는 있는데 다쿠미 형이 그 말을 쓰는 줄은 몰랐어." 도키오가 눈을 깜박였다.

"이상한 녀석." 다쿠미가 팔을 뻗어 텔레비전 스위치를 껐다.

케첩 바른 식빵 끄트머리를 다 먹은 도키오가 손을 탁탁 털었다.

"그런데 지즈루 누나가 한 말은 무슨 뜻이야?"

"녀석이 뭐라고 했는데?"

"어머니에게 안 가봐도 괜찮겠냐는 말. 아마도 도조 씨를 말하는 것 같은데."

"아, 그거."

다쿠미가 담뱃불을 비벼 껐다. 도키오에게 말해야 할지 말지 고민했다. 생판 남이라면 절대로 이야기하지 않았을 것이다.

다쿠미는 일어서서 냉장고 위에 놓아둔 우편물 다발 속에서 한 통의 편지를 꺼내 들었다.

"네 말을 다 믿는 건 아니지만, 일단 너에게도 보여주지."

"봐도 될까……."

"응, 상관없어."

도키오는 봉투 뒷면을 보았다. 보낸 사람을 확인한 모양이다.

"도조 준코는 누구야? 도조 집안 사람이라는 건 알겠지만."

"그 여자 딸이야. 의붓딸. 그 여자는 후처로 들어갔거든."

"아, 들은 적 있어."

"기무타쿠에게?"

"응, 맞아." 도키오는 편지봉투 안에서 편지지를 꺼냈다.

편지 내용은 다쿠미가 부디 이쪽으로 와주었으면 한다는 것이었다. 도조 스미코가 병에 걸렸다. 더구나 나을 가능성이 희박하다. 마지막으로 한 번이라도 좋으니 친아들 얼굴이 보고 싶다고 한다. 그 소망을 들어주고 싶다는 내용이었다.

편지를 다 읽은 도키오는 주저하며 입을 열었다. "무시할 셈이야?"

"너까지 가라고 말하는 건 아니겠지?"

"명령은 못 하겠지만, 가는 편이 좋지 않을까."

"왜?"

"왜냐니? 불쌍하잖아."

"불쌍하다고? 누가? 그 여자가? 너, 내가 어떤 식으로 버려졌는지 아버지에게 못 들었어? 개나 고양이 새끼처럼 키우는 게 힘들어졌다며 남에게 넘겼다고. 그런 짓을 한 여자를 왜 내가 불쌍하다고 여겨야 하지?"

"마음은 잘 알겠는데." 도키오가 다시 한 번 편지지를 확인했다. "여비와 기타 비용도 내겠다고 적혀 있어."

"돈 문제가 아냐." 다쿠미는 도키오에게서 편지를 빼앗아 냉장고 위에 다시 두었다.

9

눈을 뜨니 방 안에 어째서인지 탄 냄새가 났다. 다쿠미는 눈을 비비며 몸을 일으켰다. 부엌에서 모포를 두르고 자고 있었을 터인 도키오의 모습이 없다. 창문 커튼이 열려 강한 햇살이 다다미를 비추고 있었다.

하루에 오 분씩 시간이 어긋나는 자명종을 보았다. 오전 11시가 넘은 시각이었다.

이불을 아무렇게나 개켜서 붙박이장에 욱여넣었다. 어제 맞은 상처가 쑤신다. 세면실로 가서 주저하며 얼굴을 보았다. 뺨의 부기는 많이 가라앉은 듯했으나 대신 파랗게 멍이 들었다.

식빵 끄트머리가 꽤 줄어 있었다. 도키오가 먹은 모양이다. 안 좋은 예감이 들어서 냉장고 문을 열었더니, 아니나 다를까 케첩도 엄청 줄어 있었다.

'그 자식, 케첩은 아껴 먹으라고 했는데.'

에코 담뱃갑으로 손을 뻗어 한 개비 뽑으려고 했다. 그때 담뱃갑
겉면에 볼펜으로 무언가 적혀 있는 것을 알아차렸다.

"잠깐 산책 좀 하고 올게. 열쇠 빌려가. 도키오."

정신이 번쩍 들어 벗어둔 바지 주머니를 뒤졌다. 열쇠고리는 있지
만 현관 열쇠만 빠져 있었다. 열쇠고리에는 원래 열쇠가 두 개 있었
다. 남은 하나는 지즈루의 집 열쇠였다.

"그 자식……" 다쿠미는 담뱃갑 구멍에 손가락을 넣었다. 그런데
안은 텅 비어 있었다. 어젯밤에 마지막 한 개비를 피운 사실이 떠올
랐다. 혀를 차며 빈 담뱃갑을 집어던졌다.

그때 현관문이 열렸다. 도키오가 돌아왔나 했는데, 지즈루가 얼굴
을 내밀었다. 오전 중에 오는 일은 드물었다.

"일찍 왔네?"

"다친 덴 좀 어때?"

"그냥 그래. 멍이 좀 들었지만."

지즈루는 그의 얼굴을 정면에서 빤히 관찰하며 "뭐, 이 정도면 크
게 눈에 안 띄겠네. 괜찮을지도 모르겠어"라고 말했다.

"뭐야. 뭐가 괜찮은데."

"이거." 전단지 같은 것을 내밀었다. 종이를 받아든 다쿠미는 거기
인쇄된 내용을 읽고는 얼굴을 찡그렸다. 경비회사의 직원 모집 광고
였다.

"야, 나보고 빌딩 경비원을 하라는 거야?"

"훌륭한 일이잖아. 오늘 면접이 있는 것 같으니 가보면 어때?"

"헛소리 좀 하지 마. 나는 여기를 쓰는 일이 하고 싶다고." 다쿠미가 자신의 관자놀이를 가리키며 말했다. "경비원 따위나 하고 있을 몸이 아냐."

"그런 말이나 하다간 전세계의 경비원들에게 혼날걸. 순간적인 판단력이 필요한 일이니까. 다쿠미의 풀밭 머리로는 힘들지도 모르겠지만, 일단 가보는 게 어때?"

"뭐야, 풀밭 머리라니."

"뇌세포 대신 풀만 가득할 것 같은 머리."

"내가 바보라는 거야?" 다쿠미가 전단지를 집어던졌다. "바보가 아니니까 장래에 대해 여러모로 생각하고 있다고. 나는 꿈을 가질 수 있는 일이 하고 싶어. 경비원을 한다고 억만장자 될 수 있어? 수영장 딸린 저택에 살 수 있어? 항상 말했잖아. 나는 큰일이 하고 싶다고. 크게 한 방 터트리고 싶다고. 어차피 일을 해야 한다면 꿈이 있는 그런 이야기를 가져와."

지즈루가 떨어진 전단지를 주워들고는 깊은 한숨을 내쉬었다.

"큰일이 하고 싶다. 크게 한 방 터트리고 싶다⋯⋯." 한 번 더 한숨을 내쉰다. "그건 진짜 바보나 하는 말이야."

"뭐라고?"

"부탁해. 면접을 보러 가줘. 그리고 가능하다면 채용될 수 있게 노력해줘." 지즈루가 바닥에 양쪽 무릎을 꿇고 고개를 숙였다.

"지즈루……."

당황스러운 와중에 갑자기 문이 열리고 종이꾸러미를 든 도키오가 들어왔다.

"어라, 지즈루 누나. 뭘 사과하고 계세요?"

지즈루는 대답하지 않았다. 그래서 다쿠미가 그녀가 가져온 전단지를 도키오에게 보여주었다.

"사과하는 게 아니라 나보고 여기 가라는 거야."

전단지를 보고 도키오가 고개를 끄덕였다.

"우아, 경비원이라. 재미있어 보이네."

"그래, 네가 가. 너도 무직이잖아."

"다쿠미." 지즈루가 고개를 들었다. "진지하게 생각해줘."

진지한 그 눈빛에 다쿠미는 쩔쩔매다가 결국 "별수 없군"이라며 작은 소리로 대답했다.

지즈루가 어딘가에서 조달해온 양복은 색이 투박했지만 사이즈는 다쿠미에게 딱 맞았다. 넥타이를 매니 일단 제대로 일하는 사람처럼 보인다.

"경비원이니 넥타이는 필요 없잖아."

"면접은 다르지. 첫 인상이 중요해." 지즈루가 넥타이 각도를 조절하며 말했다.

"잘 어울리네." 도키오가 히죽거렸다. 그는 다다미 위에 신문을 펼쳐놓고는 한 자도 빠짐없이 읽고 있다. 들고 온 종이꾸러미는 역에서 주운 신문이었다. 세상에서 어떤 일이 일어나고 있는지 알고 싶다고 했다. 용궁으로 여행을 떠났다가 몇십 년 만에 다시 돌아온 우라시마 타로도 아니고, 정말로 이상한 녀석이라고 다쿠미는 생각했다.

"나, 전철비 없어."

"어제 내 돈 빼앗아갔잖아." 도키오가 말했다.

"450엔으로 뭘 할 수 있다고."

지즈루가 한숨을 쉬고는 지갑에서 천 엔짜리 두 장을 꺼냈다.

"만약의 경우에 대비해 빌려주는 거야. 이상한 데 쓰지 마."

"땡큐." 다쿠미가 지폐 두 장을 주머니에 욱여넣었다.

다쿠미는 지즈루와 도키오의 배웅을 받으며 집을 나섰다. 마음이 내키지 않는 출발이었다.

경비회사 사무실은 간다에 있었다. 전단지 속 지도에 표시된 장소에는 지은 지 삼십 년은 훌쩍 넘겼을 듯한 낡은 빌딩이 서 있었다. 그곳 3층이 사무실인 모양이다.

면접은 오후 3시부터라고 했다. 지즈루에게 빌린 손목시계를 보니 아직 이십 분 정도 여유가 있었다. 다쿠미는 주위를 둘러보았다. 파친코 간판이 눈에 들어왔다.

'오늘 운수나 한번 점쳐볼까.'

어슬렁어슬렁 그곳을 향해 걸어갔다.

이십 분 후에 가게를 나왔을 때 그는 기분이 최악이었다. 중간까지는 운이 좋다고 느꼈는데, 어느 순간부터 파친코 구슬이 전혀 들어가지 않더니 썰물 빠지듯 구슬이 다 사라지고 말았다. 1500엔을 잃었다는 의미였다.

'운이 지지리도 없군.'

다쿠미는 길가에 침을 뱉었다.

빌딩 엘리베이터를 타고 3층 사무실에 도착했을 때는 오후 3시가 지나 있었다. 문을 여니 접수 카운터 같은 곳에 백발 남성이 앉아 있었다. 짙은 감색 제복을 입고 있다.

"저기, 면접 보러 왔는데요." 다쿠미가 남자에게 말했다.

백발 남성이 힐끗 올려다보았다. 안경 렌즈에 형광등 불빛이 반사되었다.

"면접은 3시부터인데 늦지 않았나." 남자가 인상을 찌푸렸다.

"그게, 죄송합니다." 말 많은 영감탱이라고 다쿠미는 생각했다. 살짝 늦었을 뿐이잖아.

"경비 일은 시간 엄수가 절대 조건이야. 그런데 면접부터 늦으면 말이 안 되지. 대체 무슨 생각으로 온 건가."

다쿠미는 말없이 고개를 숙였다. 분노가 가슴에 차오르기 시작했다. 그 분노의 일부는 지즈루를 향한 것이기도 했다.

'젠장, 왜 내가 이런 인간에게 이따위 취급을 받아야 되는데?'

"다른 지원자 중에는 삼십 분 전에 온 사람도 있네. 그게 사회의 상식이라는 거야. 알고 있나? 이봐, 무슨 말이라도 해보지 그래?"

죄송하다고 간신히 말했다. 한계가 가까웠다.

백발 남성이 혀를 차며 오른손을 내밀었다.

"좋아. 면접을 봐줄 테니 이력서를 제출하게." 그리고 다시 한 번 혀를 찬다.

이 두 번째 혀를 찬 행위가 간신히 붙들고 있던 마지막 인내의 끈을 끊어버렸다. 다쿠미는 이력서를 꺼내려던 손을 멈추고 백발 사내를 노려보았다.

"뭐야, 빌어먹을 영감탱이. 잘난 듯이 지껄이기는. 고작해야 야간 경비 주제에. 그딴 건 내가 사양이야." 카운터를 있는 힘껏 발로 차고는 상대가 놀라서 뭐라 말도 못하는 사이에 빙글 방향을 돌려 사무실을 나왔다. 마지막 결정타처럼 문을 세차게 닫았다.

엘리베이터로 1층에 내려올 때까지도 분노가 가라앉지 않았다. 하지만 빌딩을 나와 역을 향해 걸어가는 도중 후회가 밀려왔다.

'어쩌지. 저질러버렸어.'

아무리 생각해도 잘못은 자신에게 있었다. 면접 전에 파친코 가게에 간 것이 문제였다. 마음이 내키지 않는 면접이기는 했으나, 일단 면접을 치르지 않으면 지즈루를 볼 면목이 없다.

간다에서 국철을 타고 우에노에서 내렸다. 터벅터벅 집을 향했으나 지즈루가 기다리고 있을 거라 생각하니 마음이 무거웠다. 결국 발이 다른 방향으로 향하고 말았다.

정신을 차렸을 무렵에는 나카미세 길을 걷고 있었다. 익숙한 길이다. 그는 옆으로 빠져 뒷골목 쪽에 있는 카페에 들어갔다. 최근에 생긴 가게였다. 커다란 유리창이 있어 가게 앞을 지나다니는 사람을 구경할 수 있다. 가게 안은 손님으로 붐볐다.

가장 안쪽 자리에 앉아 커피를 주문했다. 여기서 시간을 때울 수밖에 없다.

테이블은 텔레비전 게임기를 겸한 것이었다. 게임 종류는 물론 '스페이스 인베이더'였다. 올해 들어 이상하게 붐이었다. 지금도 이 가게 손님은 대부분 게임에 열중하고 있다. 커피를 마시며 대화를 나누는 손님은 한 명도 없었다. 모두 고개를 숙이고 화면을 응시중인데, 양손은 조작 레버를 잡은 채다.

다쿠미는 주머니에 손을 찔러 넣었다. 파친코에 제법 써버렸기 때문에 남은 것이라곤 잔돈밖에 없었다. 커피값을 뺀 뒤 남은 100엔 동전을 테이블 끝에 쌓았다. 맨 위에 있는 동전을 천천히 기계에 넣었다.

잠시 후 그는 전자음을 울리는 작업에 몰두했다. 왼손으로 레버를 움직이고 오른손으로 버튼을 누른다. 스페이스 인베이더에는 오래 전부터 푹 빠져 있었다. 어떻게 하면 효과적으로 적을 없앨 수 있는지, 고득점 UFO는 어떻게 격추하는지 빠삭하게 꿰고 있었다.

처음 100엔으로 꽤 오랜 시간을 보낼 수 있었다. 그만큼 고득점을 기록했다는 뜻이다. 실은 그 자리의 최고 득점이었다. 다음에는 그 점수 이상을 목표로 다시 100엔을 넣었다.

첫 번째 판을 간단히 깨고, 잠시 고개를 들었을 때였다. 거리에 접한 유리창 너머로 지즈루의 모습이 보였다. 그녀는 두리번거리며 가게 안으로 들어오려 했다.

다쿠미는 무심코 테이블 구석으로 숨었다. 들키면 무슨 비난을 당할지 알 수 없었다.

잠시 그 자세 그대로 있다가 조심스레 고개를 들었다. 지즈루는 보이지 않았다. 그가 있다는 사실을 알아차리지 못한 모양이다.

'십년감수했네.'

다쿠미는 게임을 재개했다.

집으로 돌아오니 도키오가 아직도 신문을 읽고 있었다. 펼쳐진 신문 위에 올라탄 상태로 "어서 와"라고 말했다.

"열심히 보고 있네. 재미있는 기사라도 있어?"

"응, 이것저것. 대처가 선진국 최초의 여성 수상이 된 게 최근 일이었구나."

"아, 그러고 보니 그랬지." 양복을 벗어 옷걸이에 걸었다. "지즈루는 없어?"

"응. 한 시간쯤 전에 나갔어."

한 시간 전이면 카페에 나타났을 무렵이다. 왜 그곳에 왔을까.

"면접은 어땠어?"

"영 글렀어." 다쿠미는 트레이닝복 바지와 스웨트셔츠로 갈아입고 바닥에 누웠다.

"글렀다고? 경쟁이 치열했어?"

"응. 뽑을 녀석은 연줄 같은 걸로 이미 결정돼 있는 느낌이더라."

"뭐야, 사기잖아."

"맞아. 완전 열받더라고." 터무니없는 소리를 늘어놓고 있다. 확실히 좀 찔렸다.

"안 됐다고 하면 지즈루 누나가 실망할 텐데."

도키오가 말했다.

"그 녀석이 무슨 말이라도 했어?"

"상당히 기대했나 봐. 이번에야말로 착실하게 일했으면 한다고."

"쳇. 항상 그 말뿐이야." 머리카락 사이로 손을 집어넣고 벅벅 긁었다.

도키오가 신문을 덮었다. 하품을 한 번. "아, 왠지 배고프다."

"빵이라도 먹어."

"연달아는 힘들어. 먹을 걸 좀 사오자."

"돈 없어."

"뭐? 왜?" 도키오가 눈을 동그랗게 떴다. "아까 지즈루 누나한테 2천 엔 받았잖아."

"그건…… 면접 비용으로 사라졌어."

"뭐? 면접을 보는 데 왜 돈이 들어가?"

"내가 어떻게 알아. 비용이 있는 걸 나보고 어떡하라고."

"그럼 어제 450엔은?"

"그것도 다 썼어. 전철비로."

"이상하네. 오늘 여기서 간다까지 갔다 온 거잖아. JR······이 아니라, 국철1987년에 일본철도가 분할 민영화되기 전까지는 국철(일본국유철도)이라 불렸다이 아무리 이달에 요금이 인상됐다고 해도 신문에서 보니까 기본요금이 100엔이라던데."

"시끄러워. 없는 건 없는 거니 어쩔 수 없잖아."

"그럼 오늘 저녁밥은 어쩔 거야?"

"그런 거 어떻게든 돼. 게다가 너, 대체 언제까지 여기 있을 생각이야. 나는 여기 머물게 해주겠다고 허락한 기억 없어. 빨랑 어딘가로 가버려." 다쿠미는 도키오에게 등을 보이며 돌아누웠다.

10

그날 저녁은 결국 가난뱅이의 피자와 인스턴트 라면이었다. 스페이스 인베이더를 하고 남은 돈으로 간신히 라면은 살 수 있었다.

"이런 식생활을 하면 몸에 안 좋아. 중성지방이나 콜레스테롤이 쌓일 거야." 도키오가 라면 국물을 싹 비우고 말했다.

"그게 뭔데? 어려운 말이나 하고 말이야."

"별로 어려운 단어도 아니잖아. 혹시 몰라? 콜레스테롤."

"들은 적은 있어. 전화를 받은 사람이 돈 내는 거잖아."

"그건 콜렉트 콜."

"시끄러워. 뭐든 무슨 상관이야. 내 덕에 끼니를 해결하는 주제에 불평하지 마. 싫으면 먹지 말고."

"450엔 냈잖아. 이 라면, 하나에 100엔도 안 하는걸."

"어제 군만두 먹었잖아."

"그런 거 300엔도 안 할걸."

"수고비라는 게 있잖아." 다쿠미는 도키오를 노려보았다. 도키오도 지지 않고 노려보았다. 잠시 그러고 있다 다쿠미가 먼저 시선을 돌리고는 담뱃갑으로 손을 뻗었다.

도키오가 키득키득 웃었다.

"기분 나쁜 녀석."

"아니, 왠지 이러는 게 즐거워서. 이런 식으로 말싸움한 적은 없었거든."

"누구와?"

"그러니까……." 도키오가 뭐라 말하려다가 고개를 저었다. 고개를 숙인다. "아니, 됐어."

"이상한 녀석." 다쿠미가 텔레비전을 켰다. 디스코 사운드와 함께 젊은이들이 춤추고 있다. 혀를 차며 채널을 바꿨다. 존 트라볼타가 영화에서 춤을 춘 이래, 다들 기묘한 춤을 추는 데 열심이다.

"저기, 지즈루 누나는 좋은 사람이더라." 도키오가 중얼거렸다.

"갑자기 무슨 소리야?"

"오늘도 날 걱정해줬어. 다친 덴 어떠냐며."

"간호사를 꿈꿨으니까."

"그래서 신기해. 다쿠미 형은 왜 그 사람과 결혼하지 않았는지."

"이상한 말 하지 마. 결혼할 생각이라고 말했잖아. 지금은 좀 힘들지만……." 뺨을 긁는다.

"결혼…… 할 수 있으면 좋겠다."

"네 걱정은 필요 없어." 다쿠미는 텔레비전 화면으로 시선을 돌렸다. 이 인조 여자 프로레슬러 '뷰티페어'가 개그맨을 상대로 기술을 거는 중이었다. 입을 크게 벌리며 소리 내어 웃었다.

새벽 1시가 넘어 두 사람은 일단 이불 속으로 들어갔지만 다쿠미는 금방 일어났다. 아무래도 신경 쓰이는 점이 있다. 지즈루였다.

경비회사 면접을 보러 가라고 했으니 당연히 결과가 신경 쓰일 것이다. 술집 일이 끝나면 바로 다쿠미의 집으로 올 거라고 생각했다. 그런데 새벽 1시가 되어도 올 기미가 없다. 긴시초의 술집은 12시 반까지로, 지즈루는 전철을 이용해 아사쿠사바시로 돌아간다. 그 후 역에 세워둔 자전거로 다쿠미의 집까지 오면 1시 전에 충분히 도착했을 터였다.

오늘 밤에는 올 마음이 없다는 것인가. 그러나 면접 결과를 궁금해하지 않을 것이라고는 생각하기 힘들었다. 아니면 무슨 일이 있어서 상당히 피곤한 상태인가.

다쿠미는 이불에서 나와 옷을 입었다. 바로 도키오도 몸을 일으켰다. 아직 잠들기 전이었던 모양이다.

"이런 시간에 어디를 가려고?"

"응, 잠깐 나갔다 올게."

"그러니까 어디를?"

귀찮다고 생각하면서도 "그 녀석 집. 지즈루네"라고 대답했다.

"아, 그렇다면 방해하지 않는 편이 좋겠네." 도키오가 수긍했다.

"뭐야, 그런 거 아니라고. 면접 결과를 일단 보고해둘까 해서." 거기까지 말했을 때 문득 생각난 것이 있었다. 도키오를 내려다보며 말했다. "너도 같이 갈래?"

"나? 왜?"

"아니, 딱히 이유가 있는 건 아냐. 싫으면 안 와도 돼."

솔직히 도키오가 함께면 지즈루의 추궁을 피할 수 있지 않을까 하는 계산이 있었다. 둘이서만 이야기하면 면접을 보지 않았다는 사실이 들통날 것 같았다.

다쿠미가 신발을 신을 때 도키오가 말했다. "기다려. 나도 갈래."

도키오의 제안으로 집에 메모를 써두기로 했다. 지즈루와 길이 엇갈리면 곤란하기 때문이다. 전단지 뒷면에 "지즈루 너희 집으로 갈게, 다쿠미"라고 적어 부엌에 두었다.

지즈루가 세 들어 있는 집은 구라마에바시 근처였다. 다쿠미의 집보다는 아주 살짝 덜 오래된 정도의 건물이다. 1층 가장 안쪽 집이라 여름에도 창을 열고 잘 수 없기 때문에 싫다고 항상 투덜거렸다. 작년 여름에는 덜거덕거리는 선풍기 바람을 쐬며 다쿠미는 그녀와 함께 몇 번이나 뜨거운 땀을 흘렸다.

"아직 안 돌아온 것 같아." 집에 불이 꺼져 있는 것을 보고 다쿠미가 말했다.

"이미 자고 있을 수도 있잖아."

"그럴 리 없어. 그 녀석은 적어도 3시까지는 자지 않아. 야식을 먹고, 그날 중에 속옷만은 꼭 세탁해야 하나 봐."

"우아, 가정적이다."

"그렇지? 그러니까 결혼상대로는 최고라고."

일단 현관 쪽으로 가서 노크를 해보았다. 반응은 없었다.

"아직 안 왔나 보네. 안에서 기다리자." 다쿠미가 열쇠를 꺼냈다.

"멋대로 들어가면 안 되는 거 아냐?"

"괜찮아. 지즈루에게 열쇠 받았어."

"그건 알겠는데, 여자 집에 멋대로 들어가는 건…… 역시 안 좋은 것 같아. 프라이버시 침해야. 남에게 보이고 싶지 않은 게 있을지도 모르고."

"보이고 싶지 않은 게 뭔데?"

"예를 들면 속옷이라든가."

"하하하." 다쿠미는 웃었다. "팬티라면 이미 질리도록 봤어. 팬티 속까지."

"다쿠미 형은 그럴지도 모르겠지만, 나까지 들어가는 건 안 좋은 것 같아. 나는 밖에서 기다릴게."

"괜찮다니까."

"그럴 순 없어. 그리고……." 도키오가 코밑을 문질렀다. "다쿠미 형도 오늘은 밖에서 기다리는 게 좋겠어."

"어째서?"

"왜냐면 면접 결과를 알리러 왔잖아. 가능한 상대방 기분을 상하게 하지 않는 편이 좋을 것 같아. 밖에서 한참 기다렸다는 걸 알면 지즈루 누나, 꽤 감동하지 않을까?"

도키오의 말에 다쿠미는 잠시 고민했다. 적확한 의견인 듯했다.

"그건 그렇군. 그럼 저기서 기다릴까. 이젠 그다지 춥지도 않고." 열쇠를 주머니에 넣고 발걸음을 옮겼다. "하지만 착각 마. 딱히 내가 지즈루를 겁내거나 그러는 건 아니니까."

마침 연립 정면을 지켜볼 수 있는 위치에 플라스틱 양동이 두 개가 놓여 있었다. 뚜껑에 매직으로 이름이 적혀 있다. 두 사람은 거기 앉았다.

"경비원 일이 글렀으면, 내일부터는 무슨 일을 하면서 먹고살 거야?" 도키오가 물었다. 다쿠미로서는 듣기 싫은 질문이었다.

"뭐 어떻게든 할 거야."

"어떻게 할 건데?"

"아르바이트나 뭐 그런 거……. 나 역시 아무 생각도 안 하는 건 아니니까."

"하지만 현 시점에는 무일푼이잖아." 도키오는 그렇게 말하고 눈을 치떴다. "설마 또 지즈루 누나에게 뜯어낼 생각은 아니겠지?"

"뭐야, 그게. 내가 기둥서방 같잖아."

도키오는 아무 말도 하지 않았다. 사실은 기둥서방 맞다고 생각하는지도 모른다.

"바보 취급 마. 나는 나대로 이래저래 생각하고 있다고." 다쿠미는 위세 좋게 말했다. 하지만 그 말에 설득력이 없다는 것은 본인이 가장 잘 안다. 솔직히 진지하게 생각하는 것 따위는 아무것도 없다. 아니, 진지하기는 했지만 딱히 생각나는 일이 없었다.

역시 대학 정도는 나올걸 그랬나 하고 약한 마음이 들기도 한다. 장래의 일에 대해 고민할 때는 항상 그렇다.

혼자 힘으로 살아가고 싶다. 길러주신 부모님에게서 독립하고 싶다……. 그런 마음으로 고등학교를 졸업하자마자 바로 취업했다. 배관설비를 만드는 회사였다. 그곳에서 비파괴 검사 일을 했다. 초음파나 전자기기를 사용해 파이프에 불량이 있는지 조사하는 따분한 일이었다. 심지어 회사 기숙사에는 변태 선배가 있었다. 어느 날 밤 술을 잔뜩 마시고 방으로 들어오더니 취해서 자는 다쿠미의 속옷을 벗기고 그의 물건을 입에 물리려고 했다. 도중에 잠에서 깬 다쿠미는 상대의 얼굴을 있는 힘껏 갈겼다. 선배의 코는 과장이 아니라 그대로 쑥 들어갔다. 자신에게 잘못은 없는데 그 일은 어째서인지 기숙사생 간 싸움으로 처리되었다. 요컨대 쌍방 과실이라는 명목으로 다쿠미에게도 근신 처분이 내려졌다. 상사에게 항의했지만 그의 말을 들으려 하지 않았다. 회사로서는 사원의 변태행위가 알려지는 것이 싫었을 것이다. 회사원이라는 입장이 바보 같이 느껴졌고, 일에도 흥미가 없었기 때문에 즉시 회사를 그만두었다. 입사한 지 열 달 만이었다. 변태 선배 쪽은 정형외과에서 코를 고친 후 현장에 복귀한 모양이다.

결과적으로 보면 그 배관설비회사가 가장 오래 다닌 곳이다. 그 후 여러 직장을 전전했지만 반년 이상 계속되는 일은 거의 없었다. 지즈루가 일하는 술집 건너편에 있는 카페도 여덟 달밖에 계속하지 못했다. 그때도 손님과 싸우고 그만두었다.

그러는 사이 스물세 살. 재수를 했더라도 이번 봄에는 대학을 졸업했을 것이다. 지난 오 년간 나는 대체 뭘 한 걸까. 그 생각을 하면 우울해진다.

면접을 제대로 치르지 않은 일을 이제 와 후회한들 이미 늦었다.

"지즈루 누나, 안 돌아오네." 도키오가 중얼거렸다.

"그러게. 지금 몇 시야?" 역시나 좀 걱정이 되었다.

"몇 시쯤일까?" 도키오가 두리번거렸다. 그에게도 시계는 없었다.

2시를 넘었거나 3시가 다 되었을지도 모른다. 다쿠미가 아는 한 지즈루가 이렇게까지 늦은 적은 없었다.

"다쿠미 형 집에서 기다리고 있는 걸까?"

"하지만 메모를 적어두고 왔잖아."

"그걸 못 본 걸지도."

다쿠미가 고개를 갸웃했다. 메모를 알아차리지 못할 리 없다. 가슴이 두근거렸다. 언제인가 지즈루가 이런 식으로 말한 적이 있다.

"이상한 손님도 많아. 아무리 됐다고 해도 집까지 바래다주겠다는 거야. 그래서 택시에 같이 탔더니 전혀 다른 방향으로 가더라. 한잔만 더 하자며. 어쩔 수 없이 따라갔더니 호텔에 들어가려는 거야. 간신히 둘러대고 도망치기는 했지만 그때는 정말 위험했어."

그런 이야기를 들을 때마다 다쿠미는 일을 그만두게 하고 싶다고 생각했다. 그러나 그만두라고 강하게 말할 수 있는 자격이 없다는 사실도 알고 있다. 언젠가는, 언젠가는 하며 오늘까지 오고 말았다.

"잠깐 좀 보고 올게." 다쿠미가 일어서서 주머니에 손을 넣어 열쇠를 꺼냈다. 이번에는 도키오도 아무 말 하지 않았다.

문을 열고 불을 켰다. 깨끗하게 정리된 원룸이다. 싱크대에는 식기 하나 나와 있지 않고, 거실 테이블 위에도 무엇 하나 없었다.

안쪽 방에 침대와 화장대가 보인다. 작은 책장에는 문고본과 만화책이 꽂혀 있다.

다쿠미는 위화감을 느꼈다. 지즈루가 깔끔한 성격이기는 하지만, 그렇다고 해도 지나치게 깔끔했다. 벗어둔 옷 한 벌 보이지 않고 화장대 위는 깨끗하게 치워져 있다.

붙박이장을 열었다. 평소라면 옷이 가득 들어 있었을 것이다. 옷걸이를 걸기 위한 파이프를 설치한 사람이 다쿠미였다. 그런데 아무것도 없었다. 그저 파이프만 보일 뿐이다.

영문을 몰라 당황할 때 메모 한 장이 눈에 들어왔다. 다쿠미는 메모를 집어 들었다.

다쿠미에게.

즐거운 일도 많았지만 역시 그만 끝낼래.

집 안에 있는 건 아는 사람에게 처분해달라고 부탁했어. 미안하지만 집 열쇠는 주인집에 돌려줘. 약간의 보증금을 돌려받을 수 있을 테니 그건 다쿠미가 써. 즐거운 추억에 대한 답례야.

몸조심해. 안녕.

지즈루

처음 읽을 때 다쿠미의 머릿속은 도중에 새하얘지고 말았다. 그래서 다시 한 번 읽었지만 글자가 머릿속에 들어오지 않았다. 들어오는 것을 거부했다. 문맥을 이해했기 때문이다. 이해했으면서 현실이라고 생각하고 싶지 않은 것이다.

메모를 손에 든 채 멍하니 서 있었다. 붙박이장의 안쪽 벽만 망연자실 바라보았다.

멀리서 목소리가 들렸다. "다쿠미 형, 다쿠미 형"이라며 누군가가 불렀다. 그러나 대답할 마음이 들지 않았다.

"다쿠미 형."

어깨를 맞고서야 목소리가 들리는 쪽을 돌아보았다. 서서히 눈의 초점을 맞추자 도키오가 걱정스러운 듯한 얼굴로 바라보고 있었다.

"대체 무슨 일이야?" 도키오는 다쿠미의 얼굴 앞에서 손을 흔들어 보였다.

"아니, 아무 일도 아냐……."

"그거 뭐야?" 도키오가 메모를 낚아챘다. 내용을 보더니 눈을 동그랗게 떴다. "작별 편지잖아. 지즈루 누나, 떠났구나."

"그런 것 같아."

"그런 것 같다니……. 이제 어쩔 거야?"

다쿠미는 긴 숨을 내쉬었다. 그 순간 온몸의 힘도 함께 빠졌다. 그 자리에 주저앉고 말았다.

11

그날 밤은 한숨도 자지 못했다. 지즈루의 집에서 계속 기다렸지만 그녀는 돌아오지 않았다. 아침이 되었을 때 도키오가 냉장고에서 롤케이크 두 개를 찾아서는 먹겠느냐고 물었지만 식욕이 전혀 생기지 않았다. 도키오는 팩우유를 마시면서 케이크를 두 개 다 먹었다.

"결국 안 돌아왔네." 도키오가 조심스럽게 말했다.

다쿠미는 대답하지 않았다. 말을 할 기력조차 없었다. 침대에 기대 양 무릎을 끌어안고만 있다.

"혹시 짐작 가는 거 없어?" 계속 묻는다.

"짐작 가는 거라니, 어떤?"

"지즈루 누나가 사라진 이유에 대해서."

"그걸 알면 이런 고생 안 하지." 다쿠미가 한숨을 쉬었다.

"너무 갑작스러워. 어제 경비회사 면접이 뭔가 관계라도 있나."

다쿠미는 대답하지 않았다. 자신도 신경 쓰이는 점이었다.

"다쿠미 형, 면접 제대로 보긴 했어?" 도키오가 예리하게 물었다.

"봤어. 보긴 했지만 떨어졌으니 별수 없잖아. 내가 잘못이라도 했단 거야?" 울컥했다.

그런 말이 아니라며 도키오가 머리를 긁적였다.

오전 10시에 현관문이 열렸다. 지즈루인가 했는데 아니었다. 작업복을 입은 삼십대 정도의 뚱뚱한 남자였다. 처음 보는 얼굴이다.

폐품 수집업자였다. 지즈루에게 의뢰받아 집 안에 있는 물품을 회수하러 온 모양이다. 남자 외에 아르바이트생으로 보이는 청년 세 명도 함께였다.

그들은 이사업체를 방불케 하는 속도로 차례차례 가구와 전자제품 등을 밖으로 옮겼다. 책장의 책, 싱크대의 식기도 내가더니 커튼까지 해체했다. 한 시간 정도 지나자 집 안은 텅 빈 상태가 되었다. 아무것도 없는 방 안에 다쿠미와 도키오만 남겨졌다.

"저기, 이걸 우편함에 넣어두라는 말을 들었는데요." 작업복 남자가 집 열쇠를 내밀었다. 다쿠미가 열쇠를 받았다.

"저기, 의뢰한 사람이 하야세 지즈루 맞죠?" 남자에게 물었다.

"맞습니다."

"연락처 같은 건 없나요?"

"있습니다. 무슨 일이 있으면 이쪽으로 연락을 달라더군요." 남자가 메모를 보여주었다. 다쿠미는 내용을 보고 실망했다. 메모에는 그의 이름과 주소가 적혀 있었다.

집으로 돌아왔지만 망연자실한 감각은 그대로였다. 다쿠미는 방 한복판에 털썩 주저앉아 지즈루가 사라진 이유에 대해 생각했다. 짐작 가는 바가 없는 것은 아니다. 지금까지 정나미가 떨어지지 않은 것이 행운이다. 다만 왜 이렇게 갑자기, 라는 생각은 든다.

도키오가 이따금 말을 걸었지만 건성으로 대답했다. 담배를 피우고 싶었지만 담뱃갑은 텅 비었다. 사러 갈 돈도 없다. 이래서는 지즈루가 도망친 것도 무리는 아니다.

저녁이 되어 다쿠미는 다시 집을 나왔다. 도키오도 따라왔다.

"따라오는 건 좋지만 꽤 걸어야 해."

"어디까지?"

"긴시초."

도키오가 발을 멈췄다. 다쿠미는 돌아보지 않고 "싫으면 집에서 기다려"라고 말했다. 몇 초 후 뒤따라오는 발소리가 들렸다.

긴시초 역 앞 길에서 하나 안쪽으로 들어간 좁은 골목길에 술집 '스미레'가 있다. 건너편 카페는 전에 다쿠미가 일했던 가게다. 스미레 문에는 '영업중'이라는 팻말이 달려 있었다.

다쿠미는 문을 열었다. 카운터를 사이에 두고 바텐더와 마담이 이야기를 나누는 중이었다. 두 사람이 사귀는 사이라는 사실을 지즈루에게 들어 알고 있었다. 손님은 한 명도 없었다.

"어서 오세요." 바텐더가 고개를 들었다. 사마귀 같은 인상의 사내였다.

"죄송합니다. 손님이 아닙니다." 다쿠미가 고개를 숙였다. "지즈루, 안 왔나요?"

"지즈루?" 바텐더가 미간을 찌푸리며 마담 쪽을 보았다.

"누구?" 진한 화장을 한 마담이 물었다.

"지즈루와 사귀었던 사람입니다."

"흐음." 그녀는 다쿠미를 머리끝부터 발끝까지 샅샅이 훑었다. "그쪽 소년은? 친구?"

"그렇습니다. 안녕하세요." 도키오가 인사를 했다.

마담은 다쿠미에게 시선을 돌렸다.

"지즈루는 그만뒀어. 어제 갑자기. 그만둔 거 몰랐어?"

"왜 갑자기 그만뒀나요?"

"내가 어떻게 알아. 덕분에 우리도 난리야. 다른 아이를 갑자기 찾는다고 쉽게 찾아지는 것도 아니고. 일당은 필요 없다고 했을 정도니 상당한 이유가 있지 않을까 해서 잠자코 있었지."

"일당이라니, 어제까지 일한 몫 말인가요?"

"그래."

이번 달도 이미 중순을 넘겼다. 지즈루가 쉽사리 포기할 수 있는 금액은 아니다. 그렇게까지 하면서 사라지다니 대체 무슨 일일까.

"그러고 보니 이삼 일 전에 지즈루가 이상한 말을 했어. 아는 사람에게 경비회사 면접을 보게 하겠다던가. 그 아는 사람이라는 게 당신 아냐?"

"네."

"흐음, 역시 그랬구나." 마담이 심술궂은 미소를 지었다. "그 회사 인사담당이 우리 손님이거든. 지즈루가 지인을 잘 부탁드린다고 그러더라고. 그래서 결과는 어땠어?"

대답할 수가 없어 잠자코 있으니 마담이 바텐더와 얼굴을 마주 보고 웃었다.

"채용이 안 됐나. 그거 안됐네."

화가 났지만 다쿠미는 참았다.

"지즈루, 여기를 그만두고 어쩔 예정이라고 했나요?"

"아무 말도. 우리 역시 멋대로 그만두는 사람의 앞날이 어떻게 되든 알 바 아니라서. 우리가 얼마나 잘해줬는데."

'틈만 나면 말도 안 되는 이유를 대며 월급을 깎았다면서 무슨.' 이렇게 말하고 싶었지만 다쿠미는 꾹 참았다.

"실례 많았습니다." 다쿠미는 고개 숙여 인사한 뒤 가게에서 나가려고 했다.

"만약 지즈루 누나가 있는 곳을 알게 되면 연락 좀 해주실 수 있을까요?" 도키오가 물었다.

'이 할망구가 그런 일을 해줄 리가 없잖아.' 다쿠미는 속으로 욕설을 퍼부었다.

스미레의 마담은 잠깐 곤란한 듯한 표정을 지었다가 내키지 않는 듯 고개를 끄덕였다. "그럼 전화번호 적어두고 가."

다쿠미는 옆에 있는 코스터에 볼펜으로 주소와 전화번호를 적었다. 마담의 입가가 일그러졌다. "전화는 주인댁 전화야?"

"조만간 살 예정입니다."

"그러려면 일부터 해야겠지." 마담이 코스터를 카운터 위로 아무렇게나 던졌다.

다쿠미와 도키오가 가게를 나온 직후 반대쪽에서 남자 두 사람이 걸어왔다. 둘 다 검은 양복을 입었다. 다쿠미를 스쳐 지나가더니 스미레로 들어갔다.

"저런 손님이 오는 거구나." 다쿠미가 중얼거렸다.

"저런 손님이라니?"

"건실한 직종이 아냐. 보면 알아."

영업 사무소에도 같은 눈빛의 사내들이 있었던 것을 떠올렸다.

"혹시 야쿠자라는 말이야?"

"글쎄다. 그럴지도 모르겠지만, 건실하지 않은데 야쿠자가 아닌 인간도 세상에는 있으니까."

여러 직업을 전전하면서 얻은 지식 중 하나다.

돈이 없으므로 돌아갈 때도 도보였다. 아사쿠사까지의 긴 거리를 나란히 터덜터덜 걸었다.

"경비회사 면접 말인데, 다쿠미 형은 분명 연줄이 있는 사람만 채용된다고 하지 않았던가."

"그래, 그렇게 말했지."

"그런데 아까 마담의 말로는 지즈루 누나가 제대로 이야기를 해둔 것 같던데. 대체 어떻게 된 걸까?"

"난들 아나. 술집 호스티스의 연줄 정도로는 안 된다는 거겠지."

"다쿠미 형, 정말로 면접 봤어?"

"뭐야, 내가 거짓말이라도 했단 거야?"

"그런 건 아닌데, 혹시 면접을 안 봤다면 지즈루 누나에게 들켰을 지도 몰라. 지즈루 누나가 인사담당이라는 사람에게 직접 물어봤을 수도 있으니까."

"면접 봤어. 당연히 봤지." 다쿠미는 발걸음을 서둘렀다.

실은 도키오와 같은 생각을 했다. 지즈루라면 그 정도는 했을 것이다. 그리고 그가 경비회사에서 어떤 태도를 취했는지 알게 되면 더 이상 그와 함께 있을 수 없다고 생각할지도 모른다.

'그렇다고 이사할 것까지는 없잖아……'

"이런 거였구나. 이제 알겠어." 옆에서 도키오가 중얼거렸다.

"뭘 알았는데?"

"그러니까 지즈루 누나와 헤어진 경위 말이야. 누나가 엄청 좋은 사람이라 다쿠미 형이랑 결혼해도 이상하지 않다고 생각했는데."

"너, 그렇게 과거형으로 말하지 마. 아직 헤어졌다고 결정된 거 아 니거든."

"하지만 이미 끝이라고 생각해. 이게 운명이니까……"

다쿠미가 도키오의 멱살을 붙잡았다. 오른손 주먹을 꽉 쥐고 치켜 들었다. 도키오가 얼굴을 찡그리며 눈을 감았다. 이도 꽉 물었다. 그 모습을 보니 어째서인지 때릴 수 없었다. 사랑과도 비슷한 기묘한 감정이 끓어올랐다.

다쿠미는 밀쳐내듯이 손을 놓았다. 도키오가 목을 만지며 여러 번

콜록거렸다.

"네가 내 마음을 어떻게 알아." 다쿠미는 그렇게 말하고 다시 걸어가기 시작했다.

아즈마 다리를 다 건넜을 무렵에는 다리가 아파왔다. 가미야 바일본 최초의 서양식 주점 앞을 지나갈 때쯤 다쿠미가 발걸음을 멈췄다.

"우아아, 전혀 변하지 않았구나. 이거 분명 1880년에 창업한 거 맞지? 덴키브랜1882년에 가미야 바의 창업주가 고안한 칵테일 간판도 그대로네." 도키오가 상당히 기뻐했다. "이십 년이나 지났는데 말이지."

"이십 년? 언제 적 이야기를 하는 거야?"

"아니, 그러니까 앞으로 이십 년이 지나도 변함 없을 거 같아서."

"글쎄다. 이십 년 후에는 없어지겠지, 분명." 다쿠미가 가게 안으로 들어갔다.

"그렇지 않아." 그렇게 말하며 도키오도 뒤를 따랐다.

낡은 테이블이 잔뜩 놓였고, 하루 일을 끝낸 직장인들이 앉아 있었다. 다쿠미는 가게 안을 둘러보다가 안쪽 테이블을 눈여겨보았다.

"다행이다. 있군." 인파를 헤치며 그 테이블로 다가갔다.

회색 작업복을 입은 사토 간지가 동료와 맥주를 마시고 있었다. 안주는 풋콩과 닭튀김이다. 다쿠미는 그의 어깨를 툭 쳤다. "야."

스포츠머리인 사토가 그를 올려다보고는 노골적으로 싫은 표정을 지었다. "뭐야, 너냐."

"그런 얼굴 할 필요까지는 없잖아. 초밥집에서 함께 배달하던 동료인데."

"헛소리 마. 매출 속여서 꿍쳐먹다가 도망친 주제에. 덕분에 나까지 잘렸다고."

"옛날 이야기잖아. 오랜만에 만났는데 함께 한잔 안 할래?"

"실컷 마셔. 다른 테이블에서."

"왜 이렇게 차가워. 옆자리에서는 마셔도 되겠지. 폐는 끼치지 않을게."

"싫거든. 네 속셈은 빤해. 우리가 식권을 사는 혼잡한 틈에 너희 몫까지 지불하게 할 생각이지? 그 수법에는 넘어가지 않아." 사토가 고개를 홱 돌렸다.

다쿠미는 코밑을 긁었다. 정곡을 찔렸다.

"알았어. 그럼 솔직하게 말할게. 지금 돈이 좀 궁해서. 금방 갚을 테니 천 엔만 빌려줄래? 은혜는 꼭 갚을게." 나긋나긋한 목소리에 양손까지 모았다.

사토는 혀를 차며 파리라도 쫓듯 손을 내저었다.

"저리 가. 너한테 빌려줄 돈 따위 없어."

"너무 그러지 말고. 부탁이야. 제발." 고개를 꾸벅꾸벅 숙인다.

"알았어. 빌려주지. 그전에 작년 여름축제 때 빌려준 3천 엔부터 갚아. 그거 아직 안 갚았다고."

그 말대로였다. 이래서는 도저히 가망이 없다. 다쿠미는 포기하고 물러나기로 했다. 하지만 테이블에서 벗어날 때 사토 앞에 있던 접시에서 닭튀김을 하나 집어 들었다.

"앗, 이 자식!"

다쿠미는 사토의 목소리를 등 뒤로 들으며 가게에서 뛰쳐나왔다.

가미나리몬 앞까지 와서 멈춰 섰다. 닭튀김을 씹으며 뒤를 보았다. 도키오가 따라오지 않는다고 생각했기 때문이다. 그러나 약간 떨어진 곳에 서서 다쿠미를 물끄러미 노려보고 있었다.

"뭐야? 왜 그런 눈으로 보는데?"

도키오가 크게 한숨을 쉬었다.

"안 부끄러워?"

"뭐라고!"

"남 등쳐 먹을 궁리만 하는 게 부끄럽지 않으냐고. 나는 부끄러워. 조금 더 멋질 거라고 생각했는데."

"그거 미안하군. 난 이런 인간이거든." 계속 닭튀김을 씹는다.

"남의 음식을 훔치다니 들개나 마찬가지잖아."

"그래, 나는 들개다. 개나 고양이나 마찬가지야." 들고 있던 닭튀김 뼈를 도키오에게 던졌다. "멋대로 낳고는 귀찮다고 버렸거든. 그래서는 제대로 된 인간이 될 리가 없지."

그러자 도키오는 슬픈 표정으로 천천히 고개를 저었다. "낳아준 것만이라도 고맙다고 생각해야지."

"헛소리 하지 마. 낳기만 하는 건 아무나 할 수 있어."

다쿠미는 몸을 돌려 걷기 시작했다.

그런데 바로 뒤에서 사람의 기척이 느껴졌다. 어깨를 붙잡혀 돌아보니 도키오가 주먹을 휘두르는 참이었다. 머리보다 몸이 먼저 반응했다. 스웨이백으로 피한 다음에는 주먹을 뻗었다. 순간적으로 힘을 뺐지만 그의 주먹은 도키오의 뺨에 그대로 꽂혔다. 도키오는 2미터 정도 날아가 엉덩방아를 찧었다.

다쿠미는 황급히 달려갔다. "앗. 야, 괜찮냐?"

"아파……." 도키오가 뺨을 어루만졌다.

"그러니까 왜 그런 짓을 해."

싸움이라 생각했는지 사람들이 모였다. 그러나 때린 쪽이 맞은 쪽을 도와 일으키는 모습에 사람들도 안심한 모양이다.

"다쿠미 형, 나랑 같이 가자." 도키오가 뺨을 어루만지며 말했다.

"가다니. 어딜?"

"아이치 현. 도조 씨에게 가자. 그러면 해결될 거야."

도조라는 단어에 가슴이 차갑게 식었다. 다쿠미는 일어섰다. "다쿠미 형"이라고 부르는 목소리를 무시한 채 다시 발걸음을 옮겼다.

집 앞까지 와서 그제야 뒤를 돌아보았다. 도키오가 비틀거리며 따라오고 있다. 다쿠미는 한숨을 쉬었다. 저 아이의 정체를 아직도 알 수가 없었다. 그러나 함께 있으면 즐거운 것은 어째서일까.

도키오가 따라잡기를 기다려 계단을 올랐다. 문을 열고 집 안으로 들어간다. 그 순간 누군가가 그의 팔을 잡고 뒤로 꺾었다. 어두워서 아무것도 보이지 않았다.

"미야모토 다쿠미 맞지?" 어둠 속에 낮은 목소리가 울렸다.

12

다쿠미는 상대의 팔을 뿌리치려고 애를 썼다. 그러나 그 힘은 생각 이상으로 강해 꿈쩍도 하지 않았다.

"뭐야? 누구야, 너?" 몸을 더 흔들었다.

"너무 시끄럽게 굴지 마." 앞쪽에서 또 다른 남자의 목소리가 들렸다. 그리고 형광등 스위치 끈을 당기는 소리가 들렸다. 방 안이 밝아져 다쿠미는 눈을 여러 번 깜박였다.

눈앞에 남자가 있었다. 부엌 구석에 쌓아놓은 잡지에 앉아 히죽거렸다. 다쿠미는 사십대 중반으로 보이는 그의 얼굴을 본 기억이 있었다. 스미레를 나온 직후 스쳐 지나간 남자 중 한 명이다.

"당신, 아까……."

"길에서 만났지. 그걸 기억하다니 형씨도 빈틈이 없군." 남자는 다쿠미를 붙들고 있는 남자를 보며 말했다. "이런 인간은 바보가 아냐. 급소를 무의식중에 방어한다는 건 선천적인 능력이니까. 머리는 좋아, 이 형씨."

다쿠미 뒤쪽에서 고개를 끄덕이는 듯한 기척이 느껴졌다.

"칭찬해줘서 기쁘기는 한데, 이 자세는 좀 봐주지."

"미안하군. 형씨가 바보일 경우 섣불리 소동을 일으키면 곤란하다고 생각해서 말이지."

남자가 고개를 까닥이자 다쿠미를 붙들던 팔이 쓱 빠졌다. 다쿠미는 어깨를 돌리며 뒤를 보았다. 키가 크고 콧수염을 기른 남자는 길에서 스쳐 지나간 다른 한 명이었다.

문이 열리고 다른 남자가 나타났다. 젊은 남자다. 금테 안경을 썼다. 그 남자에게 끌려오듯 도키오도 들어왔다.

"친구도 함께였나." 잡지 더미 위에 앉은 남자가 즐겁다는 듯이 말했다.

"이게 무슨 일이야?" 도키오가 다쿠미를 보았다. 다쿠미는 잠자코 고개를 저었다.

"그렇게 좁은 곳에 모여 있지 말고 들어오는 게 어때. 하긴 여기는 형씨들 집이지만."

남자의 말에 다쿠미는 신발을 벗었다.

"당신, 정체가 뭐야?" 남자에게 물었다.

"일단 앉아."

다쿠미는 그 자리에 털썩 앉았다. 도키오도 옆으로 왔다. 수염을 기른 남자와 젊은 남자는 계속 두 사람 뒤에 서 있었다.

"그건 그렇고 집 참 더럽군. 가끔은 청소도 하고 그래." 남자는 잡지에 걸터앉은 채 실내를 둘러보았다.

신경 끄라고 말하고 싶었지만 다쿠미는 입을 다물었다. 지금은 온화한 태도를 취하고 있지만, 남자는 분명 속으로는 잔혹한 감정을 숨기고 있으리라. 이런 상대를 자극해서 좋을 구석이 없다는 사실도 지금까지의 인생에서 다쿠미가 배운 것 중 하나다.

"그러니까 질문이 뭐였더라?" 남자가 이마에 손을 대었다. "맞아. 우리가 누구냐는 거였지. 미안하지만 이름을 가르쳐줄 수는 없어. 그래도 알고 싶다면 가명을 말해줘야 하는데, 그런 건 들어봤자 아무 소용도 없잖아."

"가명이라도 좋으니 가르쳐주면 좋겠군. 안 그러면 부를 때 곤란하잖아."

다쿠미의 말에 남자는 입을 크게 벌리고 소리 없이 웃었다.

"형씨가 내 이름을 부를 일은 없을 거야. 하지만 그렇게까지 말한다면 가르쳐주지. 이시하라다. 말한 김에 다 알려주자면, 이시하라 유지로."

"이시하라 유지로일본의 유명 배우. 그의 형인 이시하라 신타로는 1999년부터 13년간 도쿄 도지사를 역임했다……." 다쿠미가 한숨을 내쉬었다.

"도지사의 동생이다." 옆에서 도키오가 툭 덧붙였다.

자칭 이시하라가 물끄러미 그를 본 후 다시 다쿠미에게 시선을 돌렸다.

"우리는 사람을 찾고 있어. 형씨도 잘 아는 사람이야. 하야세 지즈루라고 하면 알기 쉽겠지? 오, 안색이 변했군."

실제로 지즈루의 이름이 나오자 다쿠미는 동요했다.

"왜 그 녀석을 찾는 겁니까?"

"갑자기 저자세가 됐군. 역시 연인이 걱정되는 건가. 아주 좋아. 뭐, 그리 대단한 이유는 아냐. 다만 우리에게 중요한 걸 돌려받아야 해서 말이지."

"중요한 거?"

"그게 뭔지 질문하면 곤란해. 어쨌든 중요한 거라서 아까 그 여자 집에 갔는데 텅 비었더군. 어쩔 수 없이 스미레라고 했나, 거기 갔다가 형씨 이야기를 들었지."

"그렇다면 이야기를 들으셨을 텐데요. 나 역시 지즈루를 찾으려고 스미레에 갔습니다. 그러니 여기서 이래 봐야 아무 의미 없어요."

"과연 그럴까?"

"내가 거짓말이라도 하고 있단 겁니까?"

"그런 말은 아니지만, 형씨 자신이 알아차리지 못했을 수도 있거든. 훈수 두는 사람이 판을 더 잘 본다는 말도 있잖아."

"만약 내가 무언가를 놓쳤다면 그게 뭔지 알려줬으면 좋겠네요. 그런데 정말로 짐작 가는 바가 없습니다."

"뭐, 그리 초조해하지 말게."

이시하라가 양복 주머니에서 담뱃갑을 꺼냈다. 감색 패키지였다. 담배를 입에 물고 황갈색 긴 라이터로 불을 붙였다. 다쿠미에게는 남자가 뿜어낸 연기까지 고급스러워 보였다.

　남자는 잠시 담배를 피운 뒤 두리번두리번 발밑을 살펴보았다. 곧 콜라 캔을 발견하고는 꽁초를 버렸다. 그러고는 다시 양복 주머니에 손을 넣어 흰 봉투를 꺼냈다. 봉투가 두툼했다. 그것을 다쿠미 앞에 던졌다.

　"20만 엔이야. 일단 받아둬."

　"무슨 의미인가요?"

　"정보 제공료 및 필요 경비라고 생각하면 돼. 보니까 먹는 것도 변변치 않은 것 같으니 도와주겠다는 거지. 다만 형씨가 여자친구를 찾았을 때는 바로 알려주었으면 해. 걱정하지 마. 우리가 여자친구를 다치게 할 일은 없어. 우리는 어쨌든 중요한 물건만 돌려받으면 되거든."

　"그렇게 말씀하셔도 지즈루가 어디 갔는지 정말 짐작 가는 게 없습니다. 돈이 아무리 있어도 찾을 방도가 없어요."

　"그럼 우리가 파악한 단서를 알려주지. 형씨 여자친구는 간사이 지역에 있어. 아마 오사카가 아닐까."

　"오사카?"

　"거봐, 벌써 무언가 생각난 얼굴이잖아."

　"생각난 거 없습니다. 내가 태어난 곳이 오사카인 모양이라, 그래서 신경이 좀 쓰였을 뿐입니다."

　"하하하. 형씨 고향이 오사카인가. 마침 잘됐군."

　"산 적은 없습니다. 아기 때 이쪽으로 온 뒤 인연은 끊겼으니까."

"개인사는 됐어. 어쨌든 우린 형씨가 하야세 지즈루를 찾아내준다면 그걸로 족해. 아니면 20만 엔으로는 부족한가."

다쿠미는 남자 얼굴에서 시선을 떨구고는 봉투 쪽에서 시선을 멈췄다.

"지즈루를 다치게 하지 않는다는 보장이 있나요?"

"허어. 내가 거짓말이라도 한다는 건가." 이시하라가 눈을 약간 크게 떴다. 그 안쪽에 기분 나쁜 빛이 깃들어 있었다. 다쿠미는 입을 닫았다. 이시하라는 웃으면서 고개를 끄덕였다. "뭐, 그건 됐고. 형씨는 한시라도 빨리 여자친구를 찾아. 진짜 걱정된다면 그 누구보다 빨리 찾아야 하지 않을까."

다쿠미가 잠자코 있으니 이시하라가 자리에서 일어났다. "그럼 갈까." 이 말은 부하들에게 한 말이다.

"잠깐만요. 그 중요한 물건이라는 건 지즈루가 훔친 건가요?" 다쿠미가 이시하라의 등에 대고 물었다.

남자는 구두를 신은 다음에 히죽 웃었다. "그건 모르겠군. 본인에게 물어보기 전까지는."

"그렇다면……."

더 물어보려 했지만 수염 남자에게 제지당했다. 이어서 옆에서 젊은 남자가 다가와 다쿠미의 손목을 잡더니 손바닥에 무언가 쥐여주었다. 펴보니 한 장의 메모였다. 거기 적힌 숫자는 전화번호인 모양이다.

"그럼 연락을 기다리겠네. 우리도 가끔 상황을 확인하러 사람을 보내지." 이시하라는 그렇게 말하고 집에서 나갔다. 부하 둘도 뒤를 따랐다.

다쿠미는 맨발로 현관을 밟으며 문을 잠갔다. 그제야 나갈 때 확실하게 문을 잠갔다는 사실이 기억났다. 이시하라 일행은 어떻게 안으로 들어왔을까. 거기까지 생각하니 그들에 대한 불길한 느낌이 더욱 강해졌다.

도키오는 부엌에서 봉투 내용물을 확인중이었다.

"무슨 짓이야!" 다쿠미가 봉투를 낚아챘다.

"굉장해. 정확히 20만 엔이 들었어."

"그러니까 그게 어쨌다는 건데."

"다쿠미 형, 걔들 말대로 할 거야?"

"그럴 리가 없잖아. 이런 푼돈에 지즈루를 팔겠냐."

"이시하라라는 남자, 지즈루 누나를 다치게 하지 않겠다고 했지만 믿을 수 없어."

다쿠미도 고개를 끄덕였다. 그러므로 이시하라가 말한 것처럼 한시라도 빨리 지즈루를 찾아내야 한다.

"그 녀석들, 대체 정체가 뭐지." 무심코 중얼거렸다.

"전혀 짐작 가는 바가 없어?"

"없어. 지즈루에게 들은 적도 없어." 다쿠미는 그 자리에 주저앉았다. "중요한 물건이라는 게 대체 뭐지? 왜 지즈루가 그런 걸 갖고 있는 거야?"

지즈루와 과거에 있던 일들을 떠올려보았지만 단서가 될 만한 기억은 없었다. 그녀를 만나고 싶다는 마음만 커질 뿐이다.

"일단 그 돈은 돌려주자." 도키오가 말했다.

"그래. 놈들에게 빚을 만들어두고 싶지 않으니까."

말은 그리 했지만 돈이 든 봉투를 바라보는 다쿠미의 심경은 복잡했다. 이 군자금 없이 어떻게 지즈루를 찾아야 좋을까.

"오사카라고 했잖아. 뭐 짐작 가는 거라도 있어?"

"그래. 딱 하나."

전에 지즈루가 친구가 오사카의 술집에서 일한다고 말한 적이 있다. 만약 오사카로 갔다면 그 친구를 만날 가능성이 높다.

"어쨌든 오사카로 갈 필요가 있네."

"그래."

다쿠미는 다시 봉투를 보았다. 오사카로 가려면 돈이 필요하다. 그러나 현재 소지금으로는 신칸센은커녕 버스도 탈 수 없다.

"저기, 잠깐 빌리는 건 어떨까?" 도키오가 제안했다.

"나중에 일해서 갚겠다고? 게다가 지즈루가 있는 곳은 안 가르쳐주고? 그런 말을 했다간 농담이 아니라 반죽음당할걸."

"그게 아니라 먼저 그 돈을 밑천으로 자금을 늘리는 거야. 그런 후 바로 20만 엔을 갚는 거지. 지즈루 누나를 찾는 건 놈들과 관계를 끊은 다음에 하면 돼."

다쿠미가 도키오의 얼굴을 빤히 바라보았다. 아무래도 헛소리를 하는 건 아닌 듯했다.

"이 돈으로 도박이라도 하자는 거야?"

"뭐, 그런 뜻이 되나."

다쿠미는 천천히 고개를 저으면서 웃었다.

"나도 바보지만 너도 상당히 맛이 갔군. 아니, 나보다 더해. 그런 짓을 했다가 돈을 날리면 어쩔 건데? 빚은 생기고, 군자금도 날아가고. 그래선 말짱 꽝이라고."

그러나 도키오는 고개를 가로저었다. 눈빛이 진지했다. "오늘이 며칠이지?"

"오늘? 그러니까⋯⋯." 벽에 걸린 달력을 보았다. "26일이군."

"내일은 27일이지."

"그게 어쨌단 건데?"

"신문에서 봤는데, 일본 더비가 있대."

"경마 말이냐." 다쿠미는 몸이 뒤로 넘어갈 뻔했다. 자세를 바로잡은 다음 손을 세차게 옆으로 흔들었다. "하필이면 판돈이 가장 높은 도박에 걸어서 어쩌겠다는 거야. 이왕 할 거라면 파친코다. 그거라면 상황에 따라서 그만둘 수도 있으니 손해도 적어. 게다가 최근에 내가 계속 잃었으니 슬슬 운때가 돌아올 때가 됐어."

다쿠미는 파친코 공을 치는 손동작을 해보였다. 하지만 그 손을 도키오가 탁 쳤다.

"그런 한심한 짓을 하고 있을 때가 아냐. 파친코 같은 건 돈과 시간을 버리는 짓이라고."

"너, 경마 쪽이⋯⋯."

다쿠미가 거기까지 말했을 때 도키오가 일어섰다. 방구석에 쌓아둔 신문지를 들고 와서 다쿠미 앞에 펼쳤다.

"하이세이코라는 경주마는 알지?"

"나를 뭘로 보고. 경마는 안 하지만 하이세이코 정도는 나도 알아. 천하의 명마잖아. 〈굿바이 하이세이코〉라는 노래까지 있었고."

"그 하이세이코의 아들이 내일 일본 더비에 출장해." 도키오가 신문지를 탁 쳤다. "가쓰라노 하이세이코야. 이 말에 거는 거야."

"걸다니. 얼마나?"

"20만 엔 전부. 가쓰라노 하이세이코에게."

다쿠미는 놀라 뒤로 자빠질 뻔했다.

"너, 머리가 어떻게 된 거 아냐? 하이세이코는 강했어. 그런데 그 자식이 강하다는 보장은 없잖아. 하물며 반드시 이길 거라고 장담할 수도 없고."

"나는 단언할 수 있어. 가쓰라노 하이세이코는 반드시 이겨. 하지만 가장 인기가 높아서 배당률은 그리 높지 않아. 한몫 챙기려면 돈을 전부 걸 수밖에 없어."

"어떻게 그렇게 확신해? 승부조작 일당과 연줄이라도 있어?"

"승부조작 같은 거 아냐. 사실이야. 나 역시 경마에 대해서는 잘 몰라. 그래도 전에 말에 대해 공부를 했는데, 어쩌다 알게 된 거야. 위대한 아버지가 이루지 못했던 꿈을 아들이 이룬 사례로……" 거기까지 말한 도키오가 머리를 긁적였다. "이런 식으로 말한들 분명 이해하지 못하겠지만."

"당연하지. 일단 나는 그런 바보 같은 짓은 하지 않아. 돈을 시궁

창에 버리는 거나 마찬가지라고. 그럴 거면 파친코에 걸겠어."

"그거야말로 돈을 버리는 거잖아."

"그건 왜? 네가 한 얘기가 더 말이 안 된다고."

"다쿠미 형, 부탁이야." 도키오가 갑자기 무릎을 꿇고 고개를 숙였다. "내일, 잠자코 마권을 사줘. 나를 믿어줘."

"……대체 왜?"

"설명은 할 수 없지만 나는 알아. 내일 하이세이코의 아들이 우승해. 걸면 반드시 돈을 딸 수 있어."

"아무리 그렇게 말해도 말이야. 근거가 없잖아."

"만약 진다면 20만 엔은 무슨 짓을 해서라도 갚을게. 참치잡이 배에 타도 좋아."

"제정신이야?"

도키오는 계속 고개를 숙인 채다. 다쿠미는 한숨을 쉬었다.

"알았어. 그럼 이렇게 하자. 5만 엔만 거는 거야. 어때?"

"미야모토 다쿠미 씨." 도키오가 갑자기 고개를 들었다. 다쿠미는 깜짝 놀라 식은땀을 흘렸다.

"뭐야, 놀랐잖아."

"아들을 믿어줘. 아버지의 꿈을 이루어주는 건 아들밖에 없어."

"아들이라니, 너…… 왜 그렇게 하이세이코 아들 편을 드는데?"

다쿠미는 어째서인지 더 말을 할 수가 없었다. 자신을 올려다보는 도키오의 시선에서 범상치 않은 느낌을 받았기 때문이다. 도키오는 자신 속에 있는 무언가를 다쿠미에게 전하고 싶은 듯했다. 다쿠미는 그 알 수 없는 존재에 압도되었다. 특히 어째서인지 '아들'이라는 말에 마음이 흔들렸다.

"10만 엔은 어때? 그걸로 타협하자. 이 정도만 해도 나는 섶을 지고 불길로 뛰어드는 심정이라고." 다쿠미가 그렇게 말해보았다.

도키오가 잠시 실망한 듯 고개를 숙였지만 결국 고개를 끄덕였다.

"어쩔 수 없지. 믿으라는 게 오히려 무리니까. 하지만 절대 후회하지 않을 거야."

"그럼 다행이고."

다쿠미는 손에 든 봉투를 바라보았다. 벌써 후회가 밀려들었다.

13

다음 날은 경마하기 정말 좋은 날씨였다. 다쿠미와 도키오는 오후가 되자 아사쿠사 고쿠사이 길에서 골목으로 들어간 곳에 있는 장외마권 발매소로 발길을 옮겼다. 일본 더비라서 평소보다 사람이 훨씬많았다.

"그럼 승부하러 갈까."

다쿠미가 발걸음을 내디디려 했을 때 "잠깐 기다려" 하며 도키오가 소매를 잡아끌었다.

"뭐야, 이제 와서 겁이라도 먹은 거야?"

"그런 거 아냐. 약속해줬으면 하는 게 있어."

다쿠미가 얼굴을 찌푸렸다.

"이 상황에 또 잔소리를 할 생각이야? 작작 좀 해."

"어제도 말했지만, 만약 빗나가면 목숨과 바꿔서라도 변상할게."

"그 의지는 잘 알겠어. 정말로 너를 참치잡이 어선에 태울 생각까지는 없지만."

"나는 진심이야. 그러니까 다쿠미 형도 약속해줬으면 해. 만약 가쓰라노 하이세이코가 이기면, 내 부탁을 하나 들어줘." 도키오의 눈빛은 보기 드물게 진지했다.

"배분에 대한 거라면 나도 알아. 반절씩 나누자."

도키오는 초조해하며 고개를 저었다.

"돈은 어떻게 해도 상관없어. 만약 이 승부에 이기면 도조 씨에게 갔으면 해."

"아직도 그 소리냐." 다쿠미가 고개를 돌렸다.

"어차피 오사카로 갈 거잖아. 아이치 현은 가는 도중인데 잠깐 들러서 얼굴을 보여주지도 못해?"

"너, 지금 상황을 이해하고 있기는 한 거야? 어제 그놈들보다 먼저 지즈루를 찾아내야 한다고. 느긋하게 할망구 얼굴이나 보러 갈 짬이 어딨어."

그러자 도키오가 진지한 눈빛으로 다쿠미를 바라보았다.

"도조 씨도 남은 시간이 별로 없어."

다쿠미는 입을 다물었다. 도조 스미코의 수명 따위는 어찌 되든 상관없지만, 도키오의 시선에는 어째서인지 마음이 약해진다.

"시간 없어. 마권부터 사올게." 다쿠미는 그렇게 말하고 발걸음을 내디뎠다.

마권 판매소에서 10만 엔을 지불할 때는 역시 심장 고동이 빨라졌다. 그래도 옆에 있던 날품팔이 같은 사내들이 감탄하는 모습에 다소 우쭐해졌다.

다쿠미와 도키오는 근처 카페에 들어갔다. 구석에 텔레비전이 놓인 가게다. 물론 경마 생중계 중이다. 같은 목적으로 들어온 남자들이 진지한 눈빛으로 화면을 주시하고 있었다.

다쿠미는 커피를 한 모금 마시고 테이블을 손끝으로 두드렸다.

"역시 긴장 좀 되는걸. 어쨌든 10만 엔이니까." 손바닥에 땀이 배었다.

"긴장할 필요 없어. 반드시 하이세이코의 아들이 이기니까."

"넌 긴장감이 너무 없어서 기분 나쁠 정도야." 다쿠미는 테이블 너머 도키오 쪽으로 얼굴을 가까이 가져갔다. "그 정보, 확실한 거겠지? 어디서 얻었어?"

"승부조작 같은 거 아니라고 했잖아. 하지만 이길 거야."

"알 수가 없어. 알 수가 없지만, 이제는 그 자신감을 믿어볼 수밖에." 다쿠미는 텔레비전에 집중했다. 드디어 레이스가 시작하려는 참이다. 아나운서가 흥분한 목소리로 이야기하고, 카페 안 공기도 뜨거워졌다.

"다쿠미 형, 아까 이야기 말인데."

"뭐야, 시끄럽게. 지금은 그럴 때가 아니잖아."

"이기면 가는 거지? 도조 씨에게."

"그래, 알았어. 어디든 가줄게." 다쿠미는 텔레비전 화면에 시선이 꽂힌 채 대답했다.

다행이라고 도키오가 작게 중얼거렸다.

화면 속에 스물여섯 마리의 말이 줄지어 섰다. 긴박한 공기 속에 게이트가 열린다. "모든 말들이 일제히 스타트"라는 아나운서의 뻔한 멘트가 흘러나왔다.

카페 안 모든 손님의 몸이 들썩였다. 몇 명이 소리를 질렀다. 옆 손님이 "달려라, 린도"라고 외쳤다. 린도 플레번이라는 말에 건 모양이다.

경마를 거의 본 적이 없는 다쿠미는 말이 포지션이 어떻다느니, 주법이 어떻다느니 하는 이야기는 전혀 알 수 없었다. 그저 검은 몸통에 흰 차안대를 한 가쓰라노 하이세이코만 눈으로 좇았다. 등번호는 7번이다.

말들이 마지막 직선 코스로 들어섰다. 바깥쪽 말에 밀리듯이 가쓰라노 하이세이코가 안쪽으로 붙는다. 뒤쪽에서 4번을 단 말이 맹추격한다. 그 말이 린도 플레번인 모양이다. 옆 손님이 절규했다.

뒤엉키듯 두 마리가 결승선을 돌파했다. 어느 쪽이 이겼는지 알 수 없다. 카페 안은 비명에 휩싸였다.

"7번이 이겼어."

"아니, 4번이다, 4번."

모두 한마디씩 외쳤다. 다쿠미는 그저 그 자리에 멍하니 서 있을 뿐이었다. 도키오만이 침착하게 커피를 마셨다.

마침내 텔레비전에 사진 판정 결과가 떴다. 흑백 정지 화면은 가쓰라노 하이세이코가 코 끝 정도 차이로 앞섰음을 보여주었다.

다쿠미는 함성을 질렀고, 옆 손님은 테이블을 발로 찼다.

삼십 분 후 다쿠미와 도키오는 유명한 전골 식당에서 스키야키를 먹었다.

"야, 정말 놀랍다. 멋지게 맞혀버렸어. 완전 자신만만하기에 무언가 근거가 있을 거라 생각해서 넘어갔지만, 정말로 맞혔을 때는 소름이 돋더라."

다쿠미는 크게 웃으며 맥주잔을 기울였다. 맥주 맛은 최고였다. 주문한 고기도 최고급이다. 가쓰라노 하이세이코는 최고 인기마였지만 그래도 배당률이 4.3배였다. 10만 엔이 43만 엔이 되었으니, 다소의 사치는 부려도 될 것이다.

"그러니까 걱정할 필요 없다고 했잖아." 도키오도 기쁜 듯이 고기를 입으로 가져갔다.

"이제 그만 사실을 말해도 되지 않을까? 어떻게 가쓰라노 하이세이코가 이길 거라는 걸 알았어?"

"설명하기 쉽지 않다고 했잖아. 말해도 아마 믿지 않을 거고."

"말하지 않으면 믿고 자시고 할 것도 없다고. 그게 아니면 너한테 예언 능력이라도 있다는 거야?"

농담으로 한 말인데 도키오가 생각에 잠겼다.

"맞아. 그런 식으로 말하는 편이 이해하기 쉬울지도 모르겠네."

"뭐야, 그게 정말이라고?"

"거봐, 역시 안 믿잖아."

"아니, 실제로 맞혔으니 믿지 않는 건 아닌데 말이지." 다쿠미가 누가 엿듣고 있지는 않은지 확인한 다음 목소리를 낮추고 말했다.

"그럼 크게 한몫 벌 수 있잖아. 이기는 말에 계속 걸면 되니까."

도키오가 쓴웃음을 지었다.

"안타깝게도 그리 술술 풀리지는 않아. 이 시대의 경마 중에 알고 있는 거라고는 오늘 레이스 정도니까."

"쩨쩨하게 굴지 말고 앞으로 한두 레이스만 예상해줘. 잘 되면 억만장자도 될 수 있다고."

그러자 도키오가 젓가락을 멈추고 한숨을 쉬더니 다쿠미를 가볍게 노려보았다.

"지금 그런 말을 하고 있을 때가 아니잖아. 게다가 정말로 더는 예상 못 해. 포기해."

다쿠미는 가볍게 혀를 차고는 냄비 속 고기를 향해 젓가락을 뻗었다.

"하지만…… 미래에 대해서 아주 조금 예상해줄 수도 있어." 도키오가 미소를 지으며 말했다.

"돈이 안 되는 이야기라면 필요 없어."

"충분히 돈이 될 이야기야. 예를 들어 다쿠미 형이 누군가와 만날 약속을 했다고 치자. 약속 시각에 늦을 것 같거나, 갈 수 없게 될 것 같으면 어쩔래?"

"어쩌다니. 그야 어떻게든 연락할 수밖에 없지."

"어떤 식으로?"

"예를 들어 만나기로 한 카페에 전화를 건다든가."

"약속 장소에 전화가 없으면?"

"그건……." 잠시 생각한 후에 고개를 저었다. "그때는 나중에 사과할 수밖에 없겠지."

"그렇지? 그런데 앞으로 이십 년 정도 있으면 그런 일로 곤란하지 않게 돼. 거의 대부분의 사람이 전화기를 가지게 되거든. 주머니에 들어갈 정도로 작고, 이동하면서 전화를 걸 수 있어."

"어린이 몽상 같은 이야기로군." 다쿠미가 비웃었다. "꿈을 짓밟는 것 같아 미안한데, 당분간 그럴 일은 없어. 너, 그거 알아? 앞으로 삼년만 있으면 돈을 넣지 않아도 공중전화를 걸 수 있다고. 얇고 작은 카드 한 장으로 500엔이나 천 엔 어치 통화를 할 수 있게 되는 모양이야. 그럼 공중전화가 더욱 늘어나겠지. 그런데 왜 죄다 전화기를 들고 걸어 다녀야 돼?"

"전화카드…… 공중전화용 카드는 큰 붐이 일어나기는 하지만 휴대전화가 보급되면서 서서히 쓰이지 않게 돼. 공중전화 자체도 거의 볼 수 없게 되고. 사람들이 휴대전화로 커뮤니케이션을 하려 하니까 여러 기능이 추가돼. 전화회선 그 자체가 고속화되고 복잡화되면서 완전한 넷net 사회가 되지. 이거 틀림없으니까 다쿠미 형, 기억해두면 좋을 거야."

"SF에는 관심 없어." 다쿠미는 가볍게 손을 흔들어 맥주를 더 주문했다.

전골 식당을 나오자 다쿠미가 도키오에게 말했다.

"너, 먼저 돌아가. 난 잠깐 들를 곳이 있어."

"어딘데?"

"여기저기 빌린 돈이 있어서 이참에 청산해두려고."

"아." 도키오가 고개를 끄덕였다. "그편이 좋겠네. 그럼 집에서 기다릴게."

다쿠미는 한 손을 들었다. 도키오가 떠나는 모습을 지켜본 뒤 발걸음을 옮겼다. 하지만 그것은 잠시 후 경쾌한 발걸음으로 바뀌었고, 콧노래도 나왔다.

전화박스를 발견하고는 안에 들어갔다. 콧노래를 부르며 동전을 넣고 번호를 누른다. 전화번호는 기억하고 있다.

몇 번 벨이 울린 뒤 "여보세요"라며 졸린 듯한 여자의 목소리가 들렸다.

"유카리? 나야. 다쿠미야."

"그래, 무슨 일인데?"

"딱딱하게 왜 그래. 오늘은 나한테 시간 좀 투자하면 좋은 일이 있을 거야."

"장난치지 마. 나를 불러내고 싶으면 빌려간 돈부터 갚아."

"갚을게, 그런 푼돈. 그보다 다른 여자도 불러. 오랜만에 토요일 밤의 열기를 즐기자고!"

"바보. 오늘은 일요일이야."

"아무럼 어때. 어디 하나 정도는 문 연 디스코장이 있을 거 아냐. 오늘은 내가 쏠게. 크게 쏠 테니까."

"……무슨 일이야?"

"오면 알아. 안 오면 후회할걸. 오늘은 일본 더비, 행운의 신 가쓰라노 하이세이코에게 감사!"

"땄어?"

"10만 엔 질러서 톡톡히 벌었지."

수화기 너머에서 여자가 환희의 비명을 질렀다.

세 시간 후, 다쿠미는 미친 듯이 춤을 추었다. 휴일인 바를 인맥을 써서 억지로 열게 하고는, 술이라면 사족을 못 쓰는 녀석들을 불러 모아 즉석 디스코 바를 열었다. 싸구려 스테레오에서 비지스의 노래가 흘러나오고, 위스키나 맥주 뚜껑이 차례차례 열렸다. 공짜 술만으로 기뻐하는 이들은 분위기를 맞춰주기 위해 손장단을 열심히 맞추었다. 분위기를 북돋으려 옷을 벗어 던진 남자도 있었다.

가게 문이 열리고 도키오가 들어온 것은 분위기가 최고조에 달했을 때였다. 다쿠미는 테이블 위에 올라서서 존 트라볼타처럼 춤추고 있었다.

"오, 도키오. 용케도 여기를 알았네." 다쿠미는 테이블 위에서 뛰어내렸다. "얘들아, 이 녀석이 아까 말한 내 동료야."

사람들이 술렁였다.

"굉장해. 내게도 뭔가 예언 좀 해줘." 한 여자가 아양을 떨었다.

"그럴 순 없지. 이 녀석은 내 전속이야." 다쿠미는 도키오의 어깨를 감싸 안으며 웃었다. "그렇지?"

그러나 도키오는 웃지 않았다. 무표정한 얼굴로 다쿠미를 바라보왔다. "뭘 하고 있는 거야?"

"뭐냐니. 그러니까…… 잠깐 축하 파티를……."

도키오가 다쿠미의 팔을 쳐냈다.

"이러고 있을 때야? 이러라고 우승마를 알려준 게 아냐."

"그렇긴 하지만 그만큼 벌었으니 조금 정도는."

도키오의 얼굴이 일그러지며 다쿠미에게 덤벼들었다. 그의 오른주먹이 다쿠미의 얼굴로 날아왔다. 취하기는 했지만 피할 수 없는속도는 아니었다. 그런데 어째서인지 움직일 수 없었다. 주먹이 콧대에 명중했다.

구경꾼 중 한 명이 자리에서 일어섰다. "이 자식, 무슨 짓이야!" 도키오의 멱살을 잡았다.

"기다려. 괜찮아." 얼굴을 문지르며 다쿠미가 일어섰다. 도키오와눈이 마주쳤다. 도키오는 슬픈 듯이 그를 보고 있었다.

다쿠미가 주위를 돌아보았다. "미안하지만 오늘은 여기까지다. 다들 그만 돌아가줘."

모인 녀석들은 마치 여우에 홀린 듯한 표정이었다. 이상하다는 듯이 다쿠미와 도키오를 번갈아 보며 가게에서 나갔다. 그중 한 명이"다쿠미가 얻어맞다니 별일도 다 있네" 하고 중얼거렸다.

다쿠미는 얼굴을 누르고 있던 손을 보았다. 피가 묻어 있었다. 그러나 어째서인지 화는 나지 않았다. 오히려 부끄러웠다.

"미안." 도키오가 사과했다.

"아니." 다쿠미가 고개를 저었다. "왜일까. 피할 수 없었어. 피해서는 안 된다는 생각이 들었어."

옆에 있던 냅킨으로 코를 닦자 순식간에 붉게 물들었다.

"가자, 다쿠미 형." 도키오가 말했다. "여자친구를 찾아야지? 그리고 형을 낳아준 사람도 만나야 하고."

피로 물든 냅킨을 손으로 구기며 다쿠미가 고개를 끄덕였다.

"그래. 그럼 출발할까."

도키오가 미소를 짓자 덧니가 살짝 보였다.

14

다음 날 밤, 다쿠미는 도키오와 함께 긴시초로 향했다. 스미레에 가기 위해서다. 돈도 생겼으니 택시를 타자고 제안했지만 도키오에게 기각당했다.

"괜찮잖아. 두 사람 몫의 전철비를 생각하면 별 차이가 없다고."

"그 자세가 틀렸어. 군자금이 들어왔지만 그걸로 충분하다는 보장이 없잖아. 지즈루 누나를 찾는 데 시간과 노력이 얼마나 들지 알 수가 없어."

"알았어. 쳇."

다쿠미는 어째서인지 도키오의 말에 거역할 수 없었다.

결국 전철로 가게 되었다. 아사쿠사바시까지 나와서 소부 선으로 갈아탔다. 도키오는 전철을 탄 다음에도 자리에 앉지도 않고 열심히 바깥을 바라보았다.

"뭘 그리 열심히 봐?"

"그냥. 거리를 보고 있었어."

"그다지 다를 것도 없는 경치잖아?"

스미다 강을 건넜다. 크고 작은 건물이 촘촘히 늘어섰고, 그 틈을 메우듯이 민가가 다닥다닥 붙어 있었다. 통일감이 없어서 잡다한 인상만 느껴졌다.

"다쿠미 형은 왜 아사쿠사에 살 생각을 했어?" 도키오가 물었다.

"딱히 별다른 이유는 없어. 여러 일을 하고, 여기저기 돌아다니다 도달한 곳이 아사쿠사였던 거지."

"하지만 좋아하잖아?"

"그러게. 나쁘지 않아." 코밑을 손가락으로 문질렀다. "인간이 재미있다는 점이 좋아."

"인정도 있고?"

다쿠미가 웃었다.

"뒷골목이라고 다 인정 넘칠 거라고 생각하는 건 너무 단순해. 내가 보기에 거기처럼 방심하면 안 되는 곳도 없어. 이놈이고 저놈이고 다들 꿍꿍이속이 있지. 그걸 감추거나 이따금 슬쩍 보여주거나 하면서 흥정하며 살아가는 게 뒷골목 인간이야. 그렇지만 나는 그게 좋아. 끈적끈적한 인간관계 따윈 질색이거든. 하루하루를 살아내는 게 고작이라, 속으면 속는 쪽이 나쁜 거지. 다들 그런 각오로 살고 있어." 거기까지 말한 뒤 다소 고개를 갸웃거렸다. "그래도 그게 진짜 인정이라는 걸지도 모르겠군. 이 녀석에게 배신당하면 어쩔 수 없다는 식으로 마음먹고 사는 거야. 서로를 위로하는 건 인정이라 할 수 없지."

"좋은 곳이네." 도키오가 창밖으로 눈을 돌렸다. "왠지 부러워."

"이런 걸 부러워할 필요가 있냐. 난 말이지, 언젠가는 고급 주택가에 살 거야. 세타가야라든가 덴엔조후 말이지. 크게 한 방 터트려서 커다란 저택을 지을 거야."

"그게 다쿠미 형의 꿈이구나."

"그것만이 아냐. 나는 좀 더 스케일 큰 걸 생각하고 있다고. 예를 들어 땅이나 건물을 잔뜩 사는 거야. 그걸 다른 사람에게 빌려주는 것만으로 돈이 무진장 들어오다니, 최고 아냐? 고급 외제차를 몰고 여기저기 돌아다니고, 스타일 죽이는 외국 여자를 옆에 태울 거야."

그러자 도키오가 다쿠미의 얼굴을 빤히 바라보았다.

"다쿠미 형도 그런 야망이 있었구나. 그런 시대였던 거야."

"무슨 말투가 그래."

"아니, 꾸준히 일해서 벌겠다는 생각은 없나 해서."

"지금 같은 시대에는 그래 봤자 평생 제자리라고. 허세든 뭐든 좋으니 큰 거 한 방 노리는 녀석이 이기는 거야."

"그런데 인생은 돈이 전부가 아니잖아."

"무슨 소리야. 마지막에는 돈이야. 그래서 일본이 전후 밑바닥에서 부활한 거라고. 외국 놈들은 일본인을 토끼우리에 사는 일개미라고 지껄이는 모양인데, 부러워서 그러는 거야. 그런 놈들은 돈다발로 따귀를 날려주면 돼."

다쿠미의 말에 어째서인지 도키오가 눈을 내리깔았다. 그런 다음 다시 창을 보고 입을 열었다.

"그 기세를 몰아 일본인은 전세계를 상대로 돈을 긁어모을 거야. 적어도 앞으로 십 년간은. 경기가 호황이라 다들 사치를 부리게 되고 난리법석이지. 그런데 그 후에 뭐가 남을 거라 생각해?"

"뭐냐니. 그렇게 되면 만만세잖아."

도키오가 고개를 저었다.

"꿈이라는 건 갑자기 깨는 법이야. 거품이 사라지듯이. 부풀어 오를 대로 부풀어 오르다가 팡 하고 터지면 그걸로 끝이지. 그 뒤에는 허무함 말고는 아무것도 남지 않아. 꾸준히 하나씩 쌓아올린 게 없으니 정신적으로도 물리적으로도 의지되는 게 없어. 일본인은 그때 처음으로 깨닫게 돼."

"뭐를?"

"자신들이 잃어버린 것을. 앞으로 십여 년 동안 모두가 소중한 걸 잃게 돼. 그중에는 아까 형이 말한 인정이라는 것도 포함되지."

"알고 있다는 듯이 말하는데, 그런 일이 있을 리가 없잖아. 일본은 더욱 커질 거야. 그 흐름에 제때 올라타는 자가 승자가 되는 거다."

다쿠미는 얼굴 앞에서 주먹을 쥐어 보였다. 도키오는 작게 숨을 내쉬었을 뿐 아무 말도 하지 않았다.

긴시초에 도착했을 무렵에는 이미 네온사인에 불이 들어와 있었다. 스미레의 문에도 영업중이라는 팻말이 달려 있다. 문을 열고 안으로 들어가니 아직 이른 탓인지 손님은 카운터 자리의 한 명뿐이었다. 손님 옆에 마담이 앉아 있었고, 사마귀 같은 얼굴의 바텐더가 영업용 미소를 지으며 다쿠미와 도키오를 보았다가 금세 표정이 딱딱하게 굳었다.

"어머, 당신들." 마담도 넌더리가 난다는 표정을 지었다.

"지난번에는 감사했습니다."

"뭘 하러 온 거야? 지즈루에 대해서라면 아무것도 모른다고 말했을 텐데."

마담이 말하자 옆에 앉은 손님이 의외라는 듯한 얼굴로 다쿠미와 도키오를 보았다. 삼십대로 보이는 얼굴 윤곽이 뚜렷한 남자다.

"마담, 이 친구들은?"

"지즈루의 친구라나 뭐라나. 어디 갔는지 찾고 있는 것 같은데."

"흐음." 남자는 흥미롭다는 듯한 눈이었다.

"댁은 누군데?" 다쿠미가 남자에게 물었다.

그러자 남자가 미소 지으며 "남에게 이름을 물을 때에는 자기 이름부터 밝혀야지" 하고 말했다.

"그렇다면 됐어." 다쿠미는 마담을 돌아보았다. "놈들에게 나에 대해 말했겠다."

"누구 말인데?"

"시치미 떼지 마. 토요일에 우리 바로 다음에 온 이 인조 말이야. 놈들도 지즈루에 대해 물으러 왔잖아. 그리고 댁은 나에 대해 말했고. 안 그래?"

마담이 입가를 일그러뜨리며 한숨을 쉬었다.

"무슨 문제라도? 지즈루를 찾는 사람끼리 이야기하면 좋을 거 같아서 당신에 대해 알려준 것뿐이야. 친절한 마음에 감사하셔야지."

다쿠미가 코웃음을 치고 도키오를 돌아보았다. "들었어? 적반하장일세."

"달리 용무가 없으면 돌아가. 아니면 이쪽 손님처럼 술이라도 한잔하든가. 영업중인 가게에 와서 뭔가 물어보고 싶다면 그 정도는 당연하잖아."

"재미있군. 마셔주지. 돈이 없을 거라 생각했다면 큰 착각이야."

"잠깐, 다쿠미 형." 호언장담하는 다쿠미의 옷깃을 도키오가 뒤에서 잡아끌었다. "술수에 넘어가면 안 돼."

"이런 말을 듣고 참을 수 있겠냐." 다쿠미는 손을 뿌리치고 바텐더를 노려보았다. "그럼 아주 비싼 술을 꺼내보시지."

"허어." 사마귀 얼굴 바텐더가 눈을 크게 떴다. "비싼 술도 종류가 많아서. 예를 들면 어떤?"

"그건……." 순간 말문이 막힌 다쿠미가 말을 이었다. "나폴레옹이다. 나폴레옹을 가져와."

"나폴레옹이라. 어떤 나폴레옹?"

"나폴레옹이 나폴레옹이지. 여기 그렇게 고급술은 없는 건가?"

다쿠미의 말에 바텐더가 배꼽을 잡고 웃었다. 옆에서 마담도 함께 웃었다.

"뭐야, 뭐가 웃긴데?"

그러자 뒤에서 도키오가 목소리 낮춰 말했다. "나폴레옹은 브랜디 등급 중 하나야. 술 이름이 아니고."

"뭐? 그런 거였어?"

"그 친구 말이 맞아. 술에 대해 잘 알지도 못하는 양아치 주제에 잘난 듯이 지껄이지 마." 바텐더가 내뱉듯이 말했다.

다쿠미의 머리에 피가 몰렸다. 꽉 쥔 왼손 주먹을 가슴 근처까지 올렸다. 몇 초만 더 있었으면 카운터를 뛰어넘었을 텐데 그 전에 도키오가 손을 잡았다.

"그만둬, 다쿠미 형."

"그 친구에게 헤네시를 한 잔 내주게. 내가 사지." 마담 옆에 있던 손님이 말했다.

바텐더는 깜짝 놀란 듯했지만 "예" 하고 대답했다.

"쓸데없는 짓 하지 마." 다쿠미가 그 남자에게 말했다.

남자는 입가에 미소를 지었지만 바텐더나 마담처럼 느낌이 나쁜 미소는 아니었다.

"자네 이야기를 듣고 싶어 사는 거야. 사양하지 않아도 돼."

바텐더가 술잔을 다쿠미 앞에 놓고는 젠체하는 손놀림으로 브랜디를 따랐다.

다쿠미는 잠시 주저하다가 술잔으로 손을 뻗었다. 입가로 가져간 것만으로도 달콤하고 진한 향기가 코를 자극했다. 살짝 핥은 뒤 입 안에 머금었다. 향기를 응축한 듯한 맛이 기분 좋은 자극과 함께 혀에 퍼졌다.

"덴키브랜과는 차원이 다르지?" 바텐더가 술잔을 닦으며 즐거운 듯이 말했다.

"이 정돈 별거 아냐." 다쿠미는 그렇게 말하면서도 술잔을 손에서 놓지 않았다. 그러고는 마담을 향해 말했다. "얻어 마시는 거라도 손님은 손님이니 질문에 대답해주실까."

"나는 아무것도 모른다고 했잖아."

"그 녀석들, 정체가 뭐야? 왜 지즈루를 찾는 거지?"

"누구인지 몰라. 지즈루가 어디 갔는지 물었을 뿐이야. 다만 지즈루를 노리는 게 아닌 것 같긴 해."

"그건 알아. 지즈루가 뭔가 갖고 있잖아."

"갖고 있어? 그런 말은 못 들었는데."

"그럼 무슨 말을 들었는데?"

"오카베 씨 얘기를 했어. 오카베가 지즈루라는 여자에게 돈을 쏟아붓고 있다는 게 사실이냐고."

"오카베? 누구야, 그 인간?"

"우리 손님. 녀석들 말투로 봐서는 오카베 씨 쪽을 찾는 게 아닐까 해. 그래서 오카베 씨를 찾으려고 지즈루를 쫓는 게 아닐까?"

"오카베는 뭘 하는 녀석인데?"

마담이 고개를 저었다.

"오래전에 전화 관련 일을 한다고 들은 적 있는데, 자세한 것까지는 듣지 못했어."

"전화?"

"사실은 나도 오카베를 찾고 있네." 브랜디를 산 남자가 말했다. "그래서 여기 와서 이야기를 듣고 있던 참이야. 이 가게 단골이었던 것 같아서. 마침 지즈루라는 사람에 대해 들었을 때 자네들이 들어온 거지. 하지만 덕분에 상황을 좀 알 것 같아. 오카베는 지즈루 씨와 함께 어딘가로 사라진 모양이야."

"오카베가 대체 누군데? 더불어 댁에 대해서도 알고 싶군."

"그건 자네와는 관계없는 일일세."

"놈들 동료냐? 그럼 마침 잘됐어. 돌려주고 싶은 게 있거든." 다쿠미가 주머니에서 접은 봉투를 꺼냈다. "맡아두었던 돈이다. 놈들에게 돌려줘."

남자의 얼굴에서 웃음기가 사라졌다. 날카로운 눈빛으로 봉투와 다쿠미의 얼굴을 번갈아 보았다.

"그렇군. 자네에게 돈을 주면서 지즈루 씨를 찾게 한 건가."

"이 돈은 이제 필요 없어."

"잠깐 기다리게. 나는 그 돈을 건넨 녀석들의 동료가 아냐." 남자는 그렇게 말하고 마담과 바텐더에게 눈길을 주었다. "계산해주게."

"이쪽은 아직 말 안 끝났어." 다쿠미가 말했다.

"그러니 여기 말고 어딘가에서 천천히 이야기하지."

"어머, 우리 가게여도 괜찮은데. 앞으로 얼마간 손님은 안 올 테고 우리는 입이 무거우니까." 마담이 친절한 듯이 말했지만 눈에는 호기심의 빛이 깃들어 있었다.

"폐를 끼치고 싶지 않아서." 남자가 일어서서 상의 안주머니에서 지갑을 꺼냈다.

가게를 나온 후 남자는 묵묵히 역으로 이어지는 길을 걸었다. 카페 같은 데를 찾는 것처럼 보이지는 않았다.

남자는 큰길로 나오자 발을 멈추고는 다쿠미 쪽을 돌아보았다.

"거래를 하지 않겠나?"

"거래? 어떤 거래인데?"

"자네에게는 지즈루 씨를 찾을 실마리가 있겠지? 그걸 가르쳐주게. 대신 내가 찾아주지. 지즈루 씨에 대한 실마리를 찾게 되면 반드시 자네에게 연락하겠네."

다쿠미는 주머니에 양손을 찔러 넣고, 일단 도키오 쪽을 본 다음 남자 쪽으로 시선을 돌렸다. 입만 웃어 보였다.

"그딴 거래를 내가 받아들일 거라 생각해? 댁이 어디 사는 누구인지도 모르는데."

"나는 일로 사람을 찾고 있을 뿐이야. 걱정 안 해도 되네."

"그 말을 믿을 이유가 있나? 당신이 믿을 만한 인간이라는 증거를 보여줘. 그런 게 있다 해도 지즈루를 찾는 일을 다른 사람에게 맡길 생각은 없지만."

"흠" 하며 남자는 코언저리를 긁었다.

"믿으라고 해도 무리가 있겠군. 그럼 이 충고는 들어주지 않겠나. 지금 자네들이 움직이는 건 좋지 않아. 두 사람에게 좋지 않다는 의미일세. 잠시 지즈루 씨를 찾는 일은 참아주지 않겠나? 때가 오면 내가 연락하겠네. 그때는 지즈루 씨가 어디 있는지도 판명됐을 거야."

"영문 모를 말만 늘어놓는데, 이 아저씨." 다쿠미가 엄지로 남자를 가리키며 뒤에 있는 도키오에게 말했다. 그런 다음 다시 남자를 보고 고개를 가로저었다. "어떤 사정이 있는지 모르겠지만 나하곤 상관없는 일이야. 나는 지즈루를 찾겠어. 누구도 방해 못 해."

"자네들이 섣불리 움직이면 지즈루 씨가 위험해질 수 있어."

"그렇게까지 말한다면 사정이나 자세히 말씀해보시지."

남자는 그에 대해서는 말할 생각이 없는지 입을 꾹 다문 채 다쿠미를 바라보았다.

"가자." 도키오에게 말하고 다쿠미는 발걸음을 옮겼다.

"잠깐 기다려. 잘 알았네." 남자가 다쿠미 앞을 가로막고 섰다. "유감이지만 아직 사정을 이야기할 수는 없네. 언젠가는 가능하겠지만, 지금은 좋지 않아."

"그렇다면 그걸로 됐어. 비켜주실까."

"자네를 막는 건 무리인 듯하니 이것만은 말해두겠네. 돈을 건넨 녀석들이 하는 말을 들으면 안 돼. 관여되지 않는 게 좋아."

"말하지 않아도 그럴 생각이야. 당신과도."

남자는 주머니에서 수첩을 꺼내 재빨리 무언가를 적고는 그 페이지를 찢어 내밀었다. 전화번호인 듯한 숫자가 적혀 있다.

"이게 뭐야."

"내 쪽과 연결되는 번호일세. 무언가 곤란한 일이 생겼을 때 전화하게. 지즈루 씨가 있는 곳을 알게 되면 제일 먼저 연락해줬으면 해. 이름은 다카쿠라라고 해두지."

"다카쿠라? 어차피 풀네임은 다카쿠라 겐당시 일본을 대표하던 영화배우이겠지?" 다쿠미는 메모를 바로 버렸다. "할 말은 그뿐이야?"

남자가 한숨을 쉬었다.

"가능하다면 자네들을 감금하고 싶군."

"할 수 있으면 해보시든가."

다쿠미는 도키오에게 "가자"라고 말한 뒤 발걸음을 내디뎠다. 이번에는 남자도 말리지 않았다.

"다쿠미 형, 왠지 위험하다는 느낌이 들지 않아?" 도키오가 걸으며 말했다. 다쿠미가 버린 메모를 손에 들고 있다.

"말 안 해도 알아. 젠장. 지즈루 녀석, 대체 왜 그딴 놈이랑 사라진 건데."

"오카베에 대해 다카쿠라라는 사람에게 좀 더 물어볼 거라 생각했어."

"그 남자는 말 안 해. 분위기로 알 수 있어. 그보다 우리 목적은 지즈루야. 오카베 따위는 아무래도 상관없어. 이시하라 유지로든 다카쿠라 겐이든 아직 이렇다 할 단서는 없는 것 같으니 우리가 빨리 지즈루를 찾아내면 돼."

"내일 출발하는 거지?"

"물론이지. 우물쭈물할 이유가 없으니까."

솔직히 다쿠미는 지금 당장이라도 찾으러 가고 싶은 심정이었다. 지즈루가 어떤 일에 휘말렸는지 짐작도 되지 않았다. 기분 나쁜 분위기만 감돌았다. 그곳에서 그녀를 데려오고 싶었다.

긴시초 역 앞에서 저녁을 먹고 집으로 돌아오니 계단 밑에 남자한 명이 서 있었다. 키가 큰 남자였다. 코밑에 기른 수염이 눈에 익었다. 이시하라의 부하다. 다쿠미는 마침 잘되었다고 생각했다.

"외출했던 모양이군." 수염 남자가 물었다.

"무슨 문제라도 있어? 우리 역시 밥도 먹고 술도 마신다고. 용건이 뭐야?"

"이틀이 지났다. 무슨 진전이 없나 해서."

"하하하. 보스 명령으로 온 거냐. 체구는 큰데 쫄따구로군."

수염 남자가 꿈틀 움직였다. 다쿠미는 반격할 수 있는 자세를 취했지만 남자는 아무 짓도 하지 않았다.

"여자가 어디 있는지는 알아냈나?"

"그 일 말인데, 해두고 싶은 말이 있어." 다쿠미는 돈이 든 봉투를 꺼내 남자 가슴팍에 안겨주었다. "돈을 돌려주지. 20만 엔, 그대로 들어 있어. 한 푼도 쓰지 않았으니까."

"무슨 짓이지?"

"지즈루에 대한 건 포기하기로 했어. 이제 찾아다니지 않겠어. 그러니 그 돈을 받을 수 없지. 댁 보스한테 그렇게 전해."

"제정신이냐?"

"그래. 이제 다 귀찮아졌어. 이걸로 빚은 없으니 우리를 귀찮게 하지 마."

다쿠미는 도키오에게 눈짓을 하고 계단을 올랐다. 수염 남자는 밑에서 올려다볼 뿐 그들을 불러 세우지는 않았다.

"저걸로 물러날까?" 집에 들어오자 도키오가 걱정된다는 듯이 말했다.

"물러나지 않으면 어쩔 건데. 더는 지즈루를 뒤쫓지 않겠다고 말했잖아. 놈들도 다른 곳을 알아볼 수밖에 없겠지. 그보다 내일 준비를 하자."

준비라고 해도 별달리 할 것은 없었다. 낡은 스포츠백에 약간의 갈아입을 옷가지와 수건을 넣었을 뿐이다. 도키오는 처음부터 짐이라 할 만한 것이 없었다.

자기 전에 소지금을 확인했다. 세어 보니 약 13만 엔이 남아 있었다. 반씩 나누어 각각 가지고 있기로 했다.

"한 명당 6만5천 엔인가. 이렇게 보니 별로 큰 금액도 아니네." 다쿠미는 그렇게 말하며 지갑 안을 들여다보았다.

"원래 각자 10만 엔씩은 더 있었을 거야. 한심한 일에 써버렸으니 이렇게 된 거라고."

"알아. 나도 반성중이야. 대체 언제까지 그 일로 구시렁댈 거야. 그보다……." 다쿠미는 도키오에게 가까이 다가갔다. "그때도 묻긴 했지만 정말로 좋은 건수 더 없어? 숨기는 거 아냐?"

"좋은 건수라니?"

"가쓰라노 하이세이코 같은 거 말이야. 더 있을 거 아냐."

도키오가 긴 한숨을 내쉬고 고개를 저었다.

"도대체 똑같은 말을 몇 번이나 하게 하는 거야. 그걸로 끝이라고. 그때도 어쩌다 알고 있었기 때문에 이용 가능했던 것뿐이야. 애당초 경마에는 별로 흥미도 없고."

"경마가 안 되면 경정이나 경륜도 있는데."

"다 안 돼. 암튼 그런 일은 두 번 다시 없으니 기대하지 말았음 좋겠어."

"쳇. 단 한 번뿐인 꿈인 거냐." 다쿠미는 이불 위에 벌러덩 누웠다.

도키오가 불을 껐다. 그러고는 좀 뜸을 들인 후 말했다.

"저기, 이런 말을 하는 건 무신경한 걸지도 모르겠는데." 일단 말을 끊더니 "역시 말하는 편이 좋겠지" 하고 중얼거렸다.

"뭐야, 사내자식이. 똑바로 말해."

"음, 그러니까 지즈루 누나와 오카베라는 사람은 어떤 관계일까?"

다쿠미가 상반신을 일으켜 도키오 쪽으로 몸을 틀었다. "무슨 말이 하고 싶은데?"

"둘이 함께 사라진 거잖아. 사랑의 도피 같은 게 아닐까. 그렇다면 두 사람의 관계는……."

"닥쳐." 다쿠미가 이를 드러냈다. "그럼 뭐야? 지즈루가 오카베라는 녀석과 나 사이에 양다리를 걸쳤다는 거냐? 녀석은 그런 여자가 아냐."

"그렇지만."

"뭔가 사정이 있는 거야. 너도 알 거 아냐. 수상쩍은 놈들이 우르르 튀어나왔다고. 사랑의 도피 같은 단순한 이야기가 아냐. 오카베라는 녀석이 튀었고, 지즈루는 거기 휩쓸렸을 뿐이다. 사라지고 싶어서 사라진 게 아냐."

"그럴까?"

"아니란 거냐?"

"편지가 있었잖아. 그거 지즈루 누나 글씨 맞지? 그만 끝내자고 적혀 있었잖아. 어떤 사정이 있었든 간에 지즈루 누나가 사라진 건 본인 뜻인 거야. 확실히 말하자면……." 거기까지 말한 도키오가 입을 다물었다.

"뭐야. 계속 말해봐."

어슴푸레한 어둠 속에서 도키오가 심호흡하는 기척이 느껴졌다.

"확실히 말하자면, 형은 차인 게 아닐까."

다쿠미는 '무슨 소릴' 하고 말하려다 입을 다물었다. 도키오가 하는 말이 사실이라는 것은 자신이 가장 잘 알고 있었다.

그래도 그는 흥 하고 콧김을 내뿜었다. "그딴 거 지즈루를 만나기 전까지는 모르는 거야."

이 말에는 도키오도 반론하지 않았다. "그런가" 하고 작게 중얼거렸을 뿐이다.

다쿠미는 누워서 이불을 머리끝까지 덮었다.

15

다음 날 아침 일찍 일어나 도쿄 역으로 갔다. 도키오는 자꾸만 역 구내를 둘러보았다.

"흐음, 그다지 변한 게 없네. 백화점은 없구나."

"뭘 중얼거리는 거야. 우선 표를 사자."

매표소로 향하려던 다쿠미의 팔을 도키오가 붙잡았다.

"녹색 창구 1964년에 신칸센 개통과 함께 개설된 별도 매표소는 이쪽이야."

"녹색 창구라니? 그런 곳에서 사는 거야?"

"어떤 열차편이 있는지도 알아봐야 하잖아." 도키오가 싱긋 웃으며 다쿠미를 보았다. "다쿠미 형, 혹시 신칸센 타본 적 없어?"

"시끄러워. 진정한 여행 고수는 그런 거 안 타거든."

"아, 그러세요. 그럼 내가 사올게."

도키오는 혼자서 녹색 창구 부스로 들어갔다.

다쿠미는 멍하니 주위를 둘러보았다. 평일이라 여행객은 많지 않았다. 대신 양복 차림으로 성큼성큼 걸어가는 비즈니스맨이 눈에 많이 띄었다. 머리를 단정하게 정돈하고, 중요한 서류를 넣었을 법한 서류 가방을 들고 있다. 보통 사람들보다 걷는 속도가 빨라 보였다. 그 기세로 일본을, 아니 전세계를 뛰어다니고 있으리라. 그중에는 다쿠미와 나이 차이가 별로 없을 듯한 사람도 적지 않았다.

'나는 제대로 여행 한번 해본 적 없는데…….'

다쿠미는 자신만 남겨지는 듯한 기분이 들었다.

도키오가 돌아왔다.

"열차 편수가 너무 적어서 놀랐어. 노조미일본어로 '희망'이라는 뜻을 가진 신칸센 열차도 없고."

"희망이 없다고? 그게 무슨 말이야?"

"아니, 혼잣말이야. 자, 이게 열차표. 특급권과 승차권."

"수고했어."

"시간이 좀 있는 것 같으니 도시락이라도 사자."

다쿠미는 발걸음을 내딛는 도키오를 따라가다가 표를 보고 어떤 사실을 깨달았다.

"야, 잠깐 기다려."

"왜?"

"이건 나고야까지 가는 표잖아. 우리 행선지는 오사카라고."

그러자 도키오가 돌아서서 양손을 허리에 얹고 말했다.

"도조 씨에게 가겠다고 약속했잖아."

"갈 거야. 하지만 그건 지즈루를 찾은 다음이다. 이쪽은 일분일초를 다투는 상황이라는 거 몰라?"

"오사카에 간들 바로 찾을 수 있는 건 아니잖아. 그러니까 그전에 해야 할 일을 해두자. 시간은 별로 오래 걸리지 않을 거야. 고작해야 반나절이야."

"헛소리 마. 이 상황에 반나절이나 허투루 쓸 수 있겠냐. 오사카 행으로 변경이다." 다쿠미는 녹색 창구로 향하려던 발을 멈추고는 도키오에게 표를 내밀었다. "오사카 행으로 바꿔와."

도키오가 슬픈 표정으로 바뀌었다.

"반나절이 힘들면 세 시간이라도 좋아. 나고야 역에서 왕복하는 시간을 빼면 도조 씨를 만날 수 있는 건 고작 한 시간 남짓일 거야. 그래도 안 되겠어?"

"그렇게 만나고 싶다면 너 혼자 다녀와. 네 출생에 관해 뭔가 알아낼 수 있을지 모른다고 생각하는 거잖아. 하지만 나는 별로 알고 싶은 게 없어."

"안 돼. 그러면 안 된다고." 도키오가 머리를 헝클어트렸다.

"어째서? 왜 그렇게 나를 그 할망구와 만나게 하려는 건데?"

"그 일로 다쿠미 형의 인생이 변하니까. 변한다는 걸 아니까."

"바보 같기는. 경마 결과 한 번 맞혔다고 예언자 행세냐." 다쿠미가 녹색 창구를 향해 걸어가기 시작했다.

"지금 그 사람을 만나면 먼 훗날 형은 이렇게 말하게 돼. 그때 친어머니를 만나기를 잘했다고. 그 사실을 형 아들에게도 말하게 될 거야. 눈을 빛내며 자랑하게 될 거라고." 도키오가 다쿠미 등에 대고 말했다.

다쿠미가 발길을 멈추고 돌아보았다. 입을 꾹 다문 도키오와 눈이 마주쳤다.

정체불명의 감정이 다쿠미의 가슴속에 용솟음쳤다. 마권을 사라고 도키오가 주장했을 때와 똑같았다. 그리고 다쿠미는 그때와 마찬가지로 그 보이지 않는 파도를 거스를 수 없었다.

"삼십 분이야. 딱 삼십 분만 만나겠어. 그 이상은 사절이다."

도키오의 얼굴에 안도의 빛이 퍼졌다.

"고마워." 신기한 힘을 가진 청년이 다쿠미에게 고개를 숙였다.

16

　신칸센 히카리 호에서 내린 다쿠미는 나고야 역 홈에서 크게 기지개를 켰다.

　"우아, 벌써 나고야라니. 순식간인걸. 역시 신칸센은 빨라. 시계를 봐. 도쿄를 떠난 지 두 시간밖에 안 지났잖아."

　"목소리 좀 낮춰. 창피하잖아." 도키오가 미간을 찡그리며 작은 소리로 말했다. "열차 안에서도 들떠서는 계속 빠르다며 떠들었잖아. 그쯤 하면 되지 않았어?"

　"뭐야. 빠른 걸 빠르다고 한 게 잘못이냐."

　"잘못이라는 게 아니라 너무 떠들었다고. 판매원 누나의 치마가 짧다면서 즐거워하지를 않나."

　"응. 각선미 죽이더라. 약간 애교가 부족한 게 아쉽지만. 그런데 그 아가씨에게 산 장어 도시락이 참 맛있었어. 돌아갈 때도 사자."

"신칸센을 탈 돈이 남아 있다면."

도키오가 성큼성큼 앞으로 걸어갔다. 다쿠미도 그 뒤를 따랐다.

넓은 구내를 헤매지도 않고 걸어 나갔다. 길 양쪽으로는 특산물을 파는 가게가 늘어서 있다.

"오, 우이로 화과자를 팔잖아."

"나고야 명물이니까."

도키오가 앞을 향한 채 대답했다.

"기시면넓고 납작한 면을 사용한 우동의 일종 가게가 있네. 기시면도 여기 명물이지. 모처럼이니 먹고 가자."

"아까 장어 도시락 먹었잖아."

"들어가는 배가 달라. 여자가 밥을 먹은 뒤에 디저트를 먹고 싶어 하는 거랑 마찬가지라고."

도키오가 발을 멈추고 뒤돌아서서 다쿠미의 얼굴을 물끄러미 바라보았다. 다쿠미는 자신도 모르게 눈을 돌렸다. 이런 식으로 눈길을 받는 일이 많아졌다. 그리고 다쿠미는 왠지 꼼짝도 못 했다.

"다쿠미 형, 도망치는 거지?"

"도망친다고? 내가? 무슨 바보 같은 소리야. 내가 뭐에서 도망친다는 건데?"

"친어머니와 만나는 일. 어떻게든 뒤로 미루려고 하잖아."

"별로 그런 생각은 없어. 마음이 내키지 않는 건 사실이지만."

도키오가 한숨을 내쉬고 옆 매점으로 눈길을 향했다. 그러더니 얼굴을 찡그렸다.

"왜 그래?"

"선물 사는 걸 잊었어. 도쿄 역에서 이런저런 특산품을 팔았는데. 인형 카스테라나 아라레 전병 같은 거. 깜박했네."

"그딴 건 필요 없어. 애당초 도조의 집은 화과자 전문점이잖아. 화과자집에 과자를 들고 가서 어쩌겠다는 거야."

"뭘 모르네. 화과자집이니까 다른 지역의 명물이 신경 쓰일 거 아냐. 가미나리몬의 밤양갱 같은 걸 드리면 분명 기뻐할 텐데."

"기뻐하게 만들 필요 따윈 없어. 가자."

이번에는 다쿠미가 먼저 걸음을 옮겼다. 하지만 바로 멈출 수밖에 없었다.

"야. 여기서 어떻게 가면 돼?"

"주소를 봐. 그 편지, 가져왔잖아?"

"아, 그거 말이구나."

다쿠미가 상의 주머니에서 두 번 접은 봉투를 꺼냈다. 도조 스미코의 의붓딸인 준코가 보낸 것이다. 뒤에 주소가 적혀 있다.

"어디 보자. 나고야 시 네쓰타 구……."

"네쓰타 구? 아쓰타 구熱田区겠지?"

"아쓰타라고 읽는 건가. 일단 거기."

"그럼 아쓰타 역이나 진구마에 역으로 가면 되겠다. 메이테쓰아이치 현과 기후 현이 기반인 민영철도회사를 이용하는 게 편리하겠네. 이쪽이야."

도키오가 엄지로 방향을 가리킨 후 빠른 걸음으로 걷기 시작했다.

메이테쓰 표도 도키오가 샀다. 다쿠미도 노선표를 보았지만 현재 자신이 나고야에 있다는 것 이외에는 아무것도 몰랐다. 어느 노선을 이용해 어디까지 가야 하는지도 이해 못한 채 도키오가 주는 표를 받았다.

"너, 도조의 집에 가본 적 있어?"

"아니, 없어."

"그런 것치고는 익숙한데?"

"나고야에는 몇 번 와봤거든. 자, 가자."

메이테쓰 나고야 역 홈은 특이했다. 행선지는 수많은 노선으로 나뉘어 있는데, 기본적으로는 상행선과 하행선 두 개뿐이다. 그러니까 행선지를 제대로 확인하고 타지 않으면 완전히 다른 방향으로 가게 될 위험성이 있다. 전철의 정지 위치 또한 행선지에 따라 다르므로, 아무리 줄을 서 있어도 승강구가 전혀 다른 곳에서 열리는 경우도 있다. 때문에 경험이 필요한 상황이지만 다쿠미는 도키오 덕분에 문제없이 전철을 탈 수 있었다. 도키오가 나고야에 몇 번 와보았다는 말은 사실인 듯했다.

전철은 비어 있어서 마주 보는 사 인석을 둘이 넓게 사용했다. 다쿠미는 창틀에 팔꿈치를 올리고 턱을 괸 채 창밖으로 흐르는 경치를 바라보았다.

"신칸센 안에서 봤을 때는 논밭뿐이었는데, 이 주변은 개발이 꽤 됐네."

"노비 평야는 넓으니까. 다쿠미 형, 이거 뭐라고 읽는지 알아?"

도키오가 벽면 광고에 인쇄된 주소를 손으로 가리켰다. '地立'이라는 글자에 그의 검지가 맞닿아 있었다.

"뭐야, 그거. 지다치? 지리쓰?"

"하하하." 도키오가 즐거운 듯이 웃었다.

"이건 지류라고 읽어. 어렵지? 그런데 옛날에는 더 어려워서 '연못의 잉어와 붕어池鯉鮒'라고 쓰고 지류라고 읽었대. 아마 잉어나 붕어가 많았겠지? 하지만 글자가 너무 어려워서 지금처럼 이 글자로 바뀐 거래."

"흥. 어차피 바꿀 거라면 읽을 수 있는 글자로 바꾸면 좋잖아. 이런 쓸모없는 걸 잘도 알고 있네. 그런 이야기, 누구에게 들었어?"

잠시 진지한 얼굴이 된 도키오가 다시 미소를 지었다.

"아버지가 가르쳐줬어. 아버지와 이 근처에 자주 왔거든."

"또 아버지냐. 기무타쿠인가 하는 그 사람? 아버지 본가가 이 근처였냐?"

"아니, 그건 아닌데." 도키오는 고개를 숙이고 어째서인지 말끝을 흐렸다. 그러고는 고개를 들었다. "아버지는 이 주변을 좋아해서 자주 데려와줬어. 여러 추억이 있는 장소가 아니었을까."

"흐음, 그건 참 좋은 일이군." 다쿠미에게는 관심 없는 이야기였다. 그러다 문득 어떤 생각이 들어 물어보았다. "네 아버지가 도조 할망구를 만나러 온 거 아닐까? 나와 네가 같은 핏줄이라고 말한 것도 네 아버지잖아."

"그렇지는 않을 거야."

이후 도키오는 말이 없었다. 다쿠미도 그 이상은 추궁하지 않고 아카와 마찬가지로 바깥 경치를 바라보았다. 공장 지붕이 많다. 이곳이 일본 유수의 공업 도시라는 사실이 기억났다.

"저기, 제안이 하나 있는데." 도키오가 입을 열었다. "제안이라기보다 부탁이라고 해야 할까."

"네가 그런 식으로 말할 때는 좋은 이야기가 아니던데."

"다쿠미 형에게는 피해가 가지 않을 거야."

"뭔데. 말해봐."

"응…….. 나에 대해 말이야, 일단 도조 집안 사람들에게는 말하지 않았으면 해. 이야기가 복잡해지는 데다, 조금만 더 혼자서 알아보고 싶은 일도 있고."

"뭐야, 그게. 나는 너와의 관계를 알고 싶다는 마음도 있어서 여기까지 온 거라고."

"그러니까 그건 밝혀진다면 행운이다 정도의 마음가짐으로 있자고. 어쨌든 이번에 가장 중요한 건 다쿠미 형이 친어머니를 만나는 일이야. 내 일은 그다음에."

"이상한 녀석이군. 자기 출생에 대해 알아보고 싶다고 했으면서. 아무렴 어때, 잠자코 있을게. 하지만 그럼 널 뭐라고 소개하면 돼?"

"친구라고 하면 되지 않을까? 그게 아니면 친구가 아닌 거야?"

"나는 상관없어. 그럼 친구로 결정."

다쿠미는 뺨을 괴고 있던 팔을 풀고 목 뒤쪽을 긁었다. 친구라는 단어가 그를 안절부절못하게 했다. 오랫동안 자신에게는 그런 존재가 없었다는 사실을 떠올렸다. 친해진 사람에게도 결코 마음을 허락하지 않겠다는 생각으로 살아왔기 때문이다.

진구마에 역에 내리자 도키오는 편지를 들고 근처 파출소로 들어갔다. 다쿠미도 별수 없이 따라 들어갔다. 놀랍게도 경찰은 도조 집안을 알고 있었다.

"이 길을 쭉 따라가면 아쓰타 신궁이 있으니, 거길 지나……." 사람 좋아 보이는 중년 경찰은 일부러 파출소 밖까지 나와서 길을 가르쳐주었다.

그대로 따라가니 오래된 목조가옥이 늘어선 주택가가 나왔다. 거리를 걸어 다니는 사람은 적지 않지만 어딘가 침착하고 차분한 느낌이 있다. 그 거리에 오래된 화과자점이 있었다. 감색 포렴에 '하루안'이라는 글자가 염색되어 있다.

"저기인 것 같아." 도키오가 말했다.

"그런 것 같군." 그 말을 하는 다쿠미의 몸이 뒤로 빠졌다.

"왜 그래? 가야지."

"잠깐만. 그전에 담배 한 대 정도는 괜찮잖아."

다쿠미가 에코 담배를 꺼내 입에 물었다. 100엔짜리 라이터로 불을 붙이고, 흰 구름을 향해 연기를 뿜었다. 주부로 보이는 여성이 수상하다는 듯이 곁눈질하며 두 사람을 스쳐 지나갔다.

파친코에서 딴 싸구려 손목시계를 보았다. 오후 1시 직전이었다.

"그 여자가 집에 있는지 확실하지 않잖아." 다쿠미가 말했다.

"병환으로 몸져누웠다고 편지에 적었으니 아마 집에 있겠지."

"하지만 어떤 상태인지도 모르는데 갑자기 우리가 나타나면 민폐일 것 같은데."

"미리 전화하는 게 싫다고 한 건 다쿠미 형이잖아. 거기 전화번호까지 적혀 있었는데."

"일부러 기다리게 하는 것 같아서 싫었어."

"그래서 전화도 안 하고 왔잖아. 자, 불평 그만하고 가자. 담배도 다 피웠잖아."

도키오는 짧아진 담배를 다쿠미의 입가에서 빼앗았다. 길가에 버리고 운동화로 짓이겼다.

"꽁초를 땅에 버리면 안 되지."

"그렇게 생각하면 이런 곳에서 피우지 마."

도키오가 다쿠미의 등을 떠밀었다. 다쿠미는 억지로 무거운 첫 걸음을 뗐다.

포렴을 헤치고 들어가니 안은 생각보다 다소 어두웠다. 나무로 만든 진열 케이스에 화과자가 진열되어 있다. 그 건너편에는 흰 상의를 걸치고 삼각건을 머리에 쓴 여성 점원이 두 명, 더 안쪽에는 사무를 보는 듯한 전통 복장의 여성이 한 명 있었다.

점원 한 명은 고상한 차림의 여성 손님을 상대하고 있었다. 남은 한 명이 다쿠미와 도키오에게 "어서 오세요" 하고 인사했다. 장소를 잘못 찾은 듯한 손님이 왔다고 생각할 테지만 표정에 드러나지는 않았다. 그런데 바로 그 얼굴에 수상히 여기는 기색이 떠올랐다. 다쿠미가 아무 말도 하지 않은 채 오도카니 서 있었기 때문이다.

도키오가 옆구리를 찌르자 다쿠미는 뭐라고 말하려 했다. 하지만 말이 나오지 않았다. 자신을 누구라고 밝혀야 좋을지 알 수 없었다.

참다못한 도키오가 말했다. "도조 씨는 계신가요?"

안에 있던 전통 복장 차림의 여성이 두 사람 쪽을 보았다. 서른 살 남짓의 마른 여성이었다. 머리를 올리고, 금테 안경을 썼다. 얼굴은 수수했지만 화장법을 바꾸면 나름 미인으로 보일 것도 같았다.

"어떤 도조에게 용건이……." 여기까지 말하다 그녀의 입술이 멈추었다. 그녀의 눈동자는 다쿠미에게 꽂혀 있었다.

숨을 삼키는 기척이 있었다. "혹시…… 다쿠미 씨?"

다쿠미는 도키오 쪽을 본 뒤 다시 상대 여성 쪽으로 시선을 돌리고는 턱을 내밀 듯이 고개를 끄덕였다. "예, 뭐."

"역시나……. 일부러 여기까지 와주셨군요."

"아니, 일부러라기보다 이 녀석이 하도 가라고 시끄럽게 굴어서."

그녀는 다쿠미의 이야기는 전혀 귀에 안 들어오는 모양이었다. 점포로 나와서는 "어서 이쪽으로" 하고 안으로 안내하려 했다.

"저기, 당신은?" 도키오가 물었다.

그녀는 제정신을 차린 듯이 눈을 깜박인 후 고개를 숙였다.

"실례했습니다. 저는 준코입니다. 도조 준코."

그 말을 들은 다쿠미가 다시 도키오와 눈을 마주쳤다.

두 사람은 준코의 안내를 받아 안으로 들어갔다. 가게 뒤쪽이 안채인 모양이다. 그러나 그녀는 어떤 방으로도 들어가려 하지 않고 복도를 계속 나아갔다. 이윽고 잘 정돈된 정원이 눈앞에 펼쳐졌다.

그걸 곁눈으로 보며 별채와 이어진 복도를 걸어갔다.

"여기서 기다려주시겠습니까."

안내된 곳은 다실이었다. 다다미 넉 장 반 정도 넓이지만, 도코노 마 일본식 방에서 바닥을 한층 높게 만들고 장식품 등을 놓는 곳까지 제대로 갖추었다.

도조 준코가 자리를 비우자 두 사람은 다다미 위에 책상다리로 앉았다.

"굉장한걸. 이런 별채까지 만들다니. 땅이 남아도는 건가."

"역사가 있는 집이라서 그런 거야. 화과자라는 건 옛날에는 사치 품이었잖아. 지역 유력 인사의 부인을 차 모임에 초대해서 신제품 과자를 보여줄 때 여기를 사용한 게 아닐까."

"흐음. 너는 나이도 어리면서 그런 걸 용케도 알고 있네."

"뭐, 어쩌다 보니." 도키오가 머리를 긁었다.

다쿠미는 창호지를 바른 채광창을 열고 정원을 바라보았다. 이끼 낀 석등이 보인다.

도조 스미코는 이 집에서 꽤나 우아하게 살았으리라. 가난 탓에 아기를 버린 여자가 다실이 있는 집에서 호화롭게 살았을 것을 생각 하니, 지금은 병환중이라 해도 꼴좋다는 마음이 들었다.

다쿠미가 에코 담뱃갑을 꺼냈다.

"이런 곳은 금연이 아닐까?" 도키오가 말했다.

"무슨 소릴. 다실이라고 하면 카페 같은 거잖아. 재떨이도 있는 데?" 다쿠미는 그렇게 말하며 도코노마에 놓인 조개껍질 모양의 도 자기를 끌어당겼다.

"그건 향을 놓는 그릇이야."

"상관없어. 씻으면 되잖아." 다쿠미는 담배에 불을 붙이고, 재를 도자기에 털었다.

"이 집, 재산이 꽤 있는 것 같아."

"그럴 테지."

'젠장. 짜증나게.' 다쿠미는 속으로 욕설을 내뱉었다.

"다쿠미 형의 태도에 따라서는 이 재산이 손에 들어올 수도 있지 않을까?"

"웃기는 소리. 바보냐." 다쿠미는 도키오 얼굴을 향해 담배연기를 내뿜었다.

도키오가 손을 휘저었다.

"편지에 따르면 부군은 돌아가신 모양이니 현재 주인은 도조 스미코 씨일 거잖아. 게다가 다쿠미 형은 친자식이니 당연히 상속권이 있겠지."

"아까 그 사람이 있잖아. 도조 준코라는."

"그야 그 사람에게도 상속권이 있겠지만 다쿠미 형에게도 몇 할 정도는 권한이 있을 거야. 민법을 자세히 확인해봐야겠지만."

"확인할 것도 없어. 그딴 여자에게 받긴 누가 받아."

다쿠미는 조개껍질 안에 담배를 비벼 끄면서 자신이 좀 더 악당이었다면 하고 생각했다. 그랬다면 잘 처신해서 이 집을 통째로 빼앗는 걸 생각했을지도 모른다. 아니, 악당이라기보다 도조 스미코에 대한 증오가 더 컸다면 그랬을까. 요컨대 거기까지 생각하지 못하는 자신은 어설픈 인간일지도 모른다는 것이다. 다쿠미는 그 사실에 짜증이 치밀었다.

"그게 다쿠미 형의 좋은 점이야."

"뭐?"

"작은 일에는 깐깐하지만, 중요한 국면에서는 도리에 어긋나는 짓을 하지 않는 거. 그게 다쿠미 형의 성격인 거야."

"무슨 말을 하는 거야? 머리가 어떻게 된 거 아냐?" 마음속을 꿰뚫어보는 듯한 도키오의 말에 당황했다. 부끄러움을 감추기 위해 담배를 피우려 했지만 담뱃갑은 텅 비어 있었다. 구겨서 도코노마 쪽으로 집어던졌다.

그때 사람이 걸어오는 소리가 들렸다. "실례합니다" 하는 목소리가 들린 다음 장지문이 열렸다. 도조 준코가 들어와서 두 사람 앞에 앉았다. 꽁초가 담긴 조개껍질을 슬쩍 보았지만 신경 쓰는 것 같지는 않았다.

"어머니께 다쿠미 씨가 왔다고 전했습니다. 꼭 만나고 싶다고 하시는데 괜찮으신지요?"

일부러 여기까지 왔으니 만나지 않을 이유가 없다. 그런데도 이런 식으로 묻는 것은 지금까지의 사정을 알고 있기 때문이리라.

다쿠미는 뺨을 긁으면서 도키오를 보았다. 마음이 썩 내키지 않았다. 이제 와서 도망칠 수는 없지만 순순히 인정하는 것도 성미에 차지 않았다.

"뭘 거드름부리고 그래." 도키오가 어이없다는 듯이 말했다.

"그런 거 아니거든." 그는 도조 준코 쪽을 보고는 작게 턱을 까닥였다.

"감사드립니다." 그녀가 고개를 숙였다. "다만 어머니를 만나시기 전에 드릴 말씀이 있습니다. 편지에도 썼듯이 어머니는 병환중입니다. 그 때문에 다소 불편한 점이 있더라도 부디 양해해주십시오."

"많이 안 좋으신가요?" 도키오가 물었다.

"의사 선생님은 언제 돌아가셔도 이상하지 않은 상황이라고 하셨습니다." 도조 준코가 등을 곧추세운 채 변함없이 담담한 어투로 말했다.

"어떤 병인가요?"

'그런 거 아무래도 상관없잖아' 하는 마음을 담아 다쿠미는 도키오를 보았다.

"뇌 속에 큰 핏덩어리가 뭉쳐 있습니다. 수술로는 제거가 불가능하다더군요. 계속 커지고 있고, 그래서 뇌 기능에 장애가 생겼습니다. 의사 선생님이 지금까지 용케 버텼다며 놀랄 정도입니다. 사실 최근에 어머니는 거의 잠드신 상태였습니다. 며칠이나 눈을 뜨지 않는 일도 있습니다. 그러니까 어쩌다 오늘 의식을 되찾은 것은 기적에 가까운 일이에요. 다쿠미 씨가 오실 거라는 걸 알고 계셨는지도 모르겠네요."

'무슨 말도 안 되는 소릴.' 다쿠미가 속으로 중얼거렸다.

"그럼 다쿠미 씨, 저와 함께 가시지요." 그녀가 몸을 일으켰다.

"이 녀석도 함께 가도 될까?" 다쿠미가 도키오를 가리켰다.

도조 준코가 곤란한 듯이 입을 다물기에 말을 이었다.

"이 녀석은 내 친구고, 아까도 말했듯이 이 녀석이 말하지 않았으면 여기 안 왔을 거거든. 함께 갈 수 없다면 나는 그만 돌아가겠어."

"다쿠미 형, 나는……."

"너는 잠자코 있어." 단호히 내뱉고는 도조 준코를 보았다.

그녀는 눈을 내리깔고 고개를 끄덕였다.

"알겠습니다. 그럼 두 분이 함께 가시죠."

다쿠미와 도키오는 그녀 뒤를 따라 다시 복도를 걸었다. 그런데 아까와는 경로가 달랐다. 정말 넓은 집이라는 사실에 다쿠미는 깜짝 놀랐다.

이윽고 깊숙한 곳에 자리한 방 앞에 도착했다. 도조 준코가 장지문을 약간 열고는 안쪽에 대고 말했다. "다쿠미 씨를 모셔왔어요."

안에서 대답은 없다. 목소리가 났는지도 모르겠지만 다쿠미 귀에는 들리지 않았다.

도조 준코가 다쿠미 쪽을 돌아보았다. "그럼 안으로 드시지요."

그녀가 장지문을 크게 열었다.

17

처음 다쿠미의 눈에 들어온 것은 링거였다. 그 옆에 몸집이 작고 약간 살찐 여성이 있었다. 그녀는 반소매 백의를 입고 있었다.

다음으로 이불이 보였다. 백의의 여성은 베갯머리 근처에 앉아 있었다. 이불에는 다른 여성이 누워 있다. 백의의 여성이 환자의 얼굴을 들여다본다.

이불의 여성은 눈을 감고 있었다. 뺨은 여위고, 눈가가 움푹 파였다. 피부는 회색으로 윤기가 전혀 없었다. 순간 노파처럼 보였다.

"앉으시지요."

도조 준코가 방석 두 개를 이불 옆에 두었다. 하지만 다쿠미는 가까이 다가갈 마음이 들지 않아 방문 근처에 자리를 잡고 앉았다. 그녀는 아무 말도 하지 않았다.

"어머니입니다. 도조 스미코입니다."

다쿠미는 잠자코 고개를 끄덕였다. 말이 나오지 않았다.

"다시 잠드신 건가요?" 도조 준코가 백의의 여성에게 물었다.

"방금 전까지는 의식이 있으셨는데……."

도조 준코가 양 무릎으로 미끄러지듯이 베갯머리 근처로 다가갔다. 스미코의 귓가에 입을 댔다.

"어머니, 들리세요? 다쿠미 씨예요. 다쿠미 씨가 오셨어요."

그러나 스미코의 얼굴은 반응이 전혀 없었다. 죽은 것 같았다.

"죄송해요. 최근 계속 이런 상태시거든요. 깨어났나 하면 바로 의식을 잃으세요." 도조 준코가 다쿠미에게 사죄했다.

"자는 거면 어쩔 수 없죠." 다쿠미가 말했다. 스스로도 차갑다고 느껴질 정도의 말투였다.

"죄송해요. 조금만 더 기다려주시겠어요? 갑자기 눈을 뜨실 때도 있거든요."

"조금 정도는 상관없지만 우리 역시 일이 없는 게 아니라서. 안 그래?" 도키오에게 동의를 구했다.

"뭐 어때. 기껏 왔는데." 도키오가 달래듯이 말했다.

"부탁드려요. 이대로 다쿠미 씨의 얼굴을 보지 못하면 나중에 어머니가 슬퍼하실 거예요."

다쿠미는 목 뒤를 주무르면서 이런 식으로 누군가에게 애절하게 부탁받은 일은 처음이라고 생각했다.

"오래됐나요?" 다쿠미가 물었다.

"네……?"

"이런 상태 말예요. 계속 누워 있게 된 거."

"아." 도조 준코가 백의의 여성 쪽을 보았다. "얼마나 됐죠?"

"처음 쓰러지신 게 정월 초고, 그 후 입원하셨으니까요." 백의의 여성이 손가락으로 무언가를 셌다. "벌써 이래저래 석 달째네요."

"그러네요. 3월부터니까." 이렇게 말한 뒤 도조 준코가 다쿠미를 보고 고개를 끄덕였다.

다쿠미는 동정의 말 따위는 죽어도 하지 않겠다고 다짐했다.

"하지만 이런 집이라 다행이군요."

"예?"

"평범한 집이라면 이런 식으로 간병할 수 없잖아요. 이렇게 환자가 누워 있을 수 있는 방도 없고, 붙어서 간호해주는 사람을 고용하지도 못하고. 그러니까 뭐라 해야 할까. 불행 중 다행이랄까. 역시 부자는 좋아."

화를 낼 거라면 한번 내봐라 하는 마음으로 다쿠미는 도조 준코를 노려보았다. 그러나 그녀는 눈을 몇 번 깜박이더니 작게 끄덕였다.

"그럴지도 모르겠네요. 하지만 이렇게 할 수 있는 것도 다 어머니의 힘이 있었기 때문이라서요."

다쿠미는 의미가 잘 이해되지 않아 미간을 찌푸렸다. 그의 마음을 알아차린 듯이 도조 준코가 말했다.

"다쿠미 씨는, 어머니가 전통 있는 화과자점에 시집 와서 유복한 삶을 살았다고 생각하시지는 않나요? 그렇다면 큰 착각이에요. 어머니가 오셨을 때 우리는 붕괴 직전이었습니다. 빚은 눈덩이처럼 불어나고 서서히 가세가 기울고 있었습니다. 경비 절감을 하려 해도 명색이 유서 깊은 가게로 통했기 때문에 상품의 질을 떨어뜨릴 수도 없었어요. 애당초 자존심 강한 장인들이 받아들이지도 않고요. 정말로 언제 망해도 이상하지 않을 상태였습니다. 당연히 우리 집안의 재정 사정도 궁핍했고요. 그런데 아버지는 그런 사정은 어머니에게 일절 말하지 않았습니다. 젊은 여성을 후처로 들이고 싶어서 꽤나 허세를 부렸던 것 같아요. 말하자면 속여서 데려온 거나 마찬가지였죠. 그런 주제에 도련님으로 자란 아버지에게는 가게나 집을 구해낼 지혜도 기력도 없었습니다. 침몰해가는 배를 그저 멍하니 지켜볼 뿐이었죠."

"그걸 할머…… 아니, 스미코 씨가 구해낸 거군요." 도키오가 끼어들었다.

도조 준코가 고개를 끄덕였다.

"저는 이미 열 살 정도였기 때문에 당시 일을 똑똑히 기억하고 있습니다. 어머니는 처음에는 놀랐지만 바로 마음을 다잡으신 것 같았어요. 식비를 줄이는 일부터 시작해서, 잡비나 광열비 등도 절약했습니다. 그때까지 절약과는 먼 생활을 했던 저는 꽤 반발하기도 했습니다. 이윽고 어머니는 절약뿐만 아니라 조금이라도 살림에 보태기 위해 부업까지 시작하셨어요. 그때는 가게 사람들에게 비난도 당했습니다. 사모님이 부업을 해서는 가게의 체면이 서지 않는다는 이유로 말이죠. 그러자 어머니는 가게 일을 돕기 시작했습니다. 허드

렛일부터 시작해 지배인 일까지 돕게 됐지요. 서서히 가게 일을 알게 된 다음에는 갖가지 아이디어를 내셨습니다. 재료 구입 방법을 바꾸거나, 홍보 방법을 궁리하거나. 아무래도 장사에 재능이 있으셨던 거겠지요. 적은 투자로 최대의 효과를 얻는 방법을 고안해내는 명인이었어요. 물론 생각뿐만 아니라, 솔선하는 행동력도 있었습니다. 어머니가 생각하신 신제품 중에는 지금도 잘 팔리는 것들이 많아요. 처음에는 바보 취급하던 가게 사람들도 차츰 어머니가 하시는 말을 듣게 됐어요. 그때부터였습니다. '하루안'이 부활하기 시작한 것은."

다쿠미는 도조 준코의 이야기를 복잡한 심경으로 들었다. 그렇다면 스미코는 그런 상황 속에서도 미야모토 집안에 다쿠미의 양육비를 보낸 것이 된다. 그 사실에 경악하면서도 감사 따위는 결코 하지 않겠다는 고집이 마음에 벽을 만들었다.

"아버님께서는 재혼이 정답이었군요."

도키오의 말에 도조 준코가 미소 지었다.

"그렇습니다. 아무 능력도 없는 아버지의 생애 최대 업적이었죠."

"대단한 여성이군요."

"그러니까……." 그녀가 다쿠미를 보았다. "우리는 이 정도의 일을 어머니께 해드리는 게 당연해요. 그리고 이쪽에 계신 요시에 씨 말인데요." 백의의 여성 쪽에게 눈길을 주었다. "간호사가 아니에요. 원래는 공장에서 일하던 분입니다. 어머니가 이렇게 되셨을 때 자신이 꼭 돌봐드리고 싶다고 말씀해주셨어요."

"사모님께 말로 다 할 수 없을 만큼 은혜를 입었거든요." 요시에라는 여성의 목소리에는 그 절절한 마음이 담겨 있었다.

다쿠미는 고개를 숙인 채 다다미를 바라보았다. 듣고 싶지 않은 이야기였다. 모두 스미코를 칭찬한다. 그러나 자신에게는 증오의 대상이라는 사실에 변함은 없다.

"이거 정말 웃기는군." 그가 중얼거렸다.

모두 깜짝 놀라서 그 말의 의미를 궁금해하는 듯한 기척이 느껴졌다.

"그렇잖아. 이쪽은 가난하다는 이유로 버려졌다고. 버림받고, 관계없는 집에서 자란 끝에 결국 무엇 하나 남지 않았어. 그런데 버린 쪽은 가난한 다른 사람을 위해 열심히 살았다니. 열심히 살아 감사를 받고 있다니. 하느님 취급이잖아. 아이를 버린 여자가 말이야." 그는 억지로 미소를 지었다. 뺨에 경련이 일었지만 그래도 멈추지 않았다. "정말 웃기네. 내 생애 최고로 웃기는 일이야."

도조 준코가 숨을 들이마셨다. 무언가를 말하려고 입술을 움직인 그때였다.

"아, 사모님." 요시에가 작게 외쳤다.

도조 스미코가 뺨 근육을 미세하게 움직이더니 눈을 떴다.

18

"어머니." 도조 준코가 말했다.

스미코가 눈을 깜박이며 목을 움직였다. 뭔가 찾는 듯이 보였다.

"어머니, 알겠어요? 다쿠미 씨가 왔어요. 여기 계세요."

스미코의 시선은 잠시 허공을 맴돈 후 다쿠미의 얼굴에 멈추었다. 그는 어금니를 질끈 깨물고 그 시선을 받아들였다.

스미코의 여윈 얼굴이 일그러졌다. 입술이 열리고 거기서 숨결이 새어 나왔다. 무언가를 말하려는 듯했다. 그러나 목소리가 나오지 않았다.

"네, 뭐라고요?" 도조 준코가 스미코의 입가에 얼굴을 가까이 가져갔다. "네, 맞아요. 다쿠미 씨예요. 와달라고 부탁을 드렸어요."

준코가 다쿠미 쪽을 돌아보았다.

"조금만 더 옆으로 와주실 수 있나요? 잘 안 보이시나 봐요."

그러나 다쿠미는 움직이지 않았다. 이 증오스러운 여자에게 도움되는 일 따윈 무엇 하나 해줄 생각이 없다는 마음이었다. 하지만 사실은 움직일 수가 없었다. 도조 스미코가 내뿜는 기운에 마음이 압도된 상태였다.

"다쿠미 형……."

도키오가 재촉했지만 그것도 무시했다.

다쿠미는 자리에서 일어서서 이불 속의 스미코를 내려다보았다.

"나는…… 용서하지 않았어." 간신히 감정을 억누르며 천천히 말했다. "당신의 아이도 아냐. 내가 여기 온 건 그 사실을 말하고 싶었기 때문이야."

"다쿠미 씨, 잠깐만 기다려주세요." 준코가 애원했다.

"그래, 일단 좀 진정해. 자리에 앉아." 도키오도 말했다.

"시끄러워. 너와의 약속이기도 해서 참고 여기까지 온 거야. 그래서 만났잖아. 이걸로 된 거잖아? 나더러 이 이상 뭘 하라는 건데?"

그때였다. 스미코의 숨소리가 갑자기 거칠어졌다. 입을 벌리고 헐떡였다. 눈도 크게 뜬 채였다.

"아, 큰일 났네!"

요시에의 말과 함께 스미코의 입에서 흰 거품 같은 것이 흘러나왔다. 눈동자는 흰자위만 보이고 안색도 순식간에 검게 변했다. 게다가 경기까지 일으켜서 준코가 이불 위에서 몸을 내리눌렀다.

도키오가 일어나 달려가려 했다. 다쿠미가 어깨를 붙들었다.

"내버려둬."

"하지만 큰일이잖아."

"네가 뭘 할 수 있는데?"

"할 수는 없지만 뭔가 도울 수 있는 일이 있을지도 모르잖아."

"괜찮습니다. 네, 괜찮아요." 도조 준코가 이불을 누르며 말했다. "자주 있는 일이에요. 조금 안정시키면 괜찮습니다."

그 말을 듣고 도키오가 다쿠미를 올려다보았다.

"좀 가까이 가주는 것도 안 돼? 상대는 환자잖아."

"환자라면 뭐든 용서받을 수 있다는 거냐."

"그런 말이 아니잖아."

"시끄러워. 잠자코 있어."

다쿠미는 다시금 스미코를 바라보았다. 두 여성에게 간호를 받는 그녀에게, 예전에 미야모토 집안을 찾아왔을 때의 화려함은 없었다. 발작은 상당히 진정된 듯하지만, 입에서 흘러나온 거품의 흔적이 입가에 달라붙어 있다.

그는 몸을 돌려 장지문을 열었다. 그리고 뒤를 돌아보더니 "천벌이다"라는 말을 남기고 복도로 나갔다.

어디를 어떻게 걸었는지 자각하지도 못한 채 가게 앞에 나와 있었다. 길가에 가방을 내려놓고 그 위에 털썩 앉았다.

잠시 후 도키오가 따라 나왔다.

"이건 좀 아니지. 어른스럽지 않다는 생각 안 들어?" 상당히 곤란하다는 얼굴로 말했다.

"약속은 지켰어. 이제 오사카다. 네 불평불만은 듣지 않겠어."

도키오는 한숨을 내쉴 뿐 움직이지 않았다. 다쿠미는 일어서서 혼자 걸음을 옮겼다. 이내 도키오도 묵묵히 따라왔다.

진구마에 역에서 나고야 행 표를 샀다. 그제야 도키오가 입을 열었다.

"이대로 괜찮겠어?"

"뭐 더 할 말 있어?"

"여러모로 이야기를 나누는 편이 좋을 것 같아서 그래. 그 사람 역시 원해서 다쿠미 형을 손에서 놓은 게 아니잖아."

"꽤나 그 여자 편을 드는군. 그렇게 그 여자가 신경 쓰이면 넌 여기 남아도 상관없어. 나 혼자 갈 테니."

"내가 남는들 무슨 소용이 있다고⋯⋯." 거기까지 말한 도키오의 입이 멈췄다. 시선은 다쿠미의 뒤쪽에 못 박혀 있었다. 다쿠미가 돌아보니 도조 준코가 빠른 걸음으로 다가오고 있다. 차로 뒤쫓아 온 모양이다. 작은 보따리를 안고 있었다.

"아, 늦지 않아 다행이다." 그녀가 다쿠미를 보고 미소 지었다.

그런 표정을 지을 거라고는 생각하지 못했기에 다쿠미는 순간 뭐라 대답해야 할지 당황했다.

"괜찮나요? 그 사람을 내버려둬도." 이렇게 물었다.

"요시에 씨가 있으니 괜찮아요. 그보다 오늘은 일부러 와주셔서 정말로 감사했습니다." 도조 준코가 다쿠미에게 고개를 숙였다.

다쿠미는 목 뒤를 만지작댔다. "비꼬는 걸로밖에 안 들리는데요."

"전혀 그런 거 아니에요. 편지에도 적었듯이 얼굴을 보여주시는 것만으로도 족합니다. 실은 정말 와주실 거라고는 생각 못 했어요."

"그런 말을 하려고 쫓아온 건가요?"

"그것도 있습니다만 중요한 용건이 하나 더 있어요." 도조 준코는 보자기 꾸러미를 풀었다. "이걸 전해드리려고요."

그녀가 내민 것은 한 권의 책이었다. 그것도 손으로 직접 만든 만화책이다. 표지에는 네모난 상자 같은 것에 올라탄 소년소녀가 색연필로 그려져 있다. 어딘지 모르게 데즈카 오사무를 떠올리게 하는 터치로, 실력도 꽤나 좋았다. 그런데 무엇보다 그 책의 상태가 눈길을 끌었다. 종이는 건드리면 부서질 것처럼 변질되었고, 테두리에는 여기저기 무언가 얼룩이 묻어 있었다.

"이게 뭔가요?"

"어머니에게 부탁받았어요. 만약 다쿠미 씨가 온다면 이걸 건네주라고요. 당신이 직접 건네지 못할지도 모른다면서요."

"그러니까 이걸 받는 게 어떤 의미가 있는 건가요? 보니까 누가 그린 만화인 모양인데, 왜 그 사람이 나한테 이걸 주려고 하죠?"

그러자 도조 준코는 안경 안쪽에서 눈을 깜박인 다음에 고개를 살짝 갸웃했다.

"그건 저도 모르겠어요. 어머니가 말씀해주지 않으셔서요. 하지만 어머니에게 소중한 물건이라는 건 분명해요. 이따금 물끄러미 바라보고 계셨어요. 아마 당신에게도 소중한 게 아닐까요."

다쿠미가 만화책을 손에 들었다. 제목은 《공중 교실》. 네모난 상자는 교실을 의미하는 모양이다. 작가 이름은 쓰메즈카 무사오. 들어본 적 없는 이름이다.

"이런 영문을 알 수 없는 걸 받아도 곤란한데."

"그런 말씀 마시고 받아주세요. 필요 없으면 처분하셔도 상관없으니까요."

"하지만."

"그 정도쯤 뭐 어때." 도키오가 옆에서 말했다. "방해될 정도도 아니잖아. 다쿠미 형한테 필요 없다면 내가 받을게."

다쿠미는 도키오 쪽을 바라본 뒤 다시 도조 준코 쪽으로 시선을 돌렸다. 그녀가 고개를 끄덕였다.

"나중에 돌려달라고 하지 마요. 버릴지도 모르니까."

"그래도 상관없습니다."

"그럼 일단 받아두죠." 그는 만화책을 가방에 넣었다. "우린 이만 가봐야 해서."

나고야 행 전철이 들어올 시각이 가까웠다.

"시간을 빼앗아 죄송합니다. 만약 다시 이곳에 들를 일이 있으시다면……." 거기까지 말한 그녀가 고개를 저은 뒤 미소 지었다. "아니, 그만두지요. 그럼 건강하시길 바랍니다."

다쿠미는 그 말에 대답하지 않고 도키오에게 "가자" 하고 말했다. 그러고는 아직도 왠지 주저하는 도키오를 남긴 채 개찰구를 지나 안으로 들어갔다.

뒤에서 도조 준코의 목소리가 들렸다. "다쿠미 씨."

발을 멈추고 돌아섰다. 그녀는 호흡을 가다듬는지 가슴을 들썩이며 말했다.

"어머니가 지금보다 조금 괜찮으셨을 때 제게 한 말이 있어요. 이병은 천벌이라고. 받아 마땅한 응보라고."

다쿠미의 가슴속에 무언가가 응어리졌다. 하지만 그것을 배 속으로 삼켰다. 입술을 꽉 다문 채 준코에게 고개를 숙이고는 다시 걷기 시작했다.

19

나고야에서는 신칸센이 아니라 긴테쓰 특급을 이용했다. 그편이 훨씬 싸기도 하고, 소요 시간은 한 시간 정도밖에 차이가 나지 않기 때문이다. 또 승차감도 손색이 없다는 사실을 다쿠미는 깨달았다.

도키오는 도조 준코에게 받은 자작 만화책을 열심히 들여다보고 있다. 이따금 "굉장히 잘 그렸는걸. 다쿠미 형도 봐" 하고 책을 펼쳐 보여주지만, 다쿠미는 손을 내저으며 보지 않았다. 스미코에 대한 것은 빨리 잊어버리자고 속으로 다짐했다.

도키오가 멋대로 한 이야기에 따르면 《공중 교실》은 기상천외한 SF물로, 우연히 우주인의 유적 위에 지어진 초등학교 일부가 중력 을 거스른 채 하늘로 떠올라, 그대로 전세계를 돌아다닌다는 스토리 인 모양이다. 그 줄거리를 듣고 다쿠미는 어릴 적에 본 NHK 인형드

라마 〈효코리효탄 섬〉을 떠올렸다.

긴테쓰 특급의 종점은 난바 역이었다. 전철이 어느 틈엔가 지하로 들어왔는지, 개찰구를 빠져나와 큰 계단을 올라왔음에도 여전히 번 잡한 지하 도시였다.

"뭐야, 이거. 어디가 어디인지 모르겠네." 다쿠미가 주위를 둘러보 았다.

"지즈루 누나가 어디 있는지는 알아?"

"지금부터 알아봐야지."

"어떻게?"

"일단 따라오기나 해."

'무지개 마을'이라는 지하 상점가 출입구 부근에 공중전화가 줄지 어 있었다. 다쿠미는 비어 있는 전화로 다가가 옆에 놓인 전화번호 부를 들어 음식점 항목을 펼쳤다.

"'봄버'라는 가게를 찾아. 지즈루의 친구가 거기서 일한다는 말을 들은 적 있어. 오사카에 왔다면 아마도 만나러 갔을 거야."

"봄버?"

"'도쿄 봄버스'할 때의 봄버. 뭐야, 너. 도쿄 봄버스 몰라? '롤러 게 임' 롤러스케이트를 타고 트랙에서 벌이는 팀 스포츠. 도쿄 봄버스는 일본 롤러스케이트 팀 이름은 본 적 있겠지? 뉴욕 아웃로즈라든가."

도키오는 영문을 모르겠다는 얼굴로 고개를 가로저었다. 다쿠미 는 흥 하고 콧김을 뿜고는 전화번호부로 눈길을 돌렸다.

다행히 '봄버'라는 이름의 음식점은 한 곳밖에 없었다. 전화번호와 주소를 적으려다 필기구가 없다는 사실이 생각나자 다쿠미는 주저 없이 그 부분을 찢었다.

"우왓, 무슨 짓이야! 나중에 필요한 사람은 어쩌라고."

"이 연락처가 필요한 인간이 그리 있을 리가 없지. 그보다 이 한자 뭐라고 읽어? 지명은 또 왜 이렇게 길고."

"소에몬초 아닐까?"

"소에몬초? 흐음, 어디일까?"

"지도를 사자."

무지개 마을 안에 있는 작은 서점에서 오사카 지도를 사서 옆에 있는 우동가게에 들어갔다. 유부 우동과 주먹밥 두 개 세트가 450엔이어서 둘 다 그것을 주문했다. 가게 안에는 가다랑어포로 끓인 국물 냄새가 가득했다.

"뭐야, 소에몬초는 바로 근처잖아. 걸어가도 얼마 안 걸리겠는데."

다쿠미가 테이블 위에 지도를 펼치고 우동을 먹었다. 듣던 대로 국물색은 옅었지만 맛은 결코 옅지 않았다. 다만 그의 입맛에는 유부에 밴 간이 약간 부족했다.

"지즈루 누나의 친구 이름은 알아?" 도키오가 물었다.

"아마, 다케코라고 했던 것 같은데."

"다케코? 본명일까?"

"본명이겠지. 업무용 가명치고는 촌스럽잖아."

"그 봄버라는 가게, 어떤 곳일까? 엄청난 고급 클럽 같은 데면 어쩌지? 이런 복장으로 가면 분명 쫓겨날 텐데."

도키오는 청바지와 티셔츠에 요트파카 차림. 다쿠미는 구깃구깃한 면바지에 싸구려 재킷을 걸친 상태였다.

"아…… 그건 생각 못 했네. 지즈루의 친구가 일하고 있으니 어차피 스미레 같은 곳 아닐까."

"그쪽은 도쿄라 해도 뒷골목인 긴시초잖아. 이쪽은 오사카의 번화가고."

"뭐, 쫓겨나면 그때 생각하자고. 중고 옷가게에라도 가서 양복 같은 걸 사면 되겠지."

'이곳에 중고 옷가게가 있을 때의 이야기지만' 하고 속으로 덧붙였다. 아사쿠사에는 그런 가게가 몇 개나 있다. 그 사실을 떠올리니 오늘 아침 도쿄를 떠나왔을 뿐인데 묘하게 그리운 기분이었다.

도키오는 무엇이 재미있는지 지도의 다른 페이지를 펼치다가, 갑자기 "아, 여기다"라고 말하며 젓가락질을 멈췄다.

"뭔가 찾았어?"

"아까 그 만화, 잠깐 보여줘."

"그런 건 나중에 해."

"지금 바로 보고 싶어. 됐어. 내가 꺼낼게." 도키오가 다쿠미의 가방을 멋대로 열었다.

다쿠미는 관심 없는 척하며 주먹밥을 먹었다. 만화책에 어떤 의미가 있는지는 모르겠지만 흥미 따위는 보이지 않겠다고 결심했다. 어딘가 적당한 곳에서 버릴 생각이었다.

"역시 맞았어. 다쿠미 형, 이걸 좀 봐봐."

"시끄러워. 그런 거 아무래도 상관없잖아."

"그러지 말고. 다쿠미 형과도 관계가 있을 거야. 분명." 도키오가 그렇게 말하며 만화책을 펼쳐 보였다.

"뭐야, 귀찮게."

"여기 봐. 주소가 적혀 있지?"

도키오가 가리킨 페이지에는 초등학생으로 보이는 소년 둘이 길가에서 둥근 돌을 줍는 장면이 그려져 있었다. 그런데 도키오가 가리킨 것은 소년들이 아니라 그 뒤에 그려진 전신주였다. 전신주에 붙은 표지판에 '이쿠노 구 다카에 X-X'라고 적혀 있다.

"아마 작가의 집이 이 근처가 아니었을까. 그리고 이쿠노 구는 여기야." 도키오가 지도의 일부분을 손끝으로 가리켰다. 이쿠노 구라고 적혀 있다.

"그런 것 같군. 그래서 그게 어쨌단 건데?"

"도조 스미코 씨가 이 만화를 다쿠미 형에게 건넨 데는 분명 의미가 있을 거야. 다쿠미 형의 내력과 관련이 있지 않을까."

"내 내력은 그 멍청한 여자에게 버림받았고 도쿄의 미야모토 부부가 거두었다, 그뿐이야."

그러자 도키오는 눈을 치켜뜨고 다쿠미를 바라보았다. 평소 그의 시선에는 없던 진지한 빛이 깃들어 있었다.

"다쿠미 형 역시 신경이 쓰일 거 아냐. 신경 쓰이면서 일부러 시선을 피하는 거지."

"이상한 소리 하지 마. 내가 무엇에서 눈을 피한다는 건데?"

도키오가 만화책을 덮었다.

"도조 스미코 씨는 이걸 꼭 건네고 싶어했어. 분명 어떤 메시지가 담겨 있기 때문일 거라고 생각해. 전하고 싶은 메시지라면 하나밖에 없지 않을까."

"그게 뭔데?"

"알면서 시치미 떼지 마." 도키오가 고개를 저었다. "아버지 말이야. 다쿠미 형의 친아버지가 누구인지 전하고 싶었던 거야." 도키오가 만화책 표지를 가리켰다. "쓰메즈카 무사오. 이 만화를 그린 사람이 다쿠미 형의 아버지가 분명해."

다쿠미가 젓가락을 내려놓았다. 그릇 안에는 육수가 잘 우러난 국물과 하얀 면이 조금 남아 있지만 더 먹을 마음이 사라졌다. 도키오의 말이 맞았다. 도조 준코에게 만화책을 받고, 그게 직접 만든 책이라는 것을 알았을 때부터 쓰메즈카 무사오라는 인물과 자신의 관계에 대해 도출된 결론은 하나였다. 그러나 굳이 그 이상 생각하는 것은 피했다.

"내게 아버지는 없어. 있다면 길러준 미야모토 아버지뿐이다."

"그 마음은 잘 알겠어. 그렇지만 진실을 아는 것도 중요하지 않을까? 모든 것을 안 다음에 원망이든 뭐든 하면 되잖아."

"이제 와서 알고 싶지도 않아. 게다가 진실은 어떻게 알 수 있는데? 쓰메즈카 무사오라는 말도 안 되는 이름의 이 남자가 누구인지도 모르면서."

"그러니까 여기 가보자." 도키오가 만화책 표지를 가볍게 두드렸다. "이 만화의 무대가 된 곳에."

"가봤자 알 수 있는 거라곤 없어." 다쿠미는 그렇게 말한 뒤 후회했다. 관심이 있다는 사실을 드러내는 말이었기 때문이다. 굳이 한마디를 보충했다. "물론 갈 마음은 털끝만치도 없지만."

"마을 묘사가 꽤나 치밀해. 사는 곳 주변을 담아냈을 테니, 이 그림과 비교하며 돌아다니면 뭐라도 알 수 있을 거야. 오래전부터 살고 있는 사람에게 물어봐도 될 테고. 다만 문제는 정확한 지명이야. 이쿠노 구 다카에라고 적혀 있는데 이 지도를 보면 이쿠노 구에 다카에라는 곳은 없거든. 그러니까 아마 만든 이름일 텐데, 분명 모델이 된 지역이 있을 거야."

"바보 같기는. 그딴 이야기에 휘둘릴까 보냐." 다쿠미는 남은 물을 마시더니 밥값을 놓고는 자리에서 일어섰다.

다쿠미는 도키오가 계산하고 나오기를 가게 밖에서 기다리면서 방금 들은 말의 의미를 반추해보았다. 사실을 아는 것은 중요한 일이다. 다쿠미도 아버지가 누구인지는 줄곧 알고 싶었다. 하지만 알 방법이 없어서 언제나 포기할 수밖에 없었다. 포기를 반복하다 보니 소망은 가슴속에 봉인되고 말았다. 지금 그 봉인이 풀리려 하고 있다. 당황스럽기도 하고, 만화책이라는 열쇠를 얻은 일로 자신의 마음이 어디로 튈지 예측할 수 없어서 두렵기도 했다.

그렇다고 해도……

도키오의 정체에 대해 다시금 생각하지 않고는 견딜 수 없었다. 본인 이상으로 다쿠미에 대해 이해하고 있고, 마음의 주름에 숨어 있는 약한 부분을 정확하게 자극한다. 그의 언동은 항상 무언가를 일깨운다.

같은 핏줄이라고 했는데 도조 집안은 그에 대해 모르는 듯했다. 그렇다면 아버지 쪽 핏줄인가. 다쿠미는 거기까지 생각하다 깜짝 놀랐다. 어쩌면 도키오 자신이 쓰메즈카 무사오를 찾고 싶은 것이 아닐까. 기무라 다쿠야라는 아버지가 있다고 말했지만 어디까지가 사실인지 알 수 없다.

도키오가 계산을 끝내고 밖으로 나왔다. "기다렸지?"

다쿠미는 지금 생각한 사실을 입 밖으로 꺼내지 않았다.

지하 상가를 나와 에비스바시를 걸었다. 그리 넓지 않은 거리를 많은 사람이 오가고 있다. 길 양쪽에는 작은 상점이나 패션 빌딩이 늘어섰다. 고급품을 다루는 가게와 서민적인 가게가 뒤섞인 점은 이곳의 특징일지도 모른다.

상점이 밀집한 길을 빠져 나오니 앞쪽에 다리가 보였다. 그런데 도키오는 그 앞에서 왼쪽 가게 쪽을 보고 기뻐 떠들어댔다. "와, 게 간판이다. 엄청 커."

게다가 다리를 건널 때는 뒤쪽을 돌아보고 글리코 간판에 경탄했다. 다쿠미는 그것들을 무시한 채 머릿속에 입력한 지도와 주변 풍경을 비교했다. 오사카 구경을 할 때가 아니다. 먼저 '봄버'를 찾아야만 했다.

"두리번거리지 말고 빨랑 걸어."

"그렇게 서두를 것까진 없잖아. 모처럼 오사카에 온 거라고. 문어

구이 사먹자, 문어구이. 저기 가게가 있어."

포장마차를 가리킨 도키오의 손을 다쿠미가 탁 쳤다.

"너, 혹시 내가 지즈루 찾는 게 맘에 안 들어?"

"아니, 그렇지 않아."

"그럼 잠자코 따라오기나 해. 나도 네 말대로 나고야에 갔잖아."

".......알았어."

다쿠미는 잰걸음으로 걸었다. 기분이 묘했다. 지금 대화는 나고야 역에 도착했을 때와 정반대였다.

소에몬초로 들어가니 바로 수상쩍은 남자들이 다가왔다.

"도쿄에서 왔어? 예쁜 애들 있는데, 어때?"

"2천 엔. 단돈 2천 엔에 얼마든지 만질 수 있다고."

낮은 목소리로 속삭인다. 기묘한 힘이 있어서 잠시 흔들렸지만 이런 곳에서 놀 때가 아니다. 다쿠미는 손사래를 치며 지나갔다.

번화가에서 약간 떨어진 곳에 봄버가 입점한 빌딩이 있었다. 낡은 건물로, 벽에는 금이 여럿 가 있었다. 봄버는 3층이었다. 엘리베이터를 기다리고 있으니 문이 열리고 남녀가 내렸다. 남자는 보라색 양복, 여자는 새빨간 옷을 입었다. 양쪽 모두 금빛으로 빛나는 액세서리를 주렁주렁 걸쳤다.

"박력 넘치네." 도키오가 엘리베이터를 탄 뒤 조그마한 소리로 말했다.

문을 닫으려는데 마른 남자 한 명이 황급히 올라탔다. 다쿠미와 도키오에게 가볍게 고개를 숙이고 "죄송합니다" 하고 말한다.

3층에서 내리니 좁은 통로 양쪽에 술집 간판이 늘어서 있다. 어느 가게나 고급 클럽은 아닌 듯했으나 다른 불안감이 머릿속을 스쳤다.

"왠지 분위기가 위험한걸."

"돈은 팬티 속에 숨겨둘까?" 다쿠미가 한 말의 의미를 도키오도 이해한 모양이다.

"그래봤자 소용없어."

앞에서 두 번째 가게가 봄버였다. 다쿠미는 심호흡을 한 번 하고는 문을 열었다.

출입구에서 안쪽을 향해 직선으로 카운터가 있었다. 앞쪽과 안쪽에 손님이 두 명씩 앉았고, 카운터 안에 여자가 두 명 있었다. 한쪽은 단발에 말랐고, 다른 한쪽은 긴 머리를 포니테일로 묶었다. 단발쪽은 삼십대 중반 정도로 보였다. 이쪽이 마담일까.

두 여성이 의외라는 듯한 얼굴로 다쿠미와 도키오를 보았지만, 바로 단발머리 여자가 미소를 지었다. "어서 오세요. 두 분인가요?"

"응"이라고 말하고 다쿠미가 안쪽으로 들어갔다. 카운터 거의 중앙에 도키오와 함께 앉았다. 우선 맥주를 주문했다.

"저희 가게는 처음이시죠? 누군가에게 들으셨나요?" 단발머리 여자가 물었다. 미소를 지었지만 눈에 호기심과 경계의 빛이 숨어 있었다.

"응, 뭐." 다쿠미는 모호하게 대답하면서 물수건으로 손을 닦았다. "이 가게에 다케코라는 사람 있지?"

"다케코? 아아⋯⋯." 단발머리가 포니테일 쪽을 보았다.

"그 아이, 그만뒀는데." 포니테일이 말했다.

"맞아. 그게 언제였더라."

"반년 정도 되지 않았어?"

"아, 그렇구나. 반년쯤 전이구나." 단발머리가 다쿠미를 보았다. "집안 사정으로 갑자기 그만뒀어요. 모처럼 이곳까지 와주셨는데 유감이네요."

예상 밖이었다. 다케코라는 친구 이야기를 지즈루에게 들은 것은 고작 한 달쯤 전이었다. 그렇다면 다케코가 여기를 그만두었다는 사실을 지즈루도 몰랐다는 걸까.

"지금 어디 있는지 몰라?" 일단 매달려보았다.

"글쎄요." 단발머리가 고개를 갸웃했다.

"원래 아르바이트여서요. 그리 오래 일하지도 않았고. 지금은 전혀 연락이 안 되는 상태예요."

"그런가." 다쿠미는 한숨을 쉬고 맥주를 마셨다. 다케코를 만나지 못하면 지즈루를 찾을 유일한 수단이 사라지게 된다. 이제 어떻게 해야 할까.

옆에서는 도키오가 흥미로운 듯이 가게 안을 둘러보고 있다. 벽에는 연극이나 콘서트 포스터가 붙어 있다. 그쪽 사람들이 자주 오는 곳일지도 모른다.

다쿠미가 에코 담배를 입에 물었다. 단발머리가 손을 뻗어 재빨리 라이터로 불을 붙여주었다.

"그러면 최근에 우리처럼 다케코 씨를 찾아온 사람은 없었을까.

젊은 여자일 텐데." 그리고 이 말을 추가했다. "남자도 함께였을지 모르고."

"그런 사람이 있었나?" 단발머리가 다시 포니테일에게 물었다.

"난 기억에 없는데." 포니테일이 묶은 머리를 좌우로 흔들었다.

"그러게."

단발머리가 이제 알겠느냐는 듯이 다쿠미를 보았다. 잠자코 고개를 끄덕일 수밖에 없었다.

"이거, 당신이죠?" 갑자기 도키오가 말했다. 벽의 포스터를 가리켰다. 여성들로 이루어진 록밴드인 모양이다. 연주중인 사진이 확대되어 있다.

"아, 네." 포니테일 여자가 대답했다.

다쿠미도 포스터를 자세히 보았다. 오른쪽에서 기타를 치는 사람은 포니테일이 틀림없다. 다만 머리를 묶지 않고 늘어뜨린 상태다.

"흐음, 밴드 이름도 '봄버'구나. 가게 이름을 딴 건가요?"

"네. 꽤 괜찮은 이름이라고 생각해서요."

"특이한 이름이네요. 무슨 의미인가요?" 도키오가 재차 물었다.

"도쿄 봄버스의 봄버라고 했잖아." 보다 못한 다쿠미가 끼어들었다. "내 말 맞지?" 여자들에게도 동의를 구했다.

단발머리가 말했다. "그래요."

"정말요? 흐음." 도키오는 잘 모르겠다는 표정이다. "이건 누가 붙였나요?"

"전데요." 단발머리가 대답했다.

다쿠미는 '무슨 쓸데없는 것만 묻는 거야'라고 말하고 싶었다. 가게 이름 따위는 아무래도 상관없다. 지금은 지즈루를 찾을 방법을 고심해야 했다.

맥주 한 병을 다 비우고 자리에서 일어섰다. 바가지요금이 청구되지는 않았다.

"명함, 받을 수 있을까요?" 도키오가 말했다.

단발머리가 순간적으로 의외라는 표정을 지었지만, 바로 카운터 아래에서 명함을 꺼냈다. 사카모토 기요미라고 인쇄되어 있었다.

다쿠미는 밖으로 나와 머리를 마구 헝클어뜨렸다.

"이거 어쩌지. 다케코를 못 찾으면 아무것도 할 수가 없어."

"아니, 그렇지도 않아."

의외로 냉정한 목소리에 다쿠미는 도키오 쪽을 돌아보았다. "그게 무슨 말이야?"

"다케코 씨, 찾은 것 같아."

"뭐?"

도키오가 방금 나온 빌딩을 엄지로 가리켰다.

"둘 중 한쪽이 다케코 씨야. 아마도 포니테일 쪽이겠지."

다쿠미가 깜짝 놀라 도키오의 얼굴을 가만히 바라보았다. "그걸 어떻게……."

"가게 이름. 도쿄 봄버스에 대해서는 모르지만, 아마 스포츠 팀 이름이겠지? '봄버'는 폭격기를 뜻할 테고. 밴드 쪽이면 모를까, 술집에 붙일 이름은 아냐."

"하지만 그 여자는 그렇다고······."

"그러니까 거짓말을 한 거지. 진짜 의미를 말하고 싶지 않으니까. 포스터에 봄버의 스펠링이 적혀 있는데, 'BOMBA'라고 되어 있었어. 폭격기는 'BOMBER'야. BOMBA라는 영어 단어는 없어."

"그래서?"

"BOMBA에서 'O'와 'A'의 위치를 바꾼 다음 맨 끝에 다시 'O'를 붙여봐."

"그러면 어떻게 되는데?"

"BAMBOO. 뱀부." 도키오가 한쪽 눈을 찡긋거렸다. "영어로 대나무ᴛᵃᵏᵉᶜᵒ다케코의 다케ᵗᵃᵏᵉ가 일본어로 대나무를 뜻한다라는 뜻이야."

20

새벽 2시까지 카페에서 시간을 때우고 다시 봄버가 있는 빌딩 앞으로 돌아왔다. 이 시간이 되니 확실히 호객꾼들의 모습은 보이지 않았다. 그러나 다른 의미로 수상쩍은 남자들이 배회했다. 눈을 마주치면 무슨 시비를 걸어올지 모르기 때문에 다쿠미는 가능한 고개를 숙이고 있기로 했다. 도키오에게도 그렇게 충고했다.

사카모토 기요미와 포니테일 여자가 나온 것은 새벽 3시가 다 되어서였다. 빌딩 구석에서 담배를 피우던 다쿠미는 꽁초를 발로 비벼 껐다. 도키오가 비난의 눈초리를 보였지만 무시하고 움직였다.

두 여자는 나란히 걸어갔다. 다쿠미와 도키오는 그 뒤를 미행했다. 길은 좁지만 늦은 시각에도 취객이 많아 미행은 어렵지 않았다. 뒤를 돌아볼 기미도 없었다.

두 여자는 넓은 길로 나오자 택시를 잡았다. 다쿠미가 달렸다. 상대 택시가 출발하기 직전에 손을 들어 다른 택시를 세웠다.

"앞 차를 따라갑시다." 다쿠미가 기사에게 말했다.

"행선지는 모르세요?" 중년 기사가 말했다. 귀찮은 일이 벌어지는 것이 싫다는 말투다.

"모르니까 따라가는 거잖아. 잠자코 시키는 대로 하쇼." 다쿠미가 대각선 뒤에서 기사의 얼굴을 노려보았다. 뺨이 처진 남자였다.

기사는 아무 말도 하지 않았다. 그러나 기분 탓인지 운전이 난폭해진 것 같았다.

"죄송해요. 사정이 좀 있거든요." 도키오가 옆에서 말했다. 사과할 필요가 있느냐는 듯이 다쿠미가 눈을 흘겼다.

"그야 그럴 테지. 이런 시간에 유흥가 여자를 따라간다는 건." 그녀들이 앞 택시에 타는 모습을 본 모양이다. "그런데 형사로는 안 보이고, 오사카 사람도 아니고, 상당한 사정이 있겠지 싶어서 이렇게 분부를 따르고 있잖수."

"감사합니다." 도키오는 기사에게 보일 리도 없을 텐데 고개를 숙였다. 그러고는 다쿠미에게 너도 사과하라는 식으로 눈짓을 주었다. 물론 다쿠미는 묵살했다.

앞쪽에 큰 교차로가 나왔다. 그곳을 지나 약간 더 가더니 앞 택시가 브레이크 등을 밝혔다.

"뭐야, 얼마 오지도 않았는데 벌써 종점인가." 기사가 어이없다는 듯이 말했다.

"여기가 어디인가요?" 도키오가 물었다.

"다니큐."

"다니큐?"

"다니마치 큐초메. 아니……." 기사가 고개를 저었다.

"여기는 이미 '우에로쿠'겠군. 정식 명칭은 우에혼마치 롯초메."

다쿠미는 전혀 들어본 적 없는 지명이었다. 도키오는 아는지 모르는지 납득했다는 얼굴로 고개를 끄덕였다.

앞 차에서 약간 떨어진 곳에 정지했다. 다쿠미는 지갑을 꺼냈다. 생각했던 것보다 싸게 먹힐 듯했다.

그런데 앞차에서는 단발머리 여자만 내렸다. 포니테일은 내리지 않은 채 그대로 택시 문이 닫혔다.

"도키오, 여기서 내려. 나중에 어디서 만나야 하는지는 알지?" 다쿠미가 말했다.

"알아. 게 간판 앞이지. 아저씨, 여기서 저만 내릴게요."

문이 열리고 도키오만 내렸다.

"빨리 출발하쇼. 앞 차 놓치겠어." 다쿠미가 운전석을 향해 소리를 질렀다.

"계속 뒤를 밟으라는 건가. 성가신 손님을 태웠구만." 기사는 내키지 않는 기색으로 기어를 넣었다. 일부러 그러는지 출발이 느렸다.

"거 참 말 많네. 끝까지 따라잡으면 팁을 주지."

어떤 의미인지 기사가 어깨를 한 번 으쓱했다.

잠시 곧장 달린 앞 차가 좌회전을 했다. 다쿠미가 탄 택시의 기사도 방향지시등을 켰다. 신호가 황색으로 바뀌었지만 가속해서 교차로로 파고들었다. 차가 살짝 미끄러졌지만 무사히 좌회전을 했다.

"위험했다." 다쿠미가 중얼거렸다.

"형씨, 도쿄 사람?" 기사가 물었다.

"그렇긴 한데."

"도쿄에는 좋은 여자가 많을 거 아닌가. 굳이 오사카 유흥가의 여자를 쫓을 필요가 어디 있나 싶은데."

"그 도쿄의 좋은 여자가 이쪽으로 와버렸거든."

"허, 앞 차의 아가씨도 도쿄 처자인가."

"저 여자는 이쪽 사람이야. 그런데 내가 찾는 여자가 어디 있는지 알지도 몰라서."

"흐음, 그런 거였나." 기사가 의미심장하게 미소를 짓는 느낌이 들었다.

"뭐야, 뭐가 웃긴데?"

"아니, 웃기다는 건 아니고. 형씨, 끈질긴 남자는 인기 없어."

"시끄러워. 잠자코 운전이나 하시지."

이윽고 앞 차량이 속도를 늦추고 옆길로 들어갔다. 다쿠미가 탄 차의 기사도 신중하게 뒤를 쫓는다. 옆길로 따라 들어가니 앞 차가 멈춰 있는 모습이 보였다.

"멈춰."

다쿠미가 말했지만 기사는 브레이크를 밟지 않고 그대로 앞 차 옆을 빠져나갔다.

"못 들었어? 멈추라고."

"그렇게 가까이 세우면 둔감한 사람이라도 수상하게 여길걸."

기사는 다음 골목에서 꺾은 직후 그제야 브레이크를 밟았다.

"자, 여기라면 문제없을 거야."

다쿠미는 지갑에서 만 엔짜리 지폐를 꺼내 조수석 쪽으로 던졌다. 뒤를 보니 포니테일 여자는 이미 택시에서 내려 바로 옆 맨션으로 들어가는 참이었다.

"잠깐 기다려. 이건 너무 많은데."

"팁을 주겠다고 했잖아."

"그런 건 필요 없어."

"시끄러워. 도쿄 남자가 한번 내놓은 걸 다시 받을까."

"택시 기사한테 허세를 부려서 뭐 하겠다는 거야. 5천 엔만 받지."

기사가 5천 엔짜리 지폐를 내밀었다.

"필요 없어."

"됐으니 받아둬. 그보다 말이야." 기사가 시트 너머로 얼굴을 내밀었다. 목소리도 낮췄다. "뒤쪽에 검은 차가 세워져 있어. 아마도 크라운일 거야."

다쿠미가 뒤쪽을 보니 분명 그런 차가 도로변에 주차되어 있다.

"저 차, 아까부터 계속 따라왔거든. 형씨처럼 저 아가씨를 뒤쫓은 거 같은데?"

"설마……."

"뭐, 내 착각일지도 모르지만 암튼 조심해."

다쿠미가 내리니 택시는 바로 떠났다. 다쿠미는 빠르게 걸으면서 수상한 크라운에 시선을 향했다. 그러자 그 시선을 피하듯이 차량이 조용히 움직이기 시작했다. 스쳐 지나갈 때 운전석을 보려 했지만 유리가 검게 코팅되어 아무것도 보이지 않았다.

빠른 걸음으로 맨션 안으로 들어갔다. 왼쪽에 관리인실이 있지만 창구에 커튼이 쳐져 있었다. 오른쪽에는 우편함이 늘어섰다. 정면이 엘리베이터다. 엘리베이터는 1층에 멈춰 있었다.

우편함 방향에서 발소리가 들렸다. 다쿠미는 계단 옆 벽에 몸을 숨겼다. 포니테일 여자가 신문과 우편물을 들고 나타났다. 그녀는 엘리베이터로 향하지 않고 곧장 다쿠미 쪽으로 걸어왔다. 여차하면 뛰쳐나갈 수밖에 없다 생각하고 몸을 잔뜩 긴장시켰다.

그런데 그녀는 계단을 올랐다. 다쿠미는 구둣발 소리를 들으며 뒤를 쫓았다.

포니테일 여자의 집은 2층인 듯했다. 계단을 올라간 다음 외부 복도를 걸어간다. 그녀가 멈춰 선 뒤 가방에서 열쇠를 꺼내려는 모습을 보고 다쿠미가 달려갔다. 기척을 느낀 모양이다. 그녀가 고개를 들었다.

"앗, 당신은." 새빨갛게 칠한 입술이 커다랗게 벌어졌다.

다쿠미는 대답하지 않고 문에 달린 명패부터 보았다. '사카타'라고 적혀 있다. 성이 아니라 이름을 확인하려 했지만, 명패만으로는 알 수 없을지 모른다는 건 이미 도키오와 상의한 바였다. 그 경우에는 어떻게 해야 좋을지도 결정해두었다.

포니테일 여자는 깜짝 놀라 멍한 상태였다. 다쿠미가 그 손에서 우편물을 낚아챘다.

"앗! 무슨 짓이야, 돌려줘!"

여자가 바로 다쿠미의 팔을 붙들었다. 그 팔을 뿌리치면서 우편물의 수신인 이름을 확인했다. 그런데 어째서인지 가로쓰기로 되어 있었다.

"뭐야, 이 자식! 내놔!" 여자가 다쿠미의 재킷 소매를 잡아당겼다.

간신히 '사카타'라는 글자가 흘깃 보였지만 순간 여자에게 방해받아 우편물을 떨어뜨리고 말았다.

"아, 젠장."

다쿠미는 서둘러 주우려 했다. 그런데 다음 순간 코에 충격을 받았다. 그는 뒤로 쓰러지면서 직전에 힐 끝이 눈앞에 보였다는 사실을 깨달았다.

"찰 것까지는 없잖아." 다쿠미는 한 손으로 코를 문지르며 일어서서는 다른 한 손으로 여자의 손목을 붙잡으려 했다. 하지만 이번에는 그 손이 반대로 꺾였다.

"아파. 아야야야." 다쿠미의 몸이 빙글 뒤로 돌며 무릎이 꺾였다.

"얄보면 안 되지. 날 누구라고 생각하는 거야."

"누구인지 모르니까 편지를 보려고 한 거잖아."

"너, 가게에서도 이상한 소리를 했지. 목적이 뭐야?"

"다케코라는 여자를 찾고 있을 뿐이야."

"오래전에 그만뒀다고 했잖아."

"그건 거짓말이 분명해. 둘 중 한 명이 다케코인데, 어째서인지 숨기고 있지. 봄버의 유래는 도쿄 봄버스 따위가 아냐. 대나무를 뜻하는 영어 뱀부에서 가져온 게 틀림없어."

다쿠미의 말에 팔을 비틀던 여자의 힘이 약해졌다.

"그거, 네가 생각해낸 거야?" 낮은 목소리로 묻는다.

"다른 녀석 생각인데."

"후훗. 그럴 테지."

무슨 의미냐고 되물으려 할 때 떨어진 편지 일부가 눈에 들어왔다. 이름 앞부분은 가려져 있지만, '님' 자 바로 앞 글자는 '미美'였다. 그녀가 다케코竹子라면 그 자리에는 '코子' 자가 있어야 한다.

"당신, 다케코가 아니군."

다쿠미의 머리 위쪽에서 흥, 하고 코웃음 치는 소리가 들렸다.

"다케코 따위와는 달라."

"그랬나. 내 일행이 댁이 다케코인 것 같다고 해서 내가 좀 폭주하고 말았어. 미안해." 꾸벅 고개를 숙였다.

"뭐야, 그 사과는. 다 큰 어른이 사과도 제대로 못 하는 거야?"

화가 났지만 반론할 수 있는 입장이 아니었다. 숨을 고른 후 작은 목소리로 말했다. "정말 죄송합니다."

"원래라면 이 정도로 봐주지는 않아." 여자는 그제야 다쿠미의 팔을 놓아주었다.

다쿠미가 팔을 돌리며 근육을 풀어주는데 옆에서 그녀가 우편물을 주웠다.

"댁이 아니라면 역시 다른 쪽이 다케코인가."

포니테일 여자가 천천히 고개를 저었다.

"그 사람은 기요미. 사카모토라는 성이 가명이고, 본명은 사카타 기요미. 다케코 따위와는 달라."

"그럼 가게 이름을 대나무에서 따왔다는 건 우리 착각인가."

"그건……." 그녀는 양팔을 허리에 대고 다쿠미를 똑바로 바라보았다. "맞아. 대단하네. 가게 이름의 유래를 간파한 사람은 지금까지 한 명도 없었거든."

"그렇지만……."

그녀가 다쿠미의 얼굴 앞에 봉투를 하나 내밀었다. 받는 사람의 이름을 보고 눈이 휘둥그레졌다.

"대나무 죽竹, 아름다울 미美를 써서 다케미야. 다케코가 아니라고."

21

다케미가 핸드백에서 열쇠를 꺼내 문을 반쯤 열었다.

"일단 안으로 들어와."

다쿠미는 어두운 실내와 다케미의 얼굴을 번갈아 바라보며 물었다. "괜찮겠어?"

"그냥 이대로 돌아가준다면 고맙겠지만 안 그럴 거 아냐?"

"묻고 싶은 게 있어."

"밤중에 이런 곳에서 이야기하면 이웃에 민폐잖아. 남에게 보이는 것도 싫고. 그러니 빨리 들어와."

"그렇다면." 다쿠미가 안으로 들어갔다.

안이 캄캄하다고 느낀 것은 바로 앞을 칸막이로 가려놨기 때문이었다. 꽤나 높은 칸막이였다. 그 너머 안쪽에는 불이 켜져 있었다.

"나를 믿어주었나 보군."

다쿠미의 말에 그녀가 코웃음을 쳤다.

"본 적도 없는 남자를 믿긴 누가 믿어."

"그럼 위험하다는 생각 안 들어? 집 안으로 들인다니 말이야. 아까는 방심했지만 아무리 댁이라도 힘으로 날 이기는 건 힘들 텐데."

"과연 그럴까." 먼저 구두를 벗은 다케미가 팔짱을 끼고 그를 보았다. 그러고는 그 자세 그대로 말했다. "제시."

안에서 무언가 소리가 들렸다. 그런 다음 발소리. 그녀 뒤에 있는 칸막이가 옆으로 쓱 밀려났다.

2미터 정도는 될 듯한 검은 물체가 불쑥 나타났다. 역광이라서 검은가 했는데 아니었다. 흑인이었다. 티셔츠 밖으로 보이는 팔은 젊은 여성의 허벅지 정도 굵기는 되어 보였으며, 속에 다운재킷을 입고 있는 것이 아닐까 생각될 정도로 가슴팍이 두꺼웠다. 입술은 기분 나쁜 듯 꾹 다물었고, 눈동자가 물끄러미 다쿠미를 노려보고 있다.

"아…… 헬로. 아, 아니, 하와유……였던가."

흑인이 한 걸음 다가오자 반대로 다쿠미가 뒤로 물러났다.

"안녕." 흑인이 말했다.

"뭐?"

"항상 밤비가 신세집니다. 제시입니다. 잘 부타케."

그는 두툼한 손을 뻗어 다쿠미의 손을 잡고 악수를 했다. 힘이 장사였다. 다쿠미는 얼굴을 찡그리며 "나, 나야말로 잘 부탁해" 하고 대답했다.

"어때? 힘으로 이길 수 있을 것 같아?" 다케미가 웃으며 물었다.

"꽤 강적이군." 다쿠미는 악수했던 손을 흔들었다. 손이 가볍게 저렸다.

칸막이 안쪽으로는 다다미 열두 장 너비의 방과 거실이 있는데, 거실 가구도 부엌 테이블도 없었다. 가구다운 것이라곤 싸구려 유리 테이블뿐. 거의 모든 공간이 기타나 앰프, 그 밖의 음악기재로 채워져 있었다. 제대로 된 의자 하나 없는데 구석에는 드럼 세트가 놓여 있다.

"스튜디오 같군. 여기서 밴드 연습을?"

"본격적으로는 불가능해. 이런 곳에서 했다간 바로 쫓겨나니까."

"멤버?" 제시를 손가락으로 가리켰다.

"드러머 겸 보이프렌드 겸 보디가드야. 그런 일을 하고 있으니 끈질긴 손님에게 엮일 때가 많은데, 어떤 녀석이든 제시를 보면 겁을 먹거든."

'그야 그렇겠지.' 약간은 상처받은 마음으로 다쿠미가 수긍했다.

"밤비, 배 안 고파? 뭐 먹어?"

"아니, 괜찮아. 고마워."

"밤비……. 아, '뱀부'를 줄여서 밤비인가."

"아니. 귀엽고 귀여운 아기 사슴 밤비야. 그치, 제시?"

"응. 밤비 귀엽다. 세계 최고."

두 사람은 끌어안고 키스를 했다. 그런 다음 그녀가 다쿠미를 노려보았다. "뭐 할 말 있어?"

"아니." 다쿠미는 머리를 긁었다.

어딘가에서 전화벨이 울리자 제시가 냉장고 위에서 전화기를 내렸다. 다케미가 수화기를 들었다.

"여보세요. ……뭐? ……아, 그쪽에도 갔구나. 이쪽에도 있어. ……응, 어쩔 수 없어서 말했어. ……응, 그래. 그럴 수밖에 없겠네."

두세 마디가 더 오간 다음에 다케미가 전화를 끊었다.

"네 친구는 우에로쿠로 갔나 보네. 둘로 나눠서 미행이라니 꽤 하는걸."

전화를 건 사람은 단발머리 여자였던 모양이다.

"그 녀석이 어떻게 하려나. 네가 다케코……가 아니라 다케미 씨라면."

"이쪽으로 올 건가 봐. 그다음에 천천히 이야기할까?"

"다른 한 명은 사카타 기요미라고 했지? 이 집 명패에 사카타라고 적혀 있던데, 자매 사이야?"

다케미가 냉장고에서 꺼낸 캔맥주를 손에 들고 몸을 들썩거리며 웃었다. "그 말 들으면 기뻐하겠네. 하지만 그런 말을 자주 듣긴 해."

"자매가 아니면 뭔데?"

"모녀지간. 마더 앤드 도터."

"뭐?"

"삼십대 정도로 보일지도 모르지만 이 년 전에 마흔을 넘겼어. 이 사실은 비밀. 가게에서는 서른네 살 이후로 나이를 먹지 않은 걸로 되어 있으니까." 다케미가 검지를 입술에 갖다 대었다.

"왜 사카모토인 거야? 사카타여도 상관없잖아."

다쿠미의 질문에 그녀가 어깨를 으쓱했다.

"본인은 점쟁이가 개명하라고 해서 그랬다고 말하고 있어. 하지만 거짓말일 거야. 오사카에서 사카타라는 성은 '바보 사카타'오사카 출신 유명 코미디언 사카타 도시오의 별명를 연상시켜서 이미지가 안 좋아진다고 생각하거든. 나는 다른 사람이 기억하기 쉬운 이름이라 오히려 좋다고 보는데 말이지. 그래서 나는 명함에 사카타 다케미라고 새겼어. '바보 사카타 다케미입니다'라고 말하면, 콘서트에서 호응이 좋거든."

맥주를 마시고 웃었다. 입술 위에 흰 거품이 붙어 있다.

약 이십 분 후, 도키오가 사카타 기요미와 함께 나타났다. 그 또한 기요미가 우편물을 챙기는 것을 확인한 다음에 접촉한 모양이다. 다만 다쿠미처럼 우편물을 강제로 빼앗거나 하지 않고, 우편물에 적힌 이름만 확인하게 해달라고 솔직하게 부탁했다고 한다.

"강제로 빼앗다니 말도 안 돼. 그거 범죄라고." 도키오가 말했다.

"이 여자는 솔직하게 보여줄 성격이 아니라고 생각했거든."

"당연히 안 보여주지. 수상하니까." 다케미가 바닥에 책상다리로 앉아 담배연기를 내뿜으며 말했다. 다쿠미와 도키오는 그녀와 마주보듯이 앉았다. 기요미만 방석을 깔고 앉았다. 제시는 드럼 의자에 앉아 리듬을 타듯이 몸을 흔들었다.

"대체 왜 우리가 가게에 갔을 때 솔직하게 가르쳐주지 않은 건데? 그때 네가 다케미라고 밝혔다면 일이 한결 빨랐을 거 아냐."

"너는 다케코라는 사람을 찾으러 왔잖아. 그런 사람은 없으니 솔직하게 없다고 대답했을 뿐이야."

"없다고 말하지 않았어. 전에 있었지만 그만뒀다고 했지. 반년 전에 그만뒀다고. 내가 다케코라고 잘못 알고 있다는 것을 눈치채고 일부러 거짓말한 거지?"

이 주장에는 다케미도 반론하지 못했다. 기요미와 마주 보더니 살짝 미소 지었다.

"그때는 당황했거든. 다케코라고 하니까 말이야. 마음의 준비도 안 된 상태여서 솔직히 어떻게 반응해야 좋을지 몰랐어. 사람 이름 정도는 제대로 기억하라고. 정말 지즈루 말대로 바보구나."

다쿠미는 바보라는 말에 울컥했지만, 지즈루라는 이름을 들은 이상 화를 낼 때가 아니었다. 그는 몸을 앞으로 내밀었다.

"역시 지즈루와 만난 거야?"

다케미는 한 번 더 연기를 내뿜고는 짧아진 담배를 크리스털 재떨이에 비벼 껐다. 이 집과는 어울리지 않는 재떨이었다.

"사흘쯤 전에 가게로 전화가 왔어. 지금 그쪽으로 가도 되냐 묻기에 괜찮다고 했더니 바로 왔지."

"지즈루 혼자 왔어?"

"혼자였어."

"어떤 상태였어?"

"어떠냐고 물어도……." 다케미가 양손을 머리 뒤로 돌려 포니테일을 풀었다. 살짝 웨이브가 진 머리는 어깨보다 훨씬 아래까지 내려왔다. "오랜만에 만나는 거니 일단 기쁜 듯이 웃었지만, 그다지 기운은 없어 보였어. 술도 별로 안 마셨고."

"어떤 이야기를 나눴어?"

"형사한테 취조받는 것 같네." 다케미가 불쾌한 듯이 얼굴을 찌푸렸다.

"빨리 말이나 해. 우리는 바쁘다고."

"우아, 기분 나빠. 말할 생각이 싹 사라지는걸."

"뭐라고?"

자리에서 일어나려던 다쿠미를 옆에서 도키오가 제지했다. "진정해. 여기가 누구 집이라고 생각해?"

"이 녀석들이 거드름 피우니까."

"지금은 기댈 곳이 이분들밖에 없어. 본인 입장을 생각해." 도키오가 미간을 찡그린 뒤 다케미 쪽을 보았다. "이해해주세요. 이 사람은 지즈루 누나를 찾으려고 필사적이라." 깊이 고개를 숙였다.

새 담배에 불을 붙인 다케미는 손가락 사이에 담배를 끼운 채 잠시 도키오의 얼굴을 흥미로운 듯이 바라보았다.

"너는 이 사람과 어떤 관계야?"

"어…… 친구 같은 사이입니다."

"흐음. 지즈루는 너에 대해서는 아무 말도 없었는데. 제대로 된 친구는 한 명도 없다고 그랬어."

"그거, 누구 얘기야?" 다쿠미가 날카로운 어조로 물었다.

"너."

바로 반격을 당해 다시 자리에서 일어서려다가 이번에는 자제했다. 대신 그녀를 노려보았다. "나에 대해서는 이야기했어?"

"지즈루는 너에 대해 이야기하러 왔어. 그렇다고 우쭐대지는 마. 이렇게 말했거든. 어쩌면 자기를 쫓아서 전 남친이 찾아올지도 모른다고. 분명 다케미라는 이름을 실마리로 올 테니, 이미 그만뒀다고 말해달라고. 그편이 포기하기 쉬울 테니까." 다케미가 코웃음을 쳤다. "설마 다케코라고 말할 줄은 꿈에도 생각 못 했어."

"시끄럽네. 이름 정도는 아무래도 상관없잖아." 다쿠미가 중얼거렸다. 물론 다케미에게도 들렸을 테지만 별 반응은 없었다.

"그렇다면 지즈루 누나는 자기 의지로 인연을 끊은 거군요." 도키오가 다쿠미가 알고 싶지 않았던 사실을 재차 확인했다.

"뭐, 그렇지 않을까."

다쿠미가 얼굴을 문질렀다. 기름기가 잔뜩 낀 느낌이 있다. 손바닥을 보니 기름기로 번들거렸다.

"내가 뭘 했다는 건데." 토해내듯 말했다.

"아무것도 안 했다고 지즈루가 말하더군. 그 사람은 아무것도 해주지 않았다고." 다케미가 차가운 눈으로 그를 보았다.

"일 얘기를 하는 거라면 나도 이것저것 노력했어. 이직도 했지만, 내게 맞는 길을 찾기 위해서였어. 그건 지즈루에게도 몇 번이나 말했고. 언젠가 내게 맞는 걸 찾아서 크게 한 방 터트리겠다고……. 뭐가 웃긴데!"

그가 말하는 도중부터 다케미가 웃기 시작했다.

"지즈루가 말한 그대로라서. 언젠가 큰일을 하겠다, 크게 한 방 터트리겠다. 그게 말버릇이랬거든. 눈앞에서 들으니 왠지 웃겨서."

그런 건 진짜 바보나 하는 말이야. 지즈루가 한 말이 귓가에 되살아났다. 경비원 면접을 보러 간 날이었다. 그리고 그날 밤, 그녀는 사라졌다.

"너, 나이는 몇 살?"

"갑자기 그건 왜?"

"됐으니 말해보기나 해."

"스물셋이다."

"그렇다는 말은 나보다 연상이네. 그런데 전혀 그렇게 보이지 않아. 이 오빠 쪽이 훨씬 믿음직해 보이는걸." 담배 끝을 도키오 쪽으로 향했다. "미야모토 다쿠미라고 했지. 너에 대해 전혀 모르지만, 지즈루가 한 말이 틀리지는 않은 것 같아."

"뭐라고 했는데?"

그녀가 기요미 쪽을 흘깃 본 다음에 시선을 그에게 되돌렸다.

"애라더군. 아직 어린애라고. 나도 그렇게 생각해. 더구나 고생이라는 걸 모르는 도련님이라고."

"고생을 모른다고?" 다쿠미가 자리에서 일어섰다. 이번에는 도키오가 말릴 틈도 없었다. "너, 진심으로 그렇게 말하는 거냐?"

다케미는 꼼짝도 하지 않았다. 천천히 담배를 피우고 있다.

"진심이야. 너는 아마도 진짜 고생이란 걸 해보지 않았을 거야. 언제까지고 어리광부리는 도련님일 뿐이지."

"너……."

다쿠미가 한 걸음 앞으로 나간 순간 바로 옆에 검은 그림자가 섰다. 어느 틈엔가 제시가 옆에 와 있었다. 경계심 담긴 눈으로 다쿠미를 보고 있다.

"권투를 했다며? 그걸 자랑하며 자주 사람을 때렸다던데." 다케미가 말했다. 지즈루에게 들었을 것이다.

"그게 어쨌단 건데?"

그녀는 그 말에는 대답하지 않고 제시에게 뭐라고 말했다. 영어라서 다쿠미는 알아듣지 못했다.

고개를 끄덕인 제시가 옆방으로 들어갔다. 잠시 후 양손에 빨간 글러브를 끼고 돌아왔다. 장난감 글러브라는 것은 한눈에 알 수 있었다.

"제시의 펀치를 피할 수 있을까?"

다쿠미가 코웃음을 쳤다. "몸이 크다고 주먹이 빠르다는 보장은 없거든."

"그렇다면 피해봐. 권투를 했다고 자랑할 정도라면."

"피하면 어쩔 건데?"

"그럼 어린애라고 한 말을 사과할게."

"좋아." 다쿠미는 상의를 벗고 제시와 마주 보았다. 양팔은 축 늘어뜨린 채다.

제시가 다케미에게 뭐라고 말했다. 역시 영어다. 그녀가 빠른 어투로 대답했다. 제시는 당황한 표정을 지으며 고개를 끄덕인 다음 파이팅 포즈를 취했다. 그대로 다쿠미 쪽을 향했다.

"때려도 괜찮나?"

"그래, 언제든 와보시지." 다쿠미가 자세를 취했다.

곤란하다는 표정을 지은 제시는 한숨을 내쉬고 턱을 바싹 끌어당겼다. 커다란 눈이 날카로워졌다. 그것을 본 순간 다쿠미의 뇌리에 불길한 바람이 불었다.

제시의 근육이 움직였다. 오른쪽 스트레이트다. 궤도를 파악하고 얼굴을 옆으로……

그러나 아무것도 보이지 않았다. 글러브가 움직였다고 생각했을 때는 이미 충격을 받은 다음이었다. 그리고 의식을 잃었다.

22

눈을 뜨니 검은 얼굴이 있었다. 씨익 웃으니 하얀 치아가 빛났다. 다쿠미는 비명을 지르며 몸을 일으켰다.

제시가 뭐라고 말하는데 무슨 말인지 전혀 이해할 수 없었다. 정신을 차린 다쿠미는 이불 위에 누워 있었다.

'아, 얻어맞은 거였지.' 그제야 기억이 났다.

"오, 정신을 차린 모양이네." 옆방에서 목소리가 들렸다. 문이 열리고 도키오가 들어왔다. "몸은 좀 어때?"

"나, 기절했냐?"

"그래, 거품을 뿜으며 쓰러졌다고. 깜짝 놀랐어."

"그래 봬도 제시가 봐준 거야." 다케미도 따라 들어왔다. 두 사람은 이불 옆에 앉았다. 기요미는 돌아간 모양이다.

"엄청난 펀치였어."

다쿠미의 말에 다케미가 깔깔 웃었다.

"그야 당연하지. 6라운드짜리 시합만 뛰었지만, 주니어헤비급 복서였으니까."

"프로였나. 그 말을 먼저 했어야지." 다쿠미가 얼굴을 찡그리며 머리를 쓸어 올렸다. 뒷머리에 묵직한 통증이 느껴졌다. 손으로 만져보니 불룩 튀어나와 있다. "젠장, 혹이 생겼잖아."

"혹으로 끝나 다행 아닐까. 제시에게 맞아서 코가 비뚤어진 녀석을 수두룩하게 알거든." 다케미가 재미있다는 듯이 말했다.

"다쿠미 형, 그래도 우리는 고마워해야 할 것 같아. 오늘 밤은 여기 묵게 해줬으니까. 뇌진탕을 일으켰으니 얼마쯤 안정을 취해야 한다는 이유로."

도키오의 말에 다쿠미는 놀라 다케미를 보았다. 그녀는 뭐 할 말 있냐는 얼굴로 시선을 맞받았다.

다쿠미는 수염이 자란 뺨을 문질렀다. "그거…… 고맙군."

어깨를 으쓱한 다케미가 담배를 물었다. 제시가 재떨이를 그녀 앞에 놓았다.

"그리고 지즈루 누나 말인데, 다케미 씨도 지금 어디 있는지는 모르나 봐."

다쿠미가 그녀를 보았다. "안 물어봤어?"

"어디 머물지 아직 정해지지 않은 것 같았어. 결정되면 알려주겠다고 했는데, 오늘까지 연락이 없는 걸 보니 앞으로도 없을지도."

"그 녀석은 남자와 함께 있어."

"그런 것 같아. 도키오에게 들었어." 연기를 내뿜으며 말했다.

"게다가 이상한 놈들에게 쫓기고 있어. 놈들의 목적은 지즈루가 아니라 함께 있는 남자야."

"그 이야기도 들었어. 왠지 위험한 것 같아서 나도 걱정이야. 그런데 정말로 지즈루는 주소도 연락처도 알려주지 않았어."

다쿠미는 이불 위에 앉아 팔짱을 꼈다. 그러나 지즈루가 어디 있는지 찾아낼 방법이 떠오르지 않았다. 다케미가 유일한 희망이었다.

같은 생각인지 모두가 침묵했다. 각자 생각에 잠긴 듯했다.

"하나 궁금한 게 있는데, 지즈루 누나는 왜 오사카로 온 걸까? 다쿠미 형과 헤어지고 새출발하는 게 목표라면 어디든 상관없잖아." 도키오가 말했다.

"도쿄 이외의 번화가 하면 역시 오사카잖아. 녀석은 호스티스밖에 할 줄 아는 게 없고."

"그렇다면 다케미 씨에게 일자리를 부탁한다든가, 이래저래 의논했을 텐데."

"그럼 너는 어떻게 생각하는데?"

"지즈루 누나가 오사카에 있을 거라고 우리에게 맨 처음 말한 사람은 이시하라는 남자였어. 이시하라는 왜 그렇게 생각했을까. 그들의 목적이 지즈루 누나와 함께 있는 오카베라는 남자라면, 그 오카베가 오사카에 올 가능성이 높다는 얘기 아닐까. 예를 들어 고향이 이쪽이라든가 말이야. 그렇다면 지즈루 누나는 단지 오카베를 따라 함께 왔을 뿐이라는 거지."

"그럴 수도 있지만, 그렇대도 지즈루가 어디 있는지 알아낼 방도는 없잖아."

그러자 도키오가 다케미 쪽을 보았다.

"지즈루 누나는 누군가와 함께라는 건 말하지 않았다고 했죠?"

"못 들었어. 하지만 신경 쓰이는 말을 했어." 다케미가 고개를 갸웃했다.

"어떤 말인가요?"

"믿을 만한 전당포 혹시 없느냐고."

"전당포?"

"불필요한 물건을 처분하고 싶다고 했어. 커프스버튼이나 넥타이핀이라고 했는데, 네 건 아니고?" 그녀는 다쿠미를 보고 말했다.

"커프스버튼에 넥타이핀?" 다쿠미가 코웃음을 쳤다. "내가 그런 늙다리들이나 하는 걸 쓸 리가 없잖아."

"그도 그렇네." 다케미가 고개를 갸웃했다. "또 도자기나 그림 같은 것도 팔고 싶댔어. 그런 걸 팔 거라면 굳이 전당포가 아니라도 상관없나, 하면서 말이야."

"도자기? 그림? 뭐야, 무슨 만물상이라도 되나."

"그래서 다케미 씨는 뭐라고 대답했나요?" 도키오가 다음 말을 재촉했다.

"다행인지 불행인지 나는 전당포 신세를 진 적이 없어서 아는 곳이 없다고 대답했지."

도키오가 고개를 끄덕이며 신음 소리를 냈다.

"지즈루 누나는 왜 그런 걸 팔려는 걸까?"

"돈이 없는 거겠지. 그래서 조금이라도 보태려고 함께 있는 남자의 물건을 팔기로 한 거야. 커프스버튼에 넥타이핀이라니, 대체 그 자식 취향이 뭐야." 다쿠미가 내뱉듯이 말했다.

"커프스버튼이나 넥타이핀은 알겠는데, 도자기나 그림은 뭔지 모르겠어. 지즈루 누나는 다케미 씨 이외에 오사카에 아는 사람은 없는 건가."

"나 이외에……." 다케미가 잠시 무언가를 생각하는 듯했다. "굳이 꼽자면 데쓰오일까."

"데쓰오?"

"중학교 동창이야. 본가가 쓰루하시에서 곱창구이집을 하고 있어. 전에 지즈루가 곱창을 먹고 싶다기에 데쓰오의 가게에 데려간 적 있거든. 지즈루가 그 가게를 기억한다면 찾아올 가능성은 있을 거야."

"곱창구이집이라……."

"아무리 생각해도 전당포와는 관계없을 것 같지만, 이렇게 된 이상 안 가볼 수 없지. 여기서 멀어?"

"전철로 한 정거장. 걸어가도 시간은 얼마 안 걸릴 거야."

"좋아. 지도를 그려줘."

"그려줘?" 다케미가 눈을 동그랗게 떴다. "그려주실 수 있을까요, 이렇게 말해야지."

"이 자식……." 다쿠미는 혀를 찼지만, 도키오가 얼굴을 찌푸리는 모습을 보고 일단 입을 닫았다. 그런 다음 헛기침을 한 번 했다. "그려주세요."

"목소리가 작아."

"부디 그려주십시오! 됐지?"

"정말로 왜 이렇게 솔직하지 못할까. 지즈루가 이상한 놈들에게 쫓기고 있다니까 협력하는 거지 원래라면 냉큼 쫓아냈을 거야." 다케미가 일어서서 옆방으로 가더니 전단지 한 장을 손에 들고 돌아와 다쿠미 앞에 놓았다. '하쿠류'라는 이름의 곱창구이집 광고로, 지도와 전화번호가 인쇄되어 있다. 다쿠미는 그것을 거칠게 접어 바지 주머니에 쑤셔 넣었다.

그런 모습을 지켜보던 다케미가 입을 열었다.

"너, 지즈루를 찾으면 어떻게 할 생각이야?"

"어떻게 하다니. 몰라, 일단 어찌 된 영문인지부터 물어봐야지."

"설마 지즈루를 억지로 데리고 돌아갈 생각은 아니겠지? 그럴 거라면 도와주지 않겠어. 네가 데쓰오를 만나러 가기 전에 전화해서 너희에게는 아무 말도 하지 말라고 못을 박아둘 테니까."

"억지로 어떻게 하겠다는 생각은 안 해."

"그럼 다행이고." 다케미는 담배를 계속 피우며 눈을 치켜떴다.

"뭐야. 더 할 말 있어?"

"아니, 어떻게 생각하는지 신기해서."

"뭐가?"

"지즈루가 다른 남자와 함께 있다는 사실을. 두 사람 사이에 아무 일도 없으리라고는 생각하지 않을 거 아냐."

다쿠미가 얼굴을 찌푸렸다. 참 싫은 소리를 하는 여자라 생각했다.

"그쯤은 네가 말 안 해도 알고 있거든."

"흐음." 그 한마디와 함께 고개를 끄덕인 후 그녀는 더는 아무 말도 하지 않았다.

그날 밤 다쿠미는 도키오와 둘이서 그 방에서 자게 되었다. 다케미와 제시는 거실에서 자는 모양이다. 얄미운 말을 내뱉기는 했지만 그녀에게 도움을 받았다는 자각은 있다. 그러나 마지막에 그녀가 한 말은 가슴속에 박혀 사라지지 않았다.

다쿠미는 지즈루의 부드러운 피부의 감촉과 동그란 가슴을 떠올렸다. 그 몸을 지금은 다른 남자가 만지고 있다고 생각하자 엄청난 초조함과 질투심이 몰려왔다. 그러나 그녀는 억지로 당하는 것이 아니라 기꺼이 받아들인 것이다. 지금 상황을 생각하면 지즈루를 뒤쫓는 일이 의미가 있느냐는 도키오나 다케미의 의문이 당연하다는 생각이 든다. 빨리 포기하는 편이 자신에게도 좋고, 무엇보다 보기 흉한 꼴도 당하지 않게 될 것이다. 무엇을 위해 그녀를 뒤쫓는지, 그녀를 만나서 무엇을 하고 싶은지, 스스로도 확실하지 않았다.

하루 사이에 너무나도 많은 일이 있던 탓인지 좀처럼 잠이 오지 않았다. 옆에서는 도키오가 코를 골았다. 이 남자가 나타난 이후 갑자기 주변이 정신없이 돌아가기 시작했다. 우연은 아니라는 생각이 들었다.

소변이 마려워서 살짝 이불 밖으로 나왔다. 문을 열고 화장실로 향했다. 거실은 캄캄했지만 거실 구석에 모포로 덮인 커다란 산이 보였다. 제시와 다케미가 부둥켜안고 자고 있으리라.

화장실 앞에 섰을 때 문이 벌컥 열렸다. 나온 것은 다케미였다. 탱크톱 차림의 그녀 역시 눈앞에 다쿠미가 서 있어서 놀란 모양이었다. 눈을 크게 뜨고 "깜짝 놀랐네" 하고 중얼거렸다.

"아⋯⋯ 미안." 다쿠미는 그 말 말고는 다른 말이 나오지 않았다. 그의 시선은 그녀의 드러난 어깨 부분에 못 박힌 채였다. 선명한 붉은 장미가 새겨져 있었다.

다쿠미의 시선을 알아차린 그녀는 그 부분을 손으로 가리고 옆을 빠져나갔다. 만난 이래 처음으로 본 약한 모습이었다. 용무를 보고 이불로 돌아온 후에도 다쿠미의 망막에는 붉은 장미가 또렷이 새겨져 있었다.

다쿠미는 자다 깨다를 반복하는 상태로 아침을 맞이했다. 옆을 보니 도키오의 모습이 없다. 잠시 후 웃음소리가 들렸다. 도키오의 목소리다.

방을 나오니 거실에서 도키오와 제시가 무언가 이야기하는 것이 보였다. 둘이 나란히 아침 준비를 하는 모양이다. 제시는 앞치마를 두르고 프라이팬으로 무언가를 볶고 있다. 도키오는 무언가를 칼로 다듬고 있었다. 두 사람의 대화는 영어와 일본어가 반반 섞인 기묘한 것이었다. 게다가 제시 쪽은 오사카 사투리까지 섞였다.

다쿠미의 모습을 확인한 도키오가 그를 보고 미소 지었다. "좋은 아침."

"조은 아침."

"너, 영어 할 줄 알아?" 도키오에게 물었다.

"할 줄 아는 정도는 아니고, 그냥 떠듬떠듬."

"그래도 일단은 말할 수 있다는 거잖아. 영어회화 배운 적 있어?"

"제대로 배운 건 아니지만 영어는 초등학교 때부터 했으니까."

"흐음, 초등학교 때부터라니 대체 어떤 부잣집 이야기야. 나도 그런 집에서 태어났으면……." 다쿠미는 입가를 일그러뜨리며 말하고는 유리 테이블 옆에 앉았다. 거실 구석에는 다케미가 이불을 덮고 아직 자고 있었다.

늦은 아침밥을 먹으려 할 때쯤 그녀가 일어났다. 탱크톱 위에 셔츠를 걸치고 밖으로 나가서는 신문을 들고 들어왔다. 누구와도 얼굴도 마주치려 하지 않고, 기분 나쁜 얼굴로 담배를 피우며 신문을 보기 시작했다. 제시는 그녀에게 아무 말도 하지 않고 유리 테이블 위에 볶은 야채와 된장국 등을 차려놓았다. 다케미는 아침에 항상 저기압일지도 모른다.

"외국인도 된장국을 먹는구나." 능숙하게 젓가락질을 하는 제시를 보고 다쿠미가 말했다.

"건어물 같은 거 좋아한대. 놀랐어. 하지만 낫토는 못 먹는대. 나도 그건 거의 안 먹어."

"낫토를 안 먹는다니 일본인이 아니군."

다쿠미가 말하자 "제시는 일본인이 아닌데" 하고 다케미가 중얼거렸다. 그녀는 아직 젓가락도 들지 않고 신문만 보고 있었다. 다쿠미는 뭐라 말하려다가 그만두었다. 결국 다케미는 나중에 된장국과 볶은 야채를 조금 먹었다.

뒷정리를 도와주던 도키오가 사진 한 장을 들고 부엌에서 나왔다. "이거 하와이죠? 제시 씨, 고향인가요?" 다케미 앞에 놓았다.

"제시의 친구가 거기 있어." 그녀의 표정이 그제야 누그러졌다.

사진에는 열 명 정도의 남녀가 찍혀 있었다. 한가운데 있는 커플이 제시와 다케미였다. 다케미는 긴소매 셔츠를 입고 있었다.

"뭔가 아까운걸요. 왜 다케미 씨는 수영복 차림이 아닌 거죠? 다른 사람은 거의 다 수영복이잖아요. 엄청난 비키니를 입고 있는 사람도 있고."

"그만둬. 사람에게는 여러 사정이 있는 법이야." 다쿠미가 말했다.

도키오가 영문을 모르겠다는 듯이 눈을 동그랗게 떴다.

다케미가 담배에 불을 붙이고 무언가를 생각하는 듯했다. 다쿠미는 바닥에 신문을 펼치고 미일 경제 마찰에 대한 기사를 읽었다.

"열다섯 살 때였어." 다케미가 입을 열었다. "같이 살던 남자의 강요로 억지로 문신을 새겼지."

"그런 남자와 사귄 것 자체가 잘못이야. 젊음의 소치 같은 건가?"

다케미가 담배연기를 내뿜었다. 도키오는 아직도 무슨 말인지 모르겠다는 얼굴이다.

"열다섯, 열여섯에 가족도 없고 일자리도 없고. 야쿠자에게라도 의지할 수밖에 없잖아."

"가족이 없다니 어머니가 있을 거 아냐."

"그때는 교도소에 있었거든. 상해치사로 실형을 받았어."

다쿠미는 입을 다물었다. 생각지도 못한 이야기였다.

"누구를 죽였는지 묻고 싶은 얼굴이군. 가르쳐줄게. 그 사람이 죽인 건 내 아버지야. 말하자면 어머니가 아버지를 죽인 거지."

"그럴 수가." 도키오가 중얼거렸다. 다쿠미는 침을 꿀꺽 삼켰다.

"아버지는 반쯤 알코올의존증으로, 일도 제대로 하지 않고 매일 밤 술만 마셨어. 어머니가 그걸로 잔소리를 하니 늘상 부부싸움이 벌어졌지. 어느 날 밤 부부싸움이 심해진 끝에 어머니가 아버지를 계단에서 밀어버리고 만 거야. 안 좋은 곳을 부딪혀서 아버지는 죽고 말았지." 다케미가 담배를 비벼 껐다.

"그 정도라면 보통 집행유예일 텐데." 도키오가 불쑥 말했다.

다케미가 엷게 미소 지었다.

"그 여자도 보통 사람은 아니거든. 비슷한 부부였던 거지. 그때는 호스티스를 했는데, 술에 취해 손님을 때려서는 상해죄로 여러 번 기소됐거든. 정상참작의 여지는 있지만 일단 교도소에 들어가서 머리를 식히라는 거였지. 변호사도 의욕 없는 남자였고. 그래서 나는 천애고아가 돼버린 거야. 상해치사라는 죄였는데, 세상 사람들이 보기에는 살인범이나 마찬가지야. 엄청난 간판을 짊어지고 말았어."

"그래서 야쿠자와……." 도키오가 물었다.

"나도 될 대로 되라는 심정이었으니까. 서른 넘은 아저씨였는데, 돈은 꽤 있었어. 나를 고등학교에도 보내줬고. 다만 수영장에는 들어갈 수 없게 됐지만." 그녀가 셔츠 버튼을 풀러 오른쪽 어깨를 드러냈다. 거기 새겨진 장미를 보고 도키오가 작게 소리를 냈다.

"열다섯 어린애를 자기 여자로 삼았으니 상당히 기뻤나 봐. 그런 만큼 질투심도 강했어. 내가 다른 짓을 못하게 하려는 생각에 이걸 새겨놓은 거야."

"용케 그 남자와 인연을 끊었군." 다쿠미가 말했다.

"어느 날을 기점으로 집에 오지 않더라. 이상하다고 생각했는데 젊은 애들이 와서 짐정리를 시작하는 거야. 그중 한 명에게 죽었다는 이야기를 들었어."

"살해당한 건가." 도키오가 중얼거렸다.

"아마도." 그녀가 대답했다.

"그다음에 여러 일들이 있었고, 어찌어찌 오늘까지 살아왔다는 거야. 뭐, 지금은 잘 살고 있는 편이고. 다 제시 덕분이지만." 다케미가 제시를 보고 미소 지었다. 의미를 이해했는지 어땠는지는 알 수 없지만, 제시도 빙긋 미소 지었다.

"굉장해. 하지만 다케미 씨는 그런 고생을 한 것처럼은 보이지 않는데."

"고생한 게 얼굴에 드러나면 비참하니까. 게다가 비관한들 아무 소용도 없고. 누구나 좋은 집안에 태어나고 싶겠지만 부모를 고를 수는 없잖아. 내게 주어진 카드로 열심히 승부하는 수밖에 없는 거지." 그녀가 다쿠미를 보았다. "초등학교에서 영어를 배우는 정도가 뭐 어쨌단 건지. 그 정도로 사람의 인생이 바뀌기나 하나."

다쿠미가 고개를 숙였다. 아까 이야기를 들은 모양이다.

"지즈루에게 많은 이야기를 들었어. 분명 너도 불쌍하다고는 생각해. 그래도 너에게 주어진 카드는 그렇게 나쁜 패는 아니라고 생각하는데 말이지." 그녀의 말투는 그때까지보다는 다소 부드러웠다. 다쿠미는 아무 말도 하지 않은 채 덥수룩하게 수염이 자란 턱을 쓰다듬었다.

다쿠미와 도키오는 오후가 되기 전에 다케미의 집에서 나가기로 했다.

"잠깐 기다려." 그렇게 말한 다케미가 일단 안으로 들어갔다. 돌아온 그녀는 한 장의 사진을 들고 있었다. "이거 가져 가."

그녀와 지즈루가 찍혀 있었다. 일이 년 전일까. 지즈루는 지금보다 살짝 통통한 상태였다. 반대로 다케미는 더 말라 보였다.

"지즈루 사진이 있는 편이 편할 테니까."

그 말이 맞다. 다쿠미는 고개를 꾸벅 숙이고 사진을 받았다.

집을 나온 도키오가 말했다. "다케미 씨는 굉장한 사람이네."

잠시 후 다쿠미가 중얼거렸다. "저런 녀석이 뭘 안다고……."

하지만 그 말은 허무하게 허공에 울릴 뿐이었다.

23

쓰루하시 역에서 내리자 바로 고기 굽는 냄새가 코를 찔렀다. 역 앞 거리라기보다 뒷골목 분위기가 물씬 풍기는 길을 전단지 지도에 의지해 나아갔다. 곱창구이집 '하쿠류'는 작은 민가가 밀집한 주택가 안에 있었다.

"밤비에게 전화가 왔어. 묘한 도쿄 사람이 갈 텐데, 이야기를 들어달라고."

데쓰오는 거구의 남자였다. 파마를 한 머리는 부스스했지만 리젠트 스타일로 고정하면 잘 어울릴지도 모른다. 흰 덧옷을 걸치고 일본 나막신을 신었다.

커다란 카운터만 놓인 가게 안에 손님은 없었다. 점원도 데쓰오뿐인 것 같았다.

다쿠미는 다케미에게 빌린 사진을 데쓰오에게 보여주었다.

"지즈루잖아. 웅, 그저께 밤에 왔어." 데쓰오가 바로 대답했다.

"누군가와 함께였나요?" 도키오가 물었다.

"남자와 둘이었지."

"어떤 남자였어?" 다쿠미가 급하게 끼어들었다.

"서른 살이나 그보다 조금 더 먹은 아저씨였어. 한마디로 말하면 궁상맞은 타입이랄까. 왠지 안절부절못하는 느낌이었고."

"지금 어디에 있다거나 그런 이야기는 없었어?"

"별다른 말은 나누지 않았어. 이쪽도 바쁘고, 밤비 친구라 해도 전에 한 번 만났을 뿐이니까. 그보다 형씨, 곱창 안 먹을래? 싸게 해줄 테니까." 나중 대사는 도키오에게 한 말이었다. 도키오는 "아뇨, 괜찮습니다" 하고 거절했다.

"혹시 전당포를 소개해달라고는 하지 않았어?" 다쿠미가 물었다.

"전당포? 혹시 지즈루는 돈이 궁한 거야?"

"아니, 그건 잘 모르겠어."

"전당포 소개해달라는 말은 못 들었는데. 그런 이야기는 없었어."

"그래……."

역시 잘못 짚었나 생각했을 때 "대신" 하고 데쓰오가 말했다.

"지갑 안은 봤지."

"지갑 안?"

"돈을 낼 때 남자가 지갑을 열었거든. 그때 안이 슬쩍 보였어. 만엔짜리 지폐가 수북하더라고. 돈이 그렇게 많으면 전당포에 갈 일은 없을 것 같은데."

"돈은 갖고 있단 말인가. 그럼 분명히 전당포에 갈 필요는 없겠군." 다쿠미가 혼잣말처럼 중얼거렸다.

"아니면……." 데쓰오가 자신의 허벅지를 탁 쳤다. "전당포에 다녀온 다음이라든가. 돈이 생겼으니 곱창이라도 먹고 기운을 차릴 생각이었는지도 몰라. 원래 곱창은 돈이 없을 때 먹는 거긴 하지만."

"그럴 수도 있겠네. 밤에 이 가게에 왔다면 그다음에 전당포로 갔을 거라고 생각하기는 힘들어." 도키오가 다쿠미 쪽을 보고 말했다.

"그 말도 일리가 있어."

"혹시 이 근처에 전당포가 있나요?" 도키오가 데쓰오에게 물었다.

"전당포 정도는 얼마든지 있지." 가게 안쪽으로 간 그가 지도를 펼치면서 돌아왔다. 동네 지도인 모양이다. "여기와 가까운 곳이라면 '아라카와야'뿐인가. 흐음, 의외로 없네."

"근처 전당포에 갔으리라는 보장도 없어." 다쿠미가 말했다.

"아니, 아마 지즈루 씨도 함께 있던 남자도 오사카 지리에 대해서는 잘 모를 거야. 그러니 다케미 씨에게 아는 전당포 없냐고 물었겠지. 하지만 다케미 씨에게 소개받은 곳이 없으니 적당히 고를 수밖에 없었을 거고. 그럴 때는 전혀 모르는 곳보다 약간은 아는 지역에서 찾으려 하지 않을까?"

"그런가."

"일단 가보는 게 좋겠어." 도키오가 데쓰오에게 감사인사를 한 뒤 그 지도를 빌릴 수 없겠느냐고 물었다.

"괜찮아. 가져가."

"감사합니다." 고개를 숙인 도키오가 그 지도를 조심스레 접으려고 했다. 그 손이 도중에 멈췄다. "그렇구나. 여기가 이쿠노 구였어."

"그런데. 그게 왜?"

"다카에라는 주소 혹시 모르시나요? 이쿠노 구 다카에."

"다카에? 들어본 적이 있는 듯도 하고 없는 듯도 하고."

잠깐 기다리라고 말한 데쓰오가 다시 안쪽으로 사라졌다.

"지금 그런 걸 묻고 있을 때냐."

"겸사겸사 뭐 어때. 나 역시 지즈루 누나를 찾는 데 협력하고 있는 거니까."

데쓰오가 돌아왔다. 도로지도책을 펼쳐 들고 옆구리에는 다른 한 권까지 낀 채였다.

"그런 지명은 없는 것 같은데."

"거 봐. 가공의 지명인 거야. 찾아도 소용없어."

"잠깐 기다려봐. 참 성미 급한 남자일세."

데쓰오가 꽤나 오래되어 보이는 다른 도로지도책을 펼쳤다. 페이지 테두리가 변색되고 구겨져 있다.

"오, 찾았다. 이쿠노 구 다카에."

"저, 정말인가요?" 도키오의 얼굴이 반짝였다.

"몇 년 전에 지명이 바뀐 곳이 있거든. 그때 사라진 지명이야."

"그랬구나. 그래서 찾을 수 없었던 거야." 도키오가 면목 없다는 듯한 얼굴로 데쓰오를 바라보았다. "저기…… 말씀드리기 죄송하지만 그 지도를······."

"그래, 알았어. 가져가. 어차피 그런 오래된 지도 쓸 일도 없을 테니까. 그 대신, 다음에 올 때는 뭐라도 사먹고 가."

"감사합니다!" 도키오가 고개를 숙였다.

가게를 나와서 '아라카와야'로 향했다. 도중에 담뱃가게가 있고, 거기 공중전화에서 남자가 전화를 거는 중이었다. 그 옆을 지나친 다음 도키오가 고개를 갸웃거렸다. "이상하네······."

"무슨 일 있어?"

"아니, 지금 담뱃가게에서 전화하던 사람 말인데, 어딘가에서 본 듯한 느낌이 들어서."

"담뱃가게?" 다쿠미가 돌아보았지만 아무도 없었다. "기분 탓이겠지. 이런 곳에 네가 아는 사람이 있을 리가 없잖아."

"응. 그래서 이상하다고 생각했거든."

도키오는 얼마간 납득이 가지 않는다는 표정이었다.

아라카와야는 작은 점포였다. 출입구 양쪽으로 유리 진열장이 놓여 있다. 안에는 보석, 귀금속, 시계부터 새것처럼 보이는 가전제품까지 진열되어 있었다. 악기나 일용 잡화도 있다.

두 사람은 출입문을 밀고 들어갔다. 바로 정면에 카운터가 있고, 그 안쪽에서 백발 남자가 주판알을 튕기고 있었다. 두 사람이 카운터 앞에 서자 남자가 그제야 고개를 들었다. 예순은 넘어 보였다.

"물건 맡기시려고?" 남자가 불쑥 물었다.

24

다쿠미가 다케미에게 빌린 사진을 점주 앞에 놓았다. 백발의 점주는 물끄러미 그를 올려다보았다.

"이게 뭔가?"

"이 여자가 여기 안 왔나? 이쪽 여자인데." 사진 속 지즈루의 얼굴을 손가락으로 가리켰다.

그러나 점주는 사진을 보려고도 하지 않고 다쿠미와 도키오의 얼굴을 수상쩍다는 듯이 번갈아 보았다.

"댁들 정체가 뭔가? 경찰은 아닌 것 같은데."

"사람을 찾고 있어. 이 전당포에 왔을지도 모르거든. 여기 사진 좀 봐주지."

점주가 손바닥으로 내치듯이 사진을 밀쳐냈다.

"우리는 그런 성가신 이야기와는 관계없어. 그만 돌아가게."

"잠깐 보는 정도는 괜찮잖아. 이 가게에 왔는지 아닌지만 가르쳐 주면 된다고." 다쿠미가 거칠게 말했다.

그러나 점주는 고개를 저었다.

"우리 같은 가게에 오는 손님은 그 사실이 알려지는 걸 좋아하지 않아. 그걸 내가 발설하면 신용을 잃게 되지. 만약 사건과 관계가 있다면 경찰에 가. 경찰과 함께 오면 가르쳐주지 못할 것도 없으니까."

상대의 말은 지당했다. 그렇다고 순순히 물러날 수도 없었다.

"위험한 사건이 일어난 걸지도 몰라. 이 여자는 사건에 휘말렸을 지도 모른다고. 하지만 경찰들은 사건이 일어났다는 게 확실해지기 전까지는 움직이지 않잖아. 그러니까 우리가 어떻게든 할 수밖에 없는 상황이야."

"그렇다면 어떻게든 해. 하지만 성가신 일에 우리 가게를 끌어들이지는 마. 일하는 데 방해되니 그만 돌아가." 점주가 이번에는 얼굴 앞에서 손바닥을 내저었다.

다쿠미는 사진을 손에 들고 상대 얼굴 앞에 내밀었다.

"봐줘. 이 여자야. 그저께 여기 왔지?"

"몰라." 점주는 고개를 돌리며 사진을 밀쳤다. "달리 용무가 없다 면 그만 돌아가. 몇 번을 물어도 그런 질문에는 대답해줄 수 없어."

마침 그때 책상 위의 전화벨이 울렸다. 점주는 재빨리 수화기를 들었다.

"여보세요. 아라카와야입니다. ……아, 안녕하십니까." 점주의 주름투성이 얼굴이 누그러졌다. 지금까지 보여주던 퉁명한 얼굴과는 딴판이다. "무슨 일인가요? 좋은 물건이라도 찾아냈나요? ……허어, 요시카와 에이지의? ……네, 그거 저희 가게로 가져 오시면 어떻게든 될 것 같은데요. 고서를 전문으로 하는 지인도 있고. 앗, 잠깐만 기다려주세요. 죄송합니다."

점주는 송화기를 손으로 막고 다쿠미를 보았다. 그 얼굴에 조금 전까지 보이던 온화한 미소는 흔적조차 없었다.

"언제까지 있을 건가. 손님도 아닌데 그렇게 계속 서 있으면 민폐가 아닌가. 어서 나가." 쫓아내는 듯한 손동작을 보인 뒤 다시 수화기를 귀에 댔다. "아, 죄송합니다. ……아니, 손님이 아니라 그냥 잡상인 같은 거라."

웃는 점주의 옆얼굴을 본 순간 다쿠미는 온몸의 피가 단숨에 끓어 올랐다.

"누가 잡상인이야. 빌어먹을 영감탱이가." 카운터 아래쪽을 있는 힘껏 발로 찼다.

점주의 눈초리가 치켜 올라갔다. "무슨 짓이야. 경찰 부른다." 외치면서도 송화구 쪽을 손으로 막는 것은 잊지 않았다.

"그거 재미있군. 한번 불러보시지."

다쿠미가 카운터 너머로 점주를 붙잡으려 했지만 뒤에서 도키오가 달라붙어 말렸다. "다쿠미 형, 그러면 안 돼."

"이거 놔."

"안 된다니까."

도키오가 다쿠미를 잡아당겼다. 그대로 출입구를 지나 바깥으로 끌어냈다.

"놔! 이 자식아!"

다쿠미가 날뛴 탓에 두 사람은 길 위에 나뒹굴었다. 지나가던 사람들이 깜짝 놀란 얼굴로 그들을 보았다. 두 사람은 거의 동시에 일어났다.

"작작 좀 해!" 도키오가 소리를 질렀다. "항상 이래. 참을성이 없으니 뭐든 다 망치고 말잖아. 덕분에 저 점주는 앞으로 절대 어떤 말도 안 할 거야. 스스로 자기 앞길을 막아버린다는 사실을 왜 몰라?"

"그딴 말을 듣고 참을 수 있겠냐." 다쿠미가 발걸음을 옮겼다. 어디로 가야 할지 알 수 없었다.

"어디 가는데?" 도키오가 따라온다.

"알게 뭐야."

"이제 근처에 전당포는 없어. 알고는 있어?"

"시끄러워. 나도 알아." 무안한 나머지 소리를 질렀지만 이후의 방침은 전혀 정해두지 않았다. 결국 발을 멈출 수밖에 없었다.

후우, 숨을 한 번 내쉰다. "별수 없군. 그 녀석에게 돌아갈까."

"그 녀석이라니……." 도키오가 미간을 찡그렸다. "다케미 씨 집?"

"지즈루가 기댈 곳이라고는 그 여자밖에 없어. 언젠가는 연락하지 않을까."

"글쎄. 연락할 마음이 있었으면 이미 오래전에 하지 않았을까. 다케미 씨도 그렇게 말했잖아."

"그럼 뭔가 다른 좋은 생각 있어?" 그렇게 말했을 때 전화박스에 눈길이 멎었다. 순간 뇌리에 번뜩이는 것이 있어서 다쿠미는 전화박스로 다가갔다. 문을 열고 업종별 전화번호부 쪽으로 손을 뻗었다.

"어쩔 생각인데?"

"잠자코 있어." 다쿠미는 전화번호부에서 전당포 페이지를 펼쳤다. 다음 순간, 그의 얼굴이 일그러졌다.

"젠장. 이렇게 많나." 줄 지어 적힌 전당포 전화번호를 보고는 내뱉듯 말했다.

"오사카에 있는 전당포를 전부 찾아갈 생각이야?"

"시끄러워. 대충 때려 맞히면 돼."

"어떻게 맞힐 건데? 단서라고는 전혀 없잖아."

"시끄럽다고 했잖아. 이 근처부터 찾으면 돼. 어디 보자, 여기는 이쿠노 구인가. 가쓰야마미나미는 어디쯤이야." 그가 전화번호부에서 적당히 발견한 전당포 주소를 말했다.

"어라, 가방은?"

"가방?" 다쿠미가 도키오의 양손을 보았다. 손에 아무것도 들고 있지 않았다. 자신 또한 마찬가지라는 사실을 깨달았다. "어쨌어?"

"몰라. 형이 가지고 있었잖아."

다쿠미는 혀를 차며 전화번호부를 덮었다. 전화박스에서 나와 문을 거칠게 닫았다. 어디에 두고 왔는지는 바로 알아차렸다. 내키지 않는 걸음으로 왔던 길을 돌아갔다.

다쿠미는 욕을 한 바가지 얻어먹을 각오로 아라카와야 문을 열었다. 무슨 말을 듣든 잠자코 스포츠백만 가지고 나오겠다고 결심했다.

백발 점주는 아직도 전화중이었다. 틀림없이 증오로 가득한 얼굴로 노려볼 거라고 예상했다. 그런데 이쪽을 돌아본 점주는 약간 놀란 표정을 지었을 뿐이었다.

"아, 그렇다면 다시 이쪽에서 전화 드리겠습니다. ……네, 그렇게 하죠." 점주가 전화를 끊고 물끄러미 다쿠미를 보았다. "가방 때문이지?"

다쿠미는 잠자코 고개를 끄덕였다. 익숙한 스포츠백은 카운터 구석에 놓여 있었다. 그런 곳에 놓아둔 기억은 없으니 점주가 옮겨놓았을 것이다.

입을 꾹 다문 채 가방을 들고 나가려 했다. 그런데 점주가 말했다. "잠깐 기다리게."

다쿠미가 돌아보았다. 점주는 책상 위에 놓아둔 안경을 쓰고 의자에 앉았다. 얼굴에 험악한 기색은 없었다.

"아까 그 사진, 잠깐 보여주지 않겠나?"

"왜 그러는데?"

"됐으니까 꺼내봐. 봐달라고 말한 건 그쪽이잖아."

영문을 알 수 없었지만 다쿠미는 사진을 꺼냈다. 점주는 안경을 고쳐 쓰고 사진을 물끄러미 바라보았다.

"흐음." 점주가 고개를 들고 목 뒤를 탁탁 두 번 쳤다. "자네, 뭔가 갖고 있는 거 없나?"

"뭔가……라니 뭘?"

"보는 바대로 여기는 전당포라네. 물건을 전당받고 돈을 빌려주지. 물건을 사들이기도 하고. 어느 쪽이든 뭔가 돈으로 바꿀 수 있는 걸 낸다면 자네들도 훌륭한 손님이야. 손님이 되면 그렇게 딱딱하게는 굴지 않아."

점주가 하는 말의 의미를 바로 이해하지 못해 잠자코 있었다. 그러자 옆에서 도키오가 끼어들었다.

"사진 속 여성, 여기 왔군요."

"글쎄." 점주가 약아빠진 미소를 지으며 사진을 쓰윽 다쿠미 앞으로 밀었다.

"온 거야, 안 온 거야?" 다쿠미가 다시 거칠게 말했다.

"그러니까." 점주가 일부러 천천히 말했다. "손님 상대라면 딱딱하게 굴지는 않는다니까. 손님도 아닌 인간에게는 함부로 아무 말이나 할 수 없지."

역시 지즈루는 여기 왔다. 그렇다면 자세한 이야기를 듣고 싶다. 요컨대 무언가 돈이 될 물건을 내면, 이 뻐딱한 영감이 정보를 제공해준다는 말인 것 같다. 왜 이런 말을 하는지 이해가 되지는 않았지만 점주의 마음이 바뀌기 전에 거래에 응하는 편이 좋을 듯했다.

"야, 뭔가 전당 잡힐 거 없어?" 도키오에게 물었다.

"있을 리가 없잖아."

"쳇, 도움 안 되는 녀석." 다쿠미가 입고 있던 겉옷을 벗어 카운터 위에 올려놓았다. "이건 어때. 싸구려는 아니라고."

그러나 점주는 팔꿈치 부분이 튀어나온 낡은 재킷에는 눈길도 주지 않았다. 목 뒤를 긁으며 "아무래도 거래는 성립되지 않겠군" 하며 중얼거렸다.

"잠깐 기다려. 좀 찾아볼게."

다쿠미가 카운터 위에 가방을 두고 지퍼를 열었다. 내용물을 하나씩 꺼냈다. 더러운 수건, 속옷, 지도책, 칫솔…….

점주가 손을 뻗었다. 그가 손에 든 것은 만화책이었다. 제목은《공중 교실》. 작가는 쓰메즈카 무사오. 점주의 눈이 예리하게 빛났다.

"자작 만화책이라. 꽤 오래돼 보이는군. 왜 이런 걸 갖고 있나?"

"누구에게 받았어."

"흐음." 점주가 책을 팔락팔락 넘겨보았다.

"작가는 모르는 이름이고 그리 대단한 완성도도 아니라고 생각하지만 이런 걸 모으는 사람도 있거든. 수집가라는 사람들. 좋아, 이거라면 사줄 수도 있네만."

"그건 안 돼." 도키오가 점주가 아니라 다쿠미에게 말했다. "소중한 거잖아."

하지만 다쿠미는 시선을 점주에게 옮겼다. "얼마에 살 생각인데?"

"다쿠미 형."

"뭐, 이 정도일까." 점주는 손앞에 있는 전자계산기를 두드린 후 패널을 다쿠미 쪽으로 향했다. '3000'이라는 숫자가 보인다.

'3천 엔? 이렇게 낡아빠진 자작 만화책이?' 다쿠미의 머릿속에 두 가지 생각이 교차했다. 이득을 봤다는 생각과 어쩌면 좀 더 가치가 있지 않을까 하는 계산이다.

그는 손가락을 전자계산기로 가져가 버튼을 몇 개 눌렀다. "이거는 어때?"

전자계산기의 숫자는 '5000'으로 바뀌어 있었다. 점주는 얼굴을 찡그렸다.

"이보게, 이건 군이 말하자면 낙서장이라고. 수집가가 살지 안 살지도 알 수 없는 물건이야. 그런 것에 다섯 장이나 낼 거라 생각하나. 애당초 자네들 목적은 돈도 아니잖아. 세 장으로 내리지. 그러면 되겠지."

질척거리며 흥정하는 말투를 듣고 있자니 다쿠미는 짜증이 치밀어 올랐다. 빨리 결정을 짓고 싶어졌다.

"좋아. 그렇게 하지. 그 대신 여자가 왔는지 가르쳐줘."

"다쿠미 형, 안 된다니까." 도키오가 옆에서 만화책을 빼앗으려는 것을 다쿠미가 막았다. 그의 멱살을 잡고 힘주어 끌어 올렸다.

"쫑알거리지 마. 어차피 저딴 거 어딘가에 버릴 생각이었어."

"다쿠미 형이 가지고 있어야 한다고. 아저씨, 그 만화책은 안 돼요. 뭔가 다른 걸 사줘요." 도키오가 다쿠미의 손을 뿌리치려고 발버둥 쳤다.

"어쩔 건가. 그 청년은 안 된다고 하는데." 점주가 느긋한 어투로 말했다.

"괜찮아. 내가 괜찮다고 했으면 괜찮은 거야. 너, 방해하지 마."

다쿠미가 도키오의 멱살을 잡은 채 출입문을 열었다. 힘껏 도키오를 밀쳐낸 뒤 재빨리 문을 닫고 잠갔다. 도키오는 유리문을 쾅쾅 쳤지만 다쿠미는 무시한 채 점주 쪽을 돌아보았다.

"방해꾼은 쫓아냈어. 거래를 하지."

"그전에 거기부터 정리해주지 않겠나. 더러운 팬티 같은 걸 보고 있었더니 기분이 안 좋아."

다쿠미가 꺼내놓은 물건을 가방 안에 넣는 사이 점주가 천 엔짜리 지폐를 세 장 꺼냈다. 모두 새 지폐였다. 다쿠미는 영수증에 사인을 하고 점주에게 돌려주었다.

"그 아가씨는……." 점주가 돋보기 안경을 벗었다. "그저께 저녁 무렵에 왔네. 처음 온 손님이라 똑똑히 기억해."

"혼자?"

"가게 안에 들어온 건 혼자였어. 하지만 남자가 밖에서 기다리고 있었지. 저런 식으로." 점주가 출입구를 턱으로 가리켰다. 유리문 너머에서 도키오가 원망스럽다는 듯이 다쿠미를 보고 있었다.

"어떤 남자였지? 서른 살 정도의 궁상맞은 남자였나." 데쓰오의 이야기를 떠올리며 물었다.

"그래, 몸집이 크지는 않았어. 저녁인데 레이밴 선글라스를 쓰고 있더군."

"레이밴이라……. 그래서 뭘 가져왔지?"

"커프스버튼과 넥타이핀 합쳐서 일곱 점. 꽤 괜찮은 물건이었어. 다들 제대로 케이스까지 갖춰진 신품. 더구나 보증서까지 함께였지. 외국에서 사온 선물 같던데."

'역시 커프스버튼과 넥타이핀인가.' 다쿠미는 생각했다.

"전당 잡힌 건가? 아니면……."

"사들였네. 이만큼 냈지." 점주가 손가락 하나를 세웠다.

"만 엔……이라는 뜻은 아니겠지."

"바보인가. 그 위야."

데쓰오 말로는 남자의 지갑에 만 엔짜리 지폐가 가득했다고 한다. 10만 엔을 지갑에 넣으면 그런 식으로 보일 것이다.

"여자는 도쿄 말투였지?"

"그래. 자네와 마찬가지로."

"이쪽에서 뭘 하고 있다든가, 어디 묵는지는 물어보지 않았어?"

"그런 이야기를 할 필요가 있나?"

다쿠미가 입술을 질끈 깨물었다. 점주 말이 맞다.

"하지만." 점주가 씨익 웃었다. "그 아가씨는 분명 다시 올 거야."

"어째서?"

"가게 영업시간을 확인하기도 했고, 어떤 물건을 다루는지도 물어봤으니까. 기본적으로 뭐든 취급한다고 대답했더니 만족한 얼굴이었고."

"언제쯤 온다고는 말하지 않았어?"

"거기까지는 말하지 않더군. 그러니 안 올지도 모르고."

"그럼 주인장." 다쿠미가 카운터를 양손으로 짚었다. "부탁이 좀 있는데."

그러나 그가 이야기를 꺼내기도 전에 점주가 손을 내저었다.

"그 아가씨가 오면 알려달라고 하는 식의 부탁이라면 듣지 않겠어. 그런 서비스는 안 하거든. 그 정도로 한가하지도 않고."

다쿠미는 상대에게 들리지 않을 정도로 작게 혀를 찼다. 속셈을 읽힌 것만 같았다.

유리문을 열고 밖으로 나오니 도키오가 가게 앞에 주저앉아 있었다. 다쿠미를 노려보며 일어섰다.

"대체 무슨 생각이야? 그 만화가 얼마나 중요한지 전혀 모르는 것 같은데."

"시끄러워. 그걸 준 여자가 필요 없으면 버려도 된다고 했잖아."

"'필요 없으면'이겠지. 필요해. 다쿠미 형의 아버지에 대해 찾아보려면 그 책이 필요하단 말이야."

도키오가 다시 전당포로 들어가려 하기에 다쿠미가 팔을 붙들었다. "무슨 짓이야?"

"당연히 되찾아와야지."

"그만둬. 그 책은 내가 받은 거다. 내가 어떻게 하든 네가 참견할 일이 아냐. 알겠냐. 앞으로 절대 그 만화책 이야기는 입에 담지 마. 하면 날려버릴 테니까."

다쿠미가 도키오의 얼굴 앞에 주먹을 꽉 쥐어 보였다. 그러자 도키오는 반항적인 눈빛으로 코웃음을 쳤다. "제시 앞에서나 그렇게 해봐."

퍼뜩 정신이 들어 다쿠미는 주먹에 담은 힘을 풀었다. 손을 내리고 크게 숨을 쉬었다.

"네가 무슨 말을 하든 네 자유야. 하지만 나 역시 너한테 방해받고 싶지는 않아."

도키오는 슬픈 표정으로 천천히 고개를 저었다. 자신의 마음이 전해지지 않는 애달픔에 절망하는 것 같아 보였다. 그 얼굴을 접하니 다쿠미도 더는 아무 말을 할 수 없었다.

주위를 휙 돌아보았다. 작은 서점이 있었다. 그쪽을 향해 걸음을 옮겼다.

"어디 가?"

뒤에서 도키오가 물었지만 다쿠미는 대답도 하지 않고 발걸음도 멈추지 않았다.

서점 출입구는 그다지 넓지 않았다. 다쿠미는 안으로 들어가지 않고 밖에 진열된 잡지를 들고 서서 읽는 척을 했다. 도키오도 옆으로 왔다. 아무것도 묻지 않고 부루퉁한 얼굴로 땅을 발로 찼다.

"지즈루는 저 가게로 다시 올지도 몰라." 다쿠미가 잡지를 보면서 전당포 쪽을 가볍게 턱으로 가리켰다.

"그래서?" 도키오가 퉁명스럽게 물었다. "여기서 망을 보겠다는 거야? 하루 종일? 앞으로 매일? 책방 주인이 의심의 눈초리로 보겠는걸."

"그럼 다른 수단이라도 있어?"

"글쎄. 없을지도." 도키오가 그렇게 말하고는 다쿠미 옆에서 멀어졌다. 그대로 성큼성큼 걸었다. 다쿠미가 황급히 뒤를 쫓았다.

"야, 어디 가는데?"

"잠깐 산책."

"산책이라니. 이런 때에."

도키오가 빙글 돌아 다쿠미를 정면으로 보았다. 눈에 뚜렷하게 분노의 빛이 깃들어 있어서 다쿠미는 움찔했다.

"별로 상관없잖아. 형은 형 멋대로 하고 나는 내 멋대로 하고. 그럼 되는 거잖아. 형이 말한 거니까."

다쿠미는 대답할 말이 없었다. 도키오는 처음부터 대답 따위는 기대하지 않았다는 듯이 다시 걷기 시작했다. 그 등에 대고 다쿠미가 말했다.

"전당포는 6시까지다. 그때까지는 돌아와."

도키오는 걸으며 살짝 왼손을 들었다.

25

　도키오의 예상대로 잡지를 보는 척하며 망을 본다는 것은 쉬운 일이 아니었다. 한 시간을 넘었을 무렵부터 서점 주인으로 보이는 아저씨가 다쿠미를 신경 쓰는 듯한 움직임을 보였다. 눈속임을 위해 잡지를 이것저것 바꿔보았지만 서점 입장에서 진열된 잡지를 일일이 서서 읽는 손님이 반가울 리 없다. 내일부터는 이 방법을 쓸 수 없겠다는 생각이 들었다.

　유리창이 있는 카페 같은 것이 있으면 좋겠지만, 음식점이라고 해봤자 오코노미야키 가게가 하나 있을 뿐이다. 그런 가게에 들어가면 바깥 상황을 전혀 알 수 없다.

　두 시간이 지나니 확실히 지치기 시작했다. 다쿠미는 서점 앞을 벗어나 전당포를 향해 천천히 걸음을 옮겼다. 전당포 앞에 도착해도 발을 멈추지 않고 그대로 지나갔다. 이따금 뒤쪽을 신경 쓰며 수십 미터쯤 나아간 곳에서 오른쪽으로 꺾었다. 다시 전당포를 향해 걸음을 옮겼다. 지나친 후 수십 미터쯤 나아간 곳에서 유턴. 그것을 반복했다. 세 번쯤 왕복하니 다른 사람들 이목이 신경 쓰였다. 다리도 뻣뻣해졌다. 결국 서점으로 돌아왔다.

그 후 자동판매기에서 주스를 뽑아 마시거나, 길가에 쭈그리고 앉아 담배를 피우거나 하며 시간을 보냈다. 이 잠복을 통해 알게 된 사실은 전당포에는 손님이 그리 자주 찾아오지 않는다는 것이었다. 잠복하는 동안 아라카와야에 들어간 사람은 주부로 보이는 중년여성한 명 뿐이었다.

전신주 옆에 앉아 담배를 피우는데 눈앞을 사람 그림자가 가렸다. 고개를 드니 도키오가 서 있었다. 다쿠미는 구원받은 듯한 느낌이 들었다.

"엄청 눈에 띄더라." 도키오가 억양 없는 목소리로 말했다.

"뭐? 정말?"

"만약 지즈루 누나가 이 근처까지 왔다면 틀림없이 누나 쪽에서 먼저 알아차릴 거야. 내기해도 좋아."

"아무리 그래도 말이지……." 다쿠미가 머리를 긁었다. 반론의 여지가 없다.

"아무렴 어때. 가자."

"가다니, 어디를?"

"전당포."

"또 가는 거야? 뭣 때문에."

"그걸 되찾으러."

"아직도 그 얘기냐. 그만 좀 포기해."

도키오는 대답하지 않고 전당포를 향해 성큼성큼 걸어갔다.

안으로 들어가니 점주의 표정이 어두워졌다. "또 뭐야."

"그걸 다시 사고 싶으니 가격을 말씀하세요." 도키오가 말했다.

"그게 갑자기 무슨 말이지?" 반쯤 웃는 얼굴로 점주가 다쿠미를 보았다.

자기도 모르겠다는 의미를 담아 다쿠미는 고개를 저었다.

"가격 말씀하세요. 얼마를 내면 돌려받을 수 있죠?"

"판 건 3천 엔이야. 너도 들었잖아."

하지만 도키오는 다쿠미 쪽을 보려고도 하지 않았다.

"그 금액으로는 절대 안 되겠죠." 점주에게 말했다.

점주가 흰 머리를 긁으며 히죽거렸다. 의자에 등을 기대고 팔짱을 낀다.

"아무래도 들통 난 모양이군."

"당신의 목적은 처음부터 그 만화였어요. 우리가 가방을 깜박 잊고 간 다음에 멋대로 뒤지다 그 책을 발견한 거겠죠."

"글쎄. 만약 그렇다고 해도 가방을 놓고 간 자네들이 나쁜 거지." 점주는 계속 히죽거렸다.

"교활하군요." 도키오가 초로의 남자를 노려보았다.

"대체 뭐가 어떻게 되고 있는 거야? 도저히 영문을 모르겠잖아."

"쓰메즈카 무사오는 1955년에 데뷔한 만화가야. 발표 작품은 다섯 편. 대표작은《하늘을 나는 교실》." 도키오는 그렇게 말하고 다쿠미를 보았다. "《공중 교실》은 그 원형이 아닐까 해."

"허, 용케 조사했군." 점주의 말에는 감탄과 비아냥거림이 뒤섞여 있었다.

"그렇게 고생 안 했어요. 옛날 만화를 다루는 고서점에 가서 조사했더니 바로 알 수 있었죠. 당신도 그렇잖아요. 쓰메즈카 무사오의 원화라면 비싸게 팔 수 있다는 사실을 아는 고서업자에게 전화로 손쉽게 확인받았을 테니."

점주는 대답하지 않고 검지로 뺨을 긁었다.

"비싸게 팔 수 있다니, 대체 어느 정도인데. 3천 엔은 싼 거야?"

도키오가 안타깝다는 표정으로 고개를 저었다. "차원이 달라."

"차원이 다르다니……."

"쓰메즈카 무사오는 작품수가 적고, 유명해지기 전에 만화계에서 사라졌기 때문에 극히 일부 마니아밖에 찾지 않아. 그리고 그 일부 마니아가 가격을 엄청 올려놓았지." 도키오가 카운터 쪽으로 다가갔다. "알려주세요. 얼마라면 다시 살 수 있나요?"

점주는 팔짱을 낀 채 고개를 저었다. 더는 웃고 있지 않았다.

"미안하지만 불가능해."

"어째서?"

"이미 구매자가 나타났거든. 중개인과도 이야기가 끝났어. 이제 와서 거래를 없었던 걸로 할 수는 없어. 그만 포기해."

"그래도 원래 주인이잖아요."

"원래 주인이 누구든 지금은 우리 가게 물건이야. 누구에게 얼마에 팔든 내 마음이지."

"젠장, 치사하게." 도키오는 몇 시간 전의 다쿠미와 마찬가지로 카운터를 발로 찼다. 이번에는 점주도 화를 내지 않았다.

"불만이 있다면 그쪽 형씨에게 해. 다만 여기서 싸우는 건 피해주게. 할 거면 밖에서 해."

"얼마에 팔 생각인데요? 그보다 더 낼게요." 도키오가 말했다.

"가격 문제가 아냐. 우리 가게의 신용과도 관련되어 있기 때문에 이중 거래는 불가능해."

"뭐가 신용이야!"

도키오가 다시 카운터를 차려고 해서 다쿠미가 막았다.

"그만둬. 이젠 됐잖아."

"되긴 뭐가 돼. 형은 아무것도 몰라. 그 책은 중요한 열쇠라고. 그게 없으면 진실을 알 수가 없어."

"됐어, 진실 따윈 필요 없다고!" 다쿠미가 소리 질렀다. 도키오는 눈을 크게 뜨고 몸을 움츠렸다.

다쿠미는 도키오를 붙든 채 점주 쪽으로 고개를 돌렸다. "그렇지만 더러운 것도 사실이군. 완전히 사기당한 기분이야."

"무슨 말이든 하게. 이게 장사라는 거여서."

"좋은 공부가 됐어. 하지만 이대로는 파트너가 납득을 하지 않아서 말이지. 나 역시 기분이 안 좋고."

"그래서 어쩌란 건가."

"당신, 그 책을 팔아 한몫 챙길 거 아냐. 그렇다면 우리에게도 좀 떨어지는 게 있어도 좋을 것 같은데. 말해두지만 돈 이야기 말고."

"허 참." 점주가 뺨을 부풀렸다. "사진 속 그 아가씨가 오면 알려달라는 말이로군."

"싫다고는 하지 않겠지?"

"싫다고 하고 싶기는 한데." 점주가 팔짱을 풀고 양 허벅지를 탁하고 쳤다. "어디로 연락하면 되나?"

다쿠미는 뭐라 대답을 해야 할지 주저했다. 오늘 밤 묵을 곳조차 아직 정해지지 않았다.

그러자 도키오가 주머니에서 무언가를 꺼냈다. 그것을 보고 다쿠미는 납득했다.

"여기로 전화해줘."

하쿠류의 전단지였다.

26

양념이 잔뜩 묻은 큰 접시가 갑자기 열 장이나 나왔다. 뺨에 흐르는 땀을 두 팔로 닦고 또 닦아도 따라잡을 수가 없다. 개수대 안에는 더러운 식기가 산더미처럼 쌓여 있었다.

"좀 더 솜씨 좋게 못하나. 우리는 지금부터가 대목이라고. 이 정도로 지쳐서는 이야기가 안 돼." 데쓰오가 옆에서 말했다. 머리에는 수건을 질끈 동여맨 채다.

"열심히 씻고 있잖아."

"열심히 하는 거라면 어린애도 할 수 있어. 시간은 돈이거든. 더 빨리 손을 움직여. 다만 정성스럽게. 우리 손님은 고상하고 깨끗한 걸 좋아하니까."

다쿠미는 고상하고 깨끗한 것을 좋아하는 손님이 이런 더러운 가게에 올 리가 있냐고 말하고 싶은 것을 꾹 참고 스펀지를 든 손을 열심히 움직였다. 굳이 데쓰오의 기분을 상하게 할 필요는 없다.

전당포 점주가 연락처를 묻기에 하쿠류의 전단지를 건넨 것이 실수였다. 덕분에 다쿠미와 도키오는 하쿠류에서 멀리 벗어날 수가 없다. 데쓰오에게 사정을 이야기하고, 전당포의 연락을 기다리고 싶다고 말하니 일단은 거절당했다.

"전화는 우리의 중요한 장사도구 중 하나인데, 그걸 너희 연락용으로 빌려줄 수는 없지. 애당초 손님도 아닌 인간이 자리 잡고 앉으면 민폐라고."

데쓰오의 주장은 지당했다. 그래서 다쿠미는 전화를 기다리는 동안 설거지를 돕겠다고 했다. 데쓰오는 잠시 생각한 뒤 그거라면 좋다고 승낙했다.

다쿠미는 도키오와 이야기해서 교대로 접시를 닦기로 했다. 오늘 낮 동안은 도키오가 담당했다. 가위바위보에 이긴 그가 자기가 먼저 하겠다고 말했다. 도키오의 노림수는 정확했다. 낮에 곱창구이를 먹으러 오는 사람은 많지 않다. 다쿠미가 설거지 담당이 된 이후로 손님이 급증했다.

힐끔 벽시계를 보았다. 6시까지 앞으로 십오 분 남았다. 설거지를 하는 것은 6시까지였다. 그 이후에는 전화를 기다릴 의미가 없다. 전당포 아라카와야가 6시에는 문을 닫기 때문이다.

어젯밤에는 데쓰오가 알려준 우에로쿠의 비즈니스호텔에 묵었다. 간판은 호텔이라고 되어 있지만, 방과 방 사이에 벽을 세우고 문에 자물쇠를 달았을 뿐인 싸구려 숙소였다. 침대도 없고 곰팡내 나는 이불을 손수 깔아야만 한다. 말할 필요도 없이 욕실도 화장실도 공동이었다. 그런 주제에 체크인이니 체크아웃이니 하는 말을 쓰고 있으니 우습기 짝이 없다. 혹은 오사카 사람들 특유의 익살이 아닌가 하는 생각마저 든다.

자기 전에 도키오가 쓰메즈카 무사오라는 만화가에 대해 이야기했다. 그리 긴 이야기는 아니었다.

"어쨌든 수수께끼가 많은 만화가인가 봐. 출신이 오사카라는 것 외에는 본명도 알려져 있지 않아. 도쿄의 출판사에서 알아보면 어쩌면 뭔가 알 수 있을지도 모른다던데."

"관심 없어." 다쿠미는 이불 위에 누워 차갑게 말했다. 그와 관련해 알아볼 마음은 없다고 알리기 위해서였다.

"난 내일 다카에라는 동네에 다녀올게." 도키오가 말했다.

"그런 곳은 이제 사라지고 없잖아."

"이름이 바뀌었을 뿐이야. 동네가 사라진 게 아니고. 가면 뭔가 알 수 있을지도 몰라."

"멋대로 해." 다쿠미는 이불을 덮으며 도키오에게 등을 돌렸다.

어젯밤 말한 대로 도키오는 설거지를 끝내자 바로 나갔다. 다카에라는 곳에서 뭘 하는지는 알 수 없다. 그 만화책을 팔아버린 이상 단서라고 할 수 있는 것은 없으리라.

6시 정각이 되자 데쓰오가 나타났다. "수고 많았어."

"전당포에서 전화가 오지 않았나 보군." 다쿠미는 손을 씻고 걷어

올린 셔츠 소매를 내렸다.

"전화는 없었어. 덕분에 우리는 내일도 공짜로 설거지 서비스를 받을 수 있다는 거지." 데쓰오가 웃으며 말했다.

"내일부터는 연락처 변경이다. 어디 카페에서 기다리겠어."

"안 돼, 안 돼. 이 근처 카페에서 그렇게 오래 버티는 손님을 그냥 놔둘 리가 없어. 여기서 설거지를 하며 기다리는 편이 좋을걸. 곱창도 먹을 수 있고."

"이젠 질렸어." 자신의 옷에 밴 냄새를 맡았다.

"일단 한번 질린 이후에 다시 미치도록 빠지게 되는 게 곱창이지. 그나저나 손님이 와 있어."

"손님? 내게?"

"그래. 나와보면 알아." 데쓰오가 가게 쪽을 엄지로 가리켰다.

가게로 나와 보니 매장에 손님이 반 정도 차 있었다. 구석 자리에 다케미와 제시가 앉아 있었다. 그녀는 다쿠미를 보고 즐거운 듯이 손을 흔들었다.

"뭐하는 거야?" 옆자리가 비어 있기에 다쿠미는 거기 앉았다.

"보면 몰라? 출근 전 식사중이지."

"이 냄새를 풍기면서 가게에 나갈 생각이야?"

"그런 데 신경 쓰다간 오사카에서 살아갈 수 없을걸." 다케미가 담배연기를 내뿜었다. 이미 식사를 끝낸 모양이다. 제시는 아직 갈비를 굽는 중이었다.

이 녀석들 때문에 그렇게 설거지거리가 많았나 하는 생각이 들자

짜증이 났다.

"데쓰오에게 들었는데, 지즈루에 대한 단서를 잡은 것 같다며?"

"일단 어떻게든."

"너치고는 머리 잘 썼는걸. 이곳을 중간 연락처로 이용하는 대신 설거지를 하겠다니, 상당히 합리적인 제안이야. 감탄했어."

"놀리는 거냐."

다케미는 고개를 저었다. "진심이야. 어떤 일도 금방 내던지는 너도 지즈루를 위해서라면 노력할 수 있구나 해서."

맞은편에서 제시가 엄지를 치켜세우고는 흰 이를 보이며 웃었다. 다쿠미는 고개를 돌렸다.

"나에 대해 아무것도 모르면서 말은 잘하는군."

그때 카운터 위의 전화가 울렸다. 데쓰오가 전화를 받았다. 다쿠미는 다케미와 얼굴을 마주 보았다.

"잠깐만 기다려주세요." 데쓰오가 다쿠미를 보고 말없이 고개를 끄덕였다.

다쿠미가 달려가서 수화기를 받아들었다. 목소리를 낮추고 말했다. "나야."

"아라카와야일세. 지금 그 아가씨가 와 있어." 알아듣기 힘든 목소리로 중얼거리듯 말했다. 지즈루가 눈치채지 못하게 조심하는 모양이다.

"언제 왔는데?"

"방금 전에. 일부러 가게를 닫기 직전에 온 것 같아."

"남자와 함께야?"

"모르겠네. 혼자 들어왔거든."

"시간 좀 끌어줘."

"그건 힘들어. 만나고 싶으면 그쪽이 빨리 오면 될 거 아닌가. 그만 끊지."

"잠깐만!" 그러나 전화는 무정하게 끊겼다.

다쿠미가 수화기를 내려놓자 다케미와 제시도 자리에서 일어섰다. 전화 내용을 듣고 싶은 모양인데 설명하고 있을 시간은 없었다. 다쿠미는 가게에서 뛰쳐나왔다.

길가로 나왔을 때 누군가와 부딪혔다. 상대도 서두르던 모양인지 다쿠미는 충격으로 자빠질 뻔했다. 자세를 바로잡고 보니 도키오가 길 위에 누워 있었다.

"아, 다쿠미 형. 마침 잘됐어. 찾았어."

"지즈루를?"

"아니, 집 말이야."

"집? 무슨 못 알아먹을 소리야." 다쿠미는 다시 달렸다.

도중에 교차로가 몇 개인가 있었지만 신호도 무시하고 계속 달렸다. 드디어 아라카와야 간판이 보였다. 몸에서 힘을 슬쩍 빼고 달리는 속도도 늦췄다.

그때였다. 가게에서 여자 한 명이 밖으로 나왔다. 후드가 달린 트레이닝복과 청바지 차림에 선글라스를 썼다. 그러나 지즈루라는 것은 틀림없었다. 그녀는 다쿠미를 알아차리지 못했는지 반대 방향으로 걸음을 옮겼다.

다쿠미는 그녀를 부르려다 참았다. 도망칠 것 같은 느낌이 들었다. 잔달음질로 뒤를 쫓았다.

정면에서 검은 차 한 대가 다가왔다. 지즈루는 차를 피하려는지 길 옆으로 붙었다. 그러다 뒤를 돌아볼 것 같아서 다쿠미는 고개를 숙였다.

그 직후에 앞쪽에서 작은 비명이 들렸다. 고개를 드니 두 명의 남자가 그녀를 차에 밀어 넣으려 하고 있었다. 양쪽 모두 검은 양복을 입었다.

"무슨 짓이야!" 다쿠미는 다시 전력 질주로 바꾸었다. 그러나 지금껏 계속 달려온 탓에 다리에 힘은 별로 남아 있지 않았다. 애가 탈 정도로 몸이 앞으로 나아가지 않았다.

지즈루를 뒷좌석에 태운 차가 급히 출발했다. 자칫했으면 다쿠미가 차에 치일 뻔했다. 순간적으로 몸을 피했을 때 지즈루와 눈이 마주쳤다. 선글라스를 끼고 있어서 진짜로 마주쳤는지는 알 수 없지만, 그녀의 얼굴은 다쿠미 쪽을 향한 채였다. 놀란 것처럼 보였다.

차가 골목을 빠져나가려 할 때 도키오와 자전거에 탄 제시가 나타났다. 제시는 뒤쪽에 다케미도 태우고 있었다.

"그 차다! 막아!" 다쿠미가 큰 소리로 외쳤다.

제시가 자전거로 차 앞을 막으려 했다. 그러나 검은 차는 자전거 앞바퀴를 그대로 들이박고는 끼이익 하는 타이어 소리를 내며 골목을 빠져나갔다. 다쿠미는 번호판을 확인하려 했지만 무언가가 붙어 있는지 숫자가 보이지 않았다.

다쿠미가 큰길로 나왔을 때 차는 사라지고 없었다. 충돌로 땅바닥에 구른 제시와 다케미는 옷을 털고 있었다. 다케미의 팔꿈치에서 피가 흘렀다.

"다쿠미 형, 저 녀석들은?" 도키오가 물었다.

"몰라. 전당포에서 나온 지즈루를 갑자기 납치해 갔어. 녀석들도 어딘가에서 전당포를 감시하고 있었는지도 몰라."

"안 좋게 됐는걸. 빨리 되찾아야 하는데."

"알아. 하지만 대체 어디로 갔는 줄 알고."

다쿠미는 머리를 쥐어뜯었다. 간신히 지즈루를 찾아냈는데 사태는 악화되었다. 초조하고 불안해서 가만히 있을 수가 없었다. 하지만 앞으로 어떻게 해야 좋단 말인가.

제시가 우람한 팔을 돌리며 영어로 뭐라 외쳤다.

"뭐라는 거야?" 다케미에게 물었다.

"이 빚은 반드시 갚겠다고 화내고 있어. 내 소중한 밤비를 다치게 하고 이대로 끝날 거라 생각하지 말래. 제시, 난 괜찮아. 돈 워리."

제시가 그녀의 상처를 슬픈 눈으로 보았다. 그런 다음 다시 뭐라고 외쳤다.

"방금 그 차 운전한 녀석. 어제 본 남자야." 도키오가 불쑥 말했다.

"어제 본 남자라니?"

"아라카와야에 가는 길에 공중전화에서 남자를 봤다고 했잖아. 그 남자야. 틀림없어."

"확실해?"

"확실해. 하지만 그전에도 분명 어딘가에서 한 번은 봤을 텐데 말이지. 어디였더라." 도키오가 아랫입술을 깨물었다.

"혹시 저 녀석들, 너희가 말한 놈들인가? 이시하라인지 뭔지 지즈루를 찾던 남자가 있었다고 그랬잖아."

"아마 그럴 거야. 그런데 놈들이 어떻게 여기를 알아냈지."

다쿠미가 팔짱을 꼈다. 그때 "생각났다" 하며 도키오가 주먹 쥔 오른손으로 왼손바닥을 쳤다.

"엘리베이터야."

"엘리베이터?"

"봄버에 갔을 때 엘리베이터 탔잖아. 그때 우리를 뒤따라 탄 남자. 그 남자야."

"그러고 보니 그런 일이 있었지."

다쿠미에게도 흐릿하게나마 기억이 있었다. 마른 남자였던 것 같은데 얼굴까지는 기억나지 않았다.

"그렇다면 그곳에도 녀석들이 있었다는 이야기로군. 어떻게 우리가 가는 곳마다 나타나는 거지?"

다쿠미의 말에 도키오가 모르겠다는 듯이 고개를 저었다. 그러자 다케미가 입을 열었다.

"우연이라고는 생각하기 힘들지 않나. 그럼 생각할 수 있는 건 하나야." 그녀는 다쿠미와 도키오를 번갈아 손가락으로 가리켰다.

"너희가 미행당했다는 거지. 아마도 도쿄를 나왔을 때부터."

"우리가? 설마."

"아니, 그럴지도 몰라. 그래서 그때 황급히 엘리베이터에 올라 탄 거야. 빌딩 밖에서 감시해서는 우리가 어느 가게로 들어갔는지 알 수 없으니까." 도키오가 말했다.

"뭐야. 그 뒤에도 줄곧 우리를 미행했다는 거야? 우리가 카페에서 시간을 죽일 때도 봄버 밖에서 기다릴 때도 녀석들은 어딘가에서 우리를 지켜보고 있었다는 건가."

"게다가 우리가 다케미 씨를 미행할 때도 바로 뒤에 있었어."

"그런 말도 안 되는 일⋯⋯." 있을 리 없다고 말하려던 다쿠미가 말을 삼켰다. 택시 운전기사의 말이 기억났기 때문이다. 저 차, 아까부터 계속 따라왔거든. 형씨처럼 저 아가씨를 뒤쫓은 거 같은데?

"그 차, 크라운이었지?" 다케미에게 물었다.

"응, 그런 듯한데."

틀림없었다. 운전기사가 한 말은 사실이었다. 그들은 다쿠미를 미행했고, 아마 그날 밤도 다케미의 집 앞을 감시했을 것이다. 다쿠미가 하쿠류로 향할 때도 놈들은 미행을 했다.

"그럼 왜 놈들이 여기 있는 거지? 우리를 감시했다면 하쿠류 근처에 있어야 하잖아. 왜 전당포를 감시한 거야?" 다쿠미는 누군가에게 묻는 게 아니라 자문하듯 중얼거렸다.

"전당포에 지즈루 누나가 나타났다는 사실을 알아냈겠지. 그러니더는 우리를 미행할 필요가 없어진 거야."

"그건 또 어떻게 알아낸 거야? 전당포 영감탱이가 떠들어댔나."

도키오가 고개를 저었다.

"어제 우리 행동을 지켜봤다면 바로 알았을 거야. 다쿠미 형이 서점에서 잡지를 보는 척하면서 몇 시간이나 전당포 앞을 노려봤으니까. 누구든 그곳에 지즈루 누나가 올 거라고 예상하겠지."

엄청 눈에 띄더라. 어제 도키오에게 그렇게 지적받았다는 사실이 떠올랐다. 전당포를 지켜보는 데 열중하느라 감시당하고 있다고는 생각조차 못 했다.

그는 오른손을 꽉 쥐었다. 화가 치밀어 누군가를 때리고 싶었지만 어울리는 상대는 여기 없었다. 다쿠미는 아스팔트 위에 드리워진 자신의 그림자를 바라보았다.

27

　전당포 점주는 갑자기 들어온 사 인조를 보고는 깜짝 놀라 뒤로 자빠질 뻔했다.

　"우왓! 단체로 무슨 일인가? 가게는 이미 닫았다고. 바깥에 알림판 못 봤나?"

　다쿠미가 앞으로 나왔다.

　"그녀에 대해서 혹시 다른 놈들에게 말했어?"

　"또 자네인가. 이제 용무는 끝났잖아. 난 약속대로 전화를 했어."

　"다른 놈들에게 새치기당했어."

　"그거 안됐군. 그래도 나와는 관계없는 일이네. 내가 연락한 건 자네뿐이야."

　점주가 거짓말하는 것으로는 보이지 않았다. 역시 놈들이 이곳을 감시하고 있었다고 생각해야 할 것 같았다.

"지즈루는…… 연락처 같은 건 안 남겼어?"

"어제도 말했지만 손님의 연락처를 일일이 물어보지는 않아. 그런 짓을 했다간 이 장사도 끝이니."

"도둑이 장물을 가져오는 일도 있어서 그렇겠지." 다케미가 비아냥거렸다. 점주가 힐끗 그녀를 보았지만 제시와 눈이 마주쳤는지 겁먹은 듯이 목을 움츠렸다.

"오늘은 뭘 가져왔죠? 또 넥타이핀인가요?" 도키오가 물었다.

"이것저것." 점주가 퉁명스럽게 말했다.

"확실히 말해. 뭘 팔러 온 거야?" 다쿠미가 카운터 너머로 몸을 내밀었다.

점주가 뗩은 표정으로 힐끗 노려보다가 어쩔 수 없다는 듯이 발밑에서 종이봉투를 꺼냈다. "이거 전부."

점주는 안에 든 것을 하나하나 카운터 위에 올렸다. 손목시계, 핸드백, 선글라스, 라이터 등등. 정말로 이것저것이었다.

"이 손목시계, 롤렉스잖아. 더구나 케이스까지 있는 신품인데." 다케미가 상자를 열어 손목시계를 꺼내더니 자신의 팔에 찼다. "몇 십만 엔이나 하는 거라고."

"앗, 멋대로 만지지 말게." 점주가 당황했다.

"잘은 모르겠지만 이것도 저것도 고급품 같군. 오늘은 얼마에 사들였어?" 물품을 확인한 다쿠미가 물었다.

"자세한 건 가르쳐줄 수 없지만 지난번보다는 더 썼지."

지난번에는 10만 엔에 사들였다고 했으니 이번에는 20만 엔인가.

"이 핸드백은 루이비통이야. 엄마가 갖고 싶어하던 건데. 서민은 좀처럼 살 수 없는 거라고. 아저씨, 이거 전부 진품이야?" 다케미가 이번에는 핸드백으로 손을 뻗었다.

"진품이고말고. 이만큼이나 있으면 우리도 경계하거든. 아가씨, 좀 봐주게. 흠집이라도 생기면 말짱 꽝이야."

다쿠미는 그녀처럼 편하게 손을 뻗을 수 없었다. 만지기 주저하게 될 정도로 하나같이 상류계급의 위엄과 기품과 허세가 감도는 물건이었다.

"지즈루 녀석, 대체 어떻게 이런 걸 잔뜩 갖고 있던 거지." 다쿠미가 중얼거렸다.

"함께 있는 남자가 가지고 있던 거지. 도주 자금이 필요해서 판 거고." 도키오가 대답했다.

"남자가 이런 핸드백을? 게다가 다 새거잖아. 이게 다 무슨 영문인데."

"그 남자, 혹시 땡처리 업자 아닐까." 다케미가 말했다.

"땡처리 업자?"

"뒷구멍으로 손에 넣은 상품을 싼 가격에 파는 녀석."

"이보게, 아무 말이나 하지 말라고. 상품뿐만 아니라 가게 명성에 누가 간다고." 점주가 험악한 표정을 지었다. "이제 용건은 끝났을 테니 그만 나가보게. 아가씨도 언제까지 그 가방을 안고 있을 셈인가. 아니면 아가씨가 살 생각인가?"

"잠깐 구경하는 거잖아. 흐음, 역시 비통은 튼튼하구나."

점주가 안절부절못하는 것을 무시한 채 그녀는 백을 열어 안의 상태를 확인하기 시작했다.

"앗." 다케미가 가방 안에 손을 넣더니 한 장의 종이를 꺼냈다. 그것을 본 뒤 다쿠미 쪽으로 내밀었다. "단서 발견."

영수증이었다. '카페 펠리컨'이라는 글자가 보인다. 날짜는 오늘이었다.

택시를 잡기로 했다. 넷이서 전철을 탈 때와 요금 차이가 거의 없다고 다케미가 말했기 때문이다. 자신들만 가면 된다고 다쿠미가 말했지만 그녀는 듣지 않았다.

"지즈루가 납치됐는데 지역 지리도 모르는 너희에게 맡길 수 있을 것 같아? 일분일초를 다투는 상황이라고."

다케미는 어머니에게 오늘은 가게에 못 나갈 것 같다고 연락했다. 아무래도 진심으로 지즈루를 찾는 데 협력할 모양이다.

그녀가 함께인 것은 좋지만 제시까지 따라오니 조금 곤란했다. 일단 너무 눈에 띄었다. 그 덕분에 택시를 타려는데 두 번이나 승차 거부를 당했다. 타고 가는 것도 쉽지 않았다. 길 안내를 담당할 다케미가 조수석에 탔으니 셋이서 좁은 뒷자리에 타야만 했다. 두 사람은 가운데 앉은 제시와 양쪽 문 사이에 꽉 끼고 말았다.

다케미가 나카노지마 쪽이라고 기사에게 말했다. 다음에는 도로 지도책을 빌려 영수증에 인쇄된 주소의 위치를 확인했다.

"아마도 부립 도서관 쪽인 것 같아." 그녀가 결론을 내렸다.

택시 기사에게도 도움을 받아 해당하는 주소를 찾았다. 간신히 번지까지 일치한 거리에 들어섰을 때 "아, 저기 아닌가?" 하고 전방을 가리켰다.

펠리컨 모양의 목제 입간판이 출입구에 달린 조명을 받고 있었다. 그런데 그 불빛이 눈앞에서 꺼졌다. 택시의 시계는 8시 정각을 가리켰다.

"이런, 문 닫을 시간이야! 서두르자!"

다케미가 조수석에서 뛰어내렸다. 도키오도 제시도 서둘러 뒤를 따랐다. 얼결에 마지막에 남겨진 다쿠미는 택시비를 지불하는 처지가 되었다.

가게 문 앞에는 이미 '준비중'이라는 팻말이 걸려 있었다. 그러나 다쿠미는 신경 쓰지 않고 문을 열었다. 바로 앞에 계산대가 있고, 뭔가 계산하고 있었던 듯한 흰 앞치마를 두른 여자가 다쿠미를 보고 눈을 동그랗게 떴다.

"아, 오늘은 이미 영업 끝났는데요."

"알고 있어요. 잠깐 묻고 싶은 게 있습니다."

다쿠미의 말에 여자는 불안한 얼굴로 안쪽을 보았다. 가게 안은 그다지 넓지 않았다. 통나무를 반으로 갈라놓은 듯한 테이블이 네개. 그리고 카운터뿐이다. 모든 것이 다 목제고, 관엽식물 화분도 여럿 놓여 있다. 아시아의 정글을 연상시키는 인테리어였다. 다쿠미는 벽에 붙은 메뉴를 보고 난 뒤에야 이곳이 홍차 전문점이라는 사실을 깨달았다.

흰 셔츠를 입은 중년 남성이 안에서 나왔다. 코밑에 수염을 길렀다. 수염에도 머리칼에도 희끗희끗한 것이 섞여 있다.

"무슨 일이신가요?" 온화한 어투였다. 홍차를 잘 우려낼 것 같은 분위기다.

"갑작스럽게 죄송합니다. 사람을 찾고 있는데, 이거 여기 영수증 맞나요?"

마스터로 보이는 남성이 다쿠미가 내민 작은 종이를 다소 눈에서 멀리 떼어 보았다.

"네, 저희 영수증 맞습니다."

"오늘, 이 여자가 오지 않았나요?" 다쿠미는 지즈루가 찍힌 사진을 내밀었다.

마스터가 여자에게 물었다. "이런 손님이 오셨나?"

여자가 옆에서 사진을 들여다보았다. 그녀는 웨이트리스일 것이다. 다쿠미는 두 사람이 부녀지간이라는 사실을 알아차렸다. 상냥해 보이는 눈가가 꼭 닮았다.

"이 사진은…… 좀 옛날 거네요."

"맞습니다."

다쿠미가 대답하자 그녀가 고개를 끄덕였다.

"네, 오셨어요. 말투가 이쪽 사람이 아니었기 때문에 기억해요. 여행 오셨나 하고 생각했어요."

"혼자였나요?"

"아뇨……"

"남자와…… 함께였군요."

그녀가 고개를 끄덕였다.

"몇 시쯤이었나요?"

"오후 2시경이었을 거예요. 시나몬티를 주문하셨어요."

"둘은 어느 자리에?"

"저쪽인데요." 그녀가 창가 테이블을 가리켰다. 창문에 꽃이 장식되어 있다.

그곳에 마주 보고 앉아 있는 남녀의 모습이 연상되었다. 한쪽은 지즈루다. 그녀는 웃고 있었을까. 행복한 시간을 보냈을까.

"두 사람이 어떤 이야기를 나누었는지 혹시 기억하시나요?"

"아니요. 손님의 이야기는 훔쳐 듣지 않아요." 그녀가 말도 안 된다는 듯이 고개를 저었다. 옆에 있는 마스터도 불쾌한 듯이 입을 꾹 다물었다.

"사소한 거라도 좋아요. 단어라도……." 다케미가 옆에서 말했다. "우리는 이 사진 속 여자를 찾아야 하거든요."

여자는 곤란한 듯이 고개를 갸웃한 뒤 입을 열었다.

"어디 계시는지는 모르겠지만, 그리 멀리서 오신 건 아니라고 생각했어요."

"왜요?" 다케미가 물었다.

"계산할 때가 돼서야 남성분이 지갑을 놓고 왔다는 사실을 알아차리신 것 같았거든요. 그래도 별달리 당황하는 기색 없이 여성분이

대신 지불하셨습니다. 먼 곳에서부터 오신 분들이라면 더 일찍 알아
차렸겠죠."

다쿠미는 도키오와 다케미를 보았다. 두 사람 다 눈으로 알았다는
의사표현을 했다.

28

"친구를 찾고 있습니다. 일주일 전에 가출한 뒤 전혀 연락이 되지
않아요. 어떤 사람이 이 근처에서 봤다는 이야기를 듣고 호텔을 일
일이 찾아다니고 있습니다만……."

다케미는 자신과 지즈루가 함께 찍힌 사진을 프런트 담당자에게
보여주며 긴박한 연기를 했다. 머리를 깔끔하게 7대 3 가르마로 나
눈 프런트 담당자는 그녀의 거짓말을 간파하지 못했는지 진지한 눈
빛으로 사진을 바라보았다.

"아, 저희 호텔에 이런 손님은 안 계십니다." 상당히 미안하다는
듯이 대답했다. "저희는 일 때문에 이용하는 고객님이 대부분이어서
요. 이런 젊은 여성은 그다지……."

"남자와 함께일 거예요. 서른 정도의 남자인데."

"커플이라면 더더욱 인상에 남을 텐데, 기억에 없군요." 프런트 담당자가 고개를 갸웃했다.

감사인사를 하고 호텔을 나왔다. 요도야바시 역 근처에 있는 비즈니스호텔이다. 이번이 네 번째인데 지즈루와 남자가 묵는 호텔은 아직 찾지 못했다.

"그 사람 말이 맞아. 비즈니스호텔에 커플이 묵으면 더 눈에 띄지. 쫓기는 신분이라면 그런 짓은 하지 않을 거야."

"그럼 러브호텔이라는 거야?" 다쿠미가 말했다.

"하루뿐이라면 그것도 괜찮겠지만, 두 사람은 아마도 이삼 일은 같은 곳에 묵었을 거야. 러브호텔에 장기 투숙은 힘들걸."

다케미의 의견은 타당했다.

"비즈니스호텔도 러브호텔도 아니면…… 대체 어디에 묵었다는 거야?"

네 사람은 도지마 강을 따라 걸었다. 인도에 화단이 잘 가꾸어져 있어 조깅하기 좋은 코스였다. 밤 10시가 넘었음에도 이따금 운동복 차림의 사람들이 지나갔다.

"다쿠미 형, 이제는 경찰에게 맡기자. 지즈루 누나가 끌려간 모습은 누가 어떻게 보든 납치야. 엄청난 범죄라고. 있는 그대로 경찰에 말해서 프로의 수사력에 기대는 게 좋을 것 같아." 도키오가 말했다.

"시끄러워. 너는 잠자코 있어."

"왜 이렇게까지 해야 하는 건데. 결국 형을 차고, 다른 남자와 함께 도망친 여자잖아."

다쿠미가 발길을 멈추고 한 손으로 도키오의 멱살을 잡았다. 그러나 도키오는 겁먹은 기색도 없이 그를 똑바로 노려보았다. 다쿠미는 빈손 쪽 주먹에 힘을 주었다.

"그만둬." 다케미가 귀찮다는 듯이 말하고는 제시에게 눈짓했다. 제시가 바로 두 사람 사이에 끼어들었다. 다쿠미도 손을 놓을 수밖에 없었다.

"밤비 씨도 뭐라고 좀 해주세요. 언제까지고 차인 여자의 꽁무니만 쫓아다니지 말라고. 그런 건 보기 흉하다고." 도키오가 목을 주무르며 말했다.

"확실히 보기 흉하기는 하네. 별로 멋지지 않아. 그래도 지금은 이쪽 편을 들겠어. 지즈루를 구해내는 게 가장 중요하니까."

"그러니까 그건 경찰에게."

"경찰이 과연 도움이 될까?" 다케미가 한쪽 눈썹을 치켜올렸다. "경찰에 신고한들 끌려간 게 물장사 여자라는 사실을 알게 된 순간 수사에서 손을 뗄걸. 가게에서 도망친 여자를 야쿠자가 다시 데려간 거라고 생각하겠지. 아마 오사카 만에서 지즈루의 시신이 떠오른 다음에나 움직일 거야."

시신이라는 말에 놀란 다쿠미가 그녀를 보자, 다케미는 자기 말이 과장이 아니라는 듯 차가운 눈빛으로 고개를 끄덕이고 말을 이었다.

"게다가 섣불리 경찰이 엮이면 이야기가 복잡해질 위험성이 있어. 지즈루가 무슨 짓을 했는지 확실해지기 전까지는 일을 크게 벌이고 싶지 않아. 지즈루가 체포되지 않는다는 보장도 없으니까."

"지즈루 누나가 범죄를 저질렀다면 경찰에 붙잡히는 건 자업자득이에요. 밤비 씨가 아무리 친구라고 해도 그걸 도울 필요는 없어요."

"그렇게 멋진 말은 초등학교 도덕 수업 때나 해." 다케미는 도키오를 외면하듯 고개를 돌리고는 그대로 걷기 시작했다. 제시도 그녀 뒤를 따랐다.

"너, 우리와 함께하고 싶지 않으면 멋대로 해." 다쿠미가 도키오에게 말했다.

"그게 아냐. 그런 말이 아니라 위험을 감수하는 의미가 없다는 뜻이라고. 어차피 형은 그 누나와 이루어지지 못해. 형이 이루어지는 건 다른……."

도키오가 말을 다 끝내기 전에 다쿠미의 오른손이 날아왔다. 다만 주먹이 아니라 손바닥 끝으로 가볍게 뺨을 쳤을 뿐이다. 그래도 그 소리 때문에 다케미와 제시가 돌아보았다. "그만두라고 했잖아."

"네가 뭘 알아? 너 정체가 뭔데. 노스트라다무스라도 돼?"

"나는…… 알아."

"헛소리를 할 거면 맘대로 해." 다쿠미는 몸을 돌려 다케미와 제시가 있는 곳으로 향했다.

도키오가 잰걸음으로 뒤따라왔다.

"알았어. 나도 협력할게. 다만 하나만 약속해줘. 지즈루 누나의 일이 해결되면 나와 함께 갔으면 하는 곳이 있어. 오늘, 집을 발견했거든. 그 만화에 그려진 것과 완전 똑같은 풍경이 남아 있고, 그곳에 다쿠미 형이 태어난 집이 있었어."

그 말에는 다쿠미도 발을 멈출 수밖에 없었다.

"그게 내 집이라고 단정하는 근거는?"

"산증인이 있거든."

"산증인? 누군데?"

"……지금은 말 못 해. 직접 만나서 확인하는 게 좋을 거야."

"필요 없어." 다쿠미는 다시 발걸음을 옮겼다.

"형의 장래를 위해서야. 제발 내 말 좀 들어줘. 부탁이야."

"거 참 말 많네. 알았어. 지즈루를 되찾으면 어디든 가주마. 그 대신 앞으로 절대로 내가 하는 일에 토 달지 마. 그게 싫다면 따라오지 말고."

"오케이, 그거면 됐어. 나 역시 지즈루 누나를 구하고 싶어. 다만 다쿠미 형이 위험한 일을 하지 않았으면 할 뿐."

"내 여자가 납치됐는데 위험을 따지고 있냐." 내뱉듯 말한 뒤 내 여자라는 표현이 적절하지 않다는 사실을 깨달았다. 하지만 그에 대해 도키오는 아무 말도 하지 않았다. 토 달지 말라는 약속을 이미 지키고 있는 것일지도 모른다.

네 사람은 묵묵히 계속 걸었다. 이윽고 도로를 끼고 왼쪽에 유럽풍 외장의 건물이 나타났다. '크라운 호텔 오사카'라고 영어로 적은 간판이 보인다.

가장 먼저 발을 멈춘 사람은 다케미였다. "그렇구나……."

그녀가 무슨 생각을 하는지 알아차린 다쿠미가 콧김을 내뿜었다.

"저긴 엄청 고급 호텔이잖아? 전당포를 이용하는 지즈루 일행이

저런 곳에 묵을 리 없어."

"아니, 나는 여기가 맞을 것 같아." 다케미가 강 쪽을 돌아본 뒤 강 건너편을 가리켰다. "자, 여기에서라면 '펠리컨'과도 가까워. 다리를 건너면 금방이니까."

"근거는 그것뿐이야?"

"하나 더 있어. 비통이야."

"그 가방이 어쨌는데?"

"펠리컨의 영수증은 비통 가방에서 나왔잖아. 지즈루는 그 가방을 사용했다는 말이 되지. 롤렉스 같은 건 새것 그대로였는데 가방은 왜 사용했을까. 이유는 하나. 겉모습에 신경을 썼기 때문이야. 요컨대 지즈루는 겉모습에 신경을 써야 하는 곳에 있었다는 거지."

"그래서 고급 호텔이란 말인가."

일리가 있다. 다쿠미는 그 말을 인정할 수밖에 없었다.

"너는 모르겠지만, 이런 고급 호텔 안에는 고급 레스토랑도 있거든. 그런 가게를 이용할 때 여자는 옷뿐만 아니라 액세서리나 가방에도 신경을 쓰는 법이라고."

"무슨 말을 하는지는 알겠는데, 지즈루 일행은 쫓기는 몸이야. 이런 유명한 호텔에 묵는 건 위험하잖아."

"그게 맹점인 거야. 뒤쫓는 쪽도 설마 오사카 한복판에 있는 일류 호텔에 묵었을 거라고는 생각 안 할 거 아냐. 이건 지즈루의 아이디어가 분명해. 걔한테는 그런 대담한 면이 있으니까."

"아직 여기라고 결정된 것도 아니잖아."

네 사람은 호텔로 다가갔다. 택시 한 대가 정면 현관 앞에 멈췄다. 문이 열리고 뚱뚱한 남자가 내렸다. 회색 양복은 척 보기에도 고급스러워 보였다. 이어서 얇은 분홍 원피스를 입은 부인이 내렸다. 이쪽 또한 호화로운 요리만 먹는 것이 아닐까 생각될 정도로 뚱뚱했다. 요란한 복장의 호텔보이가 정중하게 두 사람의 짐을 받아들고 호텔 안으로 안내했다.

"호텔 놈들, 우리 쪽에는 눈길도 안 주는군." 다쿠미가 말했다. 호텔보이는 그 밖에도 두 사람이 더 있었다.

"제대로 된 손님이라면 걸어오지 않을 거라고 생각하겠지. 게다가 우리 복장에도 문제가 있고."

"그런가." 다쿠미는 유리에 비친 자신의 복장을 보고 납득했다.

네 사람은 이중으로 된 자동문을 통과해 호텔 안으로 들어갔다. 천장에 달린 거대한 샹들리에가 깨끗하게 잘 닦인 바닥을 비추고 있다. 한낮처럼 밝았다. 로비에서는 기품 있어 보이는 남녀가 담소를 나누고 있고, 안쪽 프런트에서는 방금 전 뚱뚱한 커플이 체크인 수속중이었다. 응대하는 프런트 담당자의 움직임은 기계 같았다. 불필요한 동작 없이 정확했다. 실제로 좀처럼 실수도 하지 않을 것이다. 프런트데스크 구석에는 환율을 표시한 패널이 놓여 있었다.

"저 느낌을 보니까 비즈니스호텔 때처럼은 안 되겠는걸." 다쿠미가 작은 목소리로 말했다.

"그러게. 손님에 대한 정보는 밝힐 수 없습니다, 이럴 것 같아. 어쨌든 이런 호텔은 신용을 최우선으로 생각하니까."

"어쩌지?"

"으음." 다케미가 입을 다물고는 제시를 올려다보았다. 제시는 왜 자기를 보는지 모르겠다는 듯이 눈을 두세 번 깜박였다.

"어떨지 모르겠지만 일단 한번 해볼까."

"뭐 좋은 방법이라도 있어?"

"될지 안 될지는 모르겠지만 해볼 가치는 있을 것 같아."

커다란 기둥 뒤에서 다케미가 계획을 설명했다. 설명은 대부분은 영어였다. 계획이 성공할지 실패할지는 제시에게 달렸기 때문이다.

"알았어, 제시?" 다케미가 마지막은 일본어로 확인했다.

"오케이. 맡겨둬." 제시가 자신의 가슴을 쳤다.

제시를 가운데 두고 다쿠미와 도키오가 양쪽에 서서 걸어갔다. 다케미는 기둥 뒤에 몸을 숨겼다. 계획상 그녀는 모습을 보여서는 안 된다.

늦은 시간이라 그런지 프런트 앞에 손님은 없었다. 영어로 '리셉션'이라 적힌 쪽으로 다가갔다. 안경을 쓴 프런트 담당자가 바로 그 앞으로 왔다. 수상쩍다는 얼굴로 다쿠미와 도키오를 보지만, 사이에 있는 사람이 외국인인 탓인지 눈에 다소 긴장의 빛이 감돌았다.

"숙박이신가요?" 족제비 같은 얼굴의 프런트 담당자가 다쿠미에게 물었다.

"아니, 그게 아닙니다. 사실 이 사람은 미국에서 온 여행자인데 일본인 지인이 이 호텔에 묵는다고 해서 여기까지 안내해준 겁니다."

"네에⋯⋯." 프런트 담당자가 제시를 흘긋 올려다보고는 다시 다쿠미 쪽으로 시선을 돌렸다. "숙박하신 손님께 지금 연락을 드리면 될까요?"

"그게 말인데요, 아무래도 이름을 잊어버린 모양이에요."

"이름을 모르신다고요?"

"그러게 말이에요." 지즈루와 남자는 분명 가명을 사용했을 것이다. "하지만 사진은 있는 모양이에요. 헤이, 픽처 플리즈."

아주 간단한 영어지만 다쿠미는 이것만으로도 겨드랑이에 땀이 배었다. 영어회화는 고등학교 이후 처음이다.

제시가 그 사진을 꺼냈다. 지즈루를 가리키며 뭐라고 말했다. '이 여자'라는 의미일 것이다. 이 계획을 성공시키기 위해 다케미는 숨어 있다. 지즈루와 함께 찍힌 그녀가 옆에 있어서는 이름을 모른다는 주장이 통하지 않기 때문이다.

프런트 담당자는 사진을 받았지만 힐끔 보고는 바로 내려놓았다.

"죄송합니다만 사진만으로는 딱히 뭐라고 말씀드리기 힘들군요. 우리 호텔은 많은 손님이 묵고 계셔서요."

예상한 답변이었다. 그래서 다쿠미는 미리 계획한 대사를 말했다.

"그럼 그렇다고 전해주세요. 우리는 영어를 잘 못하거든요."

"아, 알겠습니다."

프런트 담당자가 제시에게 이야기하기 시작했다. 역시 일류 호텔인 만큼 영어가 유창했다. 다쿠미는 무슨 말을 하는지 전혀 알아들을 수 없었다.

제시가 뭐라고 말했다. 말투가 거칠었다. 프런트 담당자는 겁먹은 표정이 되었다.

"대체 뭐라고 한 건가요?" 다쿠미가 물었다.

"아니, 그게, 힘들게 미국에서 왔는데 쫓아낼 생각이냐며……."

"그런 식의 표현을 썼나요?"

"아뇨, 아닙니다. 최대한 정중하게 말씀드렸습니다만……."

제시가 다시 뭐라고 소리 지르듯 말했다. 우람한 팔도 붕붕 휘두른다. 프런트 담당자는 필사적으로 무언가 말했다.

"이번에 또 뭐라고?" 다쿠미가 물었다.

"자신이 흑인이라서 가르쳐주지 않는 거라고요. 그래서 그런 게 아니라고 말씀드렸습니다만."

"이분을 위해 사진 속 여성을 찾아주실 수는 없나요?" 도키오가 말했다.

"아무리 그렇게 말씀하셔도 사진만으로는……. 젊은 여성 손님이 특히 많으니까요. 게다가 이분은 혼자 묵으신 건가요? 남성분과 함께는 아닌가요?"

"아마도 남자와 함께일 거예요. 서른 살 정도의 남자입니다." 도키오가 대답했다.

"그렇다면 더더욱 알기 힘듭니다. 체크인은 대개 남성분이 하시기 때문에 저희가 여성분과 얼굴을 마주할 기회는 많지 않아서요."

"그렇다고 말해주세요." 다쿠미가 엄지로 제시를 가리켰다.

프런트 담당자가 몸짓 손짓을 더해가며 설명을 시작했다. 하지만 제시는 진정하기는커녕 점점 더 소리를 질렀다. 로비나 라운지에 있는 손님들까지 이쪽을 보기 시작했다.

"이거 어쩌지. 뭐라 설명해야……." 프런트 담당자는 낭패한 기색이 역력했다.

"대체 뭐라고 했어요?" 다쿠미가 물었다.

"방금 말씀드린 대로입니다. 남성과 함께인 경우에는 우리는 얼굴을 마주칠 기회가 없다고……."

"그런데 엄청나게 화가 났나 보네요. 아까보다도 더 심해진 것 같은데."

"대체 뭐가 기분에 거슬리신 건지."

제시는 계속 소리 지르며 양팔을 휘둘렀다. 다쿠미는 슬슬 타이밍을 쟀다. 이를 악물고 한 걸음 앞으로 나섰다. 제시의 팔꿈치가 얼굴에 닿으면 일부러 뒤로 넘어지면서 큰 소동을 벌인다는 시나리오였다. 그런데 타이밍이 안 좋았는지, 제시가 분위기를 너무 탔는지, 다쿠미의 안면을 덮친 것은 검고 커다란 주먹이었다. 순간 의식을 잃었고, 정신을 차렸을 때는 바닥에 대자로 누워 있었다. 찰싹찰싹 누군가가 뺨을 두드렸다. 도키오였다. 주위에 사람들이 모여 있었다. 족제비 얼굴의 프런트 담당자가 안절부절못했다.

황급히 호텔보이들이 몰려와서 그를 날랐다. 제시는 아직도 큰 소리로 뭐라 말하고 있다. 다른 호텔맨이 그에게 말을 걸자 얌전해져서는 다쿠미의 뒤를 따라왔다.

결국 세 사람은 프런트 뒤에 있는 사무실로 이동했다. 제시에게 말을 건 희끗희끗한 백발이 섞인 호텔맨이 그들을 응대했다. 상당한 베테랑인 듯했다.

"다친 덴 괜찮으신지요?" 다쿠미에게 물었다.

"네, 신경 쓰지 마세요." 다쿠미는 찬 수건으로 오른쪽 눈가를 문지르면서 대답했다.

"저희 직원의 설명이 부족한 나머지 외국에서 온 손님의 기분을 상하게 한 것 같군요. 그러니까 여성분을 찾고 계신다고요?"

"이 여성이라고 해요." 도키오가 사진을 내밀었다. "그런데 이삼 년 전 사진인 것 같아요."

"네에. 그 밖에 다른 특징이라든가 동행하신 남성분에 대해 아시는 바는 없으실까요?"

"서른 약간 넘은 정도의 마른 남자라고 해요." 다쿠미가 하쿠류의 데쓰오에게 들은 인상착의를 말했다.

백발의 호텔맨이 고개를 갸웃거렸다. "그것만으로는……."

"그리고 오늘만이 아니라 어제도, 아마 그저께도 여기 묵었을 거라고 그가 말했습니다."

"사흘 숙박이라는 말씀이군요. 그렇다면 좁힐 수 있을지도 모르겠습니다."

"어쩌면 그 이상일지도."

"네에. 잠시만 기다려주세요."

몇 분 후 호텔맨이 종이 한 장을 들고 돌아왔다.

"사흘 이상 묵으신 두 분 손님은 딱 두 팀이군요."

"보여주실 수 있나요?"

다쿠미가 손을 뻗었지만 호텔맨이 서류를 뒤로 뺐다.

"죄송합니다만 손님의 개인정보도 포함돼 있어서요."

"그의 이야기에 따르면 지인은 도쿄에서 왔을 거라고 했어요." 도키오가 제시를 홀깃 본 다음 말했다.

"네에." 호텔맨이 서류에 시선을 돌렸다. "두 팀 모두 숙박표에 성함을 적으신 분의 주소가 도쿄로 되어 있군요."

'하필이면.' 다쿠미는 혀를 차고 싶은 심정이었다.

"다만 한 팀은 아마도 여러분이 찾는 분은 아닐 듯합니다. 남성분의 연령이 65세니까요."

호텔맨이 말했다.

"다른 쪽 남성은요?" 도키오가 몸을 내밀었다.

백발의 호텔맨이 다소 주저한 후에 말했다. "33세라고 적혀 있습니다."

다쿠미는 도키오와 얼굴을 마주 보았다. 나이대가 맞다.

"거기 여성의 이름은 안 적혀 있나요?"

도키오가 물었다.

"음, 남성분 성함뿐입니다. 미야모토 씨라는 분입니다."

"미야모토?" 다쿠미가 몸을 일으켜 호텔맨의 손에서 서류를 낚아챘다.

"이러시면 곤란합니다." 호텔맨이 작게 항의했다.

숙박표의 복사본이었다. 이름을 적는 곳에 '미야모토 쓰루오'라고 썼다. 익숙한 글씨였다. 지즈루의 글씨가 틀림없다. 체크인 수속은 그녀가 한 것이다.

객실 번호를 외우고 도키오에게 눈짓을 한 다음 서류를 호텔맨에게 돌려주었다.

"죄송합니다. 아무래도 이 호텔이 아닌 것 같군요."

"그러신가요." 호텔맨은 안심한 듯했다. "그걸로 이분께서 납득하실까요?" 제시를 본다.

"우리가 설득하겠습니다. 정말 폐를 끼쳤습니다." 다쿠미는 제시의 어깨를 두 번 두드리고는 자리에서 일어섰다. 도키오도 일어서자 마지막으로 제시가 천천히 몸을 일으켰다.

"고맙수다."

놀라 말을 잊은 호텔맨을 남기고 세 사람은 사무실을 나왔다.

29

로비로 돌아오니 다케미가 재빨리 다가왔다.

"얼굴을 보아하니 아무래도 일이 잘 풀렸나 보네."

"물론이지. 1215호실. 틀림없어. 역시 지즈루는 이 호텔에 있었어.
너, 감이 좋은걸."

"흐음, 너도 사람을 칭찬할 때가 다 있구나." 다케미가 의외인양
눈을 동그랗게 떴다.

"제시의 연기가 잘 먹혔어. 완전히 아카데미상 감이야." 도키오가
칭찬했다.

"대단한걸, 제시."

"우후후후후. 아카데미상, 주세요." 제시가 웃으며 말했다.

엘리베이터를 타고 12층에서 내렸다. 복도에는 중후한 갈색 카펫

이 깔려 있다. 네 사람은 객실 번호를 확인하며 나아갔다. 카펫 덕분에 발소리는 전혀 들리지 않았다.

1215호실 앞에 도착했다. 여기서부터는 다케미가 나설 차례다. 다른 세 사람은 문을 사이에 두고 양쪽으로 나뉘어 벽에 몸을 밀착했다.

다케미가 노크를 했다. 대답이 없다. 외출중인가 생각했을 때 찰칵 하고 자물쇠 열리는 소리가 나더니 문이 열렸다.

"네." 남자 목소리가 들렸다. 도어체인이 걸린 상태라 문은 10센티미터 정도밖에 열리지 않는다.

그 틈 앞에 다케미가 섰다.

"안녕하세요. 갑자기 죄송해요. 전 사카타 다케미라고 하는데요."

"사카타 씨?"

"네. 지즈루의 친구예요. 지즈루에게 이야기 못 들었나요? 지즈루가 오사카에 온 날 만났는데요."

"소에몬초의 술집에서 일한다는?"

"네, 맞아요."

"아아. 지즈루가 여기를 알려줬나요?" 남자의 목소리에서 경계심이 사라졌다.

"그 부분은 여러 사정이 있어서……." 다케미가 말끝을 흐렸다. "저기, 사실은 말씀드리고 싶은 일이 있어요. 지즈루는 아직 안 돌아왔죠? 그 일로……."

"아…… 잠깐만요."

문이 일단 닫힌 후 도어체인을 해제하는 소리가 들렸다. 다케미가 힐끔 다쿠미 쪽을 보았다. 다쿠미가 고개를 끄덕이고는 문손잡이를 잡았다.

문이 앞쪽으로 열리는 것과 동시에 문손잡이를 있는 힘껏 잡아당 겼다. "앗" 하는 소리와 함께 남자가 밖으로 비틀거리며 나왔다. 다 쿠미는 그 남자를 떠밀며 방 안으로 들어갔다. 다케미와 다른 일행 도 따라 들어왔다.

"우왓. 뭡니까, 당신들." 남자의 목소리가 뒤집어졌다. 마른 데다 키도 작다. 흰 뺨은 홀쭉했다. 그래도 필사적으로 허세를 부리며 금 테 안경 너머로 노려보았다.

"오카베 씨, 맞지?" 다쿠미가 물었다.

"당신들 누구야? 이게 무슨 짓이야?" 남자가 다케미 쪽을 보았다.

"걱정하지 마. 적은 아니니까."

"다시 한 번 묻지. 오카베 씨 맞나?"

남자는 다쿠미를 보고 뻣뻣한 움직임으로 고개를 끄덕였다. 흰 뺨 이 붉게 달아올랐다.

한 대 때리고 싶다는 충동이 다쿠미의 마음속에 치밀어 올랐다. 이 남자가 지즈루를 빼앗았다. 이런 한심하고 조그만 남자가 지즈루 의 몸을 이 더블 침대 위에서 안았다…….

"다쿠미." 그의 마음을 꿰뚫어본 듯이 다케미가 말했다. "그만둬. 지금은 이 사람에게 화를 내고 있을 때가 아냐."

다쿠미가 그녀를 보았다. 그 눈은 그만두라고 말하고 있었다. 다쿠미는 어금니를 깨물고 오른손에 힘을 담아 오카베의 가슴을 밀쳤다. 욱, 하는 신음 소리와 함께 오카베는 침대 위로 쓰러졌다.

"무슨 짓이야!"

"닥쳐. 무슨 일인지 모르겠지만 지즈루까지 휘말리게 하다니."

오카베는 영문을 모르겠다는 얼굴로 도움을 청하듯이 다케미를 올려다보았다.

"아무리 기다려도 지즈루는 돌아오지 않을 거예요. 그 녀석들에게 끌려갔으니까."

"뭐? 놈들에게 들킨 거야?" 오카베가 눈을 크게 떴다.

"전당포에서 나오는 길에 납치됐어. 구해내려고 했지만 한 발 늦었어."

"어떻게 그곳을……." 오카베는 당황한 모양이다.

다쿠미는 차마 우리가 미행당했기 때문이라고 말하지 못했다.

"방금 지즈루의 친구라고 했잖아. 그거 거짓말이야?" 오카베가 다쿠미에게 물었다.

"거짓말 아냐. 사카타 다케미. 진짜로 지즈루 친구 맞아."

"그럼 이쪽 남자는?"

"글쎄. 잘 모르겠지만 지즈루의 남자친구였나 봐요."

오카베가 겁먹은 눈으로 다쿠미를 바라보았다. "그렇다면 아사쿠사의……."

"지즈루에게 들었나 보군."

"그런 남자친구가 있었다고만. 하지만 헤어졌다고……."

"나는 그런 기억 없어." 다쿠미는 그렇게 말한 뒤 상당히 비참한 대사였다는 사실을 깨달았다. 그러고는 스스로 상처받아 고개를 숙였다.

"다쿠미 형, 이거." 도키오가 말했다. 벽 옆에 놓인 꽤 큰 슈트케이스를 뒤지는 중이었다. 안에는 크고 작은 상자가 들어 있다. "시계나 액세서리야. 전부 새것 같아."

"저건 뭐지? 지즈루를 납치한 놈들은 또 뭐고?" 다쿠미가 오카베에게 물었다.

"너희와는 관계없는 어른들의 일이다." 오카베가 고개를 돌렸다.

"이 자식, 그런 식으로 나온다 이거지. 그럼 왜 지즈루를 끌어들인 건데."

다쿠미가 오카베의 폴로셔츠 옷깃을 틀어쥐었다.

"진정해." 다케미가 끼어들었다. "오카베 씨, 놈들에게서는 아무런 연락이 없었나요?"

"없었어."

"그렇다는 말은 지즈루가 아직 이곳을 말하지 않았다는 거군요. 오카베 씨, 그게 무슨 의미인지 알아요?" 잠자코 있는 오카베에게 다케미가 말을 이었다. "지즈루가 붙잡힌 지 네 시간이 넘었어요. 그 사이에 놈들이 오카베 씨가 어디 있는지 밝혀내려고 온갖 짓을 했을 거예요. 그런데 그쪽에서 연락이 없다는 말은 지즈루가 버틴다는 거죠. 오카베 씨를 지키려는 거예요. 그래도 당신은 관계없다는 얼굴로 있을 생각인가요. 그러고도 남자인가요."

다케미의 말에 오카베가 고개를 돌렸다. 안색이 다소 창백해졌다.

하지만 다쿠미는 오카베보다 훨씬 상처를 받았을지도 몰랐다. 지즈루가 어떤 고문을 당하고 있을지 생각하는 것만으로도 몸이 부들부들 떨렸다. 그리고 그런 고통을 참으면서까지 이 남자를 지키려 한다는 사실에 충격을 받았다.

30

다쿠미가 좁은 실내를 서성였다. 이따금 신음 소리를 내거나 소리를 지르거나 했다. 도키오는 벽 앞에 무릎을 감싸 안는 자세로 앉아 있고, 그 앞에 오카베 다쓰오가 무릎을 꿇고 앉아 있다. 다케미는 침대 위에 책상다리로 앉아 있고, 제시는 누워 있다. 오전 0시가 넘은 시각. 그러나 누구도 돌아가려 하지 않았고, 물론 잠을 자려고도 하지 않았다.

"짜증나니까 동물원 곰처럼 왔다 갔다 하지 마." 다케미가 손가락 사이에 담배를 낀 채 말했다. 그녀의 눈은 텔레비전을 향해 있다. 심야영화를 방영중이다. 오래된 영화인지 흑백 화면이었다.

"이런 상황에 용케도 텔레비전 같은 게 눈에 들어오나 보네."

"너처럼 서성여봤자 아무 소용도 없잖아. 아니면 좋은 수라도 있어? 없잖아? 저쪽에서 사람이 오는 걸 기다릴 수밖에."

"지즈루가 끝까지 말하지 않으면 놈들은 이곳을 알아낼 방도가 없어."

"지즈루는 말하게 될 거야. 아무리 노력해도 인내에는 한계가 있거든. 아침까지는 못 버텨." 다케미의 말투는 침착하다기보다 다소 냉정하게 들렸다.

다쿠미는 그녀에게 말대꾸하는 대신 오카베의 어깨를 잡았다.

"너, 이제 그만 자백해. 뭣 때문에 지즈루를 데려온 거야? 놈들의 목적이 뭐야? 왜 너를 뒤쫓지?"

"몇 번이나 말했잖아. 애당초 지즈루는 관계가 없어. 내가 업무상 문제로 잠시 오사카에 몸을 숨길 필요가 있었는데 데려왔을 뿐이다. 그게 다야."

지즈루와는 스미레를 다니다가 친해진 모양이다. 그 후 몇 번인가 함께 식사를 하다가 끌리게 되었다. 진짜로 사귀고 싶다는 생각이 들었다. 그런 때 '업무상 문제'가 발생했다. 그것이 오카베의 변명이었다.

오사카에 함께 가자고 제안하자 지즈루는 잠시 생각할 시간을 달라고 했다. 이삼 일 후 대답이 돌아왔다. 함께 가겠다는 것이었다. 그녀는 신칸센 안에서 남자친구가 있었다는 사실을 고백했다. 하지만 헤어질 결심을 했다고 했다. 이유는 자세히 말하지 않았다. 오카베도 딱히 캐묻지 않은 모양이다.

"그러니까 그 문제라는 게 뭔데? 넌 무슨 일을 하는 인간이고."

'업무상 문제'와 관련된 것만 물으면 오카베는 입을 꾹 다물고 만다. 이름조차 밝히려 하지 않았다. 다쿠미 일행은 그의 소지품을 뒤져서 간신히 면허증을 발견했다. 그러나 알아낸 정보는 이름이 오카베 다쓰오라는 것, 주소와 본적, 생년월일, 면허 취득일 정도였다. 이미 처분했는지 명함 한 장 보이지 않았다.

"지즈루가 어떤 상황에 처했는지 알기는 해?" 다쿠미가 소리쳤다.

"내 마음도 아파. 그런데 어쩌라고. 어디로 끌려갔는지 나도 모르는데."

"지즈루를 납치해간 게 어떤 놈들인지 말해. 그걸 알면 아지트를 알아낼 수 있을지 모르잖아."

오카베가 고개를 저었다. 이마가 기름으로 번질거렸다.

"그걸 알아도 너희에게 아무 도움도 되지 않아. 상대는 아마추어가 아냐. 정해진 아지트 같은 것도 없고. 야쿠자 영화와는 달라."

"지금 무슨 태평한 소리나 늘어놓고 있어." 다쿠미가 오카베의 멱살을 잡고 끌어 올렸다. 오카베의 얼굴이 일그러졌다.

"다쿠미 형." 도키오가 뒤에서 양 어깨를 잡았다.

"이 녀석을 때려봤자 아무 이득도 없어. 지즈루 누나가 돌아오는 것도 아니고."

"분풀이로 때리게 해줘."

"그만두라니까." 도키오가 다쿠미 앞을 가로막았다. "그런 거 꼴사납잖아. 지즈루 누나는 자기 의지로 이 사람을 따라온 거야."

"이 녀석의 주장에 불과해."

"지즈루 누나가 남긴 메모가 있잖아. 그 문맥과 이 사람이 한 말을 합치면 앞뒤가 맞아."

다쿠미는 도키오를 노려본 후 오카베의 폴로셔츠에서 손을 뗐다. 그러고는 실내에 있는 사람들을 돌아보았다.

"좋아. 이 녀석이 아무것도 토해내지 않는 이상 나한테도 다 생각이 있어."

"어쩔 건데?" 다케미가 날카로운 눈초리로 바라보았다.

다쿠미가 점퍼 주머니를 뒤져 메모 한 장을 꺼냈다. 뭔가 번호가 적혀 있다. 다쿠미가 도키오를 보며 말했다. "이시하라 유지로의 전화번호다."

"이시하라에게 연락할 생각이야?" 도키오가 눈을 크게 떴다.

"연락이 아냐. 거래다."

"저쪽은 프로야. 이쪽에서 접촉하는 건 위험해. 놈들은 우리가 오카베를 찾아냈다는 사실을 아직 몰라. 지즈루가 다 말하면 걔를 이용해서 오카베를 불러내려 할 거 아냐. 그때가 기회라고."

"프로인지 뭔지 모르겠지만, 그런 답답한 짓거리는 성미에 맞지 않아. 나는 내 방식대로 하겠어. 말리지 마. 말릴 거면 지금 당장 지즈루를 찾을 아이디어를 내놓든가." 다쿠미는 다케미, 도키오, 제시 그리고 오카베의 얼굴을 순서대로 손가락으로 가리키면서 말했다.

"알았어. 그것도 하나의 방법일 수 있겠네. 나도 마음을 다잡을게. 하지만 그전에 작전을 짜는 게 좋아." 다케미가 타이르듯 말했다.

"말 참 많네. 내 방식대로 하겠다고 했잖아. 참견하지 마." 다쿠미가 침대 옆 테이블로 다가가 수화기를 들었다.

"다쿠미 형."

도키오가 말리려는 것을 괜찮다며 다케미가 제지했다. "이 장소가 들키는 건 어차피 시간문제였어. 잘 되든 안 되든 하고 싶은 대로 하게 놔둬."

다쿠미는 그녀의 말을 들으며 전화기 버튼을 눌렀다.

전화가 연결되었다. "여보세요." 퉁명스러운 말투, 젊은 남자의 목소리. 이시하라 본인이 아니라는 것쯤은 다쿠미도 알 수 있었다.

"이시하라 씨, 있나?"

다쿠미의 목소리도 젊다. 상대가 알아차렸는지 거친 태도로 나왔다. "누구야, 넌?"

"누구든 상관없잖아. 이시하라 씨와 이야기를 하고 싶은데."

"이름도 없는 얼간이냐. 그런 녀석의 전화는 연결할 필요가 없다고 들었거든. 끊는다."

"기다려. 미야모토라고 한다." 정말로 끊을 듯한 기척이 나서 다쿠미가 말했다.

"어디의? 미야모토라는 건 썩을 정도로 많아서."

"아사쿠사의 미야모토다. 미야모토 다쿠미. 그렇게 말하면 알아."

"미야모토라고 했지. 알았어. 전해두지. 그쪽 연락처는?"

"지금 당장 이야기를 하고 싶은데."

"헛소리 마. 지금 몇 시라고 생각하냐. 이쪽에서 다시 걸 테니 전화번호를 말해."

"중요한 용건이 있다. 그 건에 관해서는 언제든 연락달라며 이 번호를 알려준 거거든. 됐으니 이시하라 씨를 바꿔줘. 설마 벌써 자는 건 아니겠지? 내 말을 듣지 않으면 네가 이시하라 씨에게 크게 혼나게 될 텐데."

상대가 잠시 뜸을 들였다.

"그 용건이라는 게 뭔데? 그것부터 말해봐."

"오카베 건이다. 이시하라 씨는 그러면 뭔지 알 거야."

다시 상대가 침묵했다. '오카베'라는 이름이 뭘 뜻하는지 생각하는 모양이었다.

"잠깐 기다려." 이윽고 전화 담당이 말했다.

다쿠미는 송화구를 손으로 막고 심호흡을 했다. 겨드랑이에 땀이 흘렀다. 도키오는 긴장한 얼굴로 그를 보고 있다. 다케미는 호텔 메모지를 옆에 놓고는 무언가 생각하는 듯했다.

수화기 건너편에 상대가 나타나는 듯한 기척이 느껴졌다.

"저쪽과 연락이 됐다. 지금 연결하지." 그 말 다음에 무언가가 가볍게 부딪히는 소리가 들렸다. "좋아. 말해도 돼." 전화 담당자의 목소리가 들렸다.

"여보세요." 다쿠미가 시험 삼아 말해보았다.

"미야모토 씨인가. 오랜만이군." 들은 적 있는 목소리였다. 다만 좀 멀게 들렸다.

"이시하라 씨 맞나?"

"그래. 미안한데 좀 더 큰 소리로 말해주지 않겠나. 수화기 두 개를 맞대고 이야기하는 상태거든. 내가 지금 도쿄에 없어서 말이지."

"알아. 오사카에 있지?"

다쿠미의 말에 "큭큭큭" 하며 웃는 소리가 들렸다.

"참 신기한 일이야. 둘 다 오사카에 있는데 일부러 도쿄로 전화를 걸어서 수화기 두 개를 연결해 대화를 나누다니."

"우리를 미행하느라 고생 많았다. 중간에 나고야까지 들렀으니."

"그때는 난처했다고 부하가 말하더군. 설마 화과자집에 갈 줄은 몰랐거든."

"그 화과자집은 지즈루와는 관계없어. 오카베와도."

"알아. 그런데 오카베에 관한 일이라고 말한 모양인데."

"지즈루를 데리고 있지?"

"오카베 이야기를 하고 있는데."

"같은 말이야. 지즈루는 무사하겠지? 그게 확인되지 않으면 더는 말하지 않겠다."

이시하라의 목소리가 바로 돌아오지는 않았다. 침묵하는 줄 알았는데 아니었다. 수화기에 귀를 기울이니 낮게 웃는 듯했다.

"그런 걸 신경 쓰는 게 웃기는걸. 형씨를 버리고 다른 남자와 도망친 여자 아닌가. 어떻게 되든 상관없을 텐데."

"대답해. 지즈루는 무사해?"

"그렇다면 형씨가 먼저 대답하시지. 오카베에 관해서."

다쿠미가 한숨을 내쉬었다. 상대부터 말하게 하고 싶었지만 어쩔 수 없다.

"오카베를 찾았다. 지금 내 옆에 있어. 도망치지 못하게 지켜보고 있다."

"오호." 그 후 목소리가 사라졌다. 이번에는 진짜로 침묵한 모양이다. 무언가 생각하는 듯하다. 곧 이시하라가 말했다. "그거 대단하군. 진짜 오카베라면."

"진짜야. 키는 160센티미터 남짓. 마르고 창백한 얼굴에 금테 안경을 낀 공부벌레 타입이다. 면허증에 따르면 주소는……." 끝까지 다 말한 다음에 다쿠미가 말했다. "어때, 가짜인 것 같아?"

"아무래도 진짜인 듯하군."

"이번에는 그쪽이 대답해. 지즈루에게 뭐 이상한 짓은 하지 않았겠지?"

"글쎄, 자세한 건 모르겠는데. 그 여자에 대한 건 젊은 놈들에게 맡겨둔 터라."

다쿠미는 가슴이 아렸다. 고통으로 얼굴을 일그러뜨리는 지즈루의 모습이 떠올랐다.

"그 젊은 놈들에게 말해둬. 지즈루를 아무리 괴롭혀도 소용없다고. 오카베는 지금 우리가 데려가겠다. 너희가 결국 지즈루의 입을 열게 만든대도 여기 왔을 때 오카베는 없을 거야."

"흐음, 그래서?"

"거래를 하고 싶다. 오카베와 지즈루의 교환이다. 너희 목적은 이 녀석이잖아. 나쁜 이야기는 아닐 텐데."

"흐음." 한숨을 내뱉는 소리가 들렸다. "확실히 나쁜 이야기는 아닌 것 같군."

"거래 성립인가?"

"좋아. 받아들이지. 지금 그쪽으로 여자를 데려가겠다."

"그건 아니지. 이쪽 장소를 알려준 순간 공격해 들어올지도 모르
니까. 다른 곳에서 교환하지."

"우리를 못 믿는군. 뭐, 좋아. 그럼 어디로 가면 되지?"

"글쎄……."

옆에서 다케미가 무언가를 적어 보여주었다. '도톤보리 다리 위'
라고 적혀 있다. 다쿠미가 미간을 찡그렸다. 도톤보리? 그렇게 번화
한 곳에서? 그러나 그녀는 자신만만한 표정으로 고개를 끄덕였다.
그도 마음을 굳혔다.

"도톤보리다. 커다란 글리코 간판 옆에 있는 다리로 지즈루를 데
려와. 이쪽도 오카베를 데려가겠다. 다리 위에서 교환하지."

"도톤보리라. 흐음." 이시하라가 쓴웃음을 짓고 있는 듯했다. "그
래서 시간은?"

"시간이라……." 다쿠미가 옆의 다케미를 보았다. 그녀는 메모에
'내일 아침 9시'라고 적었다.

다쿠미가 메모를 보고는 입을 다물었다.

"이봐, 왜 그러지?" 이시하라가 재촉했다. "몇 시에 가면 되는 거
야? 이봐, 형씨. 안 들리나?"

"잘 들려."

"왜 그래? 몇 시인가?"

"지금부터 한 시간 뒤다." 다쿠미가 대답했다. 옆에서 다케미가 크게 입을 벌렸다.

"한 시간 후에 도톤보리라 이거지. 알았어. 그럼 잠시 후에 보지."

상대의 전화가 끊기는 소리를 확인하고 다쿠미도 수화기를 내려놓았다.

"잠깐 너, 대체 무슨 생각이야?" 아니나 다를까 다케미가 따지고 들었다.

"왜."

"뭣 때문에 도톤보리를 골랐다고 생각하는데? 주위에 사람이 많으면 놈들도 무모한 짓을 못 하기 때문이잖아. 그걸 노렸는데 심야면 의미가 없잖아."

"앞으로 아홉 시간이나 기다리라고? 지즈루 입장이 되어봐."

"나도 걱정돼. 그러니까 이 거래는 반드시 성공시켜야 하는 거잖아? 그렇다면 최대한 안전한 시간대를 골라야 하는 거고. 놈들도 오카베와 교환할 수 있게 된 이상은 쓸데없이 지즈루를 괴롭히거나 하지는 않을 거야."

"시끄러워. 내 방식대로 하겠다고 했잖아." 다쿠미는 찌그러진 담뱃갑에서 한 개비를 뽑아 입에 물고는 호텔 성냥으로 불을 붙였다. 하지만 불은 좀처럼 붙지 않고 세 번째 성냥에서야 간신히 불이 붙었다.

"놈들이 순순히 지즈루를 돌려줄 거라 생각해?" 오카베가 말했다.

다쿠미는 무슨 말이냐고 묻는 대신 금테안경을 낀 마른 남자를 노려보았다.

"놈들은 그렇게 만만하지 않아."

"너와의 교환이라면 돌려주지 않을 리 없을 텐데."

오카베가 고개를 저었다.

"물론 나를 원하기는 하지. 그렇다고 지즈루를 돌려줄 생각도 없어. 비밀을 알고 있다고 생각할 테니까. 놈들에게는 지즈루도 관계자야."

다쿠미가 오카베의 가슴팍을 발로 찼다. "네가 끌어들인 거잖아. 무슨 실수를 저질러서 도망친 건지는 모르겠지만, 그딴 처지에 여자 꼬드길 생각이나 하다니."

쓰러진 오카베는 차인 곳을 문지르며 상체를 일으켰다. 안경을 다시 고쳐 썼다.

"확실히 경솔했어. 하지만 기댈 곳이 필요했거든."

"헛소리 마. 뭐가 기댈 곳이야. 제멋대로 지껄이기는."

다시 한 번 발로 차려 했지만 도키오가 오카베 앞을 막아섰다. 다쿠미는 담배를 깊이 빨아들이더니 재떨이에 비벼 끄고는 그대로 문으로 향했다.

"어디 가는데?" 다케미가 물었다.

"밖에. 금방 올 거야."

"십 분 안에 돌아와."

다쿠미는 별 대답 없이 방을 나섰다. 복도를 걸어 엘리베이터의 상행 버튼을 눌렀다. 잠시 후 도키오가 따라왔다.

'또 이 녀석인가.' 다쿠미는 생각했다.

"어디 가는 거야?"

"밖이라고 했잖아."

"그럼 하행 버튼을 눌러야지." 도키오가 버튼을 눌렀다.

"아래로 가는 게 아냐. 옥상에 가고 싶어."

"옥상? 안 될걸. 이런 호텔에서는 옥상 밖으로 나갈 수 없어."

"어째서."

"옥상으로 갈 수 있는 건 좀 더 훌륭한 인간뿐이야."

아래로 가는 엘리베이터가 먼저 도착했다. 도키오가 타더니 어서 타라고 손짓했다. 별수 없이 다쿠미도 탔다.

"마음에 안 들어."

"뭐가?"

"이런 곳에서도 사람의 신분을 나누려는 심보가. 가난뱅이는 아래로 가고 부자만 정상까지 오를 수 있다는 말이잖아." 다쿠미가 엄지끝으로 바닥과 천장을 교대로 가리켰다.

도키오는 어깨를 으쓱했을 뿐 아무 말도 하지 않았다.

호텔을 나와 앞에 있는 길을 건넜다. 바로 앞에 도지마 강이 있다. 좌우로 커다란 다리가 보인다. 바람이 다소 습했다.

"어떻게 생각해? 지즈루는 대체 왜 저딴 놈을 따라가기로 한 걸까. 저런 한심한 놈을 말이야. 저 녀석의 어디가 좋은 거지?" 다쿠미가 도키오에게 물었다.

"글쎄." 도키오가 고개를 갸웃했다.

"난 말이지, 결국 장래성이라 해야 할지 안정된 삶이라 해야 할지, 그런 걸 선택한 게 아닐까 싶어. 오카베의 소지품 봤지? 양복도 그렇고 죄다 고급품뿐이었어. 그 남자는 아무리 봐도 어딘가의 엘리트야. 지즈루도 여러모로 계산한 끝에 역시 저런 남자와 결혼하는 게 이득이라는 결론에 도달한 거지. 이러니저러니 해도 이 세상은 역시 학력이나 집안이지. 좋은 집안에서 도련님으로 태어난 녀석이 꿀을 빨 수 있게 되어 있어."

그러자 도키오가 "하아" 하고 크게 한숨을 내쉬었다.

"아직도 그런 말을 하는 거야? 다케미 씨가 말했잖아. 형에게 주어진 카드는 그리 나쁘지 않다고."

"그 녀석은 나에 대해 아무것도 몰라."

"이제 그만 한심한 집착 좀 버리면 어때. 그렇게까지 집착할 거면 자신이 어떤 식으로 태어났는지 조사해보면 되잖아. 아까 약속했지? 이번 일이 정리되면 나와 함께 형이 태어난 집에 가겠다고."

"또 그 소리냐. 너도 정말 끈질기네."

"약속했다." 도키오가 평소와 달리 엄한 눈초리로 바라보았다.

다쿠미는 목 뒤를 긁으며 고개를 조그맣게 끄덕였다. 솔직히 지금은 그런 것을 생각할 여유는 없다. 다만 이 정체불명 남자의 말에는 다쿠미의 마음을 흔드는 무언가가 있었다.

"슬슬 돌아가자." 도키오가 먼저 호텔 쪽으로 방향을 틀었다.

"야." 다쿠미가 그의 등에 대고 말했다. "그만 좀 자백하지."

도키오가 발을 멈추고 돌아보았다. "자백? 어떤?"

"너, 대체 정체가 뭐야? 정말로 먼 친척 맞아? 거짓말이지?"

다쿠미의 말에 도키오가 먼 곳을 바라보았다. 표정에 평소의 부드러움이 보이지 않았다. 그는 똑바로 다쿠미를 바라보았다.

"맞아. 친척 같은 거 아냐."

"역시 그랬군. 그렇다면 너는 대체⋯⋯."

"나는⋯⋯." 도키오는 진지한 눈빛으로 말했다. "미야모토 다쿠미 씨, 당신 아들이야. 미래에서 왔어."

31

"몇 년 후에 당신도 결혼해서 아이를 낳아. 아들이지. 그 아이에게 당신은 도키오時生라는 이름을 지어주게 돼. 시간을 살아간다는 뜻이야. 그 아이는 열일곱 살 때 어떤 사정으로 과거로 돌아가지. 그게 나야."

깜짝 놀라 말을 잊은 다쿠미와 달리 도키오는 담담히 이야기를 계속했다.

"사실 지금 이 모습은 빌린 거야. 이 시대를 살아온 누군가의 몸을 말이지. 어떻게 이런 일이 가능했는지는 나도 몰라. 아마 아무리 생각해도 답을 찾을 수 없는 그런 일이겠지. 게다가 내게는 해야 할 일이 있었어. 당신을 만나는 거지. 단서라고는 '아사쿠사 하나야시키 놀이공원' 그것뿐이었어. 하지만 그걸로 충분했지. 제대로 당신을 만날 수 있었으니까. 정말 운명이라는 건 놀라워."

도키오는 거기까지 말한 다음에야 비로소 미소를 보였다. 다쿠미의 반응을 보고 재미있어하는 듯했다.

다쿠미는 멍하니 있었다. 평소라면 절대로 귀 기울이지 않을 바보 같은 이야기인데도 끝까지 듣고 말았다. 아니, 내용뿐만 아니라 그것을 말하는 도키오의 표정에 이끌렸기 때문이다.

제정신을 차린 그가 큰 소리를 내며 혀를 찼다.

"이런 때에 쓸데없는 소리냐. 누가 그런 허황된 이야기를 하라고 했어."

도키오가 웃으며 머리를 긁적였다. "역시 못 믿겠지?"

"당연한 소리. 요즘엔 초등학생도 그런 이야기에는 안 넘어가."

"그럼 어쩔 수 없지. 역시 먼 친척이라고 할 수밖에." 도키오는 호텔을 가리켰다. "자, 방으로 돌아가자."

두 사람이 객실로 돌아오자 다케미가 이런 거래에서는 약속 시간보다 일찍 도착해서 주위 상황 등을 확인해두는 것이 법칙이라며 신경질적으로 말했다.

"그런 건 나도 아니까 그만 떠들어."

"말해두겠는데, 이 기회를 놓치면 지즈루를 영영 되찾지 못할 수도 있어."

"알고 있다고 했잖아. 시끄럽게." 다쿠미가 오카베의 팔을 잡아끌었다. "자, 가자. 빨리 일어나."

오카베를 넷이서 감싸듯이 해서 호텔을 나왔다. 다쿠미와 다케미가 오카베를 가운데 두고 택시에 탔다. 도키오와 제시는 다른 택시에 탔다.

"혹시나 해서 말해두지만, 만약 거래가 잘 된다 해도 너희는 조심하는 편이 좋아. 놈들은 너희가 내게서 이야기를 들었을지도 모른다고 의심하고 있을 테니까."

"이야기라는 게 뭔데? 당신이 말하는 업무상 문제라는 건가?"

"뭐, 그런 거다."

"우리가 그런 이야기를 듣는다고 뭐가 어떻게 되는데? 한 푼의 이득도 없잖아."

"일반 시민에게 알려지면 안 되는 이야기라는 게 이 세상에는 많거든."

"댁은 일반 시민이 아니란 거야?"

"나는……." 오카베가 검지 끝으로 안경을 밀어 올렸다. "우리는 장기판의 말이야. 지금부터 너희가 만나려는 상대도 장기 말이야. 일반 시민조차 아니지."

흰 얼굴이 더욱 창백하게 보였다.

택시는 미도스지 길을 남하했다. 다케미가 기사에게 세워달라고 한 장소는 신사이바시 근처였다.

"도톤보리는 더 가야 하잖아."

"여기면 돼. 자, 내려."

셋이 길에 내리자 뒤따라오던 택시도 멈추고 도키오와 제시가 내렸다.

"이 사람 말이 맞아." 다케미가 오카베 쪽을 보며 말했다. "놈들이 간단히 지즈루를 돌려줄 거라는 생각은 안 들어. 적어도 다리까지 지즈루를 데려오지는 않았을 거야."

"그러면 어떻게 해야 하는데?"

"우리도 같은 방법을 쓰는 거지. 거래 장소로 가는 건 나와 다쿠미뿐. 도키오와 제시는 다른 곳에서 오카베와 함께 대기하는 거야."

"다른 장소라니? 너희 가게?"

다케미가 고개를 저었다.

"우리 가게는 상대에게 알려졌잖아. 근처에 내 친구가 일하는 바가 있어. 거기가 좋을 거야."

"오케이. 그렇게 하자."

다쿠미는 다케미를 알게 되어 정말 다행이라고 생각했다. 그녀가 없었다면 작전다운 것은 무엇 하나 생각나지 않았을 것이다. 물론 감사의 말을 입 밖으로 꺼낼 수 있는 심경은 아니었지만 말이다.

다케미가 제시에게 영어로 뭐라고 말했다. 아마도 그 바에서 기다리라고 했을 것이다. 제시는 도키오와 얼굴을 마주 본 후 오카베를 데리고 걸어갔다.

"저 아이, 참 특이하네." 다케미가 중얼거렸다. 도키오를 말하는 모양이다.

"그런가?"

"아까 네가 객실에서 나갔을 때 저 아이가 뒤따라갔잖아? 뭐라고 말하며 나간 줄 알아?"

"내가 어떻게 알아."

"저 사람이 젊은 탓에 실수하는 모습을 보는 건 괴롭다고 했어. 저 사람이라는 건 너를 말하는 거잖아. 말투가 참 특이하다고 생각했거든. 무슨 말인지 알아?"

"글쎄." 다쿠미는 고개를 갸웃했다.

인기척이 없는 신사이바시스지를 걷는 것은 좋지 않다는 것이 다케미의 의견이었다. 상대가 틀림없이 망을 보고 있을 것이기 때문이다. 그렇다면 무슨 일이 있을 때 바로 택시를 잡아탈 수 있는 미도스지 쪽이 좋다고 했다. 남 말만 듣는 것은 성미에 맞지 않았지만 지당한 의견이라 다쿠미도 동의했다.

새벽 2시 가까운 시간이지만 거리에는 아직 많은 사람들이 돌아다니고 있었다. 취객도 적지는 않다. 손님을 기다리는 택시 기사들이 덩그러니 서 있기도 했다. 사람이 많으니 안심이 되는 한편, 적이 섞여 있을지 모른다고 생각하니 긴장도 되었다.

두 사람은 아무 일 없이 도톤보리에 도착했다. 확실히 이 시간이 되니 다리 위에도 사람이 뜸했다. 네온사인도 상당수가 꺼진 상태였다. 노숙자가 난간 옆에 돗자리를 펴고 누워 있었다.

"슬슬 적이 나타날 때인가."

"네 의견대로라면 이미 오래전에 와 있는 거 아닌가. 그리고 우리를 지켜보고 있을 테고."

"아마도."

다쿠미가 주위를 둘러보았다. 수상한 남자들이 어딘가에서 나타나서는 좁은 뒷골목으로 사라졌다. 이 시간대에는 수상한 인간 쪽이 더 많았다. 다쿠미는 다케미의 지시를 무시하고 이런 심야에 거래를 하려고 한 사실을 약간 후회했다. 만약 지금 주위에 있는 사람이 모두 적이라면 자신들은 손도 발도 못 쓸 것이다.

"앗, 저거 아닌가?" 다케미가 강 건너편을 보라며 턱짓했다.

다쿠미는 그쪽을 돌아보았다. 검은 양복을 입은 남자 두 명이 서 있었다. 한 명은 이시하라가 분명했다. 이시하라는 비열한 미소를 지으며 다쿠미를 보고 있었다.

32

다쿠미는 이시하라를 노려보았다. 시선을 좌우로 돌렸지만 지즈루의 모습은 보이지 않았다. 다케미의 말이 맞았다.

다쿠미는 천천히 다리를 건넜다. 다케미도 묵묵히 따라왔다. 대단한 여자라고 생각했다. 장미 문신이 갑자기 뇌리를 스쳤다.

상대는 이시하라와 장신의 남자였다. 미간 사이의 주름이 깊고 눈매가 매섭다. 그러나 이시하라보다는 상당히 젊은 듯했다. 다쿠미는 그들 앞에서 발을 멈췄다.

"지즈루는 어디 있지? 데려오는 거 아니었나?"

이시하라는 히죽대며 다쿠미와 다케미의 얼굴을 번갈아 보았다.

"그쪽도 빈손이잖아."

"지즈루를 돌려주면 우리도 오카베를 내놓도록 하지."

이시하라는 계속 미소를 짓고 있지만 눈에서는 검은 계획을 궁리하는 기척이 엿보였다.

"형씨들이 정말로 오카베를 데리고 있다는 보장이 있나?"

"나는 거짓말은 하지 않아."

"도쿄 사람 말이니 믿어주고는 싶은데, 이거 어쩐다. 여기는 오사카거든. 로마에 가면 로마법을 따르라고 했으니, 증거가 없으면 거래는 할 수 없어. 특히 그쪽에는 보통이 아닌 듯한 언니도 함께 있으니까." 다케미를 향해 웃으며 말했다.

"너희야말로 정말로 지즈루를 데리고 있겠지?"

"형씨도 참 끈질기군. 우리는 형씨 여자친구에게는 볼일이 없다고 했잖아. 아차차." 이시하라가 입을 가렸다. "여자친구가 아니라 전 여자친구라 해야 하려나."

이시하라는 다쿠미가 입술을 질끈 깨무는 것을 즐거운 듯이 바라보더니 "따라 와" 하고는 걷기 시작했다.

미도스지를 빠져 나오자 발걸음을 멈췄다. 이시하라가 도로 건너편을 턱으로 가리켰다. "저거다."

검은 크라운 차량이 세워져 있었다. 운전석에는 젊은 남자. 그리고 뒷좌석에 익숙한 옆얼굴이 보였다. 운전석의 남자가 이쪽을 알아차리고는 뒤쪽을 향해 뭐라고 말했다. 그러자 지즈루도 다쿠미 쪽을 보았다. 놀란 듯이 입을 벌렸다.

다쿠미는 길을 건너려 했지만 이시하라의 부하가 그의 팔을 잡았다. 애당초 도로 폭이 넓은 데다 차량 통행도 많은 미도스지를 신호

등을 무시한 채 건널 수 있을 리 없었다.

"자, 이쪽 카드를 보여줬으니 다음은 그쪽 차례다." 이시하라가 말했다.

"지즈루를 이쪽으로 데려와."

다쿠미의 말에 이시하라의 얼굴에서 미소가 사라졌다.

"형씨, 얕보면 곤란하지. 이래 봬도 많이 참아주고 있거든."

다쿠미는 크게 한숨을 쉬고는 돌아서 다케미를 보았다.

"도키오에게 연락해줘. 오카베를 데려오라고."

"알았어." 다케미가 이시하라를 흘깃 보고는 잰걸음으로 사라졌다. 공중전화로 가는 모양이다.

"저쪽이 훨씬 좋은 여자잖아." 이시하라가 그녀의 뒷모습을 바라보며 말했다. "환승하는 게 어때? 그럼 이렇게 귀찮은 일은 안 해도 되잖아. 전에도 말했지만 사례는 제대로 할 생각인데."

"저 녀석에게는 남자가 있어. 거구의 미국인이지."

"아, 그래. 들었어. 성가시다고 부하가 말하더군."

"그 남자가 오카베를 데리고 올 거야. 지즈루를 넘기지 않고 오카베만 빼앗으려 해도 소용없어."

"걱정 마. 그런 쩨쩨한 짓은 하지 않아. 그건 그렇고 용케 오카베를 찾아냈군."

"댁 부하들과는 여기가 다르거든."

다쿠미가 자신의 관자놀이를 손가락으로 가리키자 장신 남자가 살기등등한 눈빛으로 한 걸음 다가섰다. 진정하라고 이시하라가 웃으며 말렸다.

"이 형씨들이 찾아낸 것도 사실이니 할 말 없잖아."

장신 남자가 불쾌한 듯이 다쿠미에게서 시선을 돌렸다.

다쿠미는 길 건너편을 바라보았다. 지즈루가 불안한 듯이 이쪽을 보고 있다.

'걱정 마. 지금 바로 구해줄게.' 다쿠미가 마음속으로 외쳤다.

바로 옆에 다른 차가 멈췄다. 이번에는 검은색 스카이라인이었다. 이시하라가 운전석 남자에게 고개를 끄덕여 보였다. 이 차로 오카베를 어딘가로 데려갈 모양이다. 어디로 데려가든 다쿠미와는 상관없는 일이었다.

"늦는군. 뭘 하는 거지?" 이시하라가 손목시계를 보았다.

다쿠미도 다케미가 사라진 방향으로 눈길을 주었다. 그때였다. 장신 남자가 외쳤다. "앗, 저 녀석들!"

길 건너편에서 남자 몇 명이 몸싸움을 벌이기 시작했다. 자세히 보니 그중 한 명은 제시였다. 그는 크라운의 뒷문을 열고 지즈루를 구해내려는 듯했다. 근처에 숨어 있던 이시하라의 부하가 막으려는 것 같았다. 하지만 상대는 제시다. 정면에서 덤빈 남자는 얻어맞고 순식간에 멀찍이 날아갔다.

크라운이 달려 나가지 않는 것은 기사와 다케미가 창 너머로 드잡이를 하고 있기 때문이었다. 뒤쪽에서 다른 남자가 다케미에게 덤벼들었다.

이시하라가 다쿠미를 노려보았다. "날 속였군."

"난 모르는 일이야. 대체 뭐가 어떻게 된 거야?"

아무래도 다케미와 제시가 갑자기 크라운을 덮친 것 같은데 왜 그런 짓을 했는지 도무지 이해가 가지 않았다. 왜 두 사람은 오카베를 데려오지 않는지, 도키오는 또 어디 있는지.

"가자. 그 녀석을 데려와."

이시하라가 그렇게 말한 직후 장신 남자의 주먹이 다쿠미의 명치에 꽂혔다. 신음이 새어 나오며 몸이 앞으로 꺾였다. 다케미 쪽에 정신을 빼앗겨 방심하고 말았다. 게다가 그의 주먹은 빨랐다.

'이 녀석도 프로다.' 다쿠미는 앞으로 고꾸라질 뻔한 걸 버티며 그렇게 생각했다.

정신을 차리니 차에 태워져 있었다. 양팔은 뒤로 꺾이고 손목에는 무언가를 채워놓았다. 수갑이라고 생각하자마자 이번에는 누군가가 머리를 뒤에서 눌러 얼굴을 앞좌석 시트에 부딪혔다. 뭐라 말할 틈도 없이 차가 출발했다. 엄청나게 가속하는 것이 느껴졌다.

"무슨 짓이지, 어? 우리를 속일 수 있을 거라 생각했나?" 앞에서 목소리가 들린다. 이시하라는 조수석에 탄 모양이다.

"모르는 일이라고 했잖아. 나도 깜짝 놀랐다고." 신음 소리와 함께 말했다.

이시하라는 말이 없었다. 다쿠미가 한 말의 진위를 검토하고 있을 것이다.

"정말로 오카베는 찾아낸 거겠지?"

"물론. 녀석과 지즈루는 호텔에 묵고 있었어. 크라운 호텔이다."

"나카노지마에 있는?"

"그래."

"흐음. 그런 곳에 있었나."

이시하라는 그 말을 끝으로 아무 말도 하지 않았다. 부하들 역시 마찬가지였다.

어디를 얼마나 달렸는지 알 수 없는 채 차가 정지했다. 문을 열고 이시하라와 부하들이 내린다.

"내려." 장신 남자가 다쿠미의 목덜미를 붙잡았다.

무슨 공장이나 창고 부지인 듯했다. 인기척은 전혀 없었다. 빛이 아주 적어 발밑조차 제대로 보이지 않았다. 다쿠미는 그들이 이끄는 대로 걸었다. 흐릿하게 벽이 보였다. 왠지 그 너머는 바다라는 느낌이 들었다.

건물 안으로 들어가 계단을 올랐다. 오랫동안 사용하지 않았는지 온통 먼지투성이였다.

계단 위에는 작은 사무실이 있었다. 사무실이라 해도 회의탁자나 의자가 몇 개 있을 뿐이다. 회의탁자에는 전화기와 녹음기 같은 것이 놓여 있다. 재떨이가 세 개 있는데 모두 꽁초로 가득했다.

다쿠미는 수갑을 찬 채 파이프 의자에 앉혀졌다. 이시하라도 앉았다. 장신 남자와 스카이라인을 운전한 민눈썹의 젊은 남자는 서 있었다.

전화벨이 울렸다. 민눈썹 남자가 수화기를 들고 약간 대화를 한 뒤 이시하라에게 내밀었다.

"나다. 여자는 어떻게 됐지? ……그래. 그놈들은? ……알았다. 너희는 이쪽으로 돌아와. ……그래, 괜찮아." 이시하라가 전화를 끊고는 다쿠미를 보았다.

"형씨 친구들의 습격 작전은 실패했다는군. 아깝게 됐어."

"지즈루는?"

"걱정하지 마. 금방 만나게 될 테니."

다케미 일행은 지즈루를 되찾지 못한 모양이다.

다시 전화벨이 울렸다. 이번에는 이시하라가 직접 받았다.

"나다. ……그래, 들었어. 그쪽은 어때? ……흠, 별수 없지. 일단 놈들 아파트로 가봐. 뭐, 헛수고겠지만. ……그래, 그렇게 해."

이시하라는 수화기를 내려놓은 뒤 담배를 꺼냈다. 민눈썹 남자가 불을 붙여주려 했지만 손으로 제지하고는 자신의 라이터를 썼다.

"다케미와 제시는 놓친 모양이군." 다쿠미가 말했다.

"놓쳐도 상관없어. 연락이 안 돼 곤란한 건 그쪽도 마찬가지일 테니까. 더불어 이쪽에는 카드가 더 늘었고."

민눈썹 남자가 푸훗 하고 웃자, 이시하라가 노려보았다.

"오카베는 넘기도록 하지. 뭐가 어떻게 됐는지 잘 모르겠지만 내가 이야기를 하겠어."

"당연히 그렇게 해야지." 이시하라가 민눈썹 남자를 올려다보았다. "소에몬초의 술집에 전화를 걸어. 봄버라고 했던가."

전화가 연결되자 민눈썹 남자가 수화기를 이시하라에게 건넸다.

"아, 여보세요. 아직 영업중이라 다행이군. 밤늦게 미안한데 다케미 씨의 어머님 되시죠? 이시하라라고 합니다. 그래요, 이시하라 유지로의 이시하라." 말하며 다쿠미를 힐끗힐끗 본다. "따님에게 연락이 오면 지금 알려드리는 전화번호를 전해주면 좋겠군요. ……그렇게 말하면 알 겁니다." 그는 일곱 자리 번호를 남긴 뒤 그럼 잘 부탁한다고 말하고는 전화를 끊었다. "이제 기다릴 일만 남았군."

"다케미가 연락할 거라는 보장은 없어. 경찰에 갔을지도 모르고."

"그 오사카 아가씨는 그런 짓 안 해. 세상의 이치를 다 안다는 듯한 얼굴이었으니까. 게다가……" 담배연기를 길게 뿜었다. "만에 하나 경찰이 움직인다 해도 우리는 전혀 상관없어. 너와 여자친구를 돌려보내면 될 뿐이니까. 대신 오카베도 정체를 드러낼 수밖에 없지. 하지만 오카베는 경찰에는 아무 말도 하지 않을 거야. 결국 이 일은 아무 일도 아니었다는 결론이 내려지고, 경찰도 손을 떼겠지. 그런 다음 우리는 다시 오카베를 받아가면 돼. 그뿐이야."

"경찰이 그리 순순히 손을 뗄까?"

"그렇고말고. 세상의 이치란 그런 법이거든." 이시하라가 의미심장한 미소를 지었다.

뒤에서 뭔가 큰 힘이 움직이고 있음을 다쿠미도 느꼈다.

"오카베란 녀석이 대체 무슨 짓을 한 거야?"

"듣지 못했나?"

"그 자식, 아무 말도 하지 않아. 알아낸 거라곤 내 여자를 가로챘다는 것뿐."

농담으로 한 말이 아니었지만 세 사람이 크게 웃었다. 이번에는 이시하라도 부하들을 제지하지 않았다.

"형씨도 참 재미있는 사람이군. 난 형씨가 마음에 들어. 근성도 있고 터프해. 댁 같은 남자가 아무 일도 하지 않고 빈둥거리는 건 이 나라의 손실이라는 생각이 드는데."

"뭐야, 갑자기."

"정말로 그렇게 생각해서 하는 말이야. 진심으로 하는 말이니 이 일이 정리되면 진지하게 일하도록 해. 인간은 성실한 게 최고거든."

"당신에게 그런 말 듣고 싶지 않아."

"뭐, 그것도 오사카 아가씨가 순순히 오카베를 넘겨줬을 때의 이야기지만 말이지. 또 이상한 짓을 하면 우리도 참지 않아." 이시하라의 눈에 냉혹한 빛이 감돌았다. "일이 무난히 잘 해결되기를 서로 바라자고."

"나는 아무것도 모르는 채로는 물러서지 않아. 이렇게 된 이상 끝까지 가겠어."

"아직도 기세등등하시군." 이시하라가 쓴웃음을 지었다. "아무것도 모르는 편이 좋아. 그게 형씨를 위한 일이거든. 아무것도 모르는 인간이 결국 오래 사는 법이야. 이 세상은 바보가 제일 강하지."

다쿠미는 파이프 의자에서 몸을 일으키려 했지만, 장신 남자가 재빨리 앞을 가로막았다.

"바보라는 말에 흥분하셨나. 그럼 딱 하나만 가르쳐주지." 이시하라는 재떨이가 아니라 탁자 위에 담뱃불을 비벼 껐다. 의자에 앉아 다리를 꼰다. "나도 이번 일에 관해 많은 걸 알고 있지는 않아. 여기 있는 두 녀석은 거의 아무것도 모르고. 그저 부탁받은 일을 할 뿐이 거든. 그렇다고 불만은 없어. 인간이란 중요한 걸 한두 가지만 파악하고 있으면 나머지는 바보여도 상관없는 법이니까."

다쿠미는 상대를 노려보며 오카베가 한 말을 떠올렸다. 그 남자도 같은 말을 했다.

아래쪽에서 무슨 소리가 들렸다. 장신 남자가 바로 사무실 밖으로 나갔다.

"여자친구가 돌아온 모양이야. 그 아가씨도 참 끈질겨. 단순한 협박 정도로는 입을 열지 않더군." 이시하라가 말했다.

"무슨 짓을 했지?"

"별다른 짓은 하지 않았어. 아까 봤겠지만 얼굴에 상처는 없잖아. 걱정할 것 같아 알려주는데, 그쪽에도 손대지 않았어. 뭐, 형씨 입장에서는 이미 오카베에게 손이 탔을 테니 똑같을지도 모르지만."

"그 말을 믿도록 하지."

"그래도 형씨가 전화를 하지 않았다면 어떻게 됐을지는 몰라. 아무리 입이 무거운 여자라도 반드시 입을 열게 만드는 방법이 있거든. 그걸 사용했을지도 몰라. 알고 있나? 형광등을 쓰는 건데."

"형광등?"

"그곳에 쑤셔 넣는 거야. 그리고 아랫배를 있는 힘껏 걷어차면 안에서 형광등이 깨지지. 지옥의 고통이라고 하더군. 우리 남자는 모르는 고통."

다쿠미가 신음했다. 화가 머리끝까지 치밀어 말이 나오지 않았다.

계단을 올라오는 소리가 들리더니 문이 열렸다. 장신 남자가 들어왔다.

"여자는 어떻게 할까요?"

"옆방에 넣어둬. 보초도 제대로 세워두고."

"알겠습니다."

"잠깐만. 지즈루와 이야기를 하게 해줘." 다쿠미가 말했다.

이시하라가 진절머리가 난다는 듯이 얼굴을 찡그렸다.

"한심한 짓은 그만둬. 게다가 이 일이 해결되면 이야기 같은 건 얼마든지 나눌 수 있잖아."

"지금밖에 할 수 없는 이야기가 있어. 게다가 이 일이 끝나면 더는 나와 만나지 않을지도 모르고."

"오호, 이제야 간신히 저 여자를 포기할 마음이 들었나."

야유에도 입술을 질끈 깨물며 참았다. 동시에 이시하라의 말처럼 포기하는 마음이 커졌음을 자각했다. 실은 훨씬 전부터 알고 있었지만 진실에서 눈을 돌렸던 것이다.

이시하라는 잠시 무언가를 생각하고 고개를 끄덕였다.

"좋아. 딱 십 분이다. 그거면 되겠지?" 다쿠미가 고개를 끄덕이는 것을 보고 장신 남자의 귀에 뭐라고 속삭였다.

다쿠미는 장신 남자에 의해 옆방으로 끌려갔다. 다다미 여섯 장 정도 크기의 아무것도 없는 방이었다. 작은 환기구가 있을 뿐 창도 없다. 천장에 전구 하나가 매달려 있었다. 먼지투성이 바닥에는 무언가를 질질 끈 듯한 흔적이 있었다. 지즈루가 고통으로 뒹굴었을지 모른다고 생각하니 분노와 슬픔이 증폭했다.

잠시 기다리고 있으니 문밖에서 인기척이 났다. 곧 문이 열리고 떠밀리듯 지즈루가 들어왔다. 그녀도 손을 앞으로 해서 수갑이 채워져 있었다. 후드 달린 트레이닝복에 청바지 차림은 전당포 앞에서 납치되었을 때 그대로다.

"지즈루……." 다쿠미가 말했다.

지즈루는 벽에 기대더니 그대로 쓰러지듯 주저앉았다. 다쿠미의 얼굴을 보려고도 하지 않았다.

"지즈루, 괜찮아?"

그녀는 입술을 핥았지만 아무 말 없이 고개만 살짝 까닥였다.

"내 얼굴을 봐. 무슨 말이든 해. 십 분밖에 없어."

그러자 숨을 고르는지 가슴을 몇 번 들썩이더니 간신히 뭐라고 말했다. 그러나 그 말은 다쿠미의 귀에 들리지 않았다.

"뭐라고?" 지즈루 옆에 서서 허리를 굽혔다.

"미안." 그녀는 그렇게 중얼거렸다.

"사과받자고 한 말이 아냐." 그가 벽을 발로 찼다. "대체 무슨 일인지 설명해줘. 왜 그딴 놈과 사라진 거야? 왜 이런 꼴을 당해야 하는 거냐고?"

지즈루가 겁먹은 듯이 몸을 웅크렸다. 양 무릎을 감싸고 "미안해" 하며 다시 사과했다.

"다쿠미에게 폐를 끼칠 생각은 없었어. 설마 일이 이렇게 될 줄은 몰랐으니까."

"사과는 됐다고 했잖아. 설명해줘. 뭐가 뭔지. 대체 무슨 일인지 영문을 모르겠다고." 좁은 방 안에 목소리가 울렸다. "오카베라는 녀석은 정체가 뭐야? 왜 쫓기는 거지? 게다가 왜 네가 그 일에 휘말려야 하는 거냐고."

지즈루는 대답하지 않았다. 감싸 안은 양 무릎 사이로 얼굴을 파묻었다. 다쿠미의 말을 듣고 싶지 않다는 듯이 보이기도 했다.

"지즈루, 왜 아무 말도 안 하는 거야? 다른 남자에게 잠깐 마음이 흔들렸는지 모르겠지만, 이건 말이 안 되잖아. 하다못해 내가 납득할 수 있게 뭐라고 변명이라도 해봐."

암만 귓가에 외쳐도 고개를 들려고 하지 않았다. 다쿠미가 벽을 차고 발을 굴렀지만 아무런 효과도 없었다.

이윽고 문이 열리더니 민눈썹 남자가 얼굴을 내밀었다. "십 분 지났어."

다쿠미는 한숨을 내쉬고 다시 지즈루를 내려다보았다. "대체 무슨 일이냐고……."

민눈썹 남자가 팔을 잡아당겼다. 그제야 지즈루가 입을 열었다.

"안심해, 다쿠미. 나, 다쿠미만은 반드시 구해낼 거야."

"지즈루……."

"시간 다 지났다고." 다쿠미는 민눈썹 남자에게 이끌려 방에서 나왔다.

옆 사무실로 돌아와서 다시 아까 의자에 앉혀졌다.

"어때, 납득이 됐나? 얼굴을 보아하니 기대하던 결과는 얻지 못한 모양이군." 이시하라가 말했다. "너무 풀 죽지 마. 여자는 얼마든지 있잖아."

뭐라고 쏘아줄 요량으로 다쿠미가 고개를 든 순간 탁자 위 전화벨이 울렸다. 민눈썹 남자가 수화기를 들었다. "네"라고 낮게 말한 후 얼굴이 굳었다.

"흑인과 함께 있던 여자입니다." 송화구를 손으로 가리고 이시하라에게 말했다.

"드디어 기다리던 분이 납셨군." 이시하라가 한쪽 뺨만 실룩거리며 웃고는 수화기로 손을 뻗었다.

33

"이시하라다. 언니, 배짱 두둑하던걸. 흑인 남자친구는 무슨 체급인가. ……주니어헤비급이었나. 그러면 이길 수가 없지. 살살 좀 부탁하지. 우리 애들은 비실거려서 말이야. 그런데 이제 어쩔 건가. ……응? 그래, 알았어. ……걱정 안 해도 돼. 아사쿠사의 형씨도 얌전히 있으니까." 이시하라는 상냥하게도 들리는 말투로 말하고는 미소 띤 얼굴로 수화기를 다쿠미 쪽으로 가져왔다.

"잘 말해둬. 우리 역시 험한 짓은 하고 싶지 않으니까."

수갑이 풀려 손이 자유로워진 다쿠미는 수화기를 받아들자마자 소리 질렀다. "야, 대체 무슨 짓이야!"

"소리 지르지 마." 옆에서 이시하라가 얼굴을 찡그렸다. 이어폰을 귀에 꽂고 있었다. 전화기 뒤쪽과 연결되어 있고 게다가 녹음기 같은 것도 돌아가고 있었다.

"어쩔 수 없었어. 어떡해서든 지즈루를 되찾고 싶었거든."

"오카베를 데려오면 됐잖아."

"없더라고."

"없어? 오카베가?"

"제시가 화장실 다녀온 사이에 사라졌나 봐."

"사라졌어? 도키오는?"

"도키오도 함께 사라졌어."

"뭐? 무슨 소리야? 왜 그 녀석도 사라졌는데?"

"나한테 물어봐야 나도 몰라. 오카베가 없으니 지즈루를 돌려받을 수가 없잖아. 그래서 제시와 이야기해서 일단 힘으로라도 되찾으려 한 거야."

"왜 내게 먼저 말 안 했어?"

"말할 틈이 없었잖아. 너는 이시하라 아저씨랑 같이 있었으니까."

아저씨라는 말 때문인지 옆에서 이시하라가 쓴웃음을 지었다.

"무모한 짓을 했군. 지즈루를 되찾기나 했다면 다행이지만 결국 그러지도 못했잖아."

"패거리가 그렇게 많이 숨어 있을 줄은 몰랐거든. 내 생각에 놈들은 지즈루를 돌려줄 마음 따위는 없었던 것 같아. 우리가 오카베를 돌려주면 그대로 지즈루를 데리고 갈 속셈이었을 거야. 더러운 놈들이라고."

"야, 뭐든 다 말하지 마."

"이 전화, 그놈들도 듣고 있지? 그런 건 나도 알아. 아니까 하는 말이야. 정말로 근성이 썩어빠진 놈들이라고."

이시하라가 입을 크게 벌리고 소리가 나지 않게 웃었다.

"너도 나름대로 아수라장을 헤쳐 나왔잖아. 놈들이 보통이 아니라는 정도는 알고 있었으면서 실수하다니."

"실수는 무슨. 둔한 건 너잖아. 뭐가 전직 권투선수야. 간단히 얻어맞고 붙잡히다니 한심한 녀석."

다쿠미가 반박하지 못한 채 수화기를 잡은 손에 힘을 주자 옆에서 이시하라가 수화기를 낚아챘다.

"언니, 나야. 근성이 썩어빠진 이시하라. 언니의 위세가 좋은 건잘 알았으니 건설적인 이야기를 좀 나눠주지 않겠어? 우리도 시간이 별로 많지 않거든." 그렇게 말하고는 수화기를 다시 다쿠미에게 넘겼다.

"그래서 어쩔 생각인데?" 다쿠미가 물었다.

"어쩌고 자시고. 어디로 갔는지 알아야 뭘 하지."

"넌 어디 있는데?"

"너, 바보야? 그걸 이 전화로 말할 수 있겠어?"

그 말도 지당했다. 다케미와 제시도 도망중이다.

"일단 도키오가 들를 만한 곳을 찾아볼 수밖에 없을 것 같아."

"그런 곳 따윈 없어. 우리는 오사카에 막 왔을 뿐이니까."

"그랬지……."

만약 그런 장소가 있다고 한들 지금 입 밖으로 꺼낼 수는 없었다.

이시하라가 먼저 가서 대기할 것이 뻔하기 때문이다.

"다케미, 십 분 후에 다시 한 번 전화를 줘. 그때까지 이야기를 정리해둘게."

"이야기를 정리하다니, 어떻게?"

"됐으니 내 말대로 해. 알았지?"

"알긴 알았는데⋯⋯." 다쿠미는 그녀가 거기까지 말하는 것을 듣고 전화를 끊었다.

이시하라가 귀에서 이어폰을 뺐다. "뭐 좋은 아이디어라도 떠올랐나?"

"그런 건 없어."

"그럼 어쩔 생각이지?"

"방금 들었으니 알겠지만, 아무래도 파트너가 오카베를 데리고 사라진 것 같아. 이유는 나도 전혀 모르겠어. 다만 우리가 댁을 함정에 빠뜨리려 한 게 아니라는 점만은 알아줬으면 해."

"그런 거 알아봤자 아무 이득도 없지만 말이지."

"내가 찾아내겠어. 찾아서 반드시 여기로 끌고 올게. 그럼 되지?"

"짐작 가는 바라도 있나?"

"그런 건 없지만, 파트너에 대한 건 내가 제일 잘 알아. 그 녀석을 찾아낼 수 있는 건 나밖에 없어."

"하핫." 이시하라가 코웃음을 쳤다. "찾지 못하면 어쩔 건데?"

"찾아내겠다고 말했잖아."

"형씨, 나는 찾지 못하면 어쩔 거냐고 물었어."

이시하라가 의자에 앉아 양발을 탁자 위에 올렸다. 그대로 몸을 몇 번인가 앞뒤로 흔들었다. 의자에서 삐걱대는 소리가 났다.

"야, 지금 몇 시지?" 이시하라가 민눈썹 남자에게 물었다.

"지금, 그게…… 대략 새벽 4시입니다."

"4시라." 이시하라가 고개를 끄덕인 후 다쿠미를 보았다. "혹시 《달려라 메로스》 알아?"

"알아."

"이십사 시간이라고 말하고 싶지만 그렇게는 기다릴 수 없어. 스무 시간 주지. 즉, 오늘 밤 12시까지다. 그때까지 오카베를 찾아내. 찾아내지 못한다면 여자는 포기해야 할 거야. 이미 포기했을 테지만 더 포기하라는 뜻이다. 우리도 이런 곳에서 언제까지고 시간을 죽이고 있을 수는 없거든. 12시가 되면 이곳을 떠나겠다. 여자도 데리고. 그럼 아마도 형씨는 평생 그 여자 얼굴을 다시 볼 일은 없을 거야. 아마도 말이야."

"그때까지 반드시 찾아내겠어." 다쿠미가 단언했다.

"좋아. 다만 나는 메로스를 믿지 않는 편이거든. 형씨를 혼자 보낼 수는 없지. ……이봐." 이시하라가 장신 남자에게 말을 걸었다. "이 형씨를 따라가. 무슨 일이 있어도 떨어지지 말고."

"알겠습니다."

"지금 몇 시 몇 분이지?" 이시하라가 민눈썹 남자에게 물었다.

"4시입니다."

민눈썹 남자가 시계를 보지 않고 대답하는 것을 듣고 이시하라가 옆에 있는 의자를 발로 찼다.

"귀 없냐. 몇 시 몇 분이냐고 물었다."

"아…… 그러니까 4시 8분입니다. 아, 방금 9분이 됐습니다."

"그럼 앞으로 열아홉 시간과 오십일 분이다." 이시하라가 다쿠미에게 말했다. "서두르는 편이 좋아. 오사카 언니에게 전화가 오면 내가 대신 이야기해두지."

"그 두 사람에게는 앞으로 손대지 마. 관계없는 녀석들이다."

"그런 건 나도 알아. 형씨만 잘해주면 모든 일이 원만히 마무리 될 거야." 이시하라가 씨익 웃었다.

건물을 나올 때 다쿠미는 눈가리개를 당했다. 이곳이 알려지기 싫기 때문일 것이다. 장신 남자에게 등을 떠밀리듯이 걸었다. 어디에선가 좋은 냄새가 났다. 쿠키 냄새다. 배가 고팠다. 그러고 보니 아무것도 먹지 못했다.

차에 태워져 잠시 달렸다. 장신 남자는 옆에 있었다. 운전하는 사람은 민눈썹 남자일 것이다. 두 사람 다 말이 없었다.

"배가 고파. 일단 뭐라도 먹고 싶은데." 다쿠미가 한번 말해보았지만, 누구에게서도 대답은 돌아오지 않았다.

차가 멈추고 눈가리개가 풀렸다. 본 적 있는 장소다. 차에 태워진 곳, 미도스지였다.

"그럼 연락을 기다리겠습니다." 민눈썹 남자가 말했다.

"그래, 두 시간마다 연락하지." 장신 남자가 대답했다.

차에서 내린 다쿠미는 크게 기지개를 켰다. 공기에서 자동차 배기

가스 냄새가 났다. 곧 해가 밝으려 하는데 길에는 아직도 술 취한 사람들이 보였다.

"이제 어디로 갈 생각이지?"

"글쎄." 턱을 쓰다듬었다. 수염이 자라 까칠까칠했다. "그전에 당신 이름을 알려줘. 이름이 없으면 부를 때 불편하다고."

"내 이름 따윈 뭐든 상관없어."

"상관없으면 가르쳐줘도 되겠네. 아니면 아무개라고 부를까?"

장신 남자가 다쿠미를 물끄러미 내려다본 뒤 '히요시'라고 부르라고 했다.

"게이오 대학이 있는 그 히요시?"

"그래."

"흐음." 어차피 가명일 거라는 생각이 들었다. 히요시에 아는 사람이라도 살고 있겠지.

히요시가 손목시계를 보았다. "빨리 움직이는 게 좋을걸. 시간은 계속 가고 있으니까." 억양 없는 말투였다.

"나도 알아." 다쿠미가 한 손을 들었다. 바로 택시가 멈췄다.

목적지는 우에혼마치의 비즈니스호텔이었다. 현재 다쿠미와 도키오의 숙소다. 도키오가 돌아와 있을 거라는 생각은 들지 않지만 어떤 실마리라도 잡을 수 있을지 모른다.

그러나 예상은 나쁜 쪽으로 적중했다. 도키오가 돌아온 흔적은 없었다. 원래 그는 짐이라는 것 자체가 없으니 이곳으로 돌아올 이유가 없다.

"왜 그래, 벌써 막다른 길인가?" 호텔을 나오자 히요시가 차가운 목소리로 물었다.

"시끄러우니 잠시 닥치고 있어." 다쿠미는 가드레일에 앉아 주머니를 뒤졌다. 아무것도 들어 있지 않다는 사실을 깨닫고는 히요시를 올려다보았다. "이봐, 담배 없어?"

히요시는 잠자코 세븐스타 담뱃갑을 꺼냈다. 다쿠미는 고맙다는 손짓을 하고는 한 개비를 뽑았다. 입에 무니 히요시가 손을 뻗어 라이터로 불을 붙여주었다. 다쿠미가 고맙다고 감사인사를 했다.

히요시가 손목시계를 보았다. 정기 연락 시간을 확인했을 것이다.

"당신도 전직 권투선수지?" 다쿠미가 물었다.

히요시는 물끄러미 다쿠미를 볼 뿐 대답하지 않았다. 쓸데없는 말은 하지 않는 습관이 들어 있는 것 같다.

"덩치가 있으니 미들급이나 주니어미들급이려나."

"잡담할 여유가 있나?"

"당신들에 대해 약간이나마 알고 싶을 뿐이야. 내 처지가 돼보라고. 영문도 모른 채 이런 상황에 처한 거잖아."

히요시가 고개를 돌렸다. 흥미가 없다는 태도다. 다쿠미는 한숨과 함께 담배연기를 내뿜었다.

도키오는 왜 갑자기 오카베를 데리고 사라졌을까. 도망친 오카베를 뒤쫓은 것 같지는 않다. 그렇다면 어떤 식으로든 연락이 있었으리라. 화장실에 간 제시가 아무런 낌새도 느끼지 못했다고 했다. 도키오가 제 발로 오카베를 데리고 나갔다고 생각할 수밖에 없다.

이유가 어찌 됐든 도키오는 오카베를 데리고 뭘 할 생각일까. 나머지 사람들이 어떤 상황에 놓일지는 잘 알고 있을 것이다. 조만간 연락할 생각일까. 어디로 연락을 할까. 다케미일까, 소에몬초의 봄버일까. 하지만 보나마나 이시하라의 부하들이 이미 양쪽 모두에 눈을 번득이고 있으리라. 쓰루하시의 곱창구이집 또한 마찬가지다. 도키오가 그 사실을 모를 거란 생각은 들지 않았다.

담배가 짧아졌다. 다쿠미는 그것을 밟아 껐다. 동시에 히요시가 그를 본다. 이제 좀 움직이라는 얼굴이다. 한 개비 더 달라고 할 분위기가 아니다.

"생각은 정리됐나?" 여전히 무표정하게 물었다.

"아직 생각중이야."

"그 꼬마랑 죽 함께였잖아. 너희 둘만 아는 장소가 있지 않나."

"그런 건 없어. 못 믿겠지만 그 녀석과 알게 된 지 아직 며칠 안 됐거든."

히요시가 미간을 찌푸리며 의심스럽다는 눈으로 다쿠미를 바라보았다. "그게 사실이냐?"

"사실이야. 게다가 녀석이 어디 사는 누구인지도 잘 몰라."

"무슨 헛소리야."

"거짓말 아니라니까. 아는 거라곤 이름뿐이야. 이름마저도 너희와 마찬가지로 본명인지 아닌지도 모르고."

"도저히 그렇게는 보이지 않았어. 친척이나 가족일 거라고 생각했는데."

이번에는 다쿠미가 히요시를 노려볼 차례였다. "어째서 그렇게 생각했지?"

"별다른 이유는 없다. 계속 너희를 감시하다 보니 그런 생각이 들었을 뿐이야. 처음에는 친구라고 생각했다. 그러나 도중부터 그렇게 보이지 않았어." 거기까지 말한 히요시가 얼굴을 찡그리고 고개를 돌렸다. 너무 많이 말했다고 생각한 모양이다.

"이봐."

"왜?"

"한 개비만 더." 다쿠미가 손가락에 담배를 끼우는 시늉을 했다.

히요시가 어이없다는 표정으로 세븐스타 담뱃갑과 라이터를 다쿠미에게 던졌다. 다쿠미는 기쁜 얼굴로 담뱃갑을 뒤졌지만 세 개비밖에 없었다.

"넌 항상 남에게 담배를 빌리더군." 히요시가 말했다.

"그렇지도 않아."

"아니, 항상 그래. 남에게 신세 지는 습관이 붙어 있는 거겠지. 출신이 뻔해."

이 말에는 다쿠미도 머리에 열이 올랐다. 담배를 버리고 일어섰다. 그래도 히요시의 표정은 거의 변하지 않았다. 입술이 살짝 움직였을 뿐이다. 상당한 자신감이다.

다쿠미는 상대를 노려보았다. 덤벼들 생각이었다. 그런데 그 순간 분노가 갑자기 사라졌다. 완전히 다른 생각이 머릿속에 번쩍였기 때문이다.

출신이 뻔해.

혹시 거기 갔을까.

다쿠미의 뇌리에 만화 《공중 교실》의 한 장면이 떠올랐다. 도키오는 그 그림에 의지해 쓰메즈카 무사오가 살던 곳을 찾으려 했다. 쓰메즈카가 다쿠미의 아버지라고 믿는 듯했다. 그리고 지즈루가 납치되기 직전에 그 집을 찾았다고도 말했다. 지즈루가 무사히 돌아오면 그 집에 가자고 부탁도 했다. 그곳에 산증인이 있다고.

다쿠미는 틀림없다고 확신했다. 도키오는 그 집으로 다쿠미를 오게 하려는 것이다. 그는 다쿠미가 이시하라에게 붙잡혔다는 사실을 모른다. 오카베를 데리고 사라지면 다쿠미가 필사적으로 자신을 찾을 거라고 생각한 것이다. 그럼 반드시 그 집으로 올 거라고 예상했으리라. 왜 그렇게 강경한 수단을 택했는지 모르겠다. 오카베를 건네고 지즈루를 되찾으면 함께 가겠다고 약속했는데 말이다.

"뭐 떠오른 거라도 있어?" 히요시도 다쿠미의 표정에서 무언가 읽은 모양이다.

이 남자가 문제였다. 도키오는 다쿠미가 혼자서 올 거라고 생각했을 터다. 오카베를 어떤 식으로 잡아두는지는 알 수 없지만 아마도 함께 있을 것이다. 그런 곳에 이 남자를 데리고 가면 오카베를 그 자리에서 빼앗길지도 모른다. 그러나 시간은 없다. 죽이 되든 밥이 되든 승부를 걸 수밖에 없다.

"아까 숙소로 돌아가자." 다쿠미가 말했다.

"그 낡아빠진 비즈니스호텔 말인가. 거긴 아무것도 없었을 텐데."

"잠깐 쉴 생각이다. 어차피 이렇게 이른 시간에는 움직일 도리가 없어. 깨 있어 봐야 배만 고플 뿐이고."

"그다음에는 어쩔 생각이지? 뭔가 짐작 가는 게 있는 모양인데."

"지금은 말할 수 없어. 너희가 앞질러 갈 수도 있으니까."

"너무 건방 떨지 않는 편이 좋아. 하지만 오카베를 찾아낼 수단이 있는 거라면 더 할 말은 없다. 다만 그 전에 연락을 좀 해야겠군."

히요시는 이시하라에게 전화를 거는 동안 다쿠미를 전화박스 옆 교통표지판 기둥에 수갑으로 결박해놓았다. 개가 된 것 같다고 중얼거리며 아직 사람이 다니지 않는 시간대라는 사실에 감사했다.

비즈니스호텔로 돌아온 다쿠미는 대자로 누웠다. 히요시는 벽에 등을 기대고 앉았다.

"안 잘 거야? 조금이라도 쉬어두는 게 좋을 텐데."

"지금 남을 걱정하고 있을 땐가?"

"아니 뭐, 좋을 대로 해."

다쿠미는 히요시에게서 등을 돌렸다. 실제로 상당히 피곤했다. 그러나 정말 잠들 수는 없었다.

그러다가 결국 꾸벅꾸벅 조는데 갑자기 오른손에 압박감이 느껴졌다. 깜짝 놀라 돌아보니 히요시가 수갑을 채우고 있었다.

"뭐야, 사람 자는데."

"만일을 위해서다."

결국 다쿠미는 등 뒤로 수갑이 채워졌고, 다리도 끈으로 묶였다. 마지막에는 재갈까지 물렸다. 그렇게까지 한 후에야 히요시가 방에서 나갔다. 화장실에 간 모양이다.

다쿠미는 애벌레 같은 자세로 몸을 일으켜서는 자기 가방을 뒤졌다. 몸을 돌린 채 하는 작업이라 좀처럼 잘 되지 않았다. 그래도 간신히 목적한 물건을 찾을 수 있었다.

하쿠류의 데쓰오에게 받은 오래된 지도책이다.

'이쿠노 구라고 했지. 이쿠노 구 어디였더라. 다카…… 다카 뭐라고 했는데.'

기억나지 않았지만, 이쿠노 구 페이지를 찾아 겨우겨우 찢어냈다. 지도책은 도로 가방 안에 넣고, 찢은 페이지는 접어서 바지주머니에 숨겼다.

원래 자세로 돌아갔을 때 문이 열리고 히요시가 돌아왔다. 다쿠미를 물끄러미 노려본 다음 수갑과 끈을 풀더니 원래 장소로 가서 앉았다.

"이봐, 배 안 고파? 너도 한동안 아무것도 안 먹었을 거 아냐?"

다쿠미의 말에 히요시는 대답하지 않았다. 팔짱을 낀 채 벽을 보고 있다.

"〈레드 선〉이라는 영화 알아? 미후네 도시로와 찰스 브론슨과 알랭 드롱이 나오는 영화야. 서부극인데, 드롱은 열차강도인 거지. 그래서 일본에서 온 특사의 보물을 훔치는 거야. 대통령에게 헌상하기 위한 칼을. 브론슨은 드롱의 동료였다는 이유로 드롱이 있는 곳으로 안내해달라며 일본 사무라이와 행동을 함께하게 돼. 그 사무라이가 미후네 도시로야. 어때, 나와 댁의 관계 같지 않아?" 다쿠미는 이어 말했다. "여행 도중에 브론슨이 사무라이에게 물어. 이봐, 배고프지 않아? 사무라이가 뭐라고 대답했을 것 같아?"

"무사는 굶어죽어도 이를 쑤신다."

"뭐?"

"사무라이는 배가 고파도 내색하지 않는다. 그렇게 대답했겠지."

"뭐야, 알고 있었어?"

"모르지만 상상은 간다." 히요시가 손목시계를 보았다. "그만 일어나지. 오늘 안에 오카베를 찾을 생각이 있기는 한 거야?"

"물론이지. 그럼 슬슬 일어날까." 자리에서 일어나 크게 기지개를 켰다. "그 전에 나도 화장실."

당연히 히요시도 따라왔다. 다쿠미는 화장실 문 앞에서 "큰 거거든" 하고 말했다. "말해두지만 내 건 냄새가 지독해."

"빨리 보고 나와."

화장실 안으로 들어가 바지를 내리고 아까 챙긴 지도를 펼쳤다. 집중해서 작은 글자들을 확인했다. 눈에 들어오는 글자가 있었다. 다카에다. 기억났다.

쪼그려 앉아 있으니 실제로 느낌이 왔다. 천천히 시간을 들여 볼일을 본 후 화장실을 나왔다. 히요시는 아직 입구에 서 있었다.

"냄새가 심해 미안하군."

"빨리 준비해." 정말로 불쾌한 듯한 얼굴이다.

밖으로 나오니 차량의 흐름이 늘어 있었다. 세상은 이미 움직이기 시작했다.

히요시가 다시 전화를 걸었다. 아까와 마찬가지로 다쿠미는 교통
표지판 기둥에 묶였다. 어째서 공중전화 옆에는 반드시 표지판이 세
워져 있는지 원망스러웠다. 이번에는 통행인도 많다. 수갑이 안 보
이게 가리는 것이 보통 일이 아니었다.

"너도 참 성실하게 전화를 거는군. 할 이야기 같은 건 전혀 없을
텐데." 전화박스에서 나온 히요시에게 말했다.

"만약 내게서 연락이 없으면 보스는 네가 이상한 짓을 했다고 판
단하게 된다. 그렇게 되면 곤란해지는 건 너야."

"그건 그래."

역으로 향했다. 다쿠미는 히요시를 어떻게 떼어낼지 생각했지만
좋은 방법은 떠오르지 않았다. 주먹으로 해결하려 해도 손쉽게 피할
것이다. 갑자기 뛰어 도망쳐도 떨쳐낼 수 있다는 보장은 없다. 권투
선수는 뛰는 것도 일이다. 자신이 먼저 지칠 것이다. 게다가 무사히
도망쳐도 지즈루를 위험에 빠지게 할 뿐이다.

매표소 앞에 섰다.

"택시를 타지 않는 거냐?"

"타고 싶은 마음은 굴뚝같지만 행선지를 뭐라고 말해야 좋을지
모르거든. 조금 사연이 있는 곳이라."

이 말은 사실이다. 다카에라는 지명은 현재 존재하지 않는다. 노
련한 기사라면 알지도 모르지만 그렇지 않을 경우에는 문제가 생길
수 있다. 역에서 가는 길은 아까 화장실에서 머릿속에 입력했다.

"어디로 갈 생각이지?"

"그건 아직 말 못 해."

이마자토 역까지 표를 끊었다. 우에혼마치에서 단 두 정거장이다.

일반열차를 타고 이마자토 역에서 내렸다. 출근이나 등교하는 사람들로 역이 붐볐다. 역 앞 상점가를 지나 넓은 도로를 앞에 두고 왼쪽으로 꺾었다. 지도를 꺼내고 싶지만 히요시에게는 보이기 싫었다.

이래저래 십 분 정도 걸은 다음 일단 멈춰 섰다. 버스 정류장 이름에 익숙한 글자가 적혀 있었다. 오래된 지도에 따르면 이 주변부터가 다카에라는 마을이었을 것이다.

이곳 어딘가에 《공중 교실》에 묘사된 장소가 있다. 게다가 도키오말에 따르면 다쿠미가 태어난 집도 있으리라. 그리고 다쿠미의 추리가 맞다면 도키오는 바로 그곳에 오카베와 함께 숨어 있을 것이다.

"왜 그러지? 뭘 멍하니 서 있어?" 히요시가 초조한 듯이 말했다.

"중요한 건 지금부터야. 이제부터 믿을 건 내 감뿐이다." 다쿠미가
말했다.

"뭐? 무슨 말이야?"

"하나하나 걸어 다니며 찾을 수밖에 없다는 뜻이야. 그 표시는 나밖에 몰라."

다쿠미가 발걸음을 옮기려는데 히요시가 어깨를 붙잡았다.

"그 표시가 뭔지 말해주실까. 사람을 부르면 찾는 것도 금방이야."

다쿠미가 히요시의 손을 뿌리쳤다.

"너희가 먼저 발견한다면 나한테 이득될 게 없거든. 그리고 표시라 해도 말로 설명할 수 있는 게 아냐. 나도 어렴풋이 기억하고 있을

뿐이니까."

히요시가 미간을 찡그렸다. 다쿠미는 빙글 몸을 돌리고는 다시 발걸음을 옮겼다.

실제로는 거의 기억하지 못했다. 힐끗 본 만화 속 한 페이지의 그림에 불과했다. 확실하게 기억에 남은 것이라고는 전신주 정도인데, 그런 것은 어디에나 있다.

다쿠미는 묵묵히 계속 걸었다. 어디를 걸어도 비슷비슷한 마을 풍경이었다. 그 만화책만 있다면 하고 생각했다. 그럼 동네 주민에게 어디인지 물을 수 있었을 것이다. 그 책을 팔았을 때 도키오가 크게 화낸 이유를 새삼 깨달았다.

순식간에 시간이 흘렀다. 히요시는 몇 번인가 이시하라에게 연락했다. 전화를 거는 히요시의 모습에서 이시하라가 짜증을 내고 있다는 사실을 알았다.

"대체 언제까지 이런 짓을 할 셈이야? 아까부터 같은 동네를 대체 몇십 번이나 돌았다고 생각하나? 정말로 찾을 생각이 있기는 한 거야?" 참다못한 히요시가 말했다.

"나도 필사적이야. 하지만 보이지를 않으니 어쩔 수가 없잖아."

다쿠미도 이렇게나 애먹을 줄은 생각도 못 했다. 여기 오면 어떻게든 될 거라는 느낌이 들었다. 그러나 생각해보니 단 한 장의 그림을 본 기억으로 집을 찾는다는 것은 정말 어려운 일이었다.

왜 쉽게 찾을 수 있을 거라 생각했나.

도키오는 찾았기 때문이다. 다쿠미보다 열심히 만화를 보았기 때문에 더 선명하게 그림을 기억하고 있었을까? 그런 이유도 있을지 모르지만 그것 때문만은 아닐 것이다.

더는 배도 고프지 않았다. 충분하다고 생각한 시간이 계속해서 줄고 있다. 많이 걸어서라기보다는 초조해져서 땀이 배어 나왔다.

"연락할 시간이다." 히요시가 그렇게 말하고 공중전화로 다가갔다. 이제는 다쿠미의 손에 수갑을 채우려 하지도 않았다. 다쿠미 또한 지금 상황에 도망칠 마음은 없었다.

히요시가 전화를 거는 동안 다쿠미는 땅에 주저앉았다. 다리에 힘이 없었다.

그때 그의 눈에 들어온 것이 있었다. 동네 주민의 주거지를 기록한 지도다. 주민 이름까지 적혀 있다.

'이런 걸 본들 무슨 소용이 있다고.'

그렇게 생각했을 때 '아사오카'라는 이름이 보였다.

34

　전화를 끝내고 돌아온 히요시는 바로 다쿠미의 표정을 알아차린 모양이었다. 경계하듯이 얼굴을 들여다보았다.

　"이봐, 뭔가 알아냈나?"

　다쿠미는 서둘러 고개를 저었다. "아니, 아무것도."

　그러나 연극은 통하지 않았다. 히요시는 날카로운 시선을 주위를 살폈다. 바로 옆의 주거배치도를 알아차리는 데 그다지 오랜 시간은 걸리지 않았다.

　"이건가." 고개를 끄덕인 히요시가 콧김을 내뿜었다. "별것도 아니었군. 콜럼버스의 달걀이라고 할 만큼 발상의 전환도 아니고, 등잔 밑이 어둡다고 할 정도도 아냐. 그저 지도를 보면 알 수 있는 정도의 일이었나." 바보라도 보는 것처럼 다쿠미를 돌아보았다.

"발견됐다고 결정된 건 아냐."

"뭐든 좋아. 어느 집이지?"

"그걸 내가 말할 것 같아?"

"말하지 않을 거면 어서 그 집으로 안내해." 히요시가 다쿠미의 어깨를 붙들었다.

"아프잖아. 지도를 볼 시간 좀 줘."

다쿠미는 지도를 보면서 이 남자를 떨쳐낼 수 없을까 고민했다. 힘으로는 상대가 안 되고, 달리기로도 승산이 없다.

"말해두는데 이상한 생각은 하지 마. 너를 놓치면 내가 위험해져. 목숨 걸고 붙잡을 거야." 뒤에서 히요시가 다쿠미의 마음을 들여다본 것처럼 말했다.

"그런 생각은 안 해." 다쿠미의 겨드랑이에 땀이 배어 나왔다.

포기하고 발걸음을 옮겼다. 그는 다른 생각을 하기 시작했다. 아사오카. 그 글자를 떠올린 것은 오랜만이다. 자신의 진짜 '성'.

'나는 아사오카 다쿠미였다…….'

만화책을 팔았음에도 불구하고 도키오가 집을 찾을 수 있었던 이유를 알아냈다. 도키오도 그 지도를 보았을 것이다. 그러고 보니 다쿠미가 태어난 집을 찾아냈다고 말했다. 산증인이 있다고도 했다. 설마 아사오카 일족이 남아 있을 줄은 꿈에도 생각하지 못했다.

산증인이란 대체 누구일까. 그 집에 다가가는 것이 어째서인지 두려워지기 시작했다.

다쿠미는 발을 멈췄다. 목적하는 집에 가까워진 탓도 있지만 그보다 영감을 자극하는 것이 눈에 들어왔기 때문이다.

"왜 그래? 이 근처인가?" 히요시가 물었다.

다쿠미는 대답하지 않고 물끄러미 전방을 주시했다. 길모퉁이에 서 있는 오래된 전신주. 그 뒤쪽으로 보이는 작고 노후화된 집들. 기억이 있었다. 틀림없이 그 만화에 그려진 풍경이다. 슬쩍 보았을 뿐이지만 머릿속에 그대로 되살아나 지금 보는 광경과 완벽하게 겹쳐졌다. 동시에 그는 가슴 깊은 곳에서 무언가가 급격하게 샘솟는 기분을 느꼈다. 이 마음은 대체 무엇일까. 슬픈 듯도 하고 애절한 듯도 하고 그리운 듯도 한 기분은…….

그런 마음은 있을 수 없다며 애써 지우려 했다. 자신이 여기 있었던 것은 완전히 아기였을 때뿐이다. 아무것도 보았을 리 없고 기억하고 있을 리도 없다. 이상한 기분이 드는 것은 착각에 지나지 않는다. 그렇게 생각하려 했다. 그러나 작은 마을이 뿜어내는 공기가 다쿠미를 과거로 끌고 돌아가는 것 같았다. 자신도 모르는 과거…….

"이봐."

"시끄러워." 다쿠미의 말은 자신도 놀랄 정도로 날카로웠다.

히요시는 뭐라 말하려 했지만 그와 눈이 마주치더니 어째서인지 뒷걸음질 쳤다.

다쿠미의 기분이 서서히 진정되었다. 마을의 공기가 온몸을 완전히 휘감는 듯했지만 전혀 불쾌하지 않았다.

"이 앞이다." 그렇게 말하고 발걸음을 옮겼다.

처마 낮은 집들이 이어졌다. 집 크기가 가늠이 되지 않을 정도로 너비도 좁았다. 군데군데 나무가 썩었다. 어느 집 앞에나 약속한 듯이 칠이 벗어진 세탁기가 놓여 있고, 그중 일부는 도저히 작동하지 않을 것처럼 낡았다.

그런 집들이어도 명패는 제대로 달려 있었다. 아사오카라는 이름은 싸구려 나무 명패에 새겨져 있었다. 다른 집과 마찬가지로 언제 무너질지 모르는 목조 가옥이었다.

"여기인가?"

"파트너가 있을지 없을지는 몰라."

"그래도 어딘가 있다고 한다면 여기라는 거지?"

"……그래."

히요시가 다쿠미를 밀치고 베니어판으로 만들어진 듯한 문을 열려고 했다. 그러나 잠겨 있었다. 히요시가 잠시 손잡이를 돌려본 후 주먹으로 문을 두드렸다. 얇은 문이 부서질 듯했다.

"여기가 아닌가." 다쿠미가 중얼거렸다. 여기가 아니라면 더는 어떤 실마리도 없다.

"잠깐." 난폭하게 문을 두드리던 히요시가 한 걸음 물러섰다.

자물쇠가 열리는 소리가 났다. 다쿠미가 지켜보는 가운데 문이 천천히 열렸다. 야윈 노파가 얼굴을 내밀었다. 그녀는 먼저 히요시를 올려다보고, 이어서 다쿠미를 보았다. 놀란 표정이다.

"무슨 일인가요?" 갈라진 목소리로 노파가 물었다.

"여기 있는 건 할머니뿐인가?"

"그런데."

"정말이야? 여기 사는 건 할머니뿐일지도 모르지만 지금은 안에 다른 사람이 있지?"

"무슨 말도 안 되는 소릴. 아무도 없네."

"그래? 그럼 내가 확인 좀 하지." 말이 끝나자마자 히요시가 문을 힘껏 잡아당겼다. 노파는 문손잡이를 잡고 있었는지 밖으로 비틀거리며 끌려 나왔다. 넘어질 뻔한 것을 다쿠미가 받았다.

"야, 작작 좀 해."

히요시는 대답하지 않았다. 다쿠미와 노파를 무시하고는 집 안으로 들어갔다.

"할머니, 괜찮아요?" 다쿠미가 노파에게 물었다.

그러자 그녀가 작게 중얼거렸다. "와 있어."

"네?"

"안쪽 벽장에 숨어 있어."

그 말을 듣고 사정을 파악했다. 역시 도키오는 여기 있다. 노파는 그 사실을 다쿠미에게 전하려는 것이다.

그는 작게 고개를 끄덕이고는 히요시 뒤를 따랐다. 섬돌을 밟고 올라서면 다다미 넉 장 반 크기의 전통 거실이고, 그곳에 앉은뱅이 밥상이 놓였다. 히요시는 안쪽과 연결되는 장지문을 열려고 했다.

다쿠미는 재빨리 주위를 둘러보았다. 빈 간장 병이 눈에 들어왔다. 그것을 오른손에 들고 히요시에게 가까이 다가갔다.

숨을 멈추고 크게 치켜들었다. 힘을 실어 뒷머리를 내리치려 한 순간, 히요시의 몸이 슬쩍 옆으로 움직였다. 그리고 즉시 다쿠미 쪽으로 돌아섰다. 무표정한 얼굴로 그의 몸이 놀랄 만큼 민첩하게 움직였다.

얼굴에 충격을 느낌과 동시에 다쿠미는 뒤로 날아갔다. 머리와 등에 큰 충격을 느꼈다. 정신을 차리니 섬돌 위였다.

"앗, 다쿠미! 다쿠미, 정신 차려!" 노파가 그의 몸을 일으키려 했다. 이 노파가 어떻게 자신의 이름을 아는지 의아했다.

그런데 그런 것을 생각하고 있을 때가 아니었다. 다쿠미를 가볍게 제압한 히요시는 안쪽 방의 벽장문을 열었다.

누군가가 소리를 지르며 히요시에게 달려들었다. 도키오였다. 물론 대적할 수 있는 상대가 아닌지라 다음 순간에는 벽에 처박혔다. 도키오가 다다미 위에 웅크렸다.

벽장 안에는 오카베도 숨어 있었다. 히요시에게 끌려 나온 그는 양팔이 묶인 채였다. 아마 도키오가 묶었을 것이다.

"오카베 씨, 술래잡기 다음에는 숨바꼭질인가요. 작작 좀 하시죠." 히요시가 차가운 눈빛으로 내려다보았다.

"기다려. 난폭하게 굴지 마."

"그럴 생각은 없습니다. 당신이 얌전히만 있어준다면." 히요시가 오카베의 목덜미를 잡아 일으킨 다음 다쿠미 쪽을 보았다.

"할머니, 전화는 어디 있지?"

"전화는 없어."

"전화가 없다고?" 히요시가 미간을 찌푸리고는 그럴 리 없다는 눈으로 실내를 돌아보았다. 그러나 노파의 말이 거짓말이 아니라는 것은 바로 증명되었다.

히요시가 혀를 차며 오카베의 목덜미를 잡은 채 걷기 시작했다. 신발을 신고 나가려 했다. 다쿠미가 뒤에서 팔을 잡았다.

"기다려. 지즈루와 교환하기로 했잖아."

히요시가 가는 눈으로 물끄러미 노려보았다.

"먼저 이 남자부터 데리고 돌아간다. 여자는 그다음이야."

"뭐야 그게. 사기잖아."

히요시가 엷게 웃으며 다쿠미의 손을 뿌리친 후 그의 복부에 한 방, 허리가 굽혀지자 턱에 또 한 방을 먹였다. 다쿠미는 버티지 못하고 주저앉았다. 말도 나오지 않았다. 입안에 빠르게 피 맛이 퍼졌다. 위에서 치밀어 오른 위액도 피 맛에 섞였다.

히요시는 오카베를 잡아끌며 문을 열었다. 모든 것이 끝났다고 생각한 그때 둔탁한 소리가 나며 히요시의 몸이 다쿠미 쪽으로 날아왔다. 무슨 일이 일어났는지 알 수가 없었다.

출입구 쪽을 보니 덩치 큰 흑인이 힘겹게 안으로 들어오려는 참이었다. 그 뒤에 다케미의 모습도 보였다.

"너희, 어떻게 여기를……."

다쿠미가 물었지만, 제시와 다케미에게 대답할 여유는 없는 듯했다. 재빨리 일어선 히요시가 상의를 벗고 파이팅 포즈를 취했다. 마주 선 제시의 눈은 지금까지 다쿠미에게는 보여준 적 없는 권투선수의 눈으로 바뀌었다.

모두 숨을 죽이고 지켜보는 가운데 히요시가 먼저 움직였다. 잽을 내지르며 간격을 좁힌다. 제시는 상체를 움직이며 주먹을 피했다.

히요시가 원투 스트레이트를 내질렀다. 두 번째 주먹이 제시의 턱을 스쳤다. 히요시가 위에서 아래로 몰아붙였다. 스트레이트가 명중했다는 손맛에 자신감을 얻었는지 제시의 안쪽으로 파고들려 했다.

그 순간 제시가 오른쪽 훅을 질렀다. 히요시는 왼팔로 막았지만 충격으로 몸이 비틀거렸다. 전 주니어헤비급 프로선수는 그 틈을 놓치지 않았다. 묵직한 소리와 함께 왼쪽 스트레이트가 히요시의 얼굴에 꽂혔다.

35

"정말 한심하기는. 계속 얻어맞기만 하고."

입에서 흐르는 피를 손수건으로 닦는 다쿠미를 보고 다케미가 어이없다는 듯이 말했다.

"상대가 강하니 어쩔 수 없지. 그나저나 대체 어떻게 된 거야? 왜 너희가 여기 있는 거냐고."

"한마디로 설명하기는 어려운데." 다케미가 도키오를 보았다.

"아, 맞다. 야, 네가 멋대로 오카베를 데려가서 이야기가 이상하게 됐잖아. 대체 무슨 속셈이야? 설명해." 다쿠미가 도키오의 옷소매를 잡았다.

"그렇게 할 수밖에 없었어."

"그러니까 설명을 하라고."

"도키오 군을 책망하는 건 번지수를 잘못 잡았네." 뒤에서 목소리가 들렸다. 다쿠미가 돌아보니 출입구에 남자가 서 있었다. "도키오 군 덕분에 최악의 사태가 벌어지지 않고 끝난 거니까."

남자가 들어왔다. 빛을 받으니 얼굴이 확실히 보였다. 아는 얼굴이었다.

"앗, 당신은!"

"기억하나 보군."

다카쿠라였다. 다쿠미가 도쿄를 떠나기 전에 긴시초의 스미레에서 만난 손님이다.

"그때 약속하지 않았나. 오카베를 찾으면 바로 연락해달라고. 일부러 전화번호까지 적어서 건넸는데."

"약속 따위 하지 않았어. 당신이 멋대로 그렇게 말했을 뿐이지."

"그래도 이쪽 지시를 따라줬다면 일이 이렇게까지 엉망이 되지는 않았을 텐데."

"당신이 지즈루를 되찾아줬을 거라는 뜻인가."

"좀 더 세련되게 협상할 수 있었단 말일세. 사정을 모르는 자네들이 무턱대고 달려든들 어떻게 할 수 있는 상대가 아냐."

"흥, 그런 말을 믿을 수가 있어야지." 다쿠미는 남자에게서 눈을 돌려 도키오를 보았다. "네가 이 남자에게 전화한 거냐?"

도키오가 입술을 삐죽이고는 눈길을 피했다.

"왜 멋대로 그런 짓을 한 거야?"

"일이 잘될 것 같지 않았으니까."

"대체 뭐가."

"인질 교환 말이야. 오카베만 빼앗긴 채 지즈루 누나는 돌아오지 못할 것 같은 느낌이 들었어. 다쿠미 형도 걱정이었고."

"무슨 소리야. 잘 풀리고 있었어. 네가 방해만 하지 않았어도."

그러나 도키오는 고개를 갸웃하며 "과연 그럴까" 하고 중얼거렸다. 그 모습에 화가 치민 다쿠미가 소리를 지르기 직전 누군가가 숨죽인 채 웃었다. 다카쿠라였다.

"도키오 군 말대로군. 근거 없는 자신감으로 무턱대고 덤비기만 한다더니."

"뭐라고!" 다카쿠라를 노려본 다음 그 시선을 도키오에게 향했다. "야, 그런 말을 했어?"

"자네는 도키오 군 덕에 도움을 받았다고 말했잖나. 몇 번이나 같은 말 하게 하지 말게." 다카쿠라의 얼굴에서 웃음기가 사라졌다. "연락을 받았을 때 실로 위험하다고 생각했네. 도키오 군 말이 맞아. 자네들은 오카베만 빼앗기고 지즈루 씨를 돌려받지 못했을 거야. 그래서 바로 오카베를 데리고 그 자리를 피하라고 지시했네. 나는 신칸센 첫차가 출발할 때까지 움직일 수 없었으니까."

'되찾을 수 있는지 없는지는 해보지 않으면 모르는 거잖아.'

다쿠미는 그렇게 반론하려 했으나 그 전에 다케미가 끼어들었다.

"전화로도 얘기했잖아. 놈들은 주위에 패거리를 잔뜩 숨겨두었어. 우리가 오카베를 데리고 가면 힘으로 빼앗을 생각이었던 거야. 지즈루와 교환할 생각은 처음부터 없었다고."

그 말을 들으니 반박할 말이 없었다. 다쿠미는 신음했다.

"그건 그렇고 여기를 찾아온 것은 대단했어. 도키오 군에게 어딘가 자네들만 아는 장소는 없느냐고 물었더니 이 집을 알려주더군. 적 입장에서는 자네에게 도키오 군을 찾게 할 수밖에 없을 테고. 그런데 자네가 여기를 찾아올지 어떨지 그게 문제였네." 계속 깎아내리기만 해서 불쌍하다고 생각했는지 다카쿠라가 달래듯이 말했다.

"흥, 별로 어려운 추리도 아니었어." 다쿠미가 토라진 말투로 말한 다음 다케미와 제시를 보았다. "너희는 여길 어떻게 알았어?"

"제시의 점퍼 주머니에 메모가 들어 있었거든. 제시가 화장실에 간 동안 도키오가 넣었나 봐. 그 메모에 여기 주소가 적혀 있었어. 발견한 건 지즈루를 되찾으려다 실패한 다음이지만."

"그럼 아까 통화할 때는 이곳을 알고 있었단 거야?"

"그렇지."

왜 가르쳐주지 않았느냐고 말하려다 입을 닫았다. 도청당하고 있었다는 사실이 기억났다.

다쿠미는 크게 한숨을 쉬었다. 주위를 둘러보고는 마지막으로 다카쿠라를 보았다.

"당신은 대체 정체가 뭐야? 사정을 설명해줘. 아니면 당신도 이시하라와 마찬가지로 사정을 모른 채 움직이는 건가?"

"아니, 나는 사정을 좀 알고 있는 편일 걸세. 아마 속사정까지도." 다카쿠라가 집 안으로 들어와 털썩 자리에 앉았다. 그는 상의 주머니에서 명함을 꺼냈다. "일단 신분부터 밝힐까."

다쿠미가 명함을 받았다. '국제통신회사 제2기획실 다카쿠라 마사후미'라고 인쇄되어 있었다. 다카쿠라는 본명이었다.

"국제통신회사? 뭐야, 이건?"

"국제전화로 대표되는 국제통신을 담당하는 국영 특수법인일세. 독점기업이라 당연히 엄청난 흑자를 내고 있지."

"그런 회사의 인간이 대체 왜……."

거기까지 말한 다쿠미가 기억을 되살렸다. 스미레의 마담이 오카베가 전화 쪽 일을 한다고 들은 적이 있다고 말했다.

"저 녀석도 같은 회사의 인간인가." 다쿠미가 옆방에 앉아 있는 오카베를 가리켰다. 오카베는 살짝 고개를 들었다 다시 숙였다. 그의 옆에는 정신을 잃은 히요시가 있었다. 만일을 위해 양손과 양발을 묶어두었다.

"사원이야. 아니, 사원이었다고 해야 할까."

"이 녀석이 무슨 짓을 했기에."

"먼저, 한 달 정도 전에 나리타의 도쿄 세관에서 발각된 사건에 대해 알려주지. 우리 사장실의 사원 두 명이 밀수를 하다 붙잡혔네. 둘다 고가의 미술품이나 장신구를 사 모으다 발각된 거지. 국영 특수법인의 사원이 왜 그런 짓을 했는지 경찰이 의문을 품었어. 물론 두명 모두 개인적으로 한 짓이라고 주장했네. 그런데 사들인 물건의 가격을 합치면 수천 만 엔이 넘어. 경찰은 회사가 관련된 범행이 아닌가 하고 수사를 시작했지. 한편 회사는 엄청난 혼란에 빠졌네. 정말로 우리 회사가 그런 짓을 했나 하고 말이지. 나도 직후에는 아무것도 몰랐어. 자세한 건 부사장에게 들었네."

"부사장……."

"우리 회사에는 부사장이 두 명 있어. 주류파와 반주류파. 이렇게 말하면 이해하기 쉬우려나. 내게 이야기해준 사람은 반주류파 쪽이네. 요컨대 회사 안에서는 별로 힘이 없는 쪽이지."

의미를 제대로 이해하지는 못했지만 다쿠미는 고개를 끄덕였다. "그래서?"

"실제로 회삿돈을 써서 밀수를 하고 있다는 이야기였네. 더구나 그걸 지휘한 게 사장이라는 말이었어. 뭣 때문에 그런 짓을 하는지 모르겠다는 얼굴이로군. 간단해. 밀수한 물품은 선물하는 거야. 정치인에게." 다카쿠라는 한쪽 눈을 찡긋했다.

"혹시 뇌물?"

다카쿠라가 다케미의 질문에 고개를 끄덕였다. "그래, 뇌물. 수사가 진행되면 커다란 사건이 되지. 틀림없이."

"그래서 당신은 뭘 하고 있는 건데?" 다쿠미가 물었다.

"현재 회사에서는 극비리에 증거를 은폐하고 있네. 수사진과의 경쟁이지. 내 역할은 증거 확보. 즉, 경찰을 도와주는 일이야."

"자기 회사를 배신하는 거야?"

"애사심이 있기 때문에 하는 거라네. 우리 회사에는 자정작용이 필요해. 이 기회에 고름을 짜내자는 게 부사장의 생각이지."

"주류가 아닌 쪽의 부사장이겠군."

"그래."

"고름 짜내듯 사장을 잘라내고 자기가 그 자리에 오르려는 거 아닌가."

다쿠미의 말에 다카쿠라가 고개를 움츠렸다.

"부사장이라 해도 월급쟁이니까, 출세욕을 나쁘다고 할 수는 없지. 게다가 잘못된 일을 하려는 것도 아니고."

"그건 그런데, 오카베의 이름이 아직 안 나왔어."

"중요한 건 이제부터일세. 지금까지는 도입부에 불과해. 경찰 입장에서는 모처럼 잡은 대사건인데 관세법 위반, 물품세법 위반 같은 걸로 꼬리만 자르고 끝나면 참을 수가 없지. 어떻해서든 선물의 행방을 추적하고 싶은 거야. 그렇다고는 해도 바로 사장을 수사해도 의미가 없지. 로비 자금에 대해서는 모른다고 잡아뗄 게 뻔하니까. 그래서 주목한 게 사장 비서실장이었는데……" 다카쿠라가 목소리를 낮추고 말을 이었다. "비서실장은 경찰에 소환된 날 빌딩에서 뛰어내렸네."

다쿠미가 침을 삼켰다. 막연히 듣고 있었는데 이야기가 갑자기 위험한 쪽으로 접어든 느낌이 들었다.

"그거 정말로 자살 맞나요?"

다케미의 질문에 다카쿠라가 고개를 저었다.

"경찰 발표에 따르면 의심의 여지는 없는 것 같네. 목격자가 없는 이상 스스로 뛰어내렸는지 아닌지 판단하기는 쉽지 않겠지만."

"장난 아닌데." 다케미는 불안한 듯이 모두를 돌아보았다.

"비서실장의 자살은 수사진에게는 뼈아픈 실수였네. 그 남자가 바로 정계와의 창구였거든. 밀수 물품 관리도 그 남자가 했을 가능성이 높아. 그러나 실은 완전히 끊어진 게 아니었어. 그 남자를 보좌하던 인물이 있었네. 부서가 다른 탓에 경찰은 아직 그 인물을 알아차리지 못했어. 그래서 나는 그 남자의 신병을 확보하려 했는데 어떤 위험을 느꼈는지 어느 날 갑자기 모습을 감추고 만 거야."

"알았다. 그게……."

"그래. 거기 한심한 얼굴로 앉아 있는 그 남자일세." 다카쿠라가 웃으며 오카베를 보았다.

"그럼 이 녀석을 경찰에 넘기면 되는 건가?"

"그래. 얼마 전까지는 그게 베스트였어."

다쿠미는 다카쿠라의 말투가 왠지 신경 쓰였다. "무슨 의미야?"

"비서실장의 자살 이후 경찰도 신중해졌지. 그러던 중 별도의 움직임이 포착됐어. 밀수품 선물뿐만 아니라 파티권 구입을 비롯해 정계에 광범위하게 금품을 살포한 행위가 드러났기 때문이지. 당연히 경찰 쪽에 압력이 들어갔어."

"뭐야 그게? 그렇게까지 해놓고서는 그냥 덮겠다는 거야?"

"아니, 회사도 경찰도 이대로 아무것도 하지 않고 끝낼 생각은 없어. 회사에서는 꽤 많은 사원이 체포될 거야. 임원 중에도 체포되는 사람이 나올지도 모르고. 문제는 정계에 어느 정도로 메스를 들이댈까인데."

"그쯤에서 대충 덮겠다는 속셈이군."

다카쿠라는 입술을 삐죽이며 한숨을 쉬었다.

"어느 정도까지는 파악했지만, 상대를 특정하지 못한 데다 증거도 부족한 상태거든. 결국 그들은 증거 불충분으로 입건조차 하지 않을 거야."

"요컨대 정치가는 잡아들이지 않겠다는 건가?"

"그래."

다쿠미가 혀를 찼다. "더러운 놈들이잖아. 그런 거 오사카 쪽에서는 뭐라고 하더라?" 다케미를 보았다.

"문어 자식들."

"그래, 문어 자식들."

다카쿠라가 고개를 저었다.

"참으로 한심한 이야기야. 이 나라는 대체 어떻게 돼버리는 걸까. 그렇다고 잠자코 손가락만 빨고 있을 수는 없어서 말일세. 증거가 부족하면 충분한 증거를 모으면 되는 거야. 그래서 저 남자가 열쇠가 되는 거지." 오카베를 가리켰다.

"그런가. 이 녀석이 증인인 거군. 그래서 경찰의 눈을 피해 도망친 거고."

"경찰이 아니라 주류파에게서 도망친 거야. 비서실장의 죽음을 알고 이쪽 아가씨와 같은 상상을 했겠지."

"발견되면 제거될지도 모른다고 생각했군."

다쿠미의 말에 오카베가 순간 고개를 들었다. 겸연쩍은 얼굴로 눈을 깜박이고는 다시 고개를 숙였다.

"이시하라는 당신들이 무너뜨리려 하는 주류파 쪽 인간이군."

"고용됐을 뿐이지만 말이네. 일단 주류파에게 가장 위험한 존재가 오카베야. 시한폭탄 같은 거지. 그러니까 우리보다 먼저 찾아내려 필사적인 거고."

"나 따위가 선수 쳤다고 초조해할 만하군."

"그런데 이 남자를 전면적으로 경찰에 맡기는 것도 좋지 않아. 지금 말한 사정 탓에 증언을 취사선택할 위험성이 있거든. 경찰에서는 앞으로 어느 정도의 증거가 더 나오나 상황을 본 뒤 이 남자를 어떻게 사용할지 판단하겠지."

"확실한 증거가 나오지 않으면 이 녀석에 대한 수사도 적당히 마무리할 거란 얘기로군."

"그럴 가능성이 있네."

"그럼 당신은 이 녀석을 어떻게 할 생각인데?"

"일단 우리 쪽에서 맡아두지. 상황을 봐서 경찰이 도저히 물러설 수 없는 타이밍에 출두시킬 거야. 언론을 이용하는 방법도 있고."

그럴듯하다고 일단 납득했지만 다쿠미는 곧바로 다카쿠라의 얼굴을 노려보았다.

"아니, 그건 좋지 않아. 오카베를 넘기지 않으면 지즈루를 되찾을 수가 없잖아."

"문제는 바로 그거야. 우리는 오카베를 놈들에게 넘길 수 없네. 죽이지는 않겠지만, 경찰의 손이 닿지 않는 곳에 숨겨둘 가능성이 다분하니까."

"그렇지만 지즈루가."

"알아. 그래서 지혜를 짜내고 있는 참이네." 다카쿠라가 턱을 쓰다듬었다.

다쿠미가 오카베에게 다가갔다. 인기척에 고개를 든 오카베의 뺨을 손바닥으로 가볍게 쳤다.

"도망칠 거면 너 혼자 도망쳤으면 되잖아. 지즈루를 휘말리게 하다니."

"지즈루에게는…… 못할 짓을 했다고 생각해."

"그런 걸로 끝날 것 같아? 대체 왜 오사카까지 온 거야?"

이 질문에는 대답하지 않았다. 그러자 뒤에서 다카쿠라의 목소리가 들렸다.

"죽은 비서실장은 오사카 출신으로, 밀수품도 오사카 어딘가에 숨겨 놓았다는 소문이 있어. 오카베는 그 장소를 알고 있으니 이쪽으로 왔겠지."

"그렇군. 거기 있던 물건을 열심히 전당포에 팔았단 말인가."

오카베가 고개를 돌렸다. 그게 마음에 들지 않아 다쿠미는 한 번더 뺨을 때렸다. 이번에는 아까보다 훨씬 힘이 담겼다. 오카베가 증오에 찬 눈빛으로 노려보았다.

"뭐야, 그 눈은. 이시하라에게 붙잡혔으면 지금쯤 숨을 쉬고 있지 않을지도 몰라. 오히려 내게 감사해야 할 거다."

그러나 오카베는 아무 대답 없이 고개를 홱 돌렸다.

"그 남자에게 분풀이를 해봤자 무슨 소용이 있어. 지즈루를 되찾을 작전이나 짜자." 다케미가 말했다.

"말은 쉽지만 눈가리개를 해서 아지트 위치도 모른다고."

"저 남자가 불게 해볼까." 다케미가 히요시를 가리켰다.

"이 녀석은 결코 말하지 않아. 죽는대도 입을 열지 않을걸." 그렇게 말한 다쿠미는 중요한 사실을 깨달았다.

"맞아. 이 녀석에게 정기 연락을 하게 해야 해. 무슨 일이 있다는 걸 이시하라에게 들킬 거야."

"언제까지 찾아내겠다고 약속했나?" 다카쿠라가 물었다.

"오늘 밤 12시까지."

"12시라." 다카쿠라가 손목시계를 보고 긴 숨을 내쉬었다. "앞으로 다섯 시간밖에 안 남았군……."

36

"저기, 잠깐 괜찮을까?" 도키오가 다쿠미를 보았다.

"뭔데."

"상황이 이렇기는 한데, 형에게 소개해두고 싶은 사람이 있어."

"뭐?"

도키오의 시선이 향한 곳을 보고 다쿠미는 무심코 얼굴을 찌푸렸다. 이 집의 주인인 노파가 벽 앞에 잔뜩 위축된 모습으로 서 있었다. 그녀는 고개를 들어 다쿠미를 보았지만 바로 다시 숙였다.

"여기까지 찾아왔으니 형도 이 집이 어떤 집인지는 알고 있을 거야. 그러니 저 할머니가 누구인지도……."

다쿠미는 노파에게서 시선을 돌려 옆을 보았다. 턱을 내밀고 목을 긁었다.

"우리는 자리를 피하는 게 좋겠어." 다케미가 자리에서 일어섰다.

"거기 있어도 괜찮아. 별로 대단한 이야기 아니니까."

그 말에는 천하의 다케미도 곤란해 보였다. 도키오에게 대강의 사정을 들었는지 제시도 그녀도 거북한 표정이었다.

"그렇지만 오랜만에 만난 거니 인사 정도는 해두는 편이 좋지 않을까? 이번 일로 신세를 지기도 했으니."

쳇, 하며 다쿠미가 싫은 내색을 했다.

"네가 이런 곳으로 도망치지 않았다면 나 역시 올 일 없었어."

"그래도 여기 말고 우리가 만날 수 있는 장소는 없잖아. 말하자면 여기는 다쿠미 형에게 약속의 장소라고."

"뭘 거드름 피우고 있어. 여기 있는 게 민폐라면 지금 바로 나가면 돼. 다카쿠라 씨, 작전회의는 밖에서 하지."

다카쿠라는 다쿠미의 말을 예상하지 못한 듯 곤란하다는 얼굴로 도키오를 보았다.

"다쿠미 형, 꼴사나워." 도키오가 말했다.

"뭐가." 다쿠미가 그를 노려보았다. "너, 비겁해. 이런 식으로 만나게 하다니. 내가 불평하는 것처럼 보이잖아. 악당이라도 된 것처럼."

"악당은 아닌데, 애처럼 보이기는 해."

"뭐라고?" 그가 다케미를 돌아보았다.

"인사 정도는 해둬도 괜찮지 않나? 혈육지간이잖아?"

"버린 주제에 혈연이고 뭐고가 어디 있어."

"버린 게 아니잖아. 그편이 너를 위한 일이라고 생각해서 좀 더 여유 있는 사람에게 맡긴 거잖아."

"기를 여유가 없으면 처음부터 낳지 말았어야지. 안 그래? 내 말
이 틀려?"

"낳아주지 않았으면 지금의 너는 없어. 그래도 좋아?"

"태어나지 않았다면 좋을 것도 나쁠 것도 없었겠지."

다케미가 한숨과 함께 고개를 저었다.

"틀렸어. 말이 통하지 않아. 도키오, 이런 바보는 내버려두자."

"태어나길 잘했다고 생각한 적이 한 번도 없어? 형은 지금 지즈루
누나를 좋아하잖아. 앞으로도 형은 여러 사람을 좋아하게 될 텐데,
그건 살아 있기 때문에 가능한 일이잖아." 도키오가 말했다.

"지금까지 살아올 수 있었던 건 나를 키워준 부모가 있었기 때문
이다. 미야모토라는 부모가. 낳기만 하고 내버려둔 인간과는 관계없
어. 개나 고양이도 그런 짓은 하지 않아. 자기 힘으로 살아갈 수 있
을 때까지 제대로 보살핀다고."

다쿠미의 성난 목소리에 모두 입을 다물었다. 무거운 정적 속에서
후욱후욱 하는 바람 같은 소리가 들렸다. 자기가 토해내는 숨소리라
는 걸 다쿠미가 알아차릴 때까지 잠시 시간이 걸렸다.

그가 입술을 깨물었을 때였다.

"도조의 집에 갔다는 얘길 들었다." 노파의 사라질 듯한 목소리가
그의 귀에 들렸다. 모두 노파에게 주목했다.

노파는 무릎을 꿇고 정좌했다. 다쿠미를 올려다보았다.

"고맙구나. 스미코도 더는 여한이 없을 거야. 정말로 고맙구나."

그녀는 그를 향해 손을 모으고는 고개를 깊이 숙였다.

"다쿠미 형." 도키오가 무언가를 재촉하듯이 말했다.

"······짜증난다고."

다쿠미가 일어서서 사람들 앞을 빠르게 지나갔다. 그대로 신발을 신고 집을 뛰쳐나갔다.

낡은 집들을 곁눈으로 보면서 정처 없이 걸었다. 떠올릴 마음도 없었는데 《공중 교실》에 그려진 풍경이 뇌리에 떠올랐다. 그는 입속으로 중얼거렸다. "대체 뭐라는 거야. 이놈이고 저놈이고 나에 대해서 알지도 못하면서 바보 취급이나 하고······."

정신을 차리니 작은 공원 앞이었다. 덩그러니 놓인 벤치에는 아무도 없었다. 다쿠미는 그곳에 앉아 주머니를 뒤졌다. 담배를 찾았지만 원하는 것은 들어 있지 않았다.

"젠장." 땅에 침을 뱉었다.

그 땅에 그림자가 늘어졌다. 사람의 모습이다. 고개를 드니 도키오가 서 있었다.

"또 설교할 생각이냐?" 다쿠미가 물었다.

"함께 가줬으면 하는 곳이 있어."

"또 그 소리냐. 이번에는 어디? 홋카이도? 오키나와?"

"바로 근처야." 그렇게 말하고는 걷기 시작했다.

다쿠미는 바로는 일어서지 않았다. 따라가지 않으면 도키오가 멈출 거라 생각했다. 그러나 그는 뒤돌아보지 않고 계속 걸었다. '따라오지 않으면 그걸로 됐어'라고 말하는 듯했다.

다쿠미가 혀를 차고는 벤치에서 몸을 일으켰다. 마음이 내키지 않았지만 도키오 뒤를 쫓았다. 그 기척을 느끼고 도키오도 속도를 늦췄는지 금방 따라잡았다.

"어디까지 갈 생각이야?"

"따라오기나 해."

이윽고 폭이 넓은 길이 나왔다. 교통량도 많았다. 도키오는 신호가 바뀌자 길을 건넜다. 길 건너편에는 빌딩이 서 있고 보도도 만들어져 있었다. 도키오는 가로수 옆에서 발을 멈췄다.

"길 하나 사이로 동네 분위기가 완전히 다르지?"

"그러게."

"어째서라고 생각해?"

"내가 알 리가 없잖아. 여기 산 적도 없는데."

"할머니 말씀으로는 이 일대는 대지주의 땅인가 봐. 자기 땅에 사는 사람은 극소수밖에 안 된대. 길 이쪽도 마찬가지였는데, 어떤 이유로 지주가 땅을 팔았대. 그래서 이런 식으로 빌딩이 세워지게 됐다는 거야."

"어떤 이유?"

"화재야." 도키오가 말했다. "옛날에는 이쪽 역시 작은 민가가 밀집해 있었어. 그런데 어느 날 화재가 발생해서 지역이 대부분 불타버린 거야. 거의 다 낡은 목조 가옥이었으니까 불이 번지면 손을 댈수가 없지. 사망자가 몇십 명이나 나왔나 봐."

"그거 참 안됐군. 그런데 그 일과 내가 무슨 관계가 있어?"

그러자 도키오가 말없이 청바지 주머니에 손을 찔러 넣었다. 흰 봉투를 꺼내더니 다쿠미에게 내밀었다.

　받는 사람은 미야모토 구니오 님이라고 되어 있었다. 다쿠미의 양아버지다. 주소는 전에 그가 살던 오래된 지명이었다.

　"이게 뭐야?"

　"됐으니 읽어 봐."

　"귀찮게." 다쿠미가 봉투를 손으로 밀어냈다. "넌 읽었을 테니 내용을 말하면 되잖아."

　도키오가 한숨을 내쉬었다.

　"옛날에 도조 스미코 씨가 다쿠미 형 앞으로 쓴 편지야. 그때는 아직 결혼 전이라서 보낸 사람 이름은 아사오카 스미코라고 적혀 있지. 편지를 보낼 생각이었는데 마음이 바뀌어 그만둔 모양이야. 할머니 말씀으로는 서랍 안쪽에 넣어두었대. 나는 아까 읽었어. 내가 내용을 말해도 좋지만, 전부 다 전하진 못할 거야. 형이 직접 읽는 편이 좋겠어."

　도키오가 봉투를 다쿠미 몸 쪽으로 들이댔다.

　"읽을 필요 없어. 어차피 대단한 게 아닐 테니. 변명이라든가 그런 거겠지."

　"뭘 두려워하는 거야?"

　"누가 어떻다고?"

　"지금 두려워하잖아. 알고 싶지 않은 게 적혀 있을 것 같아 겁먹은 거잖아. 지금 상태로는 얼마든지 욕할 수 있는데, 편지를 읽고 나면 그럴 수 없을지도 모른다고 생각하는 거잖아."

"헛소리 마. 내가 겁을 먹어? 그딴 여자의 헛소리 따위는 읽고 싶지 않을 뿐이야."

"헛소리인지 아닌지 직접 확인하면 되잖아. 내 눈에는 겁먹은 걸로 보이는데."

다쿠미가 봉투와 도키오의 얼굴을 번갈아 노려보았다. 도키오는 눈길을 피하려 하지 않았다. 편지를 집어넣으려고도 하지 않았다. 다쿠미는 어쩔 수 없이 편지로 손을 뻗었다.

편지지가 열 장이나 들어 있었다. 다소 누렇게 변색된 편지지에 파란 잉크로 적혀 있었다. 다쿠미는 도키오가 알아차리지 못하게 슬며시 심호흡을 했다. 첫 장에는 '이것은 제가 다쿠미에게 보내는 편지입니다. 때가 왔다고 생각되면 보여주세요. 필요 없다고 생각되면 태워버리셔도 상관없습니다'라고 적혀 있었다.

그리고 두 번째 장부터 글자가 빼곡히 적혀 있었다.

다쿠미 군, 잘 지내나요? 나는 당신을 낳은 엄마입니다. 그러나 엄마라고 할 자격은 없겠네요. 당신을 낳은 지 얼마 안 돼 다른 사람에게 맡기고 말았으니까요. 정말로 몹쓸 짓을 했습니다. 당신에게 미움을 받아도 어쩔 수 없다고 생각해요. 아무리 사죄해도 용서받지 못할 일이라는 건 압니다.

다만 이 사실만은 알려두고 싶어서 펜을 들었습니다. 당신의 아버지에 대한 것입니다. 당신 아버지는 가키자와 다쿠미라는 사람

입니다. 그래요, 그 사람도 다쿠미입니다. 당신에게는 아버지와
같은 이름을 붙였어요.

가키자와 다쿠미 씨는 우리와 같은 동네에 살았습니다. 직업은
만화가입니다. 그렇다고는 해도 당신이 아버지의 만화를 볼 일은
없을 거예요. 쓰메즈카 무사오爪塚夢作男라는 펜네임도 아마 들은
적이 없을 거예요. 데즈카 오사무의 이름을 비튼 겁니다. 물론 꿈
을 만드는 남자라는 의미도 담겨 있다고 해요. 안타깝게도 데즈
카 오사무의 백분의 일 만큼도 팔리지 않았으니, 아는 사람은 거
의 없을 거예요. 그래도 훌륭한 만화를 그리는 사람이었습니다.

나는 그 얼마 안 되는 독자 중 한 명이었어요. 그래도 별로 자랑
은 못 하겠군요. 내 돈으로 산 게 아니라 친구에게 만화잡지를 빌
려서 봤으니까요.

어느 날 그의 만화를 보다가 생각지도 못한 사실을 알아차렸어
요. 내가 사는 동네가 그대로 그려져 있었어요. 《하늘을 나는 교
실》이라는 만화였죠. 나는 어쩌면 쓰메즈카 무사오가 이 근처에
사는 게 아닐까 해서 편집부 앞으로 편지를 보냈어요. 이윽고 본
인에게 답장이 왔습니다. 거기 적힌 주소는 정말 같은 동네였습
니다. 편지에는 언제든 놀러 오라고 적혀 있었습니다.

큰 결심을 하고 그 주소로 가보았습니다. 쓰메즈카 무사오의 집
은 우리 집과 마찬가지로 빽빽하게 밀집한 낡은 민가 중 한 곳이
었어요. 명패에는 가키자와라고 적혀 있고, 그 옆 괄호 안에 쓰메
즈카 무사오라고 적혀 있었습니다. 나는 그때 그의 본명을 알았

습니다.

가키자와 다쿠미 씨는 당시 스물세 살이었습니다. 그는 나를 환영해주었습니다. 독자가 놀러온 일은 한 번도 없었다고 해요. 한편 나는 적지 않은 충격을 받았어요. 그가 제대로 걸을 수 없는 몸이기 때문이었어요. 듣자하니 태어난 지 얼마 안 돼 중병에 걸려 후유증으로 다리를 쓸 수 없게 됐다고 했습니다. 양다리는 빨랫대처럼 가늘고, 발목 아래로는 어린아이의 발 같았습니다. 집이 가난한 탓에 병에 걸렸음에도 바로 병원에 가지 못해서 치료시기를 놓쳤다는 이야기를 그는 미소 지으며 말했습니다.

그는 그런 몸이면서도 내게 차와 과자를 대접해주었습니다. 거의 팔 힘만으로 상당히 능숙하게 집 안을 다녔습니다. 화장실 갈 때도 그리 힘들지 않다고 말했고, 실제로 그런 듯했습니다. 다만 밖에서 이동할 때는 휠체어가 필요한데, 그걸 혼자서 타는 건 쉬운 일이 아니라고 했습니다. 휠체어는 현관에 놓여 있었어요. 아주 가끔 도우미가 와서 방 청소나 세탁, 요리 등을 해준다더군요. 매일 부탁할 수 있을 정도의 돈이 없기 때문이라고 했어요. 저도 몇 번 만난 적 있는데 사람 좋은 아주머니였어요.

그가 태어난 곳은 와카야마의 농가였어요. 원래라면 농사일을 도와야 하는데 몸이 그랬기 때문에 아무것도 하지 못해 미안한 마음을 갖고 있다고 말했습니다.

그런 그의 삶의 보람은 만화였습니다. 펜네임에서도 알 수 있듯이 데즈카 오사무 만화에 푹 빠졌다고 해요. 훗날 자신도 만화를 그리게 되었고, 유명한 만화잡지에 투고하며 입선 등을 반복하던 중 프로 만화가가 되고 싶다는 꿈을 갖게 된 거예요.

그가 오사카로 나온 건 스무 살이 되어서예요. 출판사 사람에게 도시를 접하지 않으면 앞으로의 시대를 따라갈 수 없다는 말을 들은 게 계기였다고 해요. 원래는 도쿄로 가려 했지만, 주위 사람들이 가능하면 본가와 가까운 곳이 좋다고 해서 타협했다고 해요. 처음에는 혼자가 아니라 세 살 위의 누나가 함께였어요. 그런데 누나가 결혼을 했고 그 이후로 쭉 혼자 산다고 했습니다. 마침 만화가로서 싹을 틔웠을 무렵이라 와카야마로 돌아가는 건 아깝다고 생각했던 것 같아요.

처음 만났을 때는 놀랐지만, 저는 그의 몸에 대한 건 금방 신경 쓰이지 않게 됐어요. 그러기는커녕 몇 번인가 만나다 보니 그에게 끌렸습니다. 그는 밝고, 박식하고, 내가 흥미를 가질 만한 이야기를 얼마든지 해주었어요. 무엇보다 나를 소중하게 생각해준다는 사실이 강하게 느껴졌어요. 그의 집에 놀러가는 건 당시 나의 가장 큰 즐거움이었습니다. 하지만 그 사실을 다른 사람에게 알릴 수는 없었어요. 어린 소녀가 혼자 남자의 집에 가는 것은 파렴치한 행위라고 느껴졌으니까요. 하물며 그 남성이 일반적인 몸이 아니라고 하면 어떤 소문이 날지 알 수 없었어요. 어머니에게도 말할 수 없었어요. 바로 못 가게 할 게 뻔했으니까요. 나는 누구에게도 들키지 않도록 조심하며 그의 집을 왕래했습니다. 생각해보면 정말 행복한 시기였습니다.

불행은 어느 날 아침 갑자기 찾아왔습니다. 나는 어머니가 깨워서 눈을 떴습니다. 근처에서 불이 났다는 겁니다. 그 시점에서는 아직 정확한 장소는 몰랐습니다만, 밖에서 들리는 사람들 목소리를 통해 불이 점점 퍼지고 있다는 걸 알았어요.

어머니와 함께 밖으로 나가보았습니다. 동트기 전이라 어두웠는데도 많은 사람이 뛰어다니고 있었습니다. 그들이 향하는 방향을 보고 불길한 예감이 들었습니다. 가키자와 다쿠미 씨의 집 방향이었기 때문이에요. 저도 모르게 그쪽을 향해 달렸습니다.

현장이 가까워지자 불안은 절망으로 바뀌었습니다. 역시 그가 사는 동네에 불이 났기 때문입니다. 사람들이 열심히 불을 끄려고 했지만 불길이 그보다 훨씬 거셌습니다.

저는 정신없이 그의 집으로 향했습니다. 그런데 불길이 이미 집 앞까지 번져 있어서 도저히 다가갈 수 없는 상황이었습니다. 저는 뒤쪽으로 돌아갔습니다. 그쪽은 연립주택이라 뒤쪽에 좁은 골목길이 나 있었습니다.

미로 같은 골목길을 달려 간신히 그의 집 뒤쪽에 도달할 수 있었습니다. 주위에서 차례차례 불길이 솟아올랐습니다. 연기 때문에 숨 쉬기도 괴롭고, 눈조차 제대로 뜨기 힘들었습니다.

필사적으로 그를 부르면서 창문을 두드렸습니다. 그 창은 불투명 유리로 되어 있어서 안쪽 상황이 보이지 않았어요.

곧 창이 열렸습니다. 먼저 그의 손이 보이고, 다음에 얼굴이 보였습니다. 그는 필사적으로 일어서서 창문을 연 것이었어요.

뭘 하러 온 거야. 어서 도망쳐. 그가 말했습니다. 나는 당신과 함께 도망치려고 왔다고 대답했습니다. 하지만 그렇게 대답하면서도 불가능하다고 인정할 수밖에 없었습니다. 창문 앞쪽을 방범용 철창살이 가로막고 있었어요. 그게 없다 하더라도 어른인 그를 끌어 올리는 것은 내게 무리였을 테죠. 내게 남은 길은 그와 함께 그곳에서 죽음을 선택하는 것이었습니다.

내 마음을 알아차렸는지 그가 창문 너머에서 슬픈 듯이 고개를 가로저었습니다. 부탁이니 지금 바로 도망쳐라, 너를 데리고 갈 수는 없다, 그리고 내 몫까지 살아달라, 네가 살아남으려 한다면 지금 이 순간에도 나는 미래를 느낄 수 있다. 그런 식으로 말했습니다. 그는 커다란 갈색 봉투를 창문 너머로 건넸습니다. 이걸 가지고 도망치라고, 나와 너를 이어준 행운의 물건이라면서요. 나중에 알았는데 봉투에는 《하늘을 나는 교실》의 원화가 들어 있었습니다.

나는 싫다고 울부짖었습니다. 그래도 그는 다정하게 미소 지으며 창문을 탁 하고 닫았습니다. 안에서 잠갔는지 창문은 꿈쩍도 하지 않더군요.

엉엉 울면서 창을 두드렸지만 그러는 동안에도 불은 바로 근처까지 다가왔습니다. 머리카락이 타는 듯한 냄새가 난 순간, 나는 버티지 못하고 달렸습니다. 그를 버리고 살아남는 길을 선택한 것입니다.

그러나 그날 이후로 나는 바보가 됐습니다. 그를 잃어버린 슬픔, 그를 혼자 죽게 했다는 후회 때문에 매일이 괴로웠습니다. 식사도 제대로 할 수 없었고, 그 상태로는 죽었을지도 모릅니다. 그런 나를 구해준 것이 다쿠미 군, 바로 당신이었어요.

그의 아이를 가졌다는 사실을 알게 된 순간, 나는 어떡해서든 살아남아야 한다고 생각했습니다. 그것이 내 사명이라고 느꼈습니다. 그의 마지막 말, 지금 이 순간에도 나는 미래를 느낄 수 있다는 말을 곱씹었습니다. 그의 미래가 내 배 속에 있다고 믿었습니다.

하지만 아이의 아버지는 밝힐 수 없었습니다. 나는 완강히 입을 다물었습니다. 지우기를 권하는 주위 의견에도 귀를 기울이지 않았습니다. 그리고 다쿠미 군, 당신이 태어났습니다.

지금부터는 내 변명입니다. 읽지 않아도 괜찮고, 읽어주기를 바랄 자격도 없을 테지만 일단 적겠습니다.

내 꿈은 당신을 훌륭히 키워내는 것이었습니다. 무슨 짓을 해서든 그럴 생각이었습니다. 그러나 아직 어린아이라고 해도 좋을 나이였던 내 힘으로는 불가능한 일이 많았습니다. 우리 집은 수입도 거의 없어서 당신에게 충분한 영양분을 섭취하게 해주는 것조차 어려웠습니다. 운 나쁘게도 나는 병약한 데다 모유도 거의 나오지 않는 체질이었습니다.

이대로는 당신의 생명의 등불을 꺼뜨릴지 모른다고 생각했습니다. 죽은 그의 생애에 대한 것도 떠올랐습니다. 중병에 걸렸을 때 충분한 치료를 받지 못해 그와 같은 장애가 남게 된다면 평생 한

이 될 것 같았습니다. 아버지처럼 훌륭한 사람이 되길 바랐지만, 불행한 경우만큼은 닮지 않았으면 해서 아버지와는 다른 한자를 써서 다쿠미拓実라고 이름을 지었으니까요.

미야모토 부부는 우리의 은인입니다. 당신을 건강히 키워주셨습니다. 아무리 감사를 드려도 모자랍니다.

나에 대해 잊어도 상관없습니다. 그러나 부디 미야모토 부부만큼은 평생 소중히 대해주세요. 그리고 돌아가신 가키자와 씨의 몫까지 미래를 살아주세요. 그것만이 제 바람입니다.

미야모토 다쿠미 님께

아사오카 스미코

다쿠미는 가드레일에 앉아 편지를 읽었다. 가드레일이 엉덩이를 파고들어 아팠지만 중간부터는 그런 통증이 전혀 느껴지지 않았다.

처음으로 알게 된 양친의 이야기였다. 자신이 왜 태어났는지, 그 의문에 대한 대답이 여기 있었다.

"다 읽었어?" 도키오가 물었다.

"응."

"어땠어?"

"어떻긴 뭐가?"

"감상 말이야. 아무것도 느끼지 못한 건 아닐 거 아냐."

다쿠미는 입술을 질끈 다물고는 가드레일에서 엉덩이를 뗐다. 편지를 정성스레 접어 봉투에 넣고는 도키오에게 건넸다.

"별로. 아무것도 아닌걸."

도키오의 눈초리가 험악해졌다. "진심으로 하는 말이야?"

"뭘 화내고 그래. 그리 새로운 게 적혀 있는 것도 아니잖아. 그 만화가에 대해서 약간 적혀 있기는 하지만, 그렇다고 해도 나하고는 관계없는 일이야."

"관계가 없다고?"

"관계없지. 이미 이 세상에 없는 거잖아. 내게 유산 같은 걸 남겨준 것도 아닌 것 같고."

"왜 말을 그런 식으로밖에 못하는 건데." 도키오가 슬픈 듯이 고개를 저었다.

"그럼 어떻게 말해야 하는데. 내가 읽고 감동할 거라고 생각했어? 감동해서 울었으면 만족했겠냐. 안타깝게도 나는 그렇게 순진하지 않거든. 결국 마찬가지잖아. 낳기는 낳았는데 키우는 게 힘드니 버렸다고 적혀 있잖아."

"당신…… 대체 이 편지를 제대로 읽기는 한 거야?" 도키오가 얼굴을 찌푸리며 다쿠미의 멱살을 잡았다. 상당한 힘이었다. "어떤 마음으로 당신 아버지가 어머니를 도망치게 한 거라고 생각해? 마지막 말 안 읽었어? 지금 이 순간에도 나는 미래를 느낄 수 있다. 이 말의 의미를 왜 모르는 거야?"

"죽기 전이니 조금은 멋진 말을 해두고 싶었을 뿐이잖아."

"이 바보가!"

도키오의 목소리와 함께 다쿠미의 눈앞이 캄캄해졌다. 동시에 충격을 느끼며 뒤로 넘어졌다. 얻어맞았다는 것을 깨달은 순간에는 도키오가 몸 위에 올라타 있었다. 도키오는 다쿠미의 멱살을 붙잡고 세차게 흔들었다.

"죽음을 앞둔 인간의 마음을 알기나 해? 헛소리 좀 작작 해. 불길이 코앞까지 닥쳤다고. 그런 때에 당신은 미래라는 말을 쓸 수 있을 것 같아? 미래를 느낄 수 있다는 말이 그냥 나올 것 같으냐고."

다쿠미는 도키오의 눈에서 눈물이 흘러내리는 것을 보았다. 그 눈물은 다쿠미에게서 반박할 기력을 빼앗았다.

"좋아하는 사람이 살아 있다고 확신할 수 있으면, 죽음 직전까지도 꿈을 꿀 수 있다는 말이라고. 당신 아버지에게 어머니는 미래였어. 인간은 어떤 때라도 미래를 느낄 수 있어. 아무리 짧은 인생이어도, 설령 한순간이라 해도 살아 있다는 실감만 있으면 미래는 있어. 잘 들어. 내일만이 미래가 아냐. 그건 마음속에 있어. 그것만 있으면 사람은 행복해질 수 있어. 그걸 알았기에 당신 어머니는 당신을 낳은 거야. 그런데 당신은 뭐야. 불평만 하고, 스스로 무엇 하나 쟁취하려 하지도 않아. 당신이 미래를 느끼지 못하는 건 누구의 탓도 아냐. 당신 탓이야. 당신이 바보라서."

다쿠미는 필사적으로 말하는 도키오의 얼굴에서 눈을 돌릴 수가 없었다. 도키오의 말 한 마디 한 마디가 몸에 쇠사슬처럼 휘감겨 꼼짝 못 하게 했다.

갑자기 제정신을 차린 듯이 도키오가 눈을 크게 떴다. 입을 반쯤 벌리고는 그제야 멱살 잡은 손을 놓았다.

"미안……." 그렇게 중얼거리고는 고개를 숙였다.

"분은 좀 풀렸냐?"

도키오는 아무 말 없이 일어나서 청바지를 손으로 툭툭 털었다.

"내가 할 말은 아니었어. 내가 아무리 말한들 형이 스스로 깨닫지 못하면 안 되는 거니까. 하지만 다쿠미 형, 난 말이지 태어나서 다행이라고 생각해." 도키오는 미소를 지으며 다쿠미를 보았다. "그건 어차피 네가 유복한 집에서 태어나 자랐기 때문이다, 그런 식으로 말하고 싶어?"

"아니, 그런 말은 안 해." 다쿠미가 고개를 가로로 한 번 저었다.

"나에 대한 건 아무래도 상관없어." 도키오는 아직 길바닥에 앉아 있는 다쿠미의 무릎 위에 아까 그 편지를 놓았다. "먼저 가 있을게."

다쿠미는 도키오가 길을 건너 돌아가는 모습을 지켜보았다.

37

다쿠미가 노파의 집으로 돌아오니 다들 아까와 동일한 자리에 앉아 있었다. 도키오도 같은 위치에서 무릎을 감싼 채 앉아 있다. 모두가 다쿠미를 한 번 보고는 눈길을 피했다.

다쿠미가 헛기침을 했다.

"그러니까…… 내 개인적인 일로 시간을 써버려서 미안해. 지즈루를 되찾을 계획을 짜자." 다쿠미가 도키오 옆에 털썩 앉았다.

"아무리 그래도 장소를 모르는데." 다케미가 중얼거렸다.

"바다 옆이 아닐까 해. 창고 같은 게 죽 늘어서 있었으니까."

"그것만으로는……." 다케미가 긴 머리를 쓸어 올렸다.

다쿠미가 양 무릎을 치고는 일어나더니 옆방으로 갔다. 히요시는 이미 정신을 차렸다. 손발이 묶인 채 다다미 위에 누운 상태로 날카로운 눈초리를 다쿠미에게 향했다.

"정기 연락을 하지 않아도 괜찮겠어?"

그 말에 히요시가 코웃음을 쳤다.

"아지트가 어디인지 말해." 다쿠미가 히요시의 멱살을 잡았다.

"내가 불지 않을 거라고 너도 아까 말했잖아."

"이 상태로는 너희도 오카베를 손에 넣을 수가 없을 텐데. 그래도 괜찮겠어?"

"어차피 넘길 마음도 없으면서."

"너희 아지트가 어디인지 몰라서는 넘기고 싶어도 넘길 수가 없어. 다카쿠라 씨는 오카베를 놓아주고 싶지 않은 모양이지만 나는 달라. 지즈루만 돌려받을 수 있으면 불만 없어. 어때, 다시 한 번 거래를 할 생각은 없어?"

히요시는 말이 없었다. 적의를 드러낸 얼굴 안쪽에서 여러 가지를 계산하고 있음이 틀림없다.

"좀 생각해보면 알 거 아냐. 지금 상태로는 너희 역시 목적을 이룰 수 없어. 그보다는 오카베를 빼앗을 수 있는 확률이 높은 쪽에 걸어보는 게 낫지 않나."

"저치가 네 제안을 받아들일까?"

히요시가 다카쿠라 쪽을 턱짓하며 말했다.

"저 사람이 뭘 하고 싶든 나와는 관계없는 일이야. 중요한 건 지즈루를 되찾는 것뿐이다. 너도 그렇잖아. 오카베를 데리고 돌아가는 게 가장 중요한 거 아냐?"

"어쩔 생각이지?"

"뻔하지. 이렇게 하는 거다." 다쿠미가 히요시를 엎드리게 하고는 손을 묶은 끈을 풀기 시작했다.

"다쿠미 형!"

"잠깐, 너 무슨 짓이야?"

"이럴 수밖에 없다고." 다쿠미는 도키오와 다케미를 번갈아 보면서 히요시의 발도 풀었다.

손발이 자유로워진 히요시는 재빨리 일어났다. 벽을 등지고 자세를 취했다. 그에 호응하듯 제시가 일어서서 파이팅 포즈를 취했다.

"다케미, 제시에게 가만히 있으라고 해. 나는 이 녀석과 아지트로 돌아가겠어. 오카베를 데리고." 다쿠미가 히요시를 돌아보았다. "그거라면 불만 없겠지? 처음부터 그렇게 하기로 했잖아."

히요시가 입술을 핥은 뒤 고개를 끄덕였다.

"좋아. 다만 오는 건 너뿐이다. 다른 녀석은 필요 없어."

"알았어."

"다쿠미 형!"

"시끄러워. 그만 좀 불러. 이제 이 방법밖에 없다니까."

"그래도 혼자 가는 건 위험해."

"위험하다는 건 알아." 다쿠미가 히요시 쪽을 보았다. "나도 조건을 말하지. 마중은 필요 없다. 그리고 눈가리개도 하지 않겠어."

히요시가 잠시 생각한 다음 천천히 고개를 끄덕였다. "알았다. 그 조건, 받아들이지."

"사나이들의 약속이다." 다쿠미가 오카베의 손을 잡아 일으켜 세 웠다. "자, 갈까."

히요시가 먼저 현관으로 향했다. 다케미와 제시가 불만인 듯한 얼 굴로 길을 열어주었다. 다쿠미가 히요시 뒤를 따랐다. 그러다 다카 쿠라와 눈이 마주치자 발걸음을 멈췄다.

"댁한테는 미안하지만, 그렇게 됐어."

다카쿠라가 떫은 얼굴로 고개를 끄덕였다. "뭐, 어쩔 수 없지."

"지즈루를 되찾으면 이번에는 전면적으로 협력할게."

다카쿠라가 쓴웃음을 지으며 머리를 긁적였다.

신발을 신고 밖으로 나왔다. 히요시가 오카베의 팔을 붙잡고 걸었 다. 다쿠미가 따라가려고 하니 뒤에서 발소리가 들렸다. "잠깐만." 노 파의 목소리다.

다쿠미가 멈춰 서서 뒤로 돌았다. 노파가 무언가를 내밀었다. "이 거 가져가렴."

보라색 부적 주머니였다. 이시키리 신사라고 적혀 있다.

"이게 뭐야?"

"부적이란다. 안에 너를 도와줄 부적이 들어 있어."

"이런 거 필요 없어."

"가져가렴." 노파가 다쿠미를 바라보았다. "제발."

다쿠미는 부적 주머니를 받아들어 열었다. 안에 접힌 종이가 들어 있었다. 종이를 꺼내 펼쳐보았다. 볼펜으로 급하게 쓴 듯한 글씨체 로 "이걸 주운 분은 급히 아래로 전화를 주세요. 06-752-XXXX 에

자키 상점"이라고 적혀 있었다.

"그것 봐. 도움이 될 것 같지?" 노파가 미소 지었다.

다쿠미가 입술을 깨물고는 종이를 접어 부적 주머니 안에 넣었다. "알았어. 가져갈게."

"야. 뭘 꾸물대는 거야." 히요시가 말했다.

"금방 가." 다쿠미가 노파를 보았다. "그럼 할머니, 건강히."

"다쿠미, 조심하거라." 노파가 그의 손을 잡았다.

"알아요."

다케미나 도키오가 현관 앞까지 나와 걱정스러운 듯이 지켜보았다. 다쿠미는 그들에게 가볍게 손을 흔들고는 걸음을 옮겼다.

큰길로 나온 히요시가 택시를 잡았다. 오카베를 에워싸듯 셋이서 뒷좌석에 앉았다.

"덴노지로." 히요시가 기사에게 말했다. 기사는 초로의 남자였다. 짧게 대답을 하고는 차를 출발시켰다.

"덴노지? 거기가 아지트인가?"

히요시는 대답하지 않은 채 앞만 보았다.

"여전히 입이 무겁군." 다쿠미가 혀를 찼다. "여기가 도쿄면 눈가리개를 하든 귀마개를 하든 어디로 데려가는지 정도는 대강 감으로 알 수 있는데, 오사카여서는 알 수가 없어." 오카베의 옆구리를 툭 쳤다. "네가 이런 곳으로 도망쳤기 때문이잖아."

오카베가 얼굴을 일그러뜨리며 신음했다.

"바다 옆인 것 같던데." 다쿠미는 그렇게 말하면서 히요시의 반응을 살폈다. "그리고 아마 과자가게가 옆에 있을 거야."

"과자가게? 무슨 소리야?" 히요시가 미간을 찌푸렸다.

"방금 기억났는데, 아침에 거기서 나올 때 쿠키 굽는 냄새가 났거든. 막 구운 쿠키 냄새가."

히요시가 잠깐 뜸을 들인 후 웃었다.

"중요한 장면에서 헛발질이군. 그러니까 이만 남자에게 여자나 빼앗기는 거다."

"뭐라고."

"쿠키가 아냐. 빵이다."

"빵?"

"빵 공장이 옆에 있어. 싸구려 빵을 만드는 공장이다. 하나 더 가르쳐주자면 근처에 바다 같은 건 없어. 완전히 반대 방향이다."

"흐음⋯⋯. 그런 거였나. 빵이라니. 빵은 별로 좋아하지 않는데."

택시가 속도를 늦췄다.

"어디쯤 세울까요?" 기사가 물었다. 교통량 많은 교차로 근처였다.

"여기면 됐어." 히요시가 상의 주머니에 손을 넣어 돈을 꺼냈다.

다쿠미는 왼손에 부적 주머니를 쥐고 있었다. 어떻게든 이 기사에게 전하고 싶었다. 종이에 적힌 에자키 상점이라는 곳에서 다카쿠라와 일행이 대기하고 있을 것이다. 기사에게 전화가 오면 그들은 다쿠미가 어디에서 내렸는지 알게 될 것이고, 그렇게 되면 아지트를 발견할 가능성도 생긴다.

"야, 뭐하는 거야. 빨리 내려." 계산을 끝낸 히요시가 오카베의 몸을 밀었다. 다쿠미도 같이 밀렸다.

"우왓, 잠깐 기다려. 다리가 꼈다고." 다쿠미는 시트 아래에 있는 다리를 빼내는 듯한 동작을 하며 그 틈에 부적 주머니를 바닥에 떨어뜨렸다. '부탁해, 기사 아저씨. 빨리 이걸 알아차려줘요.'

히요시는 택시가 떠난 뒤에도 그 자리에서 움직이려 하지 않았다.

"뭘 멍하니 있는 거야. 아지트에 간다면서?"

히요시는 다쿠미를 보고 씨익 웃은 뒤 먼 곳을 보고 손을 들었다. 새로운 택시가 그들 앞에 멈췄다.

"자, 타." 히요시가 말했다.

"뭐야, 또 타는 거냐?" 다쿠미가 눈을 크게 떴다.

"쫑알쫑알 대지 말고 타. 늦어지잖아."

아까와 마찬가지로 셋이서 불편하게 탔다. 히요시가 빠른 말투로 행선지를 말했다. '가와치마쓰바라'라고 들렸다.

"왜 아까 차로 안 간 거야?" 다쿠미가 끈질기게 물었다.

"만일의 경우를 위한 대비다." 히요시가 말했다.

"만일의 경우라니?"

"네 동료가 그 택시 번호판을 봤을지도 몰라. 우리가 어디로 가는지 알아내게 할 수는 없지."

"……쳇, 그렇게까지 하나."

다쿠미는 평정심을 가장하며 창밖을 보았다. 실제로는 초조한 탓에 식은땀이 흘렀다. 택시를 갈아타버린 이상, 부적 주머니는 아무런 도움도 되지 않는다.

차는 간선도로를 달리는 듯했다. 그러나 도심지와는 점점 멀어지고 있다. 이쪽 지역에 대한 감각은 전혀 없지만, 아무래도 교외로 나간다는 것은 다쿠미도 알 수 있었다.

좋지 않다. 아무 단서도 없어서는 도움을 기대할 수 없다. 자신의 힘만으로 어떻게든 할 수밖에 없다고 마음을 다잡았다.

히요시는 간선도로에서 빠져나간 곳에 택시를 세웠다. 근처에 공장 같은 것이 보인다. 희미하게 쿠키, 아니 빵 냄새가 났다.

"어서 걸어. 이 앞이다." 히요시가 재촉했다.

"네 보스, 아직 기다려줄까?" 다쿠미가 말했다. "정기 연락이 끊긴 이후에 위험하다고 판단해 내뺀 거 아닐까. 널 버리고."

"그 사람을 얕봤다간 큰코다칠걸."

"어라, 그러셔?"

길이 점점 어두워졌다. 가로등이 없는 탓이다. 길을 따라 콘크리트 담이 계속된다. 히요시는 그 담이 도중에 끊긴 곳을 통해 부지 안으로 들어갔다. 다쿠미도 오카베를 데리고 뒤따랐다. 본 적 있는 광경이 눈앞에 펼쳐졌다.

"여기다. 틀림없어. 저 창고 2층이 아지트다." 다쿠미가 말했다.

"벌써 그리워지셨나?" 히요시는 걸음을 서둘렀지만 다쿠미가 따라오지 않자 멈춰 서서 돌아보았다. "왜 그래? 빨리 따라와."

"나는 이 녀석과 여기서 기다리겠어. 지즈루를 데려와."

"허어……." 히요시가 다쿠미의 얼굴을 물끄러미 바라본 다음 천천히 고개를 끄덕였다. "우리를 믿지 못하나 보군."

"믿으라는 게 더 이상하지 않냐?"

"그렇긴 해." 히요시가 씨익 웃었다. "네 배짱을 높이 사서 하나 알려주지."

"뭔데."

"우리 보스는 그 여자를 돌려줄 생각이 없어."

"그럴 테지."

"여자는 그 녀석과 쭉 함께였어. 위험한 사실도 모조리 알고 있다고 생각해야겠지. 그 녀석을 붙잡았는데 여자를 놔준다면 아무 의미가 없어."

"지즈루는 아무것도 몰라. 정말이다." 오카베가 말했다. 오랜만에 말한 탓인지 목소리가 갈라졌다.

"보스에게 그렇게 말해보시지." 히요시가 차갑게 말한 뒤 다쿠미를 보았다. "여자를 되찾고 싶다면 힘으로 승부하는 게 좋아. 나는 너라는 인간이 싫지는 않지만, 네 편을 들어줄 수는 없거든."

"알았으니 빨리 지즈루나 데려와."

히요시가 입가를 삐죽인 뒤 몸을 돌려 걷기 시작했다. 자갈을 밟는 소리가 점점 멀어졌다.

"저 남자 말이 맞아. 놈들은 지즈루를 돌려주지 않을 속셈이야. 뭔가 방법은 있어? 저쪽은 한두 명 정도가 아닐 거 아냐." 오카베가 말했다.

"네가 걱정 안 해도 그런 건 나도 알아." 다쿠미는 그렇게 말하고 오카베의 양손을 묶은 끈을 풀었다. "너, 다리에 자신은 있어?"

"다리?"

"달리기는 빠르냐고."

"갑자기 무슨……. 평범한 편인데."

"그럼 마음의 준비를 해둬. 죽을힘을 다해 달려야 할 테니까."

"뭐?"

"내가 신호하면 도망쳐. 전속력으로. 놈들에게 잡히고 싶지 않다면 시키는 대로 해."

"지즈루와 교환하는 거 아냐?"

"이쪽은 그럴 생각이지만, 아무래도 상대방은 그럴 마음이 없는 것 같으니까."

건물에서 몇 명인가 나오는 모습이 보였다. 다쿠미는 자세를 취했다. 상대는 이시하라와 히요시 그리고 부하 세 명이었다. 지즈루는 없었다.

"어이, 미야모토. 많은 일이 있었던 모양이군. 히요시에게 들었어." 이시하라가 밝은 목소리로 말했다. "오카베 씨, 드디어 만났군요. 많은 분들이 당신을 찾아다녔습니다."

"내 말이 제대로 전해지지 않았나 봐. 지즈루를 데려오라고 했을 텐데."

"너무 그리 서두르지 말게. 이봐, 오카베 씨를 위로 데려가." 이시하라가 부하에게 명령했다.

두 명이 다쿠미 쪽으로 다가왔다. 다쿠미가 오카베 귓가에 속삭였다. "지금이다."

"뭐?"

"뛰어!"

"아!" 하고 소리를 지른 뒤 오카베가 도로를 향해 달렸다.

"앗, 이 자식!"

"거기 서!" 이시하라의 부하들도 뭐라고 외치며 뒤를 쫓았다.

이시하라나 히요시도 깜짝 놀란 모양이다. 기회는 지금밖에 없었다. 다쿠미는 건물을 향해 달렸다. 바로 알아차린 히요시가 앞을 가로막았지만 다쿠미는 몸을 웅크려 몸통 박치기를 했다. 충격과 함께 균형을 잃었지만, 그래도 금세 자세를 바로잡았다. 히요시가 어떻게 되었는지는 알 수 없었다.

건물 안으로 달려들어 눈앞의 계단을 뛰어올랐다. 뒤에서 발소리가 쫓아온다. 계단을 올라온 곳에 골판지 박스나 손수레가 방치되어 있었다. 몽땅 아래로 떨어뜨렸다. 크고 날카로운 금속음에 섞여 비명이 들리고, 쿠웅 하며 무언가가 쓰러지는 소리가 들렸다.

2층 사무실 문이 열리고 민눈썹 남자가 나왔다.

"뭐야, 이 자식."

다쿠미는 덤벼드는 남자의 주먹을 피하고 오른손 스트레이트를 뻗었다. 민눈썹 남자의 인중에 정확하게 꽂히는 감촉이 느껴졌다. 남자는 비명과 함께 얼굴을 감싸며 그대로 주저앉았다. 피가 뚝뚝 떨어진다.

사무실로 뛰어들었다. 지즈루가 놀란 얼굴로 서 있었다. 다쿠미는 문을 걸어 잠갔다.

"다쿠미……."

"창문 열어."

지즈루가 옆에 있는 창문을 열었다. 다쿠미는 아래를 내려다보았다. 바로 옆은 중고차 센터인 모양이다. 창고 지붕이 바로 아래에 보인다.

"지즈루, 뛰어내려." 다쿠미가 외쳤다.

"뭐?" 그녀는 반대로 창문에서 멀어졌다. 겁먹은 기색이었다.

"바보 자식, 뭘 겁내는 거야. 지금 그러고 있을 때가 아니라고."

"하지만 이렇게 높은 데서 뛰라니." 지즈루가 고개를 마구 저었다.

문밖에서 무언가를 치우는 듯한 큰 소리가 들렸다. 다쿠미가 계단에 떨어뜨린 것들을 치우고 있으리라.

"이 새끼, 여기서 뭐하고 있어!" 누군가가 외쳤다. 혼나는 것은 아마도 민눈썹일 것이다.

"빨리 해."

다쿠미는 지즈루의 손을 끌어 겨우 창틀 위에 세웠다. 그러나 그녀는 아직도 고개를 세차게 젓고 있다. "안 돼. 절대로 안 돼. 못 해."

문 자물쇠를 여는 소리가 들렸다. 다쿠미는 지즈루의 등을 밀었다. 그녀는 비명을 지르며 떨어져 창고 지붕 위에 쓰러졌다. 다쿠미도 그 모습을 보고 창틀 위로 올라섰다. 거의 동시에 문이 열리고 히요시가 뛰어 들어왔다.

"잘 있어." 그 말을 남기고 다쿠미가 뛰었다. 창고 지붕 위에서 낙법 자세를 취하며 굴렀다.

"앗, 다쿠미. 괜찮아?"

"뛰어. 도망쳐. 금세 쫓아올 거야." 그는 재빨리 일어서서 지즈루의 손을 잡았다.

"도망치다니. 어디로?"

"여기서 뛰어내려야지."

"뭐? 또?"

쿠웅 소리가 들렸다. 돌아보니 히요시가 뛰어내린 참이었다. 발목이라도 삐었는지 얼굴을 찡그렸다.

"서둘러."

다쿠미는 지붕 끝까지 가서는 지즈루의 손을 잡은 채 뛰었다. 바로 아래에는 중고 코롤라 차량이 있었다. 두 사람은 그 보닛 위에 착지했다. 큰 소리가 나며 보닛이 움푹 들어갔다.

"뛰어!" 다쿠미는 지즈루의 손을 잡아끌었다. 하지만 지즈루는 도망 생활의 피로와 감금의 충격 탓인지 몸이 무거운 듯했다. 더구나 구두까지 신고 있었다.

두 사람은 죽 늘어선 중고차 사이를 누비듯이 달렸다. 추격자가 가까워져 오는 기척이 느껴졌다. 다쿠미는 오로지 앞만 보고 달렸다. 지즈루가 주저앉으면 있는 힘껏 일으켜 세웠다.

길이 바로 눈앞에 보였지만 두 사람은 속도를 늦출 수밖에 없었다. 그 길을 철조망이 가로막고 있음을 알았기 때문이다.

"빌어먹을."

다쿠미는 출구를 찾았다. 그러나 문은 굳게 닫힌 데다 자물쇠까지 채워져 있었다.

철조망 앞에 멈춘 두 사람의 뒤쪽에서 자갈 밟는 소리가 가까워졌다. 다쿠미는 뒤로 돌았다. 이시하라와 부하들이 천천히 걸어오고 있었다.

"미야모토, 네 배짱과 근성에는 다시 한 번 감탄했다. 우리 애들이 본받았으면 할 정도야. 빈말 아냐. 진심으로 감탄했어." 이시하라가 그렇게 말하며 한 걸음 앞으로 나왔다.

"칭찬은 됐으니 이대로 보내주지 않을래?" 다쿠미는 숨을 헐떡이면서도 그렇게 말해보았다.

이시하라가 쓴웃음을 지었다.

"이 건에 대해 내게 결정권이 있다면 못해줄 일도 아니지만, 안타깝게도 그 정도의 권한은 없거든. 남자라면 포기할 줄도 알아야지. 여자를 이쪽으로 넘겨주실까."

"오카베를 넘겨줬잖아. 그러면 지즈루를 돌려주겠다고 약속했을 텐데?"

이시하라가 짜증난다는 듯이 미간을 찌푸렸다.

"이제 와서 그런 애들 같은 소리는 그만두시지. 그런 논리가 통하지 않는다고 생각했으니 너도 이런 일을 벌인 거잖아. 지금까지는 멋졌으니 마지막도 멋지게 끝내는 게 어때?"

"그래, 알았어." 다쿠미는 지즈루를 자신의 뒤로 숨겼다. "마지막까지 제대로 붙어주지. 지즈루를 빼앗고 싶다면 나부터 해치워야 할 거야."

"이것 참." 이시하라가 머리를 긁고는 두 손 다 들었다는 듯이 양 손을 들었다. "한심한 일에 시간을 빼앗기고 싶지는 않지만, 본인이 납득되지 않는다면 어쩔 수 없지. 누가 상대 좀 해줘라."

이시하라가 뒤로 물러남과 동시에 히요시가 앞으로 나왔다. 다쿠 미를 노려본 채 상의를 벗고는 고개를 좌우로 꺾었다.

"역시 당신인가."

"아까는 봐준 거야. 이번에는 그렇게 안 될걸." 히요시가 자세를 낮추고는 디트로이트 스타일한 손은 내리고 반대쪽 손으로는 턱을 방어하는 방식의 권투 자세을 취했다.

다쿠미 역시 파이팅 포즈를 취했지만 속으로는 위험하다고 생각 했다. 제시 정도가 아니면 이 녀석에게는 이기지 못할 것이다. 그러 나 싸우지도 않고 지즈루를 넘겨줄 수는 없었다. KO당할 때까지, 아니 KO를 당하더라도 포기하지 않겠다고 결심했다.

히요시가 스텝을 밟으며 다가왔다. 자신이 있는 모양이다. 다쿠미 는 방어 자세를 잡았다.

그때였다. 어디에선가 음악이 들렸다. 이런 늦은 밤에 어울리지 않는 시끄러운 소리였다. 다쿠미의 집중력이 흐트러졌다. 히요시는 영문을 모르겠다는 얼굴로 뒤로 살짝 물러났다. 대결에 어울리는 정 숙이 돌아올 때까지 기다릴 생각인 듯했다.

하지만 소리가 멀어지기는커녕 서서히 다가왔다. 다쿠미는 소리 의 정체가 하드록이라는 사실을 알아차렸다. 거기에 오토바이 엔진 소리까지 섞여 있다.

이윽고 몇십 대의 오토바이가 거리에 출현했다. 한눈에도 폭주족이라는 사실을 알 수 있는 무리 중앙에는 현란한 장식이 달린 원박스카가 있었다. 그 차 지붕에 스피커가 실려 있고, 하드록 음악은 거기서 흘러나왔다.

그들은 다쿠미의 뒤쪽에 정지했다. 원박스카 옆에 'BOMBA'라고 새겨져 있는 것을 보고 다쿠미는 정체를 알았다.

음악이 멈추자 오토바이 엔진 소리도 일제히 멈췄다. 원박스카 문이 열리고 다케미가 나왔다. 가죽으로 된 검은색 오토바이 슈트를 입고 손에는 체인을 들었다. 잘그락잘그락 소리를 내며 다가왔다.

"오래 기다렸지!" 그녀가 다쿠미를 보고 윙크했다.

"이 녀석들은 다 뭐야?"

"도우미. 상황이 워낙 급박해서 이 정도 모으는 게 최선이었어. 옛날 동료들이야."

다쿠미는 주위를 둘러보았다. 다들 한가락 할 듯한 얼굴이었다.

"놀랍군."

원박스카 안에서 다카쿠라와 도키오도 내렸다. 다카쿠라는 다쿠미에게 고개를 살짝 끄덕여 보이고는 이시하라 쪽을 보았다.

"이쯤 해서 끝내지 않겠나. 서로 일을 크게 벌여서 얻을 게 하나도 없을 것 같은데."

"이런 애송이들을 데리고 와서는 날 협박할 생각이냐." 이시하라는 여전히 미소 띤 얼굴이다.

"그런 게 아냐. 당신 고용주에게 연락했네. 이야기는 끝났어. 오카베는 그쪽으로 넘기겠네. 그러니 이 젊은 두 사람에게는 관여하지 말게."

"그런 이야기 난 못 들었는데."

"방금 결정된 일이야. 믿지 못하겠다면 이걸 들어보게. 전화 내용을 녹음한 걸세. 다쿠미 군, 받게." 다카쿠라가 소형 녹음기를 꺼내 철조망 너머로 던졌다.

다쿠미가 받아 히요시에게 건넸다. 히요시는 그것을 이시하라에게 건넸다. 이시하라가 플레이 버튼을 누르고는 스피커에 귀를 기울였다.

"고용주의 목소리인지 아닌지 정도는 구분할 수 있겠지?" 다카쿠라가 말했다.

이시하라가 녹음기를 끄고는 얼굴을 일그러뜨리며 아랫입술을 삐죽 내밀었다.

"오카베는?" 부하에게 물었다.

"붙잡았습니다."

"그래?" 이시하라가 턱을 쓰다듬더니 천천히 다쿠미에게 다가왔다. 콧등에 잔뜩 주름을 만들고는 흥 하고 콧김을 내뿜었다. "무승부라는 거냐. 어?"

"댁이 그렇게 생각한다면 그런 거겠지."

이시하라가 주먹을 쥐어 다쿠미의 가슴팍을 가볍게 치고는 등을 돌려 걸어갔다. 부하들도 뒤를 따랐다. 가장 마지막까지 남아 있던 히요시는 말없이 다쿠미의 얼굴을 손가락으로 가리킨 다음 떠났다.

다쿠미는 철조망에 등을 기대고는 그대로 미끄러지듯 주저앉았다. 피로가 한순간에 밀려오는 듯한 느낌이었다.

"다쿠미 형." 도키오가 철조망 너머로 불렀다.

"야, 용케도 여기를 알아냈네."

"할머니의 부적이 효과가 있었던 거야. 돌아가면 꼭 감사인사라도 전해."

"부적? 그건 택시를 바꿔 타서 도움이 안 됐을 텐데."

"연락한 기사분이 빵 공장 근처로 간다는 얘기를 했다고 알려줬어. 그 말을 듣더니 도키오가 여기가 확실하다고 했고." 다케미가 말했다.

"도키오가?" 다쿠미가 고개를 갸웃하고는 뒤쪽을 보았다. "여기를 알고 있었어?"

"추억의 장소야. 빵 공장 옆의 공원……. 딱 한 번 온 적이 있거든." 도키오가 말했다.

"공원? 그런 게 어디 있는데."

도키오가 미소 지었다. "지금은 없어. 십 년 후에 생기니까."

"또 무슨 영문을 알 수 없는 소리를 하고 있어. 아무렇게나 찍은 게 맞은 거겠지. 빵 공장 같은 곳이 여기저기 있지는 않을 테니까."

다쿠미는 일어서려다 심한 통증이 느껴져 얼굴을 찡그렸다. 발목을 삐었다는 사실을 그제야 알아차렸다.

38

병원은 모모다니 역 근처에 있었다. 종합병원이라 주차장도 넓고 택시 대기 장소까지 있었다. 정면 유리문을 통과하니 넓은 대합실이 있고, 왼쪽에 큰 접수처가 있었다. 창구에 따라 입원수속이나 진료 수속 등으로 나뉘어져 있다.

도키오가 입원수속 창구에 지즈루의 병실을 물어보러 간 사이, 다쿠미는 대합실 구석에 서서 텔레비전을 바라보았다. 브라운관 안에서는 서던 올스타즈가 〈사랑스러운 에리〉를 열창중이었다.

도키오가 돌아왔다. "알았어. 5층 5024호실이래."

두 사람은 엘리베이터를 향했다.

"크고 훌륭한 병원인걸. 게다가 일 인실이라니. 입원비, 엄청 뜯기는 거 아닐까."

"비용은 다카쿠라 씨가 어떻게든 해주겠다잖아."

"그렇긴 한데 조금 더 싼 병원으로 하고 차액을 현금으로 받을 수는 없나."

"당연히 안 되지. 어쩜 그렇게 쩨쩨한 생각을 다 할까."

엘리베이터로 5층까지 올라가 긴 복도를 걸었다. 5024호실은 안쪽에서 두 번째였다. 도키오가 노크를 했다. "네"라는 작은 대답. 지즈루의 목소리다.

다쿠미가 문을 열었다. 크기는 다다미 여섯 장 정도에, 창가에 침대가 놓였고 지즈루는 그곳에 앉아 있었다. 잡지가 펼쳐져 있다.

"아, 다쿠미. 도키오까지. 병문안 와준 거야?" 지즈루의 얼굴이 밝아졌다.

"다케미에게도 얘기했는데 밴드 연습이 있다나 봐." 다쿠미는 가져온 종이봉투를 침대 옆의 테이블에 놓았다. "아이스크림 사왔어."

"와, 고마워."

"몸은 좀 어때? 아직도 여기저기 아파?"

"이젠 괜찮아. 다카쿠라 씨가 괜히 이렇게 커다란 병실을 준비해주었다 싶어. 솔직히 좀 심심할 정도야."

"돈은 그쪽에서 낸다고 했는데 뭐 어때. 아이스크림 먹어."

"응." 지즈루가 종이봉투에서 아이스크림을 꺼냈다.

"성가신 일은 모두 끝났어? 다카쿠라 씨의 동료가 이것저것 물어볼 거라고 들었는데."

"대강은. 그래도 아직은 놓아줄 것 같지 않아. 이러니저러니 해도 나는 그 사람들에게는 중요한 카드인 모양이니까." 지즈루가 아이스 크림을 먹으며 맛있다고 기쁜 표정을 지었다.

"하여튼 한심한 일에 휘말리고 말았어. 비리인지 밀수인지 모르겠 지만 우리와는 전혀 관계도 없는 일이잖아."

다쿠미의 말에 지즈루는 아이스크림을 입으로 가져가던 손길을 멈추고 고개를 숙였다.

"고맙다고 말한다는 걸 깜박했네. 다쿠미, 고마워. 도키오도. 두 사 람에게는 너무나 큰 폐를 끼치고 말았네."

"인사 같은 건 됐어. 그보다 이제는 괜찮지 않을까?"

다쿠미의 말에 지즈루가 고개를 들었다. "이제는 괜찮다니?"

"진짜 마음을 들려줘도 되지 않겠냐는 말이야. 대체 무슨 생각으 로 아무 말 없이 사라진 거야? 오카베라는 녀석에게 반한 거야? 그 런 거라면 상관없지만, 제대로 말해주지 않으면 이쪽도 마음 정리가 쉽지 않아."

"아, 그거……." 그녀는 다시 고개를 숙였다. 아이스크림을 먹던 손길은 멈춘 채였다.

"나, 밖에서 기다릴까?" 도키오가 말했다.

"괜찮아. 싫지 않다면 너도 여기 있어. 괜찮지, 지즈루? 이 녀석도 너 때문에 이 일에 휘말리고 말았으니 네 이야기를 들을 권리는 있 을 거야."

지즈루가 고개를 끄덕였다. 아이스크림을 테이블 위에 내려놓고 긴 숨을 내쉬었다.

"오카베 씨는 전부터 사귀어달라고 했어. 나도 싫지는 않았어. 좋다는 마음도 좀 있지 않았을까."

"지즈루……."

"그래도 아무 일도 없었어. 내게는 다쿠미가 있으니까 항상 그냥 넘겼지. 그러다가 어느 날 오카베 씨에게 프러포즈를 받았어."

그 말은 다쿠미에게 카운터펀치가 되었다. 심장이 덜컥 내려앉았다. 그는 침을 삼켰다.

"결혼해달라는 말에 흔들렸다는 거야?"

"물론 바로 거절했어. 그래도 오카베 씨는 포기하지 않았어. 언제까지라도 기다리겠다고. 그 이후로도 몇 번이나 결혼해달라고 했어. 자기에게는 나밖에 없다고."

"나에 대한 건 말하지 않았어?"

다쿠미의 질문에 지즈루는 엷은 미소를 지었다. 눈꺼풀이 살짝 떨렸다.

"난 참 교활한 여자야. 결국 속으로 저울질을 했어. 안정된 샐러리맨 오카베 씨와 직업이 없는 다쿠미. 어느 쪽과 사는 편이 내게 이득이 될지. 다쿠미에 대해 말했다면 오카베 씨는 바로 포기했을지도 몰라. 하지만 그쪽 카드도 들고 있고 싶었어."

"……거짓말."

"변명거리는 얼마든지 있어. 집이 가난해서 간호학교를 그만둘 수밖에 없었다, 호스티스를 해서 번 돈도 집에 보내야 했다 등등. 확실히 나도 지쳤거든. 이런 일을 계속해봤자 행복해질 수 없을 거라 생각했어. 그랬더니 앞으로 내 인생에는 아무것도 없는 것 같더라. 그런 식으로 자신감을 잃었기 때문에 오카베 씨의 프러포즈는 인생에 몇 번 없는 기회라고 느껴졌어."

"나로는…… 안 되는 거였어?"

"다쿠미였다면 최고였겠지." 지즈루가 어색한 미소를 지으며 다쿠미를 보았다. "다쿠미가 제대로 일을 해서 나를 신부로 맞이하겠다고 말해주었다면."

이번에는 다쿠미가 고개를 숙일 차례였다. 그는 먼지투성이인 자기 신발을 바라보았다. 그녀의 불안한 마음에 항의할 권리 같은 것은 자신에게 없다는 생각이 들었다. 그녀는 몇 번이나 제대로 일하라고 했다. 다쿠미는 항상 그 말에 반발했다. 제대로 된 일거리를 찾을 노력조차 하지 않고, 자신이 인정받지 못하는 것은 자신 탓이 아니라 자신을 버린 사람 탓이라고 생각했다. 그런 데다 언젠가는 큰일을 하겠다며 공허한 소리만 떠들어댔다.

"그거, 마지막 도박이었어." 지즈루가 말했다.

"그거라니?"

"경비회사의 면접, 봤다고 했잖아?"

"어어……." 다쿠미가 고개를 끄덕였다. 그런 일도 있었다. 상당히 오래전 일인 듯한 기분이 들었다.

"실제로는 면접 안 봤지?"

"뭐?"

"면접 안 봤잖아."

"아니, 나는 그게……."

"괜찮아. 거짓말 안 해도 돼. 나, 봤으니까."

"보다니, 뭘?"

"걱정돼서 경비회사에 전화해봤거든. 미야모토 다쿠미라는 사람이 면접을 봤을 텐데 어땠느냐고. 그랬더니 그 남자는 지각한 것에 대해 주의를 주자 화를 내고 돌아갔다고 했어."

다쿠미가 입술을 깨물었다. 지즈루는 이미 전부 알고 있었다.

"다쿠미 형……." 도키오가 뒤에서 어이없다는 듯이 말했다. "나한테는 면접 봤다고 했으면서. 연줄이 없으면 붙을 수 없다고 했잖아. 그거 다 거짓말이었어?"

뭐라 할 말이 없다. 다쿠미는 두 주먹을 불끈 쥐었다.

"그런데 결정적이었던 건 그게 아냐." 지즈루가 말했다. "나, 다쿠미를 찾으러 갔어. 불평할 생각으로. 어디 있을지는 대충 짐작이 갔어. 파친코 가게나 카페. 아니나 다를까 나카미세 뒷골목 카페에 있었어. 100엔짜리 동전을 쌓아두고 게임을 하고 있더라."

그때 일이 다쿠미의 뇌리에도 되살아났다. 그녀에게 발각되었던 것이다.

"다쿠미, 날 보고는 숨었지?"

"그게……."

"숨었잖아. 테이블 구석으로. 살금살금……."

지즈루가 말한 대로였다. 걸리면 잔소리를 들을 것 같다는 생각에 숨었다.

"결심한 건 그때일 거야. 이래선 틀렸다고 생각했어."

"사나이가 할 짓이 아니었어. 한심하게도." 다쿠미가 중얼거렸다.

"다쿠미가 무모한 짓을 벌이는 건 아무래도 상관없었어. 어떤 사람이라도 나이를 먹으면 진중해진다고 생각했으니까. 하지만 그렇게 비굴한 모습은 보고 싶지 않았어. 허세든 억지든 상관없으니 당당했으면 했어."

"환멸하게 되었다는 건가."

"그런 거랑은 좀 달라. 그때 다쿠미에게서 내 모습도 본 거야. 운이 없어서, 뭘 해도 제대로 안 돼서, 그러다 보니 완전히 비굴해져버린 내 자신을 깨달았어. 그리고 다쿠미를 그렇게 만든 것도 분명 나일 거야. 우리 둘은 더는 함께 있으면 안 된다고 생각했어. 각자 다른 무언가를 시작할 때가 온 건지도 모른다고."

"그래서 오카베를 선택한 거야?"

"그 일이 있기 조금 전에 함께 오사카에 가지 않겠느냐는 말을 들었어. 오사카에서 해야 할 일이 있는데, 그 일이 정리되면 결혼하자고. 고민했어. 경비회사의 면접이 내게는 도박이었다고 한 건 그런 의미야. 다쿠미가 채용되지 않더라도 상관없었어. 만약 제대로 면접을 봤더라면 오카베 씨 제안은 단호하게 거절할 생각이었어."

다쿠미가 한숨을 내쉬었다.

"내가 스스로 잘못된 카드를 뽑아버렸다는 거군."

"그때는 그게 가장 좋은 길이라고 생각했어." 지즈루가 그렇게 말하고 고개를 저었다. "하지만 천벌을 받았나 봐. 오카베 씨가 그런 일을 했을 거라고는 상상도 못 했어. 자세한 일은 오사카에 도착한 다음 들었는데, 이미 그때는 되돌릴 수 없었어. 오카베 씨도 괴로워 보였고, 이렇게 된 이상 끝까지 갈 수밖에 없다고 생각했지. 사람을 저울질한 벌을 받은 거야." 그녀는 고개를 들고 다시 한 번 미소 지었다. "설마 다쿠미가 구해줄 거라고는 꿈에도 생각 못 했어."

"지즈루……."

그녀가 테이블 쪽을 돌아보았다. "아이스크림, 녹아버렸네……."

"앞으로 어쩔 생각이야?"

"모르겠어. 당분간 날 놓아줄 것 같지 않고, 좋은 기회이니 이참에 푹 쉬어볼까 해. 갈 곳도 없고. 일이 다 해결되면 본가로 돌아갈까."

다쿠미는 어깨가 축 늘어진 지즈루의 옆얼굴을 보면서 '우리 다시 시작해보자'라는 말이 나오려는 것을 간신히 억눌렀다. 그 말을 그녀가 받아들일 거라는 생각은 들지 않았다. 또 자신들이 진정 가야 할 길이 아니라는 생각도 들었다.

"잘 알았어." 다쿠미는 침대로 다가가서 오른손을 내밀었다. "그럼 건강히 잘 지내."

지즈루는 그의 오른손을 바라본 후 고개를 푹 숙였다. 가녀린 어깨가 부들부들 떨렸다. 떨면서도 다쿠미의 손에 자신의 손을 겹쳤다. "다쿠미도 건강해야 해."

다쿠미가 지즈루의 손을 꼭 쥐었다. 그러나 지즈루는 다른 손을 뻗어 그의 손을 부드럽게 떼어냈다. 그를 올려다보았다. 충혈된 눈에서 당장이라도 눈물이 흘러나올 것 같았지만 지즈루는 웃었다.

"여러모로 정말 고마워."

다쿠미가 잠자코 고개를 끄덕였다. 몸을 돌려 발걸음을 옮겼다. 도키오도 뒤따라왔다. 돌아가고 싶은 마음을 참으며 병실을 나왔다.

다쿠미는 병원을 나온 뒤에도 한참 동안 아무 말이 없었다. 도키오 역시 계속 잠자코 있었다. 모모다니 역에서 표를 사서 플랫폼에 선 다쿠미는 담배를 입에 물었다. 하늘은 이미 밤의 색으로 물들어 있었다.

"난 정말 바보야. 소중한 걸 잃어버린 후에야 그 사실을 알아차린들 이미 늦었잖아." 선로를 내려다보며 중얼거렸다.

"난 둘이서 다시 시작해보자고 말을 꺼내는 거 아닌가 했어."

"그래?"

"그런 분위기였거든."

다쿠미가 담배연기를 내뿜었다. "부끄러움을 부끄러움으로 덮을 수는 없지."

"별로 부끄럽다는 생각은 안 드는데."

전철이 들어왔다. 다쿠미는 담배꽁초를 바닥에 버리려다가 생각을 바꾸어 옆에 있는 재떨이에 버렸다. 도키오가 놀란 얼굴이다.

"나라고 언제까지고 애는 아니거든." 다쿠미가 그렇게 말하며 웃었다.

전철이 움직이고 얼마 후에 그가 말했다.

"야, 거기 가볼까."

"거기?"

"도조의 집 말이야. 한 번 더 만나야 할 것 같은 느낌이 들었어. 물론 네가 싫다면 강요는 안 하겠지만."

창밖을 바라보던 도키오가 다쿠미를 보았다. 그리고 크게 고개를 끄덕였다.

39

다쿠미는 긴테쓰 난바 역 개찰구 앞에 멈춰 섰다. 뒤따라오는 다케미와 제시를 돌아보고는 고개를 끄덕였다.

"여기서 헤어지자. 신세 많이 졌다."

"기분 내키면 또 놀러와. 오사카는 이제 질렸으려나." 다케미가 웃으며 말했다.

"많은 공부가 됐어. 자리 잡으면 연락할게."

"그래." 그녀가 고개를 끄덕였다.

"제시에게도 정말 도움 많이 받았어." 다쿠미가 거구의 흑인을 올려다보았다.

"찰지내." 그러고는 제시가 다케미에게 뭐라고 귓속말을 했다. 그녀가 웃음을 터트렸다.

"뭐래?"

"권투는 그만두는 게 좋겠대. 재능이 없다나 봐."

"시끄러워." 다쿠미가 제시에게 펀치를 날리는 시늉을 했다.

"도키오, 이 남자를 잘 부탁해. 그냥 놔두면 어디까지 폭주할지 모르니까."

"맡겨두세요." 도키오가 가슴을 쳤다.

"나를 뭐라고 생각하는 거야." 다쿠미가 얼굴을 찡그렸다가 진지한 얼굴로 돌아가 다케미 쪽을 보았다. "하나 가르쳐줬으면 하는 게 있어."

"뭐야, 진지한 얼굴로."

"너, 어머니를 어떻게 용서할 수 있었어?"

"뭐?" 그녀는 허를 찔린 듯했다.

"네 어머니는 아버지를 죽게 해서 상해치사죄로 감옥에 들어갔잖아. 그 사이 네 고생은 말할 것도 없고. 어머니를 원망해도 이상할 게 없어. 그런데 너는 지금 그 어머니와 사이좋게 장사를 하고 있잖아. 어떤 식으로 용서할 수 있었는지 궁금해서."

"아, 그거." 눈을 내리깐 다케미는 멋쩍은 듯했다. "용서고 자시고 할 것도 없어. 부모자식 관계에서는 도망칠 수 없으니까. 상대가 미안해하는 걸 알았다면 더는 쓸데없는 생각을 하지 않아도 된다고 보는데, 안 그래?"

"흐음······."

"불만이야?"

"아니, 이번에도 공부가 됐어." 다쿠미가 그녀의 눈을 바라보았다. "고마워."

다케미가 깜짝 놀란 듯이 입을 벌리고 눈을 껌벅였다.

"다쿠미 형, 시간 얼마 안 남았어."

"알았어. 우리는 이만 갈게."

"몸 잘 챙겨."

다쿠미와 도키오는 개찰구를 지나 플랫폼과 이어지는 계단으로 향했다. 계단을 내려와 개찰구 쪽을 보니 아직도 다케미와 제시가 있었다. 다쿠미는 오른손을 들었다.

"정말 굉장한 녀석이야." 계단을 내려가며 다쿠미가 중얼거렸다. 도키오도 동감인지 고개를 끄덕였다.

오사카에서 나고야까지는 긴테쓰 특급열차로 두 시간 남짓이다. 그사이 두 사람은 거의 대화를 나누지 않았다. 다쿠미는 창밖 경치를 바라보며 도조 스미코와 다시 만날 때를 생각했다. 도키오는 계속 자고 있다.

'이 녀석은 도대체 정체가 뭘까.' 도키오의 옆얼굴을 보면서 생각했다.

먼 친척이라고 했다. 그러나 정확히 어떤 관계인지 끝내 알아내지 못했다. 본인도 찾아내려는 기색이 없다. 게다가 왜 오늘까지 계속 다쿠미 옆을 떠나지 않았는지도 알 수가 없다.

나는…… 미야모토 다쿠미 씨, 당신 아들이야.

언젠가 도키오가 그런 식으로 말한 적이 있다. 미래에서 왔다고도 했다. 바보 같은 이야기라고는 생각하지만, 그것이 가장 그럴듯한 대답 같다는 느낌도 들었다. 미래에서 한심한 아버지를 도와주기 위해 나타났다……. 제법 그럴듯한 이야기다. 정말로 그렇다면 이보다 멋진 이야기는 없을 것 같다는 생각도 들었다.

'아무렴 어때. 누구인지는 언젠가 본인 입으로 밝힐 때가 올 거야. 서두를 필요는 전혀 없어. 분명한 건 이 녀석과 함께 있으면 내가 조금씩 변한다는 거야. 물론 제대로 된 인간으로. 그거면 충분하잖아.' 다쿠미는 그렇게 생각했다.

나고야에 도착해서는 전과 마찬가지로 메이데쓰를 타고 진구마에 역으로 향했다. 역에 도착했을 무렵에는 주위가 어둑어둑해지기 시작했다. 비가 부슬부슬 내렸다. 어느 틈엔가 일본 열도는 장마 전선에 휩싸여 있었다. 두 사람은 우산이 없기 때문에 비에 젖는 걸 각오하고 걸음을 옮겼다.

'하루안'의 감색 포렴이 보였다. 다쿠미는 그 자리에 멈춰 서서 심호흡을 했다.

"왜 그래?" 도키오가 물었다.

"긴장돼서."

"뭐?"

"가자." 다쿠미는 발길을 옮겼다.

두 사람은 포렴을 헤치고 가게 안으로 들어갔다. 해는 떨어졌고, 부슬비도 내리는 탓인지 손님은 없었다. 도조 준코가 전과 마찬가지로 안쪽에 있었다. 역시 전통 복장 차림이다. 그녀는 두 사람의 모습을 보고는 일어서서 아무 말도 없이 다가왔다.

"정말로 와주셨군요."

"우리가 올 거라는 걸 알고 있었나요?"

"낮에 아사오카의 할머니에게서 전화가 왔어요."

"아……."

다케미가 한 짓이라는 걸 다쿠미는 바로 알았다. 오늘 여기에 온다는 사실은 그 할머니에게도 알리지 않았다. 그녀가 말한 것이 틀림없다.

"어머님을 만나주시는 건가요?"

다쿠미는 잠시 주저하다가 "네"라고 대답했다.

두 사람은 지난번의 다실로 안내되었다.

"여기서 잠시 기다려주세요. 바로 차를 내오겠습니다." 도조 준코는 그렇게 말하고는 나가려 했다.

"잠깐만요. 만나기 전에 먼저 사죄드려야 할 일이 있습니다." 다쿠미가 말했다.

그녀는 무슨 일인지 잘 모르겠다는 듯 고개를 갸웃했다.

다쿠미가 정좌를 하고 양손을 다다미에 대고는 깊숙이 고개를 숙였다.

"죄송합니다. 그걸 잃어버렸습니다."

"그거라뇨?"

"당신에게 받은 책 말입니다. 만화책. 소중한 것인데 잃어버렸습니다. 아니, 잃어버린 게 아니라 내가 전당포에 팔았습니다. 그때는 그게 얼마나 중요한 것인지 이 바보는 전혀 몰랐습니다. 정말로 뭐라 사죄의 말씀을 드려야 할지 모르겠지만, 때리든 발로 차든 상관없으니 정말 죄송하다는 말씀을 드리고 싶습니다." 다쿠미는 이마를 다다미에 대었다.

도조 준코는 말이 없었다. 그녀가 어떤 표정을 짓고 있는지 다쿠미는 물론 알 수 없다. 어떤 욕이라도 받아들일 생각이었다.

"후우" 하고 숨을 내쉬는 소리가 들렸다. 세차게 매도당할 것쯤은 각오한 바다. 그러나 다음에 들린 목소리는 실로 온화했다.

"잠시 기다려주세요." 그리고 나가는 소리, 장지문이 닫히는 소리.

다쿠미는 고개를 들어 도키오를 보았다.

"화난 거겠지? 화가 너무 심하게 나서 오히려 말이 나오지 않은 거겠지?"

"그런 식으로는 보이지 않았는데." 도키오가 고개를 갸웃거렸다.

"식칼이라도 들고 오는 거 아닐까."

"에이, 설마."

"됐어. 그때는 그때다. 순순히 찔려주지."

"그럴 리가 없다니까."

복도를 걷는 발소리가 들렸다. 다쿠미는 서둘러 아까와 마찬가지로 바닥에 이마를 대고 절을 하는 자세를 취했다. 장지문이 열리는 소리가 들렸다. 이어 도조 준코가 반대쪽에 앉는 기척.

옆에 있던 도키오가 갑자기 "앗" 하고 소리를 질렀다. 다쿠미는 깜짝 놀랐다.

"부디 고개를 드세요."

디쿠미는 고개를 살짝 들었다. 그러나 눈은 질끈 감은 채였다.

도조 준코가 쿡쿡거리며 웃었다. "눈도 떠주세요."

그는 한쪽 눈부터 순서대로 떴다. 자기 앞에 놓인 물건을 보고 놀라 입을 벌렸다.

그 《공중 교실》이었다. 친필 원고인, 쓰루하시의 전당포에 판 그 책이 분명했다.

"어라, 어째서 이게 여기에……."

"오사카의 업자가 알려줬습니다. 쓰메즈카 무사오의 친필 원고를 발견했다고. 언제든 그분의 작품이 나오면 바로 연락달라고 부탁했거든요. 어머님의 지시로요. 친필 원고가 여기저기 있을 리 만무하니, 혹시나 했는데 역시 이거였습니다." 도조 준코가 미소 지었다.

"죄송합니다. 이렇게 된 데는 사정이 있어서……." 디쿠미가 다시 고개를 숙였다.

"신경 쓰지 마세요. 어떻게 사용하시든 자유라고 말씀드린 건 바로 저니까요. 그보다 이 작품의 의미를 이해해주셔서 다행입니다."

디쿠미는 깊숙이 고개를 조아릴 수밖에 없었다. 자신의 언동을 돌아보고는 부끄러워졌다.

"디쿠미 씨, 그럼 한 번 더 이 책을 당신께 맡겨도 괜찮을까요?"

"저에게…… 말인가요? 괜찮으시겠습니까?"

그녀는 고개를 끄덕였다.

"당신 이외에 이걸 가질 자격이 있는 사람은 없으니까요."

다쿠미는 책으로 손을 뻗었다. 그 감촉은 처음 받았을 때와는 확연히 달랐다. 따뜻함이 마음에 전해진다.

"맞아. 나도 보여드려야 할 게 있었지." 그는 가방을 열어 봉투를 꺼냈다. 스미코가 그에게 보내려 했던 편지다. 그것을 도조 준코에게 내밀었다.

그녀는 봉투의 필적을 보고 고개를 끄덕였다.

"이 편지에 대해서 어머님께 들은 적이 있습니다. 내용에 대해서도 들었고요."

"그래도 한번 읽어주시지요."

"아뇨, 이건 어머님이 당신에게 쓴 편지니까요." 그녀는 봉투를 다쿠미 앞에 두었다.

"이 편지도 무사히 받았다는 것을 알게 되면 어머님도 분명 기뻐하실 거예요."

"저기…… 상태는 어떤가요?"

도조 준코가 고개를 살짝 갸웃했다.

"좋았다 나빴다를 반복하고 있어요. 이제 어머님을……."

"만나겠습니다." 다쿠미가 그녀의 눈을 보고 말했다.

다쿠미는 도조 준코의 뒤를 따라 긴 복도를 걸었다. 화과자 냄새가 집안 전체에 배어 있다는 사실을 알았다. 전에 왔을 때는 알아차리지 못했다.

복도 끝에 있는 방 앞에서 도조 준코가 허리를 숙이고는 장지문을 열었다. 다쿠미를 올려다보며 들어가라는 듯이 고개를 끄덕였다.

다쿠미는 안을 들여다보았다. 이불이 깔려 있고 도조 스미코가 누워 있다. 역시 눈을 감고 있는 듯했다. 옆에는 백의의 여성. 그 또한 전과 마찬가지였다.

"사모님." 백의의 여성이 말을 걸었다. 그러자 스미코의 눈꺼풀이 천천히 올라갔다.

"다쿠미 씨예요." 도조 준코가 알렸으나 스미코는 아무 반응이 없었다.

"들어가시죠." 도조 준코가 말했다. 다쿠미는 방 안으로 들어갔다. 하지만 이불에서 좀 떨어진 곳에 앉았다.

"좀 더 가까이……." 도조 준코가 말했다.

다쿠미는 움직이지 않았다. 물끄러미 스미코를 바라보았다. 그녀는 눈을 몇 번인가 깜박인 후 다시 감고 말았다.

"저기 미안한데……." 다쿠미가 입술을 적셨다. "우리만 있게 해주실 수 있나요?"

"네? 그건……." 백의의 여성이 곤란한 얼굴로 도조 준코를 올려다보았다.

"그러시죠." 도조 준코가 바로 답하고는 백의의 여성을 보았다. "잠깐은 괜찮지 않나요?"

"네, 그건 그렇지만……."

"그럼 나갈까요."

백의 여성은 다소 당황한 듯했지만 스미코를 흘긋 보고는 자리에서 일어섰다. 두 여성이 나가고, 이어서 도키오도 자리를 피했다.

둘만 남겨진 뒤에도 다쿠미는 잠시 동안 가만히 앉아 있었다. 스미코도 미동조차 하지 않았다.

"저기……." 그가 입을 열었다. "잠들었나요?"

그녀의 눈꺼풀은 굳게 닫힌 채였다. 다쿠미는 헛기침을 하고는 아주 약간 몸을 움직여 이불로 다가갔다.

"저기, 잠들었을지 모르지만 여기 오면 하려 했던 말이 있어서 일단 하겠습니다. 들리지 않을 수도 있지만 그건 뭐 어쩔 수 없으니까." 그는 뺨을 긁고는 다시 헛기침을 했다. "뭐라 해야 할까, 어쨌든 지난번에는 미안했어요. 나도 사정을 몰랐으니까. 그리고……."

그가 얼굴을 찡그렸다. 머리를 긁고는 자기 무릎을 두드렸다. 그런 다음 다시 스미코를 보았다.

"당신 탓이 아녜요." 그가 말했다.

그 순간, 스미코의 속눈썹이 움찔거린 듯한 느낌이 들었다. 가만히 그녀를 응시했지만 눈은 감긴 채 움직이지 않았다.

다쿠미가 침을 삼키고 숨을 깊이 들이켰다.

"당신 탓이 아니에요." 다시 한 번 말했다. "여러 일이 있었지만, 당신 탓이 아니에요. 내 인생이니, 내가 책임져야 할 일이에요. 더는 당신 탓으로 돌리지 않겠어. 그 말이 하고 싶었어요. 그리고 하나 더. 나를 낳아줘서 감사해요. 고맙습니다."

다쿠미가 양손을 바닥에 대고 고개를 숙였다.

스미코에게서 대답은 없다. 역시 잠들어버린 듯했다. 그래도 상관없었다. 여기서 이렇게 감사인사를 하는 것이 오늘 온 목적이었다.

숨을 길게 내쉬며 자리에서 일어섰다. 도조 준코를 부르러 갈 생각이었다. 하지만 스미코의 잠든 얼굴을 본 순간 다쿠미는 흠칫 놀랐다.

그는 무언가가 가슴속에서 파열하는 것을 느꼈다. 그것이 목소리가 되어 밖으로 나오려는 것을 열심히 참았다. 석상처럼 그 자리에 못 박힌 채 꼼짝할 수 없었다.

심호흡을 몇 번 반복하며 온몸에서 힘을 뺐다. 바지주머니에 손을 찔러 넣고 그대로 이불로 다가갔다. 그리고 주머니에서 손을 뺐다.

그의 손에는 구겨진 손수건이 쥐어져 있었다. 떨리는 손으로 그것을 스미코의 얼굴로 가까이 가져갔다.

다쿠미는 그녀의 젖은 눈가를 살짝 닦아주었다.

40

"야, 미야모토. 이거 똑바로 봐. '하시모토 다에코多惠子' 씨인데 이
건 '다에요多惠구'잖아."

반장의 지적에 다쿠미도 실수를 깨달았다.

"아, 정말이다. 죄송합니다. 제가 착각했네요."

"너 말야, 세상에 다에요라는 이름이 어디 있냐. 생각을 좀 하라
고, 생각."

'나 역시 다에코인 줄 알고 활자를 찾은 거라고.' 다쿠미는 그렇게
반론하고 싶은 것을 꾹 참았다.

"죄송합니다." 모자를 벗고 고개를 숙였다.

"하여튼. 잘 좀 해줘." 반장이 투덜거리며 떠났다.

다쿠미는 혀를 차며 모자를 썼다. 그 앞에는 활자가 담긴 장이 죽

늘어서 있다. 앞에 놓인 메모를 보면서 지정된 활자를 가져오는 것이 그가 맡은 일이었다. 무코지마 변두리에 있는 작은 인쇄소다. 종업원은 다쿠미 말고는 두 명밖에 없다. 그의 신분은 아르바이트였다. 한여름이라 모집 공고가 나온 것이다. 일한 지 일주일째인데 작은 활자를 하나하나 가져오는 일은 그다지 성미에 맞지 않아 실패만 하고 있다. 엄청난 양의 종이를 옮기거나, 완성된 인쇄물을 의뢰인에게 전달하는 일도 하는데 체력적으로는 힘들지만 그쪽이 마음은 한결 편했다.

"미야모토, 손님 오셨다." 대머리 사장이 사무실에서 얼굴을 내밀었다.

"손님? 저한테요?"

도키오인가 생각했다. 도키오는 오토바이 가게에서 일하고 있다. 중고 오토바이를 쌓거나 내리거나 늘어놓는 일이라고 한다. 단기 아르바이트인데 오늘로 끝이라고 들었다. 일이 일찍 끝나 반쯤은 놀릴 요량으로 보러 왔을지도 모른다.

하지만 사무실로 들어가 보니 기다리는 사람은 전혀 예상 못 한 인물이었다.

"여, 잘 지내고 있나 보군." 다카쿠라는 노타이셔츠에 흰 재킷 차림이었다. 얼굴은 새카맣게 볕에 그을렸다.

"앗, 오랜만입니다." 다쿠미가 고개 숙여 인사했다.

"십 분에서 십오 분 정도 이야기 나눌 수 없을까?"

"아마 될 거예요. 잠시만요."

사장에게 말해 허가를 구했다. 다쿠미의 임금은 성과제라서 중간에 잠시 일을 빠져도 별로 뭐라 하지 않는다.

인쇄소 건너편에 있는 카페에 들어갔다. 다쿠미는 아이스커피를 주문했다. 인베이더 게임이 달려 있는 테이블은 거의 꽉 찼다. 다쿠미의 테이블은 나무로 만든 평범한 것이었다. 몸이 좀 근질거렸지만 게임을 하는 손님들에게는 눈길도 주지 않기로 했다. 지즈루가 한 말이 지금도 마음속에 남아 있다.

"상당히 견실한 일을 골랐군." 다카쿠라가 담배에 불을 붙이고 이상하다는 듯이 말했다.

"인쇄회사에서 일한다고 말하면 약간은 똑똑해 보이지 않을까 해서요." 다쿠미는 솔직하게 대답했다.

다카쿠라는 웃으며 담뱃재를 털었다. 고개를 들었을 때는 얼굴에 웃음기가 사라져 있었다.

"국제통신회사 건 말인데, 조만간 결론이 날 것 같아. 그래서 자네에게 보고해둘까 해서."

"그러신가요. 굳이 저 같은 사람에게까지 이야기하실 필요는 없는데요."

"너무 그러지 말게. 이쪽에는 이쪽대로 일처리 방식이라는 게 있어. 피울 텐가?"

다카쿠라가 빨간색 라크 담뱃갑을 꺼내 권하기에 다쿠미는 "감사합니다" 하고 한 개비를 뽑았다. 직장에는 종이가 잔뜩 쌓여 있고, 인쇄용 용액까지 있기 때문에 금연이다.

"국제통신회사 사장은 회사 판공비로 사적인 물품을 구입했기 때문에 업무상 횡령죄로 체포될 거야. 말하자면 오카베 일당이 외국에서 사들인 걸 자기가 챙겼다는 거지. 오카베에게도 같은 죄를 묻게 될 거고."

"단순한 횡령이 아니잖아요. 여기저기 뇌물로 뿌리지 않았나요?"

다쿠미의 말에 다카쿠라가 고개를 끄덕였다.

"우정성 관료 두 사람의 이름이 나왔어. 뇌물수수죄로 조사받게 될 거야. 우정성 또한 모르는 척할 수 없기 때문에 제물로 바쳤겠지. 그 둘에게는 나중에 다시 달콤한 꿀을 빨 수 있는 자리가 주어질 테니, 동정할 필요는 전혀 없어."

"정치인 쪽은 어떻게 되나요? 흑막이 있는 거잖아요."

다카쿠라가 아랫입술을 내밀고는 고개를 저었다.

"유감이지만 경찰 수사가 거기까지는 미치지 않았어. 미치지 못하게 했다고 하는 편이 좋을까. 사실 한 거물의 이름이 살짝 나오기는 했는데, 그걸로 끝. 파티권, 접대, 선물과 같은 형태로 건넸다는 건 증명됐지만, 뇌물이라는 인식이 있었는가 확실하지 않다는 이유로 입건을 단념한 거야. 뻔한 결말이랄까. 예상대로지. 우리 손이 닿지 않는 곳에서 어떤 거래가 있었고, 결론이 난 거야."

"더러운 놈들." 다쿠미가 입가를 일그러뜨리고는 아이스커피를 벌컥벌컥 마셨다.

"자네들에게는 큰 폐를 끼쳤네. 아무런 보상도 하지 못해 미안하게 생각해."

"다카쿠라 씨가 사과할 필요까지는 없지만…… 지즈루는 어떻게 되나요?"

"잘 처리했네. 죄를 묻거나 하는 일은 없어. 오카베에게 속았다는 걸로 결론지었네. 그녀도 피해자인 거야. 자네와 헤어졌다고 들었는데, 이번 일이 원인이라면 정말 미안하다고밖에……."

다쿠미는 크게 손을 내저었다.

"이번 일이 방아쇠가 되기는 했지만 늦든 빠르든 결과는 같았을 거예요. 신경 안 쓰셔도 돼요. 나도 지즈루도 아무것도 모르는 철부지였던 거죠. 이제야 간신히 평범한 어른이 됐고, 이걸 계기로 새출발할 생각입니다." 다쿠미는 그렇게 말하고 나서 고개를 갸웃거렸다. "아직 평범한 어른은 아닐지 모르지만."

다카쿠라가 웃는 얼굴로 고개를 끄덕였다.

"다카쿠라 씨는 이제 어쩌실 건가요?"

"조금 더 지금 회사에 있으려 하네. 아직 처리해야 할 일이 남았거든. 하지만 언젠가는 나갈 생각이야. 여기서만 하는 이야기인데, 새로운 회사를 세울 계획도 이미 있어."

"우아, 굉장하네요. 어떤 회사인가요?"

"물론 통신 쪽이네. 앞으로는 정보가 가장 큰 상품이 될 거야. 그러니 통신수단도 계속 바뀌겠지. 예를 들어 자동차 전화라든가."

"자동차 전화? 차에 전화기가 설치되는 건가요?"

"이미 계획은 시작됐네." 다카쿠라가 따뜻한 커피를 마시며 턱을 당겼다. "전파 중계기지를 여기저기 만드는 거야. 무선을 사용하는 전화인 거지."

다쿠미는 비슷한 이야기를 들은 적이 있었다. 곧 누구에게 들었는지 생각났다.

"자동차 전화도 굉장하긴 한데, 그게 가능하면 조만간 개개인이 전화를 들고 다닐 수 있게 되겠군요. 휴대용 전화라고 해야 할까요." 다쿠미가 말했다.

커피 잔을 입가로 가져가던 다카쿠라의 손이 멈췄다. 감탄한 듯한 얼굴이다.

"흥미로운 말을 하는군. 그 말이 맞아. 언젠가는 그렇게 될 거야. 휴대할 수 있을 만큼 기계를 작게 만들 수 있을지가 문제지만."

"금방 될 겁니다. 일본뿐만 아니라, 해외 메이커들도 앞다투어 개발할 테니까요." 이것도 도키오에게 들은 이야기였다. 최근 그에게서 이런 꿈같은 이야기를 자주 듣는다. 적당히 흘려 넘기고 있지만 그래도 머리에 남는다.

"그렇게 되면 통신업계는 더욱 발전할 테지."

"다카쿠라 씨, 혹시 PC라는 거 아시나요?"

"퍼스널 컴퓨터 말인가. 사용할 줄 모르지만 어떤 건지는 아네."

"거기에 전화선을 연결해 정보를 주고받을 수 있다더군요."

다쿠미의 말에 다카쿠라가 눈을 크게 떴다. 다쿠미의 얼굴을 지긋이 바라본다.

"용케도 그런 걸 알고 있군. 그 말이 맞아. 아는 사람은 거의 없지만 말이야. 작년에 막 개발된 기술이거든. 대체 누구에게 들었나?"

"아니, 그게…… 무슨 기사에서 읽은 것 같네요."

"자네가 통신기술에 관심이 깊은 줄은 몰랐네. 그래서 그게 어쨌다는 건가?"

"전화선을 사용해서 컴퓨터 속 정보를 주고받을 수 있다면 컴퓨터라는 걸 구입하는 사람도 늘어날 겁니다. 그럼 전세계의 전화선이 컴퓨터와 연결될 거예요. 지금까지 전화선은 소리밖에 전달하지 못했지만, 컴퓨터 속 정보를 전달하게 되면 영상이나 그림 같은 것도 주고받을 수 있다는 말이죠. 그렇게 되면…… 왠지 엄청난 일이 벌어질 것 같은 느낌이 들어요."

"이야기를 계속하게." 다카쿠라가 관심이 있는지 몸을 앞으로 내밀었다.

"아뇨, 딱히 무슨 말이 하고 싶은 게 아니라 적당히 생각나는 걸 말하는 거라."

"상관없으니 말해보게."

다카쿠라의 재촉에 다쿠미는 머리를 긁었다. 일이 이상하게 되었다고 후회했다.

"그런 식으로 전화선을 사용해 엄청난 양의 정보를 주고받는, 말하자면 정보의 망 같은 것이 되면, 전화기 자체도 변하겠죠. 아까 말씀드린 휴대용 전화가 보급돼, 그 전화기에 통화 기능뿐만 아니라 간단한 컴퓨터 같은 기능도 탑재한다면 누구나 걸어 다니며 전세계의 정보를 손에 넣을 수 있게 됩니다. 그렇게 되면 단숨에 세계가 하나가 된다는 건데……" 다쿠미는 고개를 저었다. 스스로도 무슨 말을 하는지 잘 알 수 없었다. 무엇보다 대부분 도키오에게 들은 말이다. "그런 시대가 과연 올까요?"

다카쿠라가 물끄러미 다쿠미의 얼굴을 바라보다가 입을 열었다.

"자네 혹시 소설이라도 쓰나? SF 소설 같은 거 말이야."

"제가요? 설마요."

"그렇겠지. 지금 그런 이야기를 다른 사람에게 한 적 있나?"

"아뇨, 다카쿠라 씨가 처음입니다."

"그런가." 다카쿠라는 무언가를 생각하는 듯하다가 미소를 지었다. "실로 독특한 발상일세. 이동식 전화기를 계획하는 정도로 들떠 있을 때가 아니로군. 미야모토 군, 자네 정말 대단해."

"그런가요."

"자네에게 소개하고 싶은 사람이 있네. 시간 좀 내줄 수 없겠나?"

"시간이라면 얼마든지 있으니까요. 누군데요?"

"새로운 회사의 사장이 될 분일세. 자네 이야기를 그분께도 들려주고 싶어."

"이런 이야기를요?"

"누구든 놀랄 거야. 그럼 약속했네." 다카쿠라는 다쿠미의 얼굴을 손가락으로 가리켰다.

일을 끝내고 집으로 돌아오니 이미 도키오가 돌아와서는 일본 지도를 바라보고 있었다. 옆에는 빈 컵라면 용기가 놓여 있었다.

"일 끝났어?" 다쿠미가 물었다.

"응. 아르바이트비도 받았어."

"내일부터는 어쩔 거야? 다른 일자리를 찾을 거야?"

"이제 내일 일은 생각 안 해도 될 것 같아." 도키오가 지도를 바라보며 대답했다.

"뭐야, 그게? 무슨 뜻인데?"

"다쿠미 형, 잠깐 의논할 게 있는데."

"나한테? 웬일이래." 다쿠미는 도키오 옆에 털썩 앉아 담배를 물었다.

"만약 타임머신이 있어서 커다란 사고가 발생하기 직전으로 돌아갈 수 있다면 어쩔 거야?"

"너도 참 이상한 말을 다 하네." 다쿠미가 담배를 한 모금 빨아들였다. 에코는 역시 라크보다 맛이 없다고 생각했다. "타임머신 같은 게 있을 리 없잖아."

"그러니까 만약에 말이야. 어쩔 거야?"

"어쩌긴. 사고가 일어난다는 걸 안다면 일어나지 않게 해야지."

"그런데 그건 과거를 바꾸는 게 되잖아. 사고가 일어나지 않게 되면 현재가 크게 바뀔지도 몰라. 어쩌면 자신이 이 세상에 태어나지 않을지도 모른다고."

"뭐? 그게 무슨 말이야. 뭔 말인지 도무지 모르겠다."

도키오가 한숨을 쉬었다. "그야 모를 테지."

"날 바보 취급 하는 거야?"

"그런 거 아냐. 모르는 게 당연해." 도키오가 고개를 젓고는 다시 지도 쪽으로 눈길을 돌렸다.

"지금 대화는 잘 모르겠지만, 휴대용 전화와 컴퓨터 이야기라면 알아. 오늘도 다카쿠라 씨와 이야기를 해서 좀 놀래주었지." 그는 낮에 있었던 이야기를 도키오에게 말했다.

도키오는 진지한 얼굴로 들은 다음에 여러 번 고개를 끄덕였다.

"다카쿠라 씨의 이야기를 받아들이는 편이 좋아. 분명 잘될 거야. 굳이 내가 말할 필요도 없을지도 몰라. 과거는 변하지 않을 테니."

"뭐야, 또 과거 이야기야. 너, 정신은 멀쩡하냐?"

다쿠미가 그렇게 말했을 때 문을 노크하는 소리가 들렸다.

"미야모토 씨, 전보입니다." 남자의 목소리가 들렸다.

"전보?" 그런 것을 받는 것은 처음이었다. 다쿠미는 의외라고 생각하며 문을 열고 전보를 받았다.

다쿠미는 안에 있는 내용을 읽고 순간 숨을 삼켰다. 망연히 그 자리에 못 박힌 채 서 있었다.

"도조 씨에게서 온 거지?" 도키오가 물었다.

다쿠미가 그의 얼굴을 보았다. "어떻게 알았어?"

도키오가 슬픈 듯이 미소 지었다. "7월 10일이니까."

말뜻이 이해되지 않았지만 그에 대해 생각할 여유가 없었다. 그 정도로 전보에 큰 충격을 받았다.

도조 스미코가 죽었다는 내용이었다.

41

다음 날 오후, 다쿠미는 도키오와 함께 도쿄 역에서 고속버스를 탔다. 스미코의 고별식은 오늘이고, 장례식은 내일이다. 가족으로서 참석해야 할지 다쿠미는 아직 결심을 내리지 못했다. 이제 와서 아들인 척하는 것도 너무 제멋대로인 듯한 느낌이었다.

"버스를 이용할 생각을 하다니, 놀랍네." 도키오가 말했다.

"신칸센은 비싸니까. 나도 이제 절약이라는 걸 해보기로 했어."

"흐음……. 만약 신칸센 이야기를 하면 내가 버스 타자고 말할 생각이었는데, 역시 과거는 변하지 않는 거구나."

"너, 어제부터 좀 이상해. 더위로 머리가 어떻게 된 거 아냐?"

버스는 예정대로 출발했다. 신칸센도 지난번이 처음이었는데 고속버스도 다쿠미에게는 첫 경험이었다. 지금껏 도메이 고속도로를 본 적조차 없었다.

다쿠미는 신칸센 안에서 본 것과는 전혀 다른 경치를 바라보며 도조 스미코에 대해 생각했다. 그녀의 죽음에 충격을 받았지만 슬프다는 감정은 아니었다. 굳이 말하자면 실망감이었다. 그는 이제 와서야 그녀와 이야기할 것이 더 있었다는 생각이 들었다. 그것이 불가능해지고 나니 후회스러웠다. 유일한 구원은 마지막에 만났을 때 지금까지의 일에 대해 사죄하고 낳아주어서 감사하다고 말했다는 점이었다. 얼마나 전해졌을지는 알 수 없지만 그녀의 눈물을 보았으니, 진심이 전해졌다고 믿기로 했다.

도키오는 계속 말이 없었다. 눈은 감고 있지만 자는 것은 아닌 것 같았다. 미간에 주름이 잡힌 것으로 보아 무언가 고민하는 듯이 보였다. 다쿠미가 말을 걸어도 애매한 대답만 돌아왔다.

버스 안에도 화장실이 있지만 아시가라 휴게소에서 십 분간 쉬게 되었다. 다쿠미는 도키오를 재촉해 자리에서 일어섰다.

"뭘 멍하니 있는 거야? 기분이라도 안 좋아?"

"아니, 별로."

"그럼 뭔데?"

"아무것도 아냐."

화장실을 향해 걸음을 서둘렀다. 그런데 중간에 도키오가 갑자기 멈춰 섰다. 도로 옆에 세운 오토바이를 보고 있었다.

"오토바이 가게에서 일했다고 갑자기 오토바이 마니아라도 된 건 아니겠지?"

"키가 꽂혀 있어."

"뭐?"

"저 오토바이, 키가 꽂힌 채라고."

살펴보니 도키오 말대로였다.

"흐음, 조심성이 없군. 이런 데서는 훔쳐가지 않을 거라고 생각했나 보지. 아니면 화장실이 정말로 급했든가."

다쿠미의 농담에도 전혀 반응이 없었다. 이상한 녀석이라고 생각했다.

"어차피 너, 운전도 못하잖아." 다쿠미가 말했다.

"오토바이 가게 옆 공터에서 약간은 연습했어."

"그래서 뭐 어쩔 건데. 가자. 쌀 것 같아."

다쿠미가 걸음을 옮겼을 때 도키오가 "앗" 하고 소리를 질렀다. 이번에는 또 뭐냐는 생각에 돌아보았다.

도키오의 시선 끝에는 빨간색 코롤라 차량이 세워져 있었다. 여자 셋이 타려는 참이었다. 한 명은 머리를 포니테일로 묶었다.

"다들 미인인걸. 너도 남자구나."

"그런 거 아냐."

"그럼 뭔데. 아는 사람이야?"

"아니." 도키오는 고개를 저었다. "아직은 몰라……."

"아직?"

이윽고 빨간색 코롤라는 가벼운 엔진 소리와 함께 움직이기 시작했다. 두 사람 앞에서 멀어져 간다.

"자, 아가씨들도 사라졌으니 빨리 걸어. 우물쭈물하다간 버스를 놓친다고."

하지만 도키오는 꿈쩍도 하지 않았다. 크게 심호흡을 하고 다쿠미 쪽을 보았다. 눈빛이 진지했다.

"뭔데?" 다쿠미는 약간 움찔했다.

"다쿠미 형." 도키오가 침을 삼켰다. "헤어질 때가 온 것 같아."

"뭐?"

"여기까지야. 짧은 시간이었지만 정말 즐거웠어."

"너, 지금 무슨 말을 하는 거야?"

"다쿠미 형과 함께 있었던 것만으로 정말로 행복했어. 아니, 이 세계에서 만나기 전부터 그렇게 생각했어. 지금의 다쿠미 형과 만나기 전에도 나는 충분히 행복했거든. 태어나길 다행이라 생각했어."

"도키오, 너……."

도키오가 무언가를 참듯이 입술을 깨물었다. 그리고 천천히 고개를 저었다.

"과거는 바꾸면 안 되는 걸지도 몰라. 그래도 무언가가 일어날 거라는 걸 알고서 잠자코 지켜볼 수는 없어." 도키오는 그렇게 말하고 달렸다. 아까 그 오토바이에 타더니 시동을 걸었다.

"야, 무슨 짓이야!"

다쿠미가 놀라서 달려갔지만, 도키오는 이미 오토바이를 출발시켰다.

"야, 도키오!"

도키오는 순간적으로 그를 돌아보았지만, 속도를 늦추지 않은 채 그대로 고속도로로 진입했다.

다쿠미가 놀라서 주위를 돌아보았다. 버스 기사가 느긋하게 걸어 가고 있었다.

"아저씨, 빨리 버스 출발시켜줘요!"

다쿠미의 기세에 놀라 운전기사가 뒷걸음질 쳤다. "뭔가, 자네."

"손님이야! 빨리 출발시켜!"

"아직 이 분 남았어."

"건너뛰어. 이쪽은 급하다고."

"그럴 수 없네. 손님이 다 돌아와야 돼."

다쿠미도 기사를 뒤따라 버스에 올랐지만, 승객은 아직 전부 돌아 오지 않았다. 그는 좌석에서 안절부절못했다.

"옆 손님은요?" 승무원이 물었다.

"다른 차를 탔어. 돌아오지 않을 테니 출발해도 돼."

다쿠미의 말에 상대는 수상쩍다는 표정을 지었다.

드디어 버스가 출발했다. 다쿠미는 앞쪽을 살펴봤지만 몇 분이나 전에 출발한 도키오를 따라잡을 수 있을 리 만무했다.

도키오가 한 행동의 의미를 알 수가 없었다. 왜 그런 말을 했을 까? '과거를 바꾼다.' 그는 자주 그런 말을 입에 담았다. 그 말은 대 체 무슨 뜻이었을까? 게다가 오토바이를 타고 무슨 일을 하려는 걸 까? 왜 갑자기 작별인사를 했을까?

단 하나 확실한 사실은 다쿠미의 가슴속에 애절하고 슬픈 감정이 휘몰아치고 있다는 것이었다. 도키오를 다시 만날 수 있을지 없을지도 알 수 없었다.

얼마 후 버스가 갑자기 속도를 줄였다. 거의 급브레이크를 밟는 듯해서 다쿠미는 앞으로 중심이 쏠렸다. 하마터면 앞좌석 등받이에 이마를 부딪힐 뻔했다. 다른 승객들도 작게 비명을 질렀다.

다쿠미는 앞쪽을 보았다. 차가 줄줄이 늘어서 있다. 엄청난 정체였다. 버스는 속도를 더 떨어뜨리다가 결국은 정지하고 말았다.

"대체 뭐야?" 다쿠미가 혀를 찼다. 다른 승객에게서도 불만의 목소리가 나왔다.

"잠깐만 기다려주세요. 지금 확인중입니다." 승무원이 승객들을 달래듯이 말했다.

다쿠미는 도키오가 걱정되어 전방을 주시했다. 그러나 점점이 늘어선 자동차 미등만 보일 뿐, 무슨 일이 일어났는지는 전혀 알 수 없었다.

승무원이 마이크를 잡았다.

"지금 막 들어온 정보에 따르면 전방의 니혼자카 터널 안에서 대규모 화재사고가 발생한 모양입니다. 자세한 내용은 아직 알 수 없지만 터널 통과가 어려울 것 같습니다."

승객들이 일제히 불만을 터트렸다.

"그게 무슨 소리야."

"그럼 어떻게 되나요?"

"여기서 꼼짝도 못 하는 건가요?"

승무원이 기사와 뭐라고 대화를 나눈 뒤 다시 마이크를 잡았다.

"일단 시즈오카 인터체인지에서 고속도로를 빠져나가겠습니다. 그 후 국도를 이용해 나고야를 향할 텐데, 시즈오카에서 내리고자 하는 분은 말씀해주십시오. 시즈오카 역에 잠시 정차하겠습니다."

몇 명인가가 그러겠다고 했고, 다쿠미도 하차를 희망했다. 한시바빠 나고야에 가고 싶기 때문은 아니었다.

버스는 수십 분 뒤에야 다시 움직였고, 시즈오카 역 도착까지는 거기서 두 시간 이상이 더 걸렸다. 주위는 이미 캄캄해졌다.

다쿠미는 역 구내에 있는 텔레비전을 통해 무슨 일이 일어났는지 간신히 알 수 있었다. 니혼자카 터널 안에서 차량 충돌사고가 있었고, 그게 원인이 되어 화재가 발생한 것 같았다. 현재도 터널 안에 남겨진 차량은 계속 불타고 있으며 화재 진압이 쉽지 않은 듯했다.

다쿠미는 도조의 집으로 전화를 걸어 오늘 밤에는 가지 못할 것 같다고 전했다. 뉴스를 통해 사고 사실을 알고 있었던 도조 준코는 그가 무사하다는 사실에 안도한 모양이다.

"큰일을 당하셨군요. 그래서 오늘 밤은 그쪽에서 묵으실 생각인가요? 묵을 곳은 있나요?"

"어떻게든 하겠습니다. 내일, 기차로 그쪽으로 가겠습니다." 그렇게 말하고 전화를 끊었다.

다쿠미는 숙소에 묵을 생각은 없었다. 밤새 시즈오카 역에 있을 작정이었다. 만약 도키오가 니혼자카 터널 앞에 있었다면 반드시 이쪽으로 올 거라고 생각했기 때문이다. 터널을 이미 지난 다음이라면 사고와는 무관할 테고, 터널 한복판에 있었을 거라고는 생각하고 싶지도 않았다.

하지만 도키오가 어제 한 말이 떠올랐다. 그는 마치 사고를 예상한 듯했다. 이 사고를 막으려고 오토바이로 뛰쳐나간 것일까.

설마, 라고 생각했다.

시즈오카 역에는 옴짝달싹 할 수 없게 된 사람들이 속속 모여들었다. 숙박업소도 이미 꽉 찬 모양이었다. 다쿠미는 상복이 들어간 가방을 의자 삼아 앉아 지나다니는 사람들의 얼굴을 확인했다. 도키오는 보이지 않았다.

그 대신 그의 눈길을 끈 인물이 있었다. 빨간 코롤라를 탄 세 여자다. 머리를 포니테일로 묶은 여성의 얼굴은 똑똑히 기억하고 있었다. 세 사람은 피곤한 기색이 역력한 채 바닥에 앉아 있었다.

다쿠미는 말을 걸려다 주저했다. 무슨 말을 걸어야 할지 알 수 없었기 때문이다.

역은 심야가 되어서도 사람들로 가득했다. 다쿠미는 결국 그대로 꼬박 밤을 샜다. 그런데 아침이 밝고 첫차 시각이 되어도 도키오는 끝내 나타나지 않았다.

42

결국 다쿠미는 도조 스미코의 장례식에 늦고 말았다. 그가 달려왔을 무렵에는 화장이 끝난 뒤였다. 도조 준코는 서둘러 안쪽 방에 제단을 만들어 그가 향을 올릴 수 있게 해주었다. 사진 속 스미코는 젊고, 생기로 가득했다. 다쿠미의 기억 속 그녀와 같은 얼굴이었다. 그때 좀 더 이야기를 나누었더라면, 하고 후회한들 이미 늦었다.

"친구분 이름은 없는 것 같네요." 분향을 마친 다쿠미 앞에 도조 준코가 신문을 내밀었다. 석간인 듯했다.

다쿠미는 신문을 펼쳤다. '유통의 동맥 도메이 고속도로 끊어져'라는 제목이 먼저 눈에 들어왔다. 그 아래에 사망자 6명, 불에 탄 차량 160대라고 적혀 있다. 니혼자카 터널 화재사고 기사다. 복구에는 며칠이 걸릴 거라고 적혀 있다. 사고 원인은 차량 6대의 연쇄 충돌이고, 인화성 강한 에테르를 실은 트럭의 발화를 시작으로 약 160대의 차량이 차례차례 불타버렸다는 것이다. 워낙 고온이라 진화 작업을 할 수 있는 상황이 아니어서 다 타버릴 때까지 놔둘 수밖에 없었던 모양이다. 기사에는 고속도로 사상 최악의 차량사고라고 적고 있다. 다쿠미는 읽으며 온몸에 소름이 돋았다. 타이밍이 약간만 빨랐더라면 자신도 휘말렸을지 모른다.

사망자의 신원은 모두 판명되었는데, 도키오의 이름은 없었다. 피해자들이 탑승한 차량도 파악된 상태라서 만약 도키오가 가명이었다 해도 그중에 포함되어 있지 않은 것은 확실했다.

일단 안심했다.

그나저나 도키오는 대체 어디로 가버렸을까. 시즈오카 역에서 밤새 기다려도 나타나지 않았기에 사고 직전에 터널을 통과했나 생각했지만, 도조의 집에도 오지 않았다.

헤어질 때가 온 것 같아. 도키오는 그렇게 말했다. 왜 그곳에서 헤어지자고 결심했을까. 무엇을 하고자 했던 것일까.

아니, 애당초 도키오는 정체가 뭐였을까. 무엇을 위해 나타나, 무엇을 위해 사라진 것일까.

다쿠미는 도조 준코에게 자신에게 먼 친척이 있을 가능성에 대해 물었다. 처음에 도키오가 그런 식으로 자기소개를 했기 때문이다. 그러나 그녀는 이해가 안 된다는 표정으로 고개를 갸웃거렸다.

"아사오카 가문 쪽으로 그런 분은 안 계신 걸로 압니다."

예상한 대답이었다. 다쿠미는 도키오가 먼 친척이라고 한 말은 거짓말일 거라고 생각했다. 어떤 사정이 있어서 신분을 밝힐 수 없었고, 그것을 감춘 채 다쿠미에게 접근할 필요가 있었다. 문제는 그 사정이 무엇이냐는 것이다. 그러나 아무리 생각해봐도 납득이 가는 대답은 찾을 수 없었다.

도조 준코는 느긋하게 있다 가라고 했지만, 다쿠미는 바로 도조의 집에서 나왔다. 이 집에는 앞으로 몇 번이나 오게 될 거라는 막연한 느낌이 들었다. 어쨌거나 지금은 도키오의 일이 걱정이었다.

도쿄로 돌아왔는데도 도키오는 나타나지 않았다. 다쿠미는 별수 없이 인쇄소에서 일하는 생활로 돌아갔다. 피곤한 몸을 이끌고 집으로 돌아와도 아무도 기다리지 않는다. 도키오가 나타나기 전 생활이 그랬다. 그러나 지금은 어째서인지 너무나 공허한 느낌이 들었다.

그 신문기사를 본 것은 니혼자카 터널 사고 열흘째의 일이었다. 간신히 터널의 일부 통행이 가능해진 모양인데 정체가 심하다고 기사는 전했다.

그때까지 신문을 거의 보지 않던 다쿠미도 사고 이후에는 자주 보게 되었다. 그렇다고는 해도 사서 보는 것이 아니라 일터에 방치된 신문을 휴식시간에 보았다. 새로운 피해자가 발견될지도 모른다고 생각했기 때문이다. 다행인지 불행인지 사고와 관련된 사망자가 늘어났다는 기사는 없었다.

터널 사고의 기사가 줄었다고 느끼게 되었을 즈음이었다. 신문을 읽던 다쿠미의 시선이 사회면 한구석에 못 박혔다. 도키오의 얼굴이 있었다. 정면을 향하고 있는 사진으로, 아래에는 '익사체로 발견된

가와베 레이지 씨'라고 적혀 있었다. 기사 제목은 '두 달 간 사라졌던 시신 발견'이었다. 다쿠미는 기사를 읽었다.

두 달 전에 행방불명된 익사체가 같은 장소에서 재차 발견되는 신비한 사건이 시즈오카 현 오마에자키 해안에서 발생했다. 사망자는 조난 대학교 3학년 가와베 레이지 씨(20)로, 지난 5월 초순에 요트부 동료인 야마시타 고타로 씨(20)와 함께 요트 항해 도중 태풍을 만나 전복, 바다에 빠져 익사한 것으로 추정된다. 해안으로 밀려 온 익사체를 근처 주민이 발견해 경찰에 신고했으나, 신고 와중에 가와베 씨의 익사체만이 사라졌다. 경찰과 해상보안본부는 다시 바다로 휩쓸려 나갔을 가능성에 무게를 두고 수색했지만 결국 발견하지 못했다. 그런데 실종 후 약 두 달이 경과한 이번 달 12일 새벽 거의 같은 장소에서 발견된 익사체가 소지품을 통해 가와베 씨인 것으로 판명됐다. 유족의 확인도 거쳤는데, 시신은 손상이 거의 없고 부패 또한 없었다. 경찰은 두 달 전 발견 당시 가사상태였던 가와베 씨가 소생하여 어딘가에서 생활하다가 다시 해난사고를 당했을 것으로 보고 있지만, 복장이 두 달 전과 똑같은 점 등은 여전히 수수께끼로 남아 있다.

다쿠미는 사진을 몇 번이고 다시 집중해서 살펴보았다. 작아서 잘 보이지는 않지만 도키오가 분명했다.

두 달 전…….

다쿠미는 도키오와 만났을 때를 떠올렸다. 두 달 전이었다. 그리고 헤어진 것이 이번 달 11일. 요컨대 가와베 레이지의 시신이 발견되기 직전이다.

믿을 수 없었다. 되살아난 가와베 레이지가 자신을 도키오라고 칭하며 자신과 함께 있었다……. 그런 일이 있을 리가 없다. 애당초 다쿠미는 가와베 레이지라는 인물을 전혀 알지 못했다.

기사 내용이 머릿속에서 사라지지 않았다. 신문사에 전화를 걸어 가와베 레이지의 집을 알아내서는 살짝 상황을 살펴보러 갈까도 생각했다. 그러나 실행에 옮기지는 않았다. 단순한 우연이 아닐까 하고 생각한 것도 사실이다. 하지만 도키오의 정체가 사실은 익사체였다는 결론이 내려질까 봐 두려웠다. 다쿠미는 그가 어딘가에서 살아 있기를 바랐다.

사고 후 두 달여가 지난 어느 날, 다쿠미는 혼자 고속버스에 탔다. 니혼자카 터널 하행선이 간신히 복구되었다고 들었기 때문이다. 그 전에 도조 준코에게서 연락이 와서 스미코의 유품 몇 가지를 건네고 싶다고 했다. 터널이 전면 개통되면 첫 휴가로 가겠다고 대답했다.

버스에 타서 출발을 기다리는데 낯익은 여성이 홀로 탔다. 다쿠미는 잠시 생각한 뒤 어디서 만났는지 떠올렸다. 터널 사고 직전, 아시가라 휴게소에서 봤다. 사고 직후 시즈오카 역에도 있었다. 그때는 머리를 포니테일로 묶었는데 지금은 길게 늘어뜨렸고 짙은 회색 원피스를 입었다.

그녀는 다쿠미의 대각선 앞에 앉았다. 버스가 출발한 후에는 문고본을 읽었다. 그녀가 고개를 돌리는 것 같아 다쿠미는 얼른 눈길을 돌렸다.

버스는 그날과 마찬가지로 아시가라 휴게소에 들렀다. 다쿠미는 자신도 모르게 그녀의 모습을 눈으로 좇았다. 어디로 가는 걸까. 말을 걸면 이상하게 여기지 않을까. 그런 생각을 했다.

이윽고 버스는 아시가라 휴게소를 나왔다. 다쿠미는 깜박 졸았다. 눈을 뜬 것은 승객 중 누군가가 니혼자카 터널이라는 말을 했기 때문이었다.

터널이 멀지 않은 모양이었다. 대형사고의 흔적이 어떻게 되었는지 봐두고자 생각했다. 무심코 다시 그녀 쪽을 바라본 다쿠미는 숨을 삼켰다. 그녀가 염주를 손에 쥐고 있었기 때문이다.

터널이 가까워졌다. 도로 옆에 불타버린 차체가 몇 대나 쌓여 있는 것이 보였다. 새롭게 그린 도로의 흰 선이 생생하게 다가왔다. 버스 승객들에게서 신음인지 한숨인지 알 수 없는 소리가 흘러나왔다.

그녀는 어느샌가 염주를 손가락 사이에 끼고 합장을 하고 있었다. 다쿠미는 그런 그녀를 물끄러미 바라보았다.

다음에 버스가 정차한 곳은 하마나 호수 휴게소였다. 그녀가 내리는 것을 보고 다쿠미도 자리에서 일어섰다.

"저기……." 용기를 내어 말을 걸었다. 분명 수상쩍게 여길 거라고 각오했지만, 다쿠미를 보는 그녀의 눈빛에 그런 느낌은 없었다.

"네?"

"그 사고로…… 니혼자카 터널 사고로 누군가 피해를 당하셨나요? 친구라든가."

그녀는 부끄러운 듯이 고개를 숙였다. 합장하는 모습을 들켰다고 생각한 모양이다.

"위험했을지도 모르지만, 당신이나 당신 친구는 피해가 없었을 것 같은데요. 아니면 그 빨간 코롤라가 불타버린 건가."

그 말에 놀랐는지 눈이 휘둥그레졌다.

"그때 아시가라에서 봤어요. 그날도 난 고속버스를 타고 있었으니까. 당신들은 빨간 코롤라를 타고 있었죠."

그녀는 의문이 풀린 듯한 얼굴이었지만, 그래도 작게 고개를 갸웃거렸다.

"그런 걸 기억하고 있네요?"

"내 일행이 당신들한테 꽤 신경 썼거든요. 그리고 시즈오카 역에서도 봤어요. 사고 뒤에 그쪽에 갔죠?"

"그래요. 우리는 터널에 진입했다 오도 가도 못했거든요."

"정말요? 엄청 위험했네."

"자칫 잘못했으면 불길에 휘말릴 뻔했죠. 그래서 차를 버리고 도망쳤어요. 그 코롤라는 친구 차."

"큰일 날 뻔했군요. 어쨌든 서로 무사해서 다행이네."

"정말로." 그녀는 비즈 핸드백에 손을 올렸다. 아까 그 염주가 들어 있을 것이다. "정말 위험했죠. 사고 직전에 문제가 좀 있어서 터널에 들어가는 것도 늦어졌고. 조금만 더 빨리 들어갔더라면……. 돌아가신 분들을 생각하면 드러내놓고 좋아할 일도 아니죠. 그때 그대로 갔더라면 죽은 건 우리였을지도 모르죠. 그래서……."

"알아요." 다쿠미가 말했다. 마음씨 착한 여자라는 생각이 들었다.

휴식을 끝내고 버스로 돌아왔을 때, 다쿠미는 그녀 옆에 앉아도 되겠느냐고 물었다. 그녀는 흔쾌히 수락했다.

그녀는 시노즈카 레이코라고 했다. 이케부쿠로의 서점에서 일한다고 했다. 닛포리에 있는 집에서 부모님과 함께 사는 모양이다. 고베에 있는 친구 결혼식에 가는 길이라고 했다. 다쿠미는 명함을 건넸다. 몰래 인쇄기를 돌려서 만든 작품이었다.

서로 자기소개를 하다 보니 버스는 나고야에 도착했다. 놀랄 정도로 시간이 빨리 흘렀다.

"도쿄로 돌아가면 만날 수 있을까?" 다쿠미가 말해보았다.

레이코는 잠시 고민하는 듯했지만 빙긋 웃으며 아까 다쿠미가 건넨 명함 뒤에 전화번호를 적었다.

"전화를 할 거라면 밤 10시 전에. 우리 집, 아버지가 엄하니까."

"9시까지는 전화할게." 그렇게 말하고 명함을 받았다.

이 약속은 사흘 후에 지켰다. 두 사람은 휴일에 만나기로 약속했다. 첫 데이트를 한 장소는 아사쿠사였다. 물론 안내는 다쿠미가 맡았다.

다쿠미는 순식간에 레이코에게 푹 빠졌다. 그녀는 사소한 일은 신경 쓰지 않는 대담함을 갖고 있었고, 어떤 때에도 감사하는 마음을 잊지 않았다. 다쿠미는 레이코와 함께 있으면 마음이 따뜻해졌다. 바늘처럼 뾰족하던 무언가가 순식간에 녹아내리는 기분이었다.

다쿠미는 쉬는 날마다 레이코를 만났다. 만나지 못할 때는 전화로 목소리를 들었다. 눈 깜박할 사이에 석 달이 지났고, 새해가 밝았다.

시대는 1980년대로 돌입했다.

정월 초하루 오후, 다쿠미와 레이코는 센소지에 첫 참배를 하고 오는 길에 카페에 들어갔다.

"조만간 회사를 옮길 생각이야." 다쿠미가 커피를 마시며 말했다.

레이코가 눈을 크게 떴다. "어떤 회사로?"

"통신사업을 하는 회사야. 설립하면 같이 일하고 싶다고 해준 사람이 있거든. 간신히 준비가 끝난 듯해."

연말에 다카쿠라에게서 연락이 왔다. 전에도 그런 이야기는 있었지만, 설마 진심이라고는 생각하지 않았기에 전화가 걸려왔을 때는 깜짝 놀랐다.

"통신사업?"

"기본적으로는 이동전화 서비스. 하지만 그게 전부가 아냐."

다쿠미는 머릿속에 그리던 장래의 전화망 시스템에 대해 말했다. '그'에게 들은 그대로였다. 이야기를 꺼내자 그리움과 약간의 씁쓸함이 교차했다.

"잘은 모르겠지만, 다쿠미 씨가 그렇게 푹 빠진 일이라면 분명 잘 될 거야. 힘내." 레이코가 빙긋 웃었다.

"고마워." 다쿠미도 웃는 얼굴로 고개를 끄덕였다.

레이코의 시선이 대각선 위쪽을 향했다. 텔레비전이 놓여 있었다. 화면에 나온 것은 가수 사와다 겐지였다.

"줄리1970~1980년대 일본을 대표하는 가수 사와다 겐지의 별명잖아. 상당히 특이한 곡이네. 신곡인가 봐."

다쿠미는 화면 아래에 표시된 글자를 보고 작게 "앗" 하고 외쳤다.

곡 제목은 ⟨TOKIO⟩였다.

"도키오가 하늘을 난다……라." 다쿠미가 중얼거렸다.

에필로그

    종이컵 속 커피는 차갑게 식어버렸다. 미야모토는 그것을 마시며 입안을 적셨다. 벽에 달린 시계를 보았다. 두 시간 넘게 이야기했다는 사실을 처음으로 깨달았다.

    멀리서 슬리퍼 끄는 소리가 들렸다. 점차 그 소리도 사라졌다. 심야의 병원은 무서울 정도로 적막했다.

    "가와베 레이지라는 인물이 도키오였는지 어땠는지는 결국 지금도 몰라. 솔직히 말하면 그 이름도 이렇게 이야기하다가 떠올랐을 뿐이야. 참 이상하지. 이렇게 될 때까지 전혀 의식하지를 못했어." 미야모토가 고개를 갸웃거렸다.

    "어째서 그 사실을 지금까지 말해주지 않았어? 도키오와 이십 년 전에 만났다는 사실을." 레이코가 물었다.

"나도 오랫동안 잊고 있었어. 아니, 잊었다는 말은 정확하지 않아. 기억의 표면으로 떠오르지 않았다고 해야 할까. 도키오가 입원하고, 더는 가망이 없다고 깨달았을 때 갑자기 머릿속에 떠올랐어. 하지만 당신에게 설명할 도리가 없었어. 내 머리까지 이상해졌다고 생각할 지도 모르니까." 미야모토가 쓴웃음을 지으며 아내를 보았다. "믿어 져? 이런 바보 같은 이야기."

레이코가 남편의 눈을 똑바로 보고 말했다. "믿어."

"그래?" 미야모토가 고개를 끄덕이며 긴 숨을 내쉬었다. "시간이 라는 게 어떤 식으로 돼 있는지 나는 잘 몰라. 어쩌면 도키오처럼 어 떤 혼은 시간을 뛰어넘을 수 있을지도 몰라. 사람들은 그렇게 미래 에서 온 혼의 도움으로 역사를 쌓아올려왔을지도 몰라. 내가 도키오 덕에 제대로 된 삶을 살 수 있게 된 것처럼. 물론 그런 건 전부 착각 이라고 치부할 수도 있어. 예전에 도키오라는 이상한 남자가 있었 고, 내 젊은 시대에 약간 영향을 끼쳤다. 그 남자를 내 아들이라고 생각함으로써 지금의 괴로운 마음을 조금이라도 달래려 한다. 그런 걸지도 몰라. 무의식중에 말이지. 그런데 역시 나는 그때의 도키오 는 우리 아들인 도키오라고 생각하고 싶어. 그를 만나지 않았으면 도키오를 이 세상에 맞이할 생각은 하지 못했을 테니까."

내일만이 미래가 아냐. 그 목소리는 미야모토의 기억 속에서 지금 도 선명하게 울리고 있다.

"난 믿어. 당신과 함께 있던 도키오는 우리 도키오야. 틀림없어."

"믿어주는 거야?"

미야모토의 말에 어째서인지 레이코는 고개를 저었다. 미야모토는 고개를 갸웃했다.

"당신의 말을 믿을 뿐만 아니라, 나에게도 나름의 근거가 있어. 당신 이야기를 듣고 이십 년 만에 수수께끼가 풀렸어."

"수수께끼?"

"니혼자카 터널." 그녀는 그렇게 말하고 크게 심호흡을 했다. "당신도 기억하지? 우리는 자칫했으면 사고에 휘말릴 뻔했다는 거."

"응. 터널 안에 차를 두고 도망쳤다고 했잖아."

"그때 운전하던 친구는 상당히 속도를 내고 있었어. 우리도 들떠 있었지. 그런데 터널이 그리 멀지 않았을 때 그가 나타났어."

"그?"

"오토바이를 탄 청년." 레이코는 남편의 눈을 바라본 채 말을 이었다. "우리가 탄 차 옆에 따라붙어서 달리는 거야. 뭔가 외치는 듯했는데 들리지 않았어. 운전하던 친구는 화를 내며 차를 갓길에 세웠지. 그러자 오토바이도 속도를 줄였어. 친구가 창을 내리니 오토바이에서 내린 그가 이렇게 말했어. 가면 안 된다고. 여기 가만히 있으라고. 그때 그는 어째서인지 내 얼굴을 보고 있었어. 그를 봤을 때 왠지 그립고 애절한 기분이 들었던 게 생각나."

"도키오다……."

"친구는 그의 말은 신경도 쓰지 않았어. 창문을 올리고는 바로 차를 다시 출발시켰지. 미친 남자라고 말했는데 나는 어쩐지 불안했어. 미친 것처럼은 보이지 않았거든. 뒤를 돌아보니 다시 오토바이를 타고 달려오더라. 다른 차량을 향해서도 뭐라고 열심히 외쳤어."

"녀석은 과거를 바꿀 수 없다는 사실을 알고 있었어. 그래도 가만히 있을 수 없었던 거지."

"그러다 터널이 코앞으로 다가왔어. 그리고 안으로 들어선 순간 우리는 이변을 알아차렸지. 앞을 달리던 차들이 연달아 급브레이크를 밟았거든."

미야모토는 사고가 일어난 순간임을 직감했다.

"앞에서 엄청난 폭발음이 들리고 불길이 피어오르는 게 보였어. 그런 상황에서도 우리는 아직 차 안에 가만히 있었어. 그때 누군가가 세차게 창을 두드리는 거야. 아까 그 청년이었어. 어느 틈엔가 따라잡았던 거야. 그는 문을 열라고 외쳤어. 빨리 여기서 도망치라고. 터널을 나가서 있는 힘껏 달리라고. 우리는 영문을 알 수 없었지만 바로 차에서 내렸어. 그때 그가 내게 말했어. 열심히 살아달라고. 분명 멋진 인생이 기다리고 있을 거라고."

레이코의 말은 순식간에 미야모토의 온몸을 휘감았다. 그에 자극된 듯이 피가 들끓었다. 이윽고 그것은 눈 안쪽에서 뜨거운 열기로 변했다. 그는 고개를 숙였다. 발밑으로 눈물이 뚝뚝 떨어졌다.

"그는…… 도키오는……." 레이코도 오열을 숨죽여 참았다. "그 후, 터널 안쪽을 향해 달렸어. 아마도 더 많은 사람을 구하려 했던 거겠지."

"죽은 사람은 결국 일곱 명……이었던 거군."

"난 일곱 명에서 멈춘 거라고 생각해. 분명 몇 명인가 구했을 테니까. 그것만이 아냐. 오토바이로 터널 앞에서 주행을 방해했기 때문에 전체적으로 속도가 줄었어. 그가 없었다면 우리를 포함해 다른 사람들도 더 속도를 낸 채 터널로 진입했을지도 몰라."

미야모토는 녀석이 과거를 바꾼 거라고 생각했다. 원래라면 역사는 더 비참한 것이 되었을지도 모른다.

미야모토가 아내의 어깨 위에 손을 올렸다.

"그 이야기도 오늘 처음 들었어."

"나도 갑자기 기억났어. 어째서일까. 정말 중요한 일인데."

미야모토는 시간의 법칙일지도 모른다고 생각했다. 타임 패러독스가 발생하지 않도록 자신들은 시간에 조종당한 것일지도 모른다.

"나도 당신도 녀석에게 구원받았군. 지금 저기서 자고 있는 아들에게." 미야모토가 말했다.

"당신 이야기에 등장하는 도키오는 역시 가와베 레이지라는 사람이었을까? 만약 그렇다면 그때 도키오는……."

레이코가 무슨 말을 하려는지 미야모토는 깨달았다. 말로 하지 않아도 마음으로 전달되었다.

미야모토는 고개를 저었다.

"도키오는 어쩌면 가와베 레이지라는 사람의 몸을 빌려서 내 앞에 나타난 걸지도 몰라. 하지만 몸을 빌린 것뿐이야. 육체를 돌려준 다음에는 분명 다시 새로운 여행을 떠났을 거야."

"그럴까……."

"그렇게…… 믿자." 그는 아내의 어깨를 세게 잡았다. 그의 손 위에 그녀가 자기 손을 포갰다.

그때였다. 복도를 달리는 발소리가 들렸다. 미야모토는 레이코의 얼굴을 보았다. 그녀도 그를 보았다. 두 사람이 같은 예감에 휩싸였다는 사실을 그는 확신했다.

발소리의 주인공은 간호사였다. 긴장된 얼굴을 보고 미야모토는 마지막 순간이 다가온다는 사실을 깨달았다.

"아드님 상태가……." 간호사는 그렇게만 말했다.

미야모토는 아내와 함께 일어섰다.

"의식은요?"

"지금은 돌아왔을지도 모릅니다. 하지만……."

미야모토는 간호사의 다음 말을 듣지 않고 달렸다. 레이코도 뒤따랐다.

집중치료실로 뛰어 들어가니 의사가 도키오의 얼굴을 들여다보는 참이었다. 다른 간호사 한 명은 옆에 있는 모니터를 바라보고 있다. 두 사람 모두 심각한 표정이었다.

"말을 걸어주세요." 의사가 미야모토 부부에게 말했다. 더는 어찌할 방도가 없다는 듯 목소리는 무겁게 가라앉아 있었다.

레이코가 침대 옆에 무릎 꿇고 앉아 아들의 손을 잡았다. 뺨을 눈물로 적시면서 아들의 이름을 계속 불렀다. 그 말이 들리는지 어떤지는 알 수 없다. 도키오의 몸은 꿈쩍도 하지 않았다.

미야모토는 흐느끼는 아내와 가만히 눈을 감고 있는 아들을 번갈아 보았다. 슬플 텐데도 그런 감정은 사라지고 없었다. 마치 한 장의 사진을 바라보는 듯한 기분이었다.

그는 아내의 등에 손을 올렸다.

"도키오는 죽는 게 아냐. 새로운 여행을 떠나는 거야. 아까 확인했잖아."

레이코는 거듭 고개를 끄덕이면서도 눈물을 멈추지는 않았다.

건강했을 무렵의 아들 모습이 차례차례 미야모토의 뇌리에 떠올랐다. 그의 목소리가 들리고, 그와 장난칠 때의 감촉이 되살아났다. 그는 위를 보았다. 눈에서 흘러내리는 것이 뺨을 타고 목덜미로 흘러내렸다.

그때 갑자기 깨달았다. 자신에게는 아직 중요한 일이 남아 있다는 사실이 떠올랐다.

미야모토는 도키오의 얼굴을 보고는 그의 귓가에 입을 가져갔다.

"도키오, 들리니. 도키오!"

이걸 잊어서는 안 된다. 가장 중요한 일이다. 이 말을 전하지 않으면 도키오의 새로운 여행은 시작되지 않는다…….

미야모토는 있는 힘껏 외쳤다.

"도키오, 아사쿠사 하나야시키에서 기다릴게!"

아들 도키오 블랙&화이트 089

1판 1쇄 발행 2020년 4월 30일 **1판 3쇄 발행** 2021년 3월 10일
지은이 히가시노 게이고 **옮긴이** 문승준
펴낸이 고세규
편집 박정선 **디자인** 윤석진 **마케팅** 백미숙 **홍보** 이혜진

발행처 김영사
주소 경기도 파주시 문발로 197(문발동) 우편번호 10881
등록 1979년 5월 17일(제406-2003-036호)
주문 및 문의 전화 031)955-3200 **팩스** 031)955-3111
편집부 전화 02)3668-3291 **팩스** 02)745-4827 **전자우편** literature@gimmyoung.com
비채 카페 cafe.naver.com/vichebooks **인스타그램** @drviche **카카오톡** @비채책
트위터 @vichebook **페이스북** www.facebook.com/vichebook
ISBN 978-89-349-7705-6 03830 책값은 뒤표지에 있습니다.

비채는 김영사의 문학 브랜드입니다.
이 도서의 국립중앙도서관 출판시도서목록(CIP)은 서지정보유통지원시스템 홈페이지(http://seoji.
nl.go.kr)와 국가자료공동목록시스템(http://www.nl.go.kr/kolisnet)에서 이용하실 수 있습니다.
(CIP제어번호: CIP2020015463)